21世纪 通识课系列教材

大学生心理健康教育

DAXUESHENG
XINLI JIANKANG JIAOYU

黄艳苹　陈晶　主编

中国人民大学出版社
·北京·

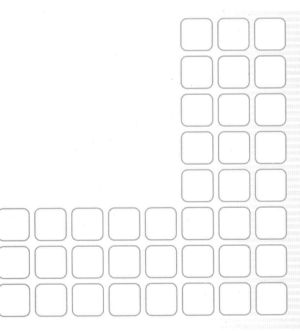

U0107956

编委名单

顾问：李靖茂　　唐建伟

主编：黄艳苹　　陈　晶

编委（按姓氏笔画排序）：

于秀丽　　陈　音　　陈　晶　　何春来

姜敏敏　　徐　剑　　阎　媛　　黄艳苹

"大学之道，在明明德，在亲民，在止于至善。"从根本上说，教育本质上是作用于人的心灵和精神世界的，是塑造心灵和滋润心灵的。也就是说，教育不仅仅是一个传授灌输知识和能力的过程，更应该是一个生命与心灵再造的过程，一个人格提升、心性拓展的过程。所以大学生心理健康教育在大学教育中有着不可或缺的作用。

我国大学生心理健康教育起步于20世纪80年代中期，最初是由海外留学归国人员在大学中发起心理咨询活动。90年代后得到政府的重视，逐步走向蓬勃发展。所以大学生心理健康教育经历了一个逐步被认识，逐步受重视，逐步得到加强的过程。大学生心理健康教育从形成到发展的这20多年来，在广大心理健康教育者的探索与实践中，逐步形成了有理论、有特色、有体系的中国高校大学生心理健康教育的模式，并且仍处在不断的探索与努力之中，内容不断地丰富，并创新性地发展出大学生心理健康教育的理论。

每个大学生都会经历一个发展和成熟的过程，在这个过程中面临着人际关系、学业、情绪、恋爱、职业规划等人生必经的课题。当今大学生对于自身心理健康状况、人生的目标和生命意义等问题越来越关心。在多年的心理健康教育工作中，我们深深体会到在校大学生对心理学知识的热情，对自己人生意义和方向的不断思考和探索，同时也发现部分学生在成长过程中会经历许多挫折，感受到他们在自我超越时存在的痛苦。因此，我们希望把工作中的经验和方法写出来，以帮助更多的大学生，使他们学会心理调适的方法，掌握自我塑造的基本途径，帮助他们对心理健康、人生追求做更加深入的思考，塑造完善的人格，拥有一颗健康而具有活力的心灵。

目前关于大学生心理健康教育的教材数量繁多，我们在多年的教学过程中也曾用过许多编者出版的教材，但笔者发现在我国许多高校，大学生心理健康教育课程多半是选修课，也有高校将其作为必修课，但课程课时不多，很多教材的章数都远超过课时的需求，教学中无法全部囊括讲述，所以我们几位心理工作专职教师碰头商议，决定出一本分专题的教材，增强教材的可读性与实用性，这是本书出版的初衷。

本书共分八章：第一章，走进心理健康的殿堂（陈晶）；第二章，从认识自我开始（陈音）；第三章，情绪是把双刃剑（阎媛）；第四章，让我们学会学习（徐剑）；第五章，提高人际交往的能力（于秀丽）；第六章，直面人生的挫折（何春来）；第七章，规划我们的人生（姜敏敏）；第八章，生命价值的追寻（黄艳苹），最后由陈晶与黄艳苹统稿。

本书具有理论性、实践性、可操作性强的特点，以心理健康知识的基本理论为基础，紧紧围绕大学生人格成长和完善过程中经常遇到的心理问题，如自我意识、人格完善、情绪调节、人际交往、恋爱心理和人生规划等方面的困扰，介绍心理健康知识理论和一些简单实用的心理调适方法，帮助学生更好地认识自我，培养对自我心理健康状况的关注度，增强大学生心理健康自我教育的自觉性、主动性和积极性，提升心理自我教育的能力，提升抵御挫折的能力。每章后都附有心理测验的量表，同学们可以进行自我测试，帮助同学们更好了解自己。

　　本书得以顺利出版，首先要感谢编写组的所有人员，感谢大家在忙碌的工作中，抽出自己的休息时间完成本书的编写工作，实属不易；同时也要感谢中国人民大学出版社的大力支持；在编写过程中，引用了许多研究者的相关理论、文献，在此一并谢过。

　　由于编者水平有限，本书尚有许多不足之处，疏漏与错误在所难免，敬请读者批评指正。

编者
2011 年 6 月

目录
Contents

第一章

走进心理健康的殿堂

本章提要

大学生人格的健康发展、学业的进步、事业的成功都离不开心理科学知识。本章简要介绍了心理学的研究对象、心理学的学科性质，以及学习和研究心理学的意义和任务；然后探讨了什么是健康与心理健康，以及心理健康的标准有哪些；最后一节论述了大学生常见的心理问题，分析了这些心理问题形成的原因，并介绍了大学生维护心理健康的途径与方法。通过本章的学习，能够掌握大学生心理健康的标准，了解大学生常见心理问题的成因，帮助大学生树立正确的心理健康意识，以积极的心态应对成长路上可能遇到的各种困扰。

有这样一则故事，美国著名高校斯坦福大学心理学通识课堂上，一名老教授问在座的学生们一个问题："你大学毕业后，由于公务繁忙，个人问题被耽误了，父母为你的问题着急，有一天，父母托一个朋友给你介绍了一个女孩（男孩），客观条件都不错，你们约好晚上9点到某个咖啡厅见面。这天你兴奋异常，早早打扮完毕，9点不到就到咖啡厅约定好的位置等待着，可9点过去了，5分钟、10分钟、15分钟……直到接近9点半的时候，她（他）才小跑着过来，气喘吁吁地对你说：'真不好意思，我刚才去看了我的心理医生，所以耽误了。'那请问，这样一个人，你是否还愿意和她（他）交往呢？"话音一落，容纳100多人的教室里，大部分学生都举起了手，表示愿意甚至是非常愿意和她（他）交往。同样的故事，发生在笔者接触心理学不久，大概是在1999年的一天，在一个心理学讲座上，我问了学生同样的问题，结果大相径庭，举手的学生寥寥无几。问其原因，多半学生回答的是担心对方去看心理医生是不是心理有毛病，或者是日常说的有精神病。而美国的学生回答的是，之所以愿意和她（他）继续交往，主要有两个原因，一是这个人去看自己的心理医生，这表示她（他）肯定非常有钱，否则怎么负担得起；二是她（他）知道自己出现心理困惑后能及时寻求心理医生地帮助，表明她（他）在遇到问题后懂得及时求助及时解决，并且是合理地解决，所以她（他）是个非常懂得生活的人。由此推断，在今后的相处中也能合理地解决各种冲突与争端，所以找这样的人过日子，是不二的选择。中外大学生面对这类问题，为何会出现不同的答案呢？

> 尊重生命、尊重他人，也尊重自己，是生命进程中的伴随物，也是心理健康的一个条件。
>
> ——弗洛姆
>
> 这世界除了心理上的失败，实际上并不存在什么失败，只要不是一败涂地，你一定会取得胜利的。
>
> ——亨·奥斯汀

第一节　身边的故事

2010年10月20日23时许，西安音乐学院大学生药家鑫驾驶红色雪佛兰小轿车从西安外国语大学长安校区送完女朋友返回市区途中，当行驶至西北大学长安校区外西北角学府大道时，撞上前方同向骑电动车的张妙。药家鑫下车查看，发现张妙倒地呻吟，因怕张妙看到其车牌号，以后找麻烦，便产生杀人灭口之恶念，遂转身从车内取出一把尖刀，上前对倒地的被害人张妙连捅数刀，致张妙当场死亡。杀人后，药家鑫驾车逃离现场，当车行至郭杜十字路口时再次将两情侣撞伤，逃逸时被附近群众抓获，后被公安机关释放。2010年10月23日，药家鑫在其父母陪同下到公安机关投案。经法医鉴定：死者张妙系胸部锐器刺创致主动脉、上腔静脉破裂大出血而死亡。

2011年1月11日，西安市检察院以故意杀人罪对药家鑫提起了公诉。2011年3月23日，该案件在西安市中级人民法院开审。2011年4月22日，西安市中级人民法院一审宣判，被告人药家鑫犯故意杀人罪，被判处死刑，剥夺政治权利终身，并赔偿被害人家属经济损失45 498.5元。

分析：

中国的心理学很年轻，大众对心理学的接受度还非常有限，很多人都觉得心理健康问题很重要，可当自己遇到困惑后又不敢去找心理医生或者心理老师，造成很多问题在初期没能得到及时的解决，最后变得严重到自己无法控制时，才被家人或者朋友发现，耽误了治疗的最佳时间。在十多年前，我记得我所在的心理咨询室门可罗雀，白天几乎是无人问津的，偶尔在晚上或者狂风暴雨的时候，才可能会有一两个学生趁着没人一溜烟跑进咨询室来咨询，结束后还要跟我说："老师，麻烦去外面看看还有没有人，没人的话我就出去"，仿佛在做间谍工作一般。十几年后的今天，情况已经完全不一样，来咨询室咨询的同学太多，以至于不预约都无法及时安排咨询时间，同学们对心理问题的认识逐渐客观，求助意识也逐渐增强了。

但是随着经济社会的发展，社会竞争的加剧，以及多元文化和多种价值观的冲击，社会心理呈现出焦虑、怨恨、冷漠、恐惧、不安全感、不确定性等特征。生活在这种背景下的大学生，其心理困扰不断增多，心理压力不断加大，由此引发的各种事件也不断地见诸报端。云南大学马加爵杀人事件、西安音乐学院药家鑫撞人杀人事件更是向世人敲响了警钟。关注大学生的心理成长，促进大学生人格的健康发展，已成为社会、学校和家庭的共识。

第二节　心理学的研究对象

法国作家雨果说过："世界上最广阔的是海洋，比海洋还要广阔的是天空，比天空更广阔的是人的心理世界。"的确，人的心理世界不但是世界上最广阔、最复杂的，也是最抽象、最难以把握和难以控制的。心理学就是对人的心理现象进行深入研究的学科。在19世纪70年代以前，人们对心理现象的研究和探索，只是停留在现象的描述和主观推断方面，1879年，德国心理学家冯特在莱比锡大学建立了世界上第一座心理学实验室，这才标志着心理学作为一门独立科学的形成，因此，人们把1879年视为科学心理学诞生的一年，把冯特称为科学心理学的创始人。

科学心理学诞生以后，经历了130多年的历史，有了长足的发展，形成了140多个分支学科，包括基础心理学、实验心理学、社会心理学和生理心理学等，对人类更好地认识世界、认识自我，帮助人类更好地适应社会、健康地生活起到了积极的作用。目前，心理学在应用方面已得到了广泛的社会认可。

一、心理学研究什么

心理学一词来源于希腊文，意思是关于灵魂的科学。

psyche ＋ logos ＝ psychology

灵魂　　表达　　心理学

心理学是研究人的心理现象和行为表现的一门科学。凡是人的精神现象，诸如人们眼睛看到的东西、耳朵听到的声音、脑子想到的事情，不论过去的、现在的，还是未来的，只要属于精神现象，都可以归为心理现象或心理活动，简称心理。心理学研究的行为一般分为两大类：一类是外显行为，即可以直接观察到的行为和反应，如哭、笑、愤怒、读书、讲话、表情等，它能够通过直接观察加以研究；另一类是内隐行为，即不能通过直接观察，但可以运用心理学特定的研究方法和技术，从能够直接观察到的行为来推测的内部心理活动，如人的思维过程、记忆过程、情感、欲望等，都属于内隐行为。

但是，单纯的现象描述还不能成为科学，心理学要成为一门科学，就必须研究和把握心理现象是怎样发生的，会怎样发展，并揭示心理现象变化的规律。

人的心理活动极其复杂，为了研究的方便，心理学把人的心理活动划分为心理过程和个性两个方面。

（一）心理过程

心理过程包括认识过程、情感过程和意志过程三个方面。就认识过程来看，人们通过眼睛、耳朵、鼻子、舌头、皮肤等感觉器官接触外界事物，产生对事物的感觉和知觉；把感知的事物和个人的活动、体验保留在头脑中，作为知识和经验积累下来，这就是记忆；人们不仅要认识事物的表面现象，还要认识事物的内在本质和事物发展变化的规律，认识事物之间复杂、多变的关系，不但要直接依靠感知觉认识具体事物，还要依靠判断、推理，间接地、概括地认识事物的本质和规律，这就是思维；在认识事物的时候，不仅能认识现实中存在的、被自己感知过的事物，而且能想象出现实中尚未存在或根本不可能存在的事物，或者是自己从未感知过的事物，如科学家的发明创造、艺术家的艺术创作等，都是依靠人们的想象；人在感知、记忆、想象和思维过程中，必须把自己的心理活动有选择地指向和集中在一定对象上，并保持一定时间，这就是注意。人们对客观事物的认识常常不是无动于衷的，总是根据事物能否满足自己的客观需要而产生一定的态度，同时产生一种态度的体验，这就是情感过程。人不仅能认识客观世界，更重要的还在于改造客观世界，为了认识和改造客观世界，人必须有计划、有目地进行工作，在完成某些活动任务的时候，常常需要忍受艰苦，克服困难，战胜挫折，这一系列复杂的心理和行为过程，就是意志过程。

认识过程、情感过程和意志过程三个方面是相辅相成的，人们常说，知之深，则情之切，意之坚。认识过程是一切心理活动的基础，在认识的基础上才有可能产生情感过程、意志过程。情感是人在认识事物过程中所产生的态度体验，认识深刻则情感深刻，认识肤浅则情感肤浅。在认识基础和情感激励下，才可能形成顽强的意志，战胜困难，实现目标。已经形成的对某一事物的肯定或否定的情感过程，必然会影响人的认识过程，而意志过程反过来对认识过程、情感过程的影响更是显而易见。

（二）个性

人们不是脱离社会而独立存在的，人们生活在现实环境中，每时每刻都会受到社会、自然各种因素的影响。由于每个人的生活背景、生活条件和生活经历不同，其心理活动必然具有各自的特点，例如，人的能力有高有低，人的脾气有急有慢，人的态度有热情与冷漠，人的性格有襟怀坦荡和阴险狡诈等，这就是人的个性心理特征。与此同时，人们在各自的生活中，还形成了各自的追求，诸如需要、动机、兴趣等，心理学上把这些心理活动称为个性倾向。人的个性心理特征和个性倾向是丰富多彩、各不相同的，正如俗语所说"人心不同，各如其面"。

心理过程概括了人们共性的心理规律，个性则反映了千差万别的不同心理特征。心理过程和个性都属于心理学研究的对象，二者密切联系。个性是在心理过程中不断重复、强化而逐渐形成的，已经形成的个性又制约影响着心理过程的发生、发展和进行的方式。另外，个性也只有通过心理过程，才可能在人的行为活动中表现出来。例如，一个人的观察能力很强，既深入细致，又迅速准确，另一个人的观察能力较差，既肤浅又粗略还不准确，这说明两个人在不同的生活实践中形成了不同的个性，两者对事物的认识效果就必然不同。两个个性不同的人，他们的认识过程、情感过程、意志过程必然会有很大的差别。

二、心理学的学科性质

人既是自然实体，又是社会实体。从心理现象的发生发展、心理现象的生理机制等方面可以清楚地看到心理学的自然科学属性；从作为社会实体的人、从心理活动受到社会历史生活条件的制约等方面，又体现出心理学具有较强的社会科学属性。所以，国内外绝大多数心理学家都认为心理学属于自然科学和社会科学之间的中间科学，或者叫做边缘学科。

心理学既是一门基础学科，又是一门应用学科。在生活、学习和工作过程中，人每时每刻都在进行着心理活动，因此，研究心理活动规律的心理学，在生活实践的各个方面都发挥着非常广泛的作用。凡是有人的地方，凡是研究内容涉及人的学科，如教育学、管理学等，都用得上心理学知识，都需要心理学知识作为基础。随着社会的发展，心理因素在人类活动中的作用将会越来越受到重视，心理学在人类社会生活中的重要意义将更加引人注目。

目前，心理学的研究课题和分支越分越细，大约有140多个，可概括为三个方面：第一，以研究课题分，基础心理学中所包括的各个大小课题，都可确定为一个分支，如感觉心理学、知觉心理学、记忆心理学、思维心理学、情绪心理学、个性心理学，或更具体的时间知觉心理学、定势心理学、应激心理学、气质心理学等；第二，以研究对象分，可分为新生儿心理学、婴幼儿心理学、儿童心理学、小学生心理学、青年心理学、妇女心理学、老年人心理学、聋哑人心理学等；第三，以应用范围分，可分为教育心理学、管理心理学、社会心理学、体育运动心理学、文艺心理学、军人心理学、航空心理学、航天心理学、工程心理学、交通心理学、商业心理学等应用心理学。随着社会的发展和人类的进步，人们的活动领域越来越开阔和复杂，研究心理学的规律在人们不同活动领域和范围中的应用，将进一步构成越来越多的心理学分支。

在心理学的各个分支中，基础心理学是一切心理学的主干，因为它研究正常人心理现象的最一般的规律，概括了心理学在各个方面的研究成果，也可以说是各个分支心理学的理论基础。实验心理学是各个分支心理学的实验科学基础，社会心理学和生理心理学则是心理科学的两大支柱。随着社会的发展，心理学在应用方面的分支将会越来越多，人类有多少个活动领域，就会出现多少个心理学的分支。

三、学习和研究心理学的任务和意义

（一）学习和研究心理学的任务

学习和研究心理学的基本任务就是探索、揭示人类心理现象发生、发展和变化的规律。尽管人的心理现象是抽象的、复杂的，但总是可以找到很多规律，可以找出这个心理现象的出现和这个人所处的社会环境、文化背景、个人经历、生理状况等方面必然的关系和联系。例如，不同的社会生活实践必然会造就出人的不同心理特点，一个人如果生活在养尊处优、娇生惯养、挥霍无度的环境中，就很有可能产生好逸恶劳、自私自利、贪图享受的心理特点；如果生活在勤俭朴素、团结奋斗的环境中，就很有可能与周围的人一样具有勤劳、乐于助人、能吃苦的特点。这正如我国古人说的"富岁弟子多懒，凶岁弟子多暴"的道理。

影响人心理的因素是多方面、多层次的，可概括为以下三点：

（1）环境因素。影响人心理的环境因素既包括地理自然环境，如是山区还是平原、是沿海还是内陆、是江南还是西北，也包括社会经济环境，如是经济发达地区还是贫瘠落后地区、是交通发达信息畅通地区还是偏僻闭塞地区、个人生活的家庭小环境是富裕宽敞还是贫困狭小。此外，人际关系也属于重要的社会环境因素，学校教育、社会的风俗、时尚、规范、制度、文学、艺术等，也都属于社会环境因素。正所谓"橘生淮南则为橘，生于淮北则为枳，叶徒相似，其实味不同。所以然者何？水土异也"[1]。

---

① 《晏子春秋·内篇杂下》。

（2）机体的生理状况。这方面包括身体健康状况，如身材高矮、胖瘦、患病、伤痛、饮食睡眠情况等。我们经常可以看到，一个身材矮小相貌平平的人，为了弥补自己生理上与别人的差距，发愤读书而成就大业的事迹。

（3）个人心理因素。一个人心理上原有的情况、特点、倾向都可以对当前心理现象的发生、发展和变化产生一定影响。例如，同样是与人交往，有的人就襟怀坦荡、真诚热情、与人为善，而有的人则心胸狭窄、谎话连篇、居心叵测；同样是面临困境，有的人能镇定自若、坦然面对、应对自如，有的人则惊慌失措、忧心忡忡、惶惶不可终日。这与人的认识、态度、人格都直接相关。

心理学的任务不但要探索、揭示影响人心理现象发生、发展和变化的一般规律，还要研究在特殊环境、特定群体、特殊情况下人们心理现象发生、发展和变化的特殊规律，这是心理学各分支学科要研究的特殊任务。

（二）学习和研究心理学的意义

探索人心理活动的规律具有重要的实践意义。

（1）学习、研究心理学，可以使心理因素对行为活动产生最佳影响，为提高劳动生产率和卫生保健服务。例如，一个工程技术人员，在操作过程中只有保持专注和最佳的心理状态，才可能产生最佳的劳动效率；汽车、火车乃至飞机驾驶人员，只有全神贯注，保持良好的情绪状态，才可能提高驾驶效率并保证安全；一个患病的人，只有满怀信心，乐观地对待疾病，才可能取得最佳的治疗效果。

（2）利用心理规律，可以更有效地影响人的心理活动，为提高教育、教学质量服务。譬如，利用儿童心理发展的规律，可以更好地培养儿童多方面的能力；利用人的个性特点和规律，有针对性地进行教育，能够取得最佳的教育效果；利用记忆规律，可以教给学生最佳的学习、记忆方法，取得最佳的学习效果，提高教育、教学质量。

（3）根据心理变化的规律和特点，可有效预测并有准备地对待某些心理现象。有些心理规律，人不能改变它，只能因势利导。比如，对人的注意稳定性所做的研究表明，在一个对象上人的注意力最多只能持续20分钟，因此教师可以利用这一规律，改进教学方法，增加新刺激，提高教学效果。再如，人的受暗示性是不可避免的，人们就可以根据这一规律，充分利用积极暗示，避免消极的暗示，增强心理治疗的作用，使心理学能够更好地为人的健康服务。

此外，在选拔和培训人才方面、在提高企业管理水平方面、在增强人岗匹配等方面，心理学都可充分发挥作用。

第三节　心理健康定义与标准

台湾心理学家杨国枢先生曾说过，对于贫穷落后的国家而言，心理学是没有必要的"奢侈品"，而在富裕文明的社会中，心理学是大有用处的"必需品"。以杨先生的观点来看，在我们国家经济和社会获得巨大发展的今天，心理学在我国人民生活中的地位，正在从可有可无的"调味品"，转变成不可或缺的"必需品"。随着经济社会的发展，人们面临的困惑越来越多：人际的压力、学习的压力、竞争的压力，就业的压力以及多元文化和价值的冲突等。如何以积极自信的心态面对生活、学习、就业的压力和挑战，越来越为人们所关注，"心理健康"也成为一个使用频率越来越高的词语。与此同时，大学生的心理健康及其教育问题也越来越受到学校、家庭和社会各方面的重视。在大学教育中人们已形成了这样的共识，即大学教育不仅是知识、技能的传授，更重要的是"情"和"意"的培养，是健全人格和美好心灵的塑造，是综合素质的全面提高。当代大学生也普遍意识到，现代社会的竞争已不单纯是体力或智力的竞争，更是心理素质的竞争，是心理与人格的较量。因此当代的大学生在学习知识和技能的同时，更应该加强对自身心理素质的培养，以使自己获得全面的发展。

一、健康

曾担任世界卫生组织总干事的马勒博士说过，有了健康并不等于有了一切，但没有健康就等于没有一切。过去，人们常认为身体没病就是健康，为了维护健康，不惜花费重金购买昂贵的营养品；为了恢复健康，总要千方百计求医寻药。身体不生病就是真正的健康吗？随着社会和科学文化的不断发展，心理因素对健康的影响越来越引起人们的关注，健康的概念也在不断发展演变和扩展。21世纪人类的健康不再仅仅是身体的良好状态，而是扩展到生理、心理、社会适应与道德良知的完美结合。早在1948年，联合国世界卫生组织就给健康下了一个全新的定义："健康不仅指没有疾病或躯体正常，还要有生理、心理和社会适应方面的完满状态。"就是说，健康包括身体健康、心理健康、社会适应良好和道德健康。世界卫生组织还进一步提出了健康的十项指标：一是有充沛的精力，能从容不迫地担负日常工作和生活，而不感到疲劳和紧张；二是积极乐观，勇于承担责任，心胸开阔；三是精神饱满，情绪稳定，善于休息，睡眠良好；四是自我控制能力强，善于排除干扰；五是应变能力强，能适应外界环境的各种变化；六是体重得当，身材匀称；七是牙齿清洁，无空洞，无痛感，无出血现象；八是头发有光泽，无头屑；九是反应敏锐，眼睛明亮，眼睑不发炎；十是肌肉和皮肤富有弹性，步伐轻松自如。

二、心理健康

所谓心理健康，从广义上讲是指一种积极乐观的、高效满意的、持续的心理状态；从狭义上讲是指生活在一定社会环境中的个体，智力正常，情绪稳定，行为适度，协调一致，人格健全，具有协调人际关系和适应环境的能力，能顺应社会，能充分发挥身心潜能。心理健康不仅指没有心理病变或变态，而且个体在身体上、心理上以及社会行为上都能保持良好的、持续的适应状态。因此，心理健康有生理、心理和社会行为三个方面的意义。

从生理上看，一个心理健康的人，其身体状况特别是中枢神经系统应当是没有疾病的，也没有不健康的遗传特质。脑是心理的器官，心理是脑的机能。健康的身体特别是健全的大脑是健康心理的基础。

从心理上看，一个心理健康的人，不仅各种心理功能正常，而且对自我通常持有肯定的态度，有自知之明，清楚自己的潜能、长处和缺点，并能发展自我。现实中的自我既能顾及生理需求又能顾及社会道德要求，能面对现实问题，积极调适，有良好的情绪感受和心理适应能力。

从社会行为上看，一个心理健康的人，能有效地适应社会环境，妥善地处理人际关系，其行为符合生活环境中文化的常规模式而不离奇古怪，角色扮演符合社会要求，与社会保持良好的接触，且能对社会有所贡献。

三、心理健康标准

测试：你的心理健康吗？①

请从以下十个项目中勾出符合你的情况项目：

(1) 有充分的安全感。

(2) 充分了解自己，并能对自己的能力做出恰当的评估。

(3) 生活目标切合实际。

(4) 与现实环境保持接触。

(5) 能保持人格完整与和谐。

(6) 具有从经验中学习的能力。

(7) 能保持良好的人际关系。

(8) 能适度表达和控制自己的情绪。

(9) 在符合集体的要求下，能积极地发挥个性。

(10) 在不违背社会道德规范的前提下，能适当地满足个人的基本要求。

这是美国人本主义心理学家马斯洛提出的"心理健康十项标准"。你符合的项目越多，代表你越接近心理健康的状态。反之，符合的项目越少，则代表你的心理健康状态偏低。

怎样才算心理健康？这是一个比较复杂的问题。1946年，第三届国际心理卫生大会认为，心理健康的标志是：(1) 身体、情绪十分协调；(2) 适应环境，人际关系中彼此能谦让；(3) 有幸福感；(4) 在职业工作中，能充分发挥自己的能力，过着有效率的生活。

心理现象是一种主观精神现象，对心理健康与否的判断，无法像生理健康那样有精确、具体的指标，如血常规、心率、血压等都有明确的衡量指标。人的心理世界是复杂多

---

① 参见［美］马斯洛：《动机与人格》（第三版），北京，中国人民大学出版社，2007。

样的，心理健康也是相对的概念，很难用固定、精确的指标来度量，在"正常"与"异常"之间没有绝对的分界线，即使一个健康的人，也随时可能会遇到各种困扰，产生心理问题。国内学者张小乔提出一种灰色区的概念，即人的精神正常与不正常无明显界限，它是一个连续变化的过程。具体来说，如果将人的精神正常比作白色，精神不正常比作黑色，那么在白色与黑色之间存在一个巨大的缓冲区域——灰色区，世间大多数人都散落在这一灰色区域内。灰色区又可分为浅灰色与深灰色两个区域。浅灰色区域的人只有心理冲突，没有人格变态；深灰色区域的人则人格异常或患有神经症。在现实生活中，人们可以发现许多正常人有时也存在焦虑、烦躁、郁闷、嫉妒、猜疑、顾虑、自卑、自负等不良心理状态，这种不良心理状态称为灰色心理，不少人都在这个灰色区域内。

世界上没有一个人能在一生中始终保持百分之百的心理健康，任何人都有可能在一生中的某个阶段产生这样或那样的心理问题。只要人们在遇到心理问题时，能够及时进行自我调整，积极寻求社会支持和专业帮助，及时进行专业治疗，就能够使心理状态从灰色逐步转为白色，恢复心理健康。

四、大学生心理健康标准

大学阶段是大学生心理迅速走向成熟的时期。在这一阶段，随着身体的发育成熟，个体智力的发展进入了最高阶段，自我意识趋于成熟与完善，心理需要呈现多样化，情感体验丰富而深刻，性意识和爱情需要有了进一步发展。但由于大学生心理发展未完全成熟，在心理发展过程中呈现出一些明显特点：一是理想与现实的矛盾，二是渴望独立与难以摆脱依赖的矛盾，三是渴望交往却又缺乏交往技巧的矛盾，心理发展出现种种矛盾和冲突。因此，大学生心理健康标准需要依据大学生心理特征和心理发展特点来进行确定。

对于大学生心理健康的标准，国内心理学工作者依据大学生心理特征和心理发展特点，根据现实社会生活和大学生心理行为表现，提出了我国大学生心理健康的具体标准。综合各家观点，其主要标准有以下 8 个方面[①]：

（1）良好的学习能力。心理健康的大学生应智力正常，有浓厚的学习兴趣，有强烈的求知欲望，掌握适合自己的学习方法，能积极克服学习中的困难，保持较好的学习效率，并能够从学习中体验到快乐和满足。

（2）正确的自我意识。能正确认识自我、评价自我、悦纳自我，体验到自己存在的价值，对自己的能力、性格和优缺点能作出恰当的评价；自尊自重，自信乐观，生活目标与理想切合实际，不苛求自己。

（3）善于调控情绪。经常保持愉快、乐观、开朗的良好心境，对生活和未来充满希望；遇有悲、忧、哀、愁等消极体验，能适度表达和善于调控自己的情绪；整个身心处于积极向上的状态，对一切充满信心和希望。

（4）和谐的人际关系。乐于与他人交往，能用尊重、信任、友爱、宽容的态度与人相

---

① 参见谢炳清等主编：《大学生心理健康教程》，武汉，华中科技大学出版社，2004。

处；能与他人合作共事，乐于助人；能与集体保持协调的关系。

（5）完整统一的人格。人格构成要素无明显的缺陷与偏差；具有清醒而正确的自我意识；以积极进取的人生观和理想信念作为人格的核心；气质、能力、性格等方面平衡发展，具有完整统一的心理特征；所思、所言、所做协调一致，个人的需要、愿望、目标和行动相统一。

（6）良好的环境适应能力。能正确认识和处理个人与环境的关系，对环境做出客观评价，在环境改变时能面对现实，个人行为符合新环境的要求；能与社会保持良好接触，对社会现状有清晰的认识；能及时修正自己的需要和愿望，使自己的思想行为与社会协调一致。

（7）优良的意志品质。具有行动的自觉性，能主动支配自己的行动以达到预期目标；具有行动的果断性，善于明辨是非，能适当、果断地采取决定并执行决定；具有行动的顽强性，在执行决定过程中，能克服困难、排除干扰，做到锲而不舍、坚持不懈。

（8）心理行为符合年龄特征。人在每个年龄阶段的心理发展都表现出相应的特征，称为心理年龄特征。心理健康的人的认识、情感、言行、举止都应符合他所处的年龄段的心理发展水平。

第四节　大学生常见心理问题与应对

一个真实的故事

　　题记：有了那次经历，我忽然意识到原来的想法错了。打败别人，得第一名，不是最重要的。最重要的是，你能不能学会尊重你自己，能不能发现自己的价值在哪里。

——沈向阳

"一个人明白一个道理，都是有一件事情作为契机的，"沈向阳这样说。接着他就开始讲述那个成为他"契机"的故事。

1980年，向阳成为南京工学院自动控制系的一名学生。那一年他13岁，是这所大学"最年轻的学生"。这引起了轰动，好多人都说这所学校里出了一个"神童"，但是他自己觉得，进入这所大学是"一次失败的经历"。

"我让我的中学老师失望了，后来都不好意思见他，"他这样说。

实际上向阳在中学时代一直是老师最宠爱的学生，因为他年龄小，还因为他成绩好。老师都偏爱成绩好的学生，把希望寄托在他们身上，向阳的班主任当然也不例外。

高考之前老师带着向阳去体检，就像母亲带着自己的孩子，跟在医生身后亦步亦趋，面色紧张，直到最后终于吐出一句话："我这孩子没问题吧？"

医生说："没有问题。"

老师笑了："没问题就好，这孩子是北大化学系的预科生。"

老师虽然在开玩笑，其实在心里早为这个孩子设计好未来的大学，那就是北大。可是期盼也是有重量的。一个孩子在优越的环境下成长起来，身上肩负着那么多的期盼，这比考卷更沉重。

"心理压力的承受能力不知道是不是能够培养，我也说不清楚。"多年以后向阳回忆当年情形，那种感觉还是非常清晰："我高考就是因为心理压力大才失手。"

"考试考得不好，成绩单都是摆在大家面前的啊。"那些日子他整天都在想这些事，不知不觉又开始拉肚子了。他明白这不是个好兆头，表明心里那种恐惧感正在上升，但是除了他自己，没有人知道。

有人说，自信来源于成功的暗示，恐惧来源于失败的暗示，这话是有事实根据的。你心中的图像千千万万，总有一些属于你自己，它在无形之中释放出力量，引导你朝着自己内心深处潜藏着的那个方向走去。如果你抓住的是自信，它就会引导你走向成功，如果你抓住的是恐惧，就会产生消极的结果。

高考的第一天上午就出问题了。

作文的题目是《读画蛋有感》，向阳知道这是在说达·芬奇画蛋的故事，但他心里紧张，写了半天竟都不知写了什么。

老师在考场外面等着，见他出来连忙问长问短。向阳还没说几句话，就见老师的脸色一下子刷白，文不对题，40分的作文顶多能得5分。

下午接着考数学，向阳又失手了。多少次模拟考试都是满分，可是这一次，竟然看错一道题。

最后的分数大失水准。期待中的北大化学系是没戏了。老师还想挽救，让他报中国科技大学少年班，那也是向阳向往的地方。但是他再次失望了，人家的招生名额已经满员。

就这样，向阳来到了南京工学院。

这样一个结果在旁人看来，已经是了不起了，但在他自己看来却是一次失败。就像他自己说过的，他有时候觉得自己是个天才，无所不能，有时候又觉得自己什么也不是。现在那个什么也不是的形象占了上风。他开始混，身上那种贪玩好动的本性全部爆发出来，他迷上了足球，后来还学武术、练拳击，混过一年级，混过二年级，又开始混第三年。

但是失败的经历始终让他耿耿于怀，那也许是一种遗憾，但更像是不服气。内心深处有一种力量在涌动，总是在寻找新的机会重新试一试，只是自己还没有意识到。他是在大学三年级的时候忽然意识到这一点的。

有一天，一个老师把他叫到自己的办公室。这个老师本是负责学生思想工作的，临时代讲《电子线路》课，在讲台上站了几天之后，她的眼光就集中在了这个年龄特别小又特别淘气的学生身上。

"咳，你知道自己的价值吗？"她对向阳说："你不该混啊，你应该像查礼冠那样子才对。"

向阳知道这个查礼冠，她是当年全国唯一的女教授，有非常了不起的学术成就，也是向阳心中的偶像。现在，老师居然把他和查礼冠相提并论，这就像有个什么东西，把他心中的那个开关打开了。

"我从老师办公室出来的时候，胸中腾起一股豪气，真正觉得应该好好读书，做一点事业出来。"

那一天向阳做了一个决定，要考查礼冠的研究生。

但是要让一个玩惯了的学生坐下来，并不是一件容易的事。克制力不是天生的，而是后天养成的，这在任何人都一样。谈到这一点，向阳深有感触："纪律性是训练出来的，小孩子是绝对不会有纪律性的，而且这一定是可以训练出来的。"

克制的含义不只是约束，它实际上意味着一个人确定自己的目标，并坚持到底。这需要内心的欲望，也需要外界的力量。向阳不缺少内心的力量，但他缺少外界的力量。

看来，人的一生若要走向成功，真是需要一系列机缘，向阳此时的机缘是他的一个同学带来的。

这一天向阳把自己的新决定告诉了他的同学，同学听得两眼放光。他比向阳大好几岁，有很强的自尊和自信，有长远的理想，而且做事认真。在大学的前三年中，他的学习成绩比向阳好很多。最重要的是，他了解向阳，两人常在一起玩，彼此相知。

"其实你这家伙比我好很多，"他对向阳说："就是不自知。"

"真的？"

"你要是不相信，咱们就试试。"

"可我就是坐不住。"

"没关系，照我说的做。"

从这句话开始，每天晚上两个人一起走进教室，占据一个角落。同学命令向阳坐在里面的位置，而他自己坐在外面，拦住向阳出去的通路。

"我想出去一会儿，"向阳很快就坐不住了。

"不行！"同学斩钉截铁。

"我想去洗手间。"

"也不行！"

四个月后，两个人一起考上了研究生。这一次，向阳超过了他的同学，也超过了所有考生，成为全系第一名。

毫无疑问，变化已经发生在向阳身上，这当然不仅仅是我们可以看到的那些东西，甚至也不是那个第一名，变化还发生在他的内心：消极的图像离他远去，积极的图像回来了。

他后来是这样谈论那次转变的：

"那是对我影响很大的一件事，我好像突然就明白了许多道理，虽然说不上是大彻大悟，但也算个悟性，我整个人一下子变得很轻松。

"人这辈子总是想证明一点什么。证明什么呢？有时候你自己也不是真的很清楚。在那之前，我特别在意的是'考试第一名'，要在每一次竞争中打败所有的人。小时候在乡下，就是打败乡下人，后来到城里，就想打败城里人。但有了那次经历，我忽然意识到，原来的想法错了。打败别人，得第一名，不是最重要的。最重要的是，你能不能学会尊重你自己，能不能发现自己的价值在哪里。"

"我想说的是，即使是一个有十足自信心的人，也不一定能真的意识到自己的价值。我一生都很感激我的这个老师和这个同学。什么叫良师益友啊，这就是良师益友。他们两人，一个让我认识到了我的价值，一个让我证明了我的价值。明白了自己的价值，你的自信心就不会被恐惧打倒。"

（摘自凌志军《成长比成功更重要》）

达尔文说："物竞天择，适者生存。"适应，是所有生命有机体生存的基本任务。什么是适应？朱智贤主编的《心理学大辞典》是这样定义的："适应是源于生物学的一个词，用来表示能增加有机体生存机会的那些身体上和行为上的改变。心理学中用来表示对环境变化做出的反应。"当机体与环境失去平衡时，就会产生内心的冲突与矛盾，引发情绪的紧张与焦虑，就需要改变行为以重建平衡，这种"平衡—不平衡—平衡"的动态过程就是适应。从心理学上讲，心理适应是指当外部环境发生变化时，人们通过内部的自我调节系统做出能动反应，使自己的心理活动和行为方式能够符合环境变化和自身发展的需要，从而使个体与环境达到新的平衡过程。

每个大学生都是怀揣着美好的理想和希望，满怀信心地跨入大学殿堂的，此后即面临着一个崭新的世界，无论是生活环境还是人际环境，无论是个人目标还是社会期望，都发生了很大的变化。很多人在进入大学前都对大学生活充满了好奇与憧憬，脑海里编织着一幅幅美丽浪漫的图画。然而当他们踏入大学校门，开始崭新的大学生活后，理想与现实的冲突，种种困惑和不适应很快使最初的激动心情消失殆尽，随之而来的，是被焦虑、苦恼、无助的情绪所笼罩。这种消极的情绪常常会使年轻的大学生情绪低落，不知所措，斗志丧失，甚至茫然退缩。正如作家柳青所说："人生的路虽然很漫长，但在要紧处常常只有几步，特别是当人年轻的时候。"因此，及时调整好心态，尽快适应大学生活，才能实现个人角色的转换，才能为自我的成长奠定良好的基础，顺利度过大学时光。

一、大学生常见心理问题

（一）入学适应问题

这一问题在新生中较为常见。对于刚入学的新生来说，大学生活可以说是难以应对的，当大学生远离家乡和亲人，来到陌生的校园，面对生疏的面孔时，不一样的饮食起居习惯和学习状态等都会使其在心理上产生种种不适。大学新生通常会产生不同程度的压力和心理上的不适应，即对将来如何独立生活，怎样适应新的环境，内心或多或少地会感到担忧与不安，并伴有焦虑、苦闷和孤独等消极情绪。这在一些在家中娇生惯养、适应能力较差、性格退缩的大学生中表现得尤为明显，他们往往会出现食欲不振、失眠、焦虑、烦躁及注意力不集中等症状，个别严重者甚至不能正常坚持学习以致退学。

（二）特殊时期带来的心理问题

大学生处在青春期，青春期并不只是一个充满阳光和芬芳，给人无限活力和希望的季节，它也潜伏着暴雨、狂风和雷电，因此有人把青春期称为人生的狂飙期。在这个阶段有着特殊的发展任务，如开发智力潜能，丰富情感，完善个性，以及确立人生的方向和目标。在这一发展任务的过程中，人往往会出现意识偏差，甚至陷入认知矛盾的状态。比如，全面发展的需要与能力限制的矛盾；行动欲望和认知能力不足的矛盾；冲动的情绪情感和欠缺自控能力的矛盾；追新求异的特点和辨别能力不足的矛盾等。这些矛盾解决不好可能会造成不良的心理反应，产生消极的情绪体验，从而影响心理状态。

（三）学习方面的心理问题

大学的教学目标和教学内容，老师的教学方法和管理方法，都与高中有明显的差异。这就要求大学生必须改变高中时的学习模式和学习方法，树立明确的学习目的，养成自觉的学习习惯，掌握有效的自学方法，以适应全新的大学学习生活。但由于学习缺乏目标和动力，学习方法不当，或对所学专业没有兴趣等原因，一些大学生赶不上学习进度，成绩不佳，考试不及格，从而引发考试焦虑、厌学等心理问题。

（四）人际交往的心理问题

大学的学生来自四面八方，有不同的成长环境和各异的人格特征，这使得他们的人际交往更为广泛和复杂。大学生对人际交往也更加重视，并希望发展这方面的能力。但由于认识、情绪和个性因素的影响，再加上缺乏人际交往的经验与技巧，他们在交往中往往会遇到各种矛盾与挫折。有的同学因为语言表达能力差，因而害怕与他人交往沟通，把自己的内心世界和情感封闭起来，这样的同学经常处于一种要求交往却又害怕交往的矛盾之中，很容易导致孤独、抑郁或自卑。在这些学生的交往中，一旦出现关系不和谐的问题，或发生其他冲突，就会产生焦虑和压力等心理问题，影响其健康成长。

（五）恋爱方面的心理问题

大学生正处于青春期后期，性生理、性心理已基本成熟，性意识的觉醒与性心理的发展，促使他们渴望获得爱情，渴望了解异性，但在处理两性关系时却不知道如何把握感情冲动的"度"。有的学生在恋爱中出现了单相思，不敢向异性表达自己的情感；有的学生陷入被动恋爱或失恋等苦恼之中；还有的学生只图一时快乐，缺乏理智思考，陷入感情漩涡，产生苦闷、失望、悔恨与愤怒的情绪，给其身心带来了一定的影响，有的还会发展为心理危机。

（六）经济方面的心理问题

随着教育成本的提高和学费、生活费的增加，来自贫困地区的学生背上了巨大的压力，不少学生在校时常为学费、生活费发愁。高额的学费和生活费增加了他们的心理压力，使一些学生因为贫困而造成心理自卑。还有一些学生因为盲目攀比，忘记了他们肩上的重任，忘记了父母的艰辛和对他们的期望，经受不住物质上的诱惑，因而爱慕虚荣，产生了失范行为，甚至走上犯罪的道路。

（七）求职择业方面的心理问题

对于大学生来说，毕业后找到一份理想的工作是他们读大学的一个重要的目标。但是大学生在求职择业的过程中，对自己适合什么工作，应该选择什么样的职业，如何寻找工作，要不要进行职业转换等，常会产生心理困扰：有的学生脱离社会发展需要盲目择业，有的学生过高地估计自己，有的学生害怕失败不敢应对，从而造成就业困难，等等。这些问题往往会引起毕业生的心理压力和冲突，进而产生心理问题。

二、大学生心理问题成因

引起大学生心理问题的因素是多方面的，下面从几个方面进行分析。

（一）家庭环境的影响

心理学研究证明，家庭环境对人的一生发展会产生重大的影响，特别是在人生的早期，对人格结构的形成具有重要的作用，并会在其以后的心理发展中留下深深的烙印。家庭环境包括家庭人际关系、父母教养方式、父母人格特征等。家庭人际关系包括家庭关系是紧张还是和谐，家庭情感是冷漠还是经常矛盾冲突等。父母的教养方式包括冷漠还是关爱，放任还是负责等。在中国，当前不少家庭教育存有误区，如只顾一味地满足孩子生活上的需要，让孩子吃得有营养、穿得上档次，使得近年来"小胖墩"在逐渐增加；不少家长坚持要让孩子从小接受最好的教育，只要学习好一切都好的片面观念，而忽略了对孩子道德品质的培养；对孩子过于保护和照顾，养成他们衣来伸手、饭来张口的习惯，忽略了对他们自立能力、关爱他人以及责任感的培养，使他们从小养成了自我中心意识。这些教养方式很容易使孩子养成不能容忍、不能宽容、自我中心、不能与人和谐相处的心理特征，从而影响孩子的健康成长。

国外学者曾经对恐怖症、强迫症、抑郁症三种神经症患者的早期经历与家庭关系进行过调查，结果表明，这三种神经症患者的父母与正常个体的父母相比，表现出较少的情感交流，较多的拒绝态度，使孩子很少感受到父母的关爱与温暖，有的父母则表现为过分的家庭保护，使孩子与外界接触较少，缺少主动性。如果孩子早期缺乏信任感和安全感，就会在心理发展中逐渐形成孤独无助的性格，这种人难以与人相处，因而容易造成心理异常。

（二）学校教育的偏失

学校环境对学生心理的健康成长具有重要的作用，因为学校是学生生活、学习的主要场所，学生的大部分时间是在学校中度过的。学校环境主要有学校教育条件、学习条件、生活条件，以及师生关系、同学关系等。对这些条件和关系，如果考虑不周全和处理不当，就会影响学生的身心健康发展。例如，校风学风不正、课业负担过重、教育方法不当、师生情感对立、同学关系不和谐等，都会使学生心理压抑，精神紧张、焦虑。当前在学校教育中，由于受应试教育的影响，教师和学生以"高分"为学习的目标。过多的考试科目、繁重的课外作业，压得学生抬不起头来。这种智育第一的应试教育、重知识轻能力培养的教育教学模式，导致学生把学习当做苦役，缺乏内在的学习动力，不能发展个人的爱好、兴趣和专长。进入大学后，则表现为对学习不感兴趣，厌学；无心向学，造成过大的心理压力。

（三）社会环境的不良诱惑

任何人的成长与发展都离不开社会这个大环境，尤其是人的心理健康更是受到环境的影响。美国精神分析学家霍妮认为，许多人的心理异常是由于对环境的不良适应而引起的。随着我国经济和社会的发展，人与人之间的交往日益广泛，生活中紧张事件增多，价值冲突、文化碰撞、矛盾竞争加剧，理想与现实的反差，拜金主义、享乐主义、急功近利的赌徒行为及心态也在社会上泛滥，这些都给人们带来了影响，尤其是对人生观和价值观都还没有完全定型的大学生来说，这些都会使他们对事物的判断失之偏颇，其中社会生活中的种种不健康的思想、情感和行为也会严重地影响他们的心灵。随着互联网、多媒体的普及，广播电视节目、报纸杂志的增加，一些格调低下及观点错误的刊物、影视作品，都会给学生的思想行为带来消极的影响，不良的音像制品、淫秽出版物甚至会污染他们的心灵。这些社会的不良诱惑会给大学生的心灵带来强烈的冲击，对他们的心理健康带来威胁，使他们感到混乱、茫然、焦虑、紧张和无所适从。这种心理上的冲突必然带来心理失调，使学生出现种种适应不良的反应，心理障碍发生率逐年增多。

（四）大学生自身的不成熟

大学生所处的年龄段是个体自我同一性发展的重要阶段，在这个阶段，他们需要从他人的看法和评价中走出来，形成完整的自我认识、自我体验和自我评价，并对自己的未来进行充分的思考和规划。但是，面对东西方文化的碰撞、多种价值观的冲突，面对不同于以往的文化背景和多种价值选择时，他们常常感到茫然、困惑，导致人生观动摇或出现偏差。如在个人利益与个人主义、个性发展与个性放纵、自我意识与自我中心、现实主义与实用主义等问题上认识模糊，使他们无从选择，无法应对；受求新求异心理的影响，个别大学生盲目追求西方现代文化，当这些追求与现实发生冲突时，往往造成其在人生道路选择上处于两难境地，从而陷入自我认同危机。

总之，心理异常产生的原因是多方面的，既有生理因素，也有心理因素、社会因素，各种因素常常交织在一起，互相联系、互相作用、互相制约。某种先天因素的不健全，如性格退缩、依赖，加上不良的家庭因素，消极的社会环境影响，以及它们共同造成的心理发展中的冲突，必然导致某些人的心理困扰，甚至引发心理疾病。

三、心理学流派对心理问题成因的解释

（一）精神分析理论的解释

精神分析理论由弗洛伊德创立。他认为，人的许多心理障碍发生的原因，其实是更深层的内心世界冲突的结果。弗洛伊德的一个重要理论是将人的意识分为潜意识、前意识和意识三个层次。潜意识是人的心理活动的深层结构，包括人类的本能和原始冲动，由于与社会道德准则相悖，无法直接得到满足，只好被压抑到潜意识之中，所以潜意识是我们无法察觉到的东西。前意识是介于意识和潜意识之间的、不在意识范围中但可以回忆起的内容，其功能是在意识和潜意识之间从事警戒任务，它不允许潜意识领域中的本能冲动随便进入意识领域。意识则是心理结构的表层，是人们可以意识到的部分。在弗洛伊德看来，潜意识是我们内心想法的主体，决定了许多日常行为。潜意识中包括一些对意识来说显得可怕和不被接受的想法，若这些想法以意识方式表达出来时，个体会感到焦虑和不安，于是自我便将其控制在意识之外的潜意识之中以避免焦虑。因此可以说，人的潜意识动机与不被接受的冲突的压抑是引起心理异常最主要的起因。

弗洛伊德还将人格结构分为三个部分：本我、自我和超我。本我追求生物本能欲望的满足，遵循快乐的原则；自我介于本我与超我之间，遵循现实原则；超我代表良心和道德的力量，遵循道德原则。他认为，本我、自我、超我之间的冲突，是导致心理困扰的重要原因。

（二）行为主义理论的解释

行为主义理论认为：除了遗传决定的行为外，一切行为都是在环境中产生的结果。在环境中获得的经验也叫学习，是个体所有的生活经历的总和，是经过不断的定义、修正和改变行为获得的。行为主义的代表人物华生认为，人类的行为都是后天习得的，环境决定了一个人的行为模式，无论是正常的行为还是病态的行为都是经过学习而获得的。他十分重视社会环境对正常人格和异常人格的发展以及对行为的影响作用。桑代克和斯金纳注意到条件反射中的另一个事实，即行为会受到这一行为所产生的后果的影响。行为发生后会产生某种效果，而这种效果会影响到这一行为再次出现的可能性，这种类型的学习就称为工具性或操作性条件反射。班杜拉的社会学习理论则强调模仿学习对个体成长的重要性。因此行为主义理论认为，变态行为是不适宜的环境、错误学习和不适当条件反射经验的结果。也就是说个体的行为问题往往是由于不正确的教育方法和不恰当的强化方法，以及社会环境中的矛盾、冲突和困惑所致。

（三）认知学派的解释

认知，是指一个人对某一事件的认识和看法，包括对过去事件的评价，对当前事件的解释，以及对未来发生事件的预知。认知理论认为，个人的信念系统和思维在决定行为和情绪时具有重要性。一个事件之所以引起人们的消极情绪反应，并不是事件本身，而是人们对这个事件的评价和看法。消极的情绪反应多是由于人们对事件的不合理认知所致。所以认知治疗的焦点是了解歪曲的信念并应用技术改变不合理的想法。比如，情绪抑郁的人，看到桌上有半瓶矿泉水，会产生消极的看法，认为"怎么只有半瓶，真倒霉"。而一个情绪健康的人却会产生积极的想法，认为"不错，还有半瓶可以解解渴"。可见，消极的认知往往会形成恶性循环，导致心理困扰。

抑郁者常常是消极地看待自己，认为自己的过去不幸，认为自己的现在多舛，认为自己的未来没有希望。他们认为自己是失败者，是被人抛弃的人，因而消极地解释自己过去的经验，认为即使有成功也不过是侥幸所得，对未来同样是感到无助和绝望。

抑郁者不仅有使其抑郁的念头，更重要的是具有潜在的认知图式。心理学家研究表明，抑郁者有特殊的信息加工认知结构，即"抑郁图式"。活跃的抑郁图式干扰他们的信息加工过程，倾向于注意消极信息，忽视积极信息，以消极的方式解释模棱两可的信息。假如老师告诉一位抑郁的学生，他几个问题回答得都很好，只有一点瑕疵，这位学生就会把他的注意力全都集中在他那一点点失误上，并由此推论他的成绩会很差。抑郁者以抑郁图式加工信息，还意味着他们更擅长记忆和回忆消极经验，容易把目前发生的事件与过去的消极经验联系在一起。例如，一次考试失败或者一次被朋友拒绝，本来是生活中谁都会遇到的事情，他们却经常想起，并认为自己是一个彻底的失败者，是一个不受欢迎的人。

（四）人本主义理论解释

人本主义心理学家认为，一个人的心理健康与否主要表现在他是否有积极的自我概念。而积极自我概念的形成，主要取决于父母在孩子的成长过程中对待他们的态度，特别是是否给予了孩子无条件的积极关注。

在以罗杰斯为代表的人本主义看来，人都是善良的，都有积极向上的发展愿望，每个人都有自己的价值。父母给予孩子的爱应该是无条件的。父母爱孩子，不是因为他表现好才喜欢他，而是因为他是一个人，就应该尊重他、喜欢他。

根据罗杰斯的观点，每个人都需要被无条件地积极关注。在无条件的积极关注中，我们知道无论自己做什么，都会被接受、被爱、被引以为荣。孩子会发现自己不需要隐藏可能导致爱被撤销的那部分自我，能够接受自己的所有方面，把弱点和错误也纳入自我概念之中，自由地体验全部生活。

但是，在现实生活中，父母（或其他重要人物）给予孩子的爱常常是有条件的，也就是说，大多数父母只是在孩子的表现符合自己的期望时，才会爱孩子，当父母对孩子的行为不满意时，就会收回给予孩子的爱。孩子逐渐懂得只有做了让父母满意的事情才能得到父母的爱，自己获得积极关注是需要以自己的行为作为条件的。这种有条件的积极关注的结果，是使孩子学会了抛弃自己的真实感情和愿望，拒绝自己的弱点和错误，只接受父母赞许的那一部分自我，只将那些最可能被父母赞许、获得父母的爱和支持的内容纳入自我的概念之中，他们的自我概念不是全部的客观的自我，因此，当他们面对各种关于自我的信息时就会出现问题。

罗杰斯认为，一个具有积极自我概念的人，首先会注意到出现了新的信息，然后将其纳入自我概念之中。例如，一个人原以为自己很随和，可是有一天听见某人说自己不是很容易相处，他会认为自己其实不是那么随和。但实际上每个人都未必是完美的，不可能与所有的人都相处得很和谐。如果是一个具有消极自我概念的人，他可能会为新的信息而焦虑：看来并非人人都喜欢自己。对这类人来说当新的信息对自我概念构成威胁时，焦虑可能很难克服，心理困扰便因此而生。[①]

由此可见，不同的心理学派对心理问题成因的解释是不同的。任何一个学派都不能全部解释人类的各种行为和心理现象，不过，学会从不同的角度看待心理问题有助于我们更好地去了解人类的行为。

四、维护心理健康的途径与方法

人的一生不可能都一帆风顺、一路平坦，挫折和坎坷在所难免，关键是遭遇困境、遇到挫折时怎样自我调整，如果自己调整不过来时，应该怎样寻求社会支持和专业帮助，才能使自己尽快走出心理困扰。这就需要在生活中通过多种途径和方法来维护心理健康，提高心理素质。

（一）掌握科学的心理学知识，学习应对心理困扰的方法

作为大学生，应该积极通过心理学书籍和课堂教学，学习心理健康知识，树立正确的心理健康观念，优化心理品质，增强心理调适能力和社会适应能力，预防和缓解心理问题，使自己拥有幸福快乐的人生。

心理健康课程不同于一般学科，其目的不仅是让学生掌握心理健康知识，而且要让学生进行情感体验、心灵沟通、理念认同和情绪调节。教学采取的是启发式、互动式、体验式方法，针对学生心理实际，通过情景体验、讨论分析、行为训练、心理陈述等方式，让学生充分参与。可以说，心理健康课是启迪心灵的课堂，是可以改变人生的课堂，是让人受益终生的课堂。大学生应该珍惜学习这门课程的机会，系统学习心理健康基本知识，学会自我心理调适方法，积极参与课内外的互动、体验活动，在各种活动中尽情地展现自己，从不同的角度认识自己，促进心灵的成长与发展。

（二）接受心理咨询与辅导，尽快走出心理困扰

心理咨询的方式有多种，如面对面咨询、电话咨询、网络咨询、信件咨询等。个体咨询具有隐蔽性强、能够适应个体差异的特点，可以帮助有心理困扰的学生减轻心理压力，走出心理困扰。在咨询中，咨询师会尊重每一个学生，关注每一个来访学生的感情世界、

---

① 参见杨韶钢：《人性的彰显：人本主义心理学》，济南，山东教育出版社，2009。

内心体验、生活追求、独特性、自主性等心理需要，完全接纳求助者的现状、价值观、人格和权益。在咨询室里，学生也不必担心自己所说的内容被传播出去，因为保密是咨询能够顺利进行的重要基础。

心理咨询运用心理学的理论与方法及技巧为有心理困扰的同学提供帮助，方法有很多，如心理分析疗法、行为疗法、人本主义疗法、认知疗法、森田疗法等。

团体辅导是高校心理健康教育的又一个重要形式。参加团体辅导与训练，会使参与者的心灵受到震撼与启迪。团体训练中，教师不是空洞说教，而是精心设计情景，注重以学生为主角，充分调动学生积极性，使之充分表达自己的观点，使参与者能够共同分享各种信息和观点，并在各种观点的碰撞中，产生心灵的震撼，带来强烈的情感体验，并获得感悟和提升。团体训练还注重学生之间的相互传感效应，在自由轻松的氛围和互动互助的过程中，使学生感受到团体的魅力，提升心理素质，实现自我矫正。

（三）参加社团与社会实践活动，挖掘和展示自身的才华

校园文化活动和社会实践活动可以帮助大学生更好地了解自己、认识自己、挖掘自身的潜力，展示自身的才华。在社会实践中，大学生能够寻找志趣相投的朋友，进行心理沟通和情感交流，提高人际交往与沟通能力，并感受到安全感、信任感和责任感，从而开阔胸襟，增强学习生活的信心和力量，并达到健全人格，提高综合素质的目的。

其中，心理社团的活动形式丰富多彩，有心理训练营、心理广场活动、心理电影赏析、朋辈心理沙龙、心理讲座、心理剧演出、心理知识竞赛等，为大学生提供了多种成长的舞台。

▌测一测：测测你的人际关系

1. 我最怕转学或转班级，每到一个新环境，我总要经过很长时间才能适应。

    A. 是   B. 无法肯定   C. 不是

2. 每到一个新地方，我很容易同别人接近。

    A. 不是   B. 无法肯定   C. 是

3. 在陌生人面前，我常无话可说，以至于感到尴尬。

    A. 是   B. 无法肯定   C. 不是

4. 我最喜欢学习新知识或新学科，它给我一种新鲜感，能调动我的积极性。

    A. 不是   B. 无法肯定   C. 是

5. 每到一个新地方，我第一天总是睡不好，就是在家里，只要换一张床，有时也会失眠。

    A. 是   B. 无法肯定   C. 不是

6. 不管生活条件有多大变化，我都能很快习惯。

    A. 不是   B. 无法肯定   C. 是

7. 越是人多的地方，我越感到紧张。

    A. 是   B. 无法肯定   C. 不是

8. 在正式比赛或考试时，我的成绩多半不会比平时的练习差。

    A. 不是   B. 无法肯定   C. 是

9. 我最怕在班上发言，全班同学都看着我，心都快跳出来了。

    A. 是   B. 无法肯定   C. 不是

10. 即使有的同学对我有看法，我仍能同他们交往。

    A. 不是   B. 无法肯定   C. 是

11. 老师在场的时候，我做事情总有些不自在。

    A. 是   B. 无法肯定   C. 不是

12. 和同学、家人相处，我很少固执己见，乐于采纳别人的看法。

    A. 不是   B. 无法肯定   C. 是

13. 同别人争论时，我常常感到语塞，事后才想起该怎样反驳对方，可惜已经太迟了。

    A. 是   B. 无法肯定   C. 不是

14. 我对生活条件要求不高，即使生活条件很艰苦，我也能过得很愉快。

    A. 不是   B. 无法肯定   C. 是

15. 有时自己明明把课文背得滚瓜烂熟，可在课堂上背的时候，还是会出错。

    A. 是   B. 无法肯定   C. 不是

16. 在决定胜负成败的关键时刻，我虽然紧张，但总能很快地使自己镇定下来。

    A. 不是   B. 无法肯定   C. 是

17. 我不喜欢的东西，不管怎么学也学不会。

    A. 是   B. 无法肯定   C. 不是

18. 在嘈杂混乱的环境里，我仍然能集中精力学习，并且效率较高。

    A. 不是   B. 无法肯定   C. 是

19. 我不喜欢陌生人来家里做客，每逢这种情况，我就有意回避。

    A. 是   B. 无法肯定   C. 不是

20. 我很喜欢参加社交活动，我感到这是交朋友的好机会。

    A. 不是   B. 无法肯定   C. 是

评分办法：选 A 得－2 分，选 B 得 0 分，选 C 得 2 分，将各题得分相加得出总分。

35~40分，社会适应能力很强。无论进入什么样的环境，都能应付自如，左右逢源。

29~34分，社会适应能力良好。继续努力！

17~28分，社会适应能力一般。经过一段时间的努力，基本上能适应新的环境。

6~16分，社会适应能力较差。当你遇到困难请不要怨天尤人更不要消沉，要积极寻求老师和家长的帮助，分析自己的优缺点，努力改变原有的不良习惯，调整方法，加速适应。

5分以下，社会适应能力很差。也许你常常感到苦闷，但不要太忧心忡忡，因为一个人的社会适应能力是随着年龄的增长、知识经验的丰富而不断增强的。请你面带微笑，告诉自己：我有信心，刻苦学习，虚心求教，加强锻炼，成为适应社会的成功者！

补充知识 **适应障碍**

何谓适应障碍？一般是指在环境改变（如升学、移民）、地位改变（新工作岗位）、突发事件（患病、离婚、丧偶）等情况下，个体不能适应新的情况而出现的心理障碍，表现以情绪障碍为主，也可伴有行为障碍或生理功能障碍。一般成人以情绪障碍多见，而青少年则以品行障碍多见。在儿童身上可表现为退化现象，如尿床、言语幼稚或吸拇指等。症状通常出现在应激事件或生活改变后一月之内。病人一般有个性缺陷，心理障碍持续时间在半年以内。

适应障碍常有以下几种表现形式：

（1）以情绪障碍为突出表现的适应性障碍：多见于抑郁者，表现为情绪低落、沮丧、失望、对一切失去兴趣，也有人以紧张不安、心烦意乱、心悸、呼吸不畅等为主。

（2）以品行障碍为突出表现的适应障碍：多见于青少年，表现为侵犯他人的权利或违反社会道德规范的行为，如逃学、斗殴、破坏公物、说谎、滥用药物、酗酒、吸毒、离家出走、过早开始性行为。

（3）以躯体不适为突出表现的适应障碍：患者表现为疼痛（头、腰背或其他部位）、胃肠道症状（恶心、呕吐、便秘、腹泻）或其他不适，而检查又未发现躯体有特定的疾病，症状持续不超过半年。

（4）以工作、学习能力下降为突出表现的适应障碍：患者原来工作学习能力良好，但出现工作能力下降、学习困难的情况。

（5）以社会退缩为主的适应障碍：患者以社会性退缩为主，如不愿参加社交活动、不愿上学或上班、常闭门在家，但不伴抑郁或焦虑。

适应障碍的治疗原则：

（1）心理治疗：这是主要的治疗方法，可采用支持性心理治疗、行为治疗、认知疗法，也可用精神疏泄疗法等，必要时定期进行心理咨询。

（2）药物治疗：对抑郁、焦虑明显者可酌情使用抗抑郁药物或抗焦虑药物。

（摘自百度文库）

关键词

心理学　心理健康　心理健康维护

思考题

1. 为什么经济、社会发展了，大学生的心理问题却越来越多了？

2. 你进入大学后遇到了哪些心理困扰？请分析一下引起这些问题的原因是什么？

3. 当遇到心理困扰时，你通常都是怎样应对的？效果好吗？是否有改进的必要？

参考文献

[1] 王朝庄，雷云．大学生心理健康教育．郑州：大象出版社，2007

[2] 王有智，欧阳仑．心理学基础——原理与应用．北京：首都经济贸易大学出版社，2003

[3] 房素兰主编．让快乐伴你成长——大学生心理健康教育读本．沈阳：辽宁大学出版社，2006

[4] 侯桂芳．新世纪大学生心理健康教育概论．济南：山东人民出版社，2007

[5] 孙晓莉．当代大学生心理健康的研究与分析．新疆石油教育学院学报，2010（4）

[6] 赵岩，柳云，杨晓星．大学生心理健康教育课中人文素质教育的渗透．理论观察，2010（5）

[7] 朱小根．探析大学生心理健康教育课教学实效．广西教育学院学报，2009（6）

第二章

从认识自我开始

本章提要

　　自我意识是一个人对自己的认识和评价，在很多时候，我们的心理状态以及面对事情时会采取怎样的行为都和我们对自己的评价密切相关。和很多心理行为一样，自我意识也存在一个发展过程，在这个发展过程中，自我意识常会因一些因素的影响而出现偏差，本章旨在通过对自我意识的概念及心理学相关理论，以及大学生自我意识的特点、常见偏差和相关训练的介绍，帮助大学生形成较为客观的自我意识，并及时调整在自我意识方面的偏差，以达到心理素质的进一步提高。

　　希腊神话中有一个叫做斯芬克斯的狮身人面的怪兽，它坐在忒拜城附近的悬崖上，向过路人出一个谜语："什么东西早晨用四条腿走路，中午用两条腿走路，晚上用三条腿走路？"很多人因答不出这个谜语而被它吃掉了，直到俄狄浦斯出现，他的答案是："人。"斯芬克斯因羞愧跳崖而死。斯芬克斯之谜的故事揭示了一个简单却又深刻的哲理——人，最难认识的就是自己。

> 　　人，认识你自己。
>
> 　　　　　　　　　　　　　　　　　　　　——古希腊德尔斐阿波罗神庙箴言
>
> 　　天上的繁星数得清，自己脸上的煤烟却看不见。
>
> 　　　　　　　　　　　　　　　　　　　　　　　　　　——马来西亚民谚

第一节　身边的故事

　　晓芸在我的第一印象里是个十分胆小害羞的女孩，她进入咨询室的时候几乎是战战兢兢的。她坐下来后一直低着头，长发垂下来，基本上把脸都挡住了，要不是她抬起手擦拭眼泪的动作让我知道她应该是刚刚哭过，我几乎是没有办法从其他方面判断的。坐在沙发上的她显得很拘谨，脸低垂着，接着以道歉开始了我们的第一次谈话："对不起老师，耽误您的时间了，本来我是不想来麻烦你们的，但我心里真的很难过。"说完她的眼泪就落了下来。

　　我先是肯定了她在遇到困扰时来求助是对的，接着鼓励她有什么心事都可以放心对我们讲，我们一定会为她保密，并且尽力帮助她。

　　晓芸擦了擦眼泪，然后低低地说："老师，我觉得自己很失败。我身边的同学都有很多朋友，而我却是孤零零一个人，平时想找个人聊天逛街都找不到，我也想多交朋友啊，可是我一和不太熟悉的人在一起就很紧张，不知道该和他们说什么，我总觉得自己什么都不懂，什么都不会，他们谈论的东西都是我不知道的，所以在人多的时候我只能做个听众，慢慢的，我觉得周围的人都忽略了我的存在，我自己也觉得在人群中好像是多余的。我真的不想这样，我好羡慕我们宿舍的另外三个同学，真希望自己能像她们一样，可是我不知道该怎么做，您能帮帮我么？"

"看起来，你对自己同宿舍的另外三个女生评价很高嘛，能详细向我描述一下她们都有哪些地方让你觉得很羡慕吗？"我问。

晓芸直到这个时候才将头抬起了一些，但目光也仅仅是和我接触了一下就又把头低回去了。她咬了咬嘴唇，然后说道："在我们宿舍中，我最羡慕的是小敏，她个子很高，人长得也漂亮，性格又特别开朗，周围的同学都喜欢她，尤其是男生，经常会约她出去。而我，个子矮不说，腿还特别粗，夏天的时候我都不敢穿裙子。而宿舍的另一个同学琳琳虽然个子不是很高，但是特别可爱，她是我们宿舍的'开心果'。我有的时候都在想，她哪里来的那么多的笑话呢？真是好羡慕她！最后一位小雯，是我们宿舍的大姐姐，她的性格很温柔，说起话来总是带着笑，很会安慰人，我们有什么心事都喜欢对她讲，她还是我们班的副班长，连班上的很多男生有了问题都会来征求她的意见，有的时候我听她在电话里那么清晰透彻地帮他们分析解决问题我都觉得很不可思议，连带着我就会觉得自己怎么那么幼稚，要是有人拿这种问题来问我，我肯定不知道怎么回答——当然，我想也不会有人来问我的。"说完，晓芸还一脸失落地摇了摇头。

"听起来，你的舍友在你心目中都很优秀，那你又是如何评价自己的呢？"我接着问。

"我自己？"晓芸迟疑了一下，接着开始对自己从头到脚的批判："老师，你应该注意到了，我的眼睛一只大一只小，虽然我知道很多人都是这样，但我的特别明显，我最怕照相了，因为相片中的我就好像一只眼睛有问题似的。"晓芸这个时候才真正抬起头来，指着自己的右眼，对我说了上面的话，其实在我看来，晓芸的眼睛没有什么特别的，至少不会像她说的差别那么明显。

"还有我的腿，我个子矮，腿还特别粗，夏天的时候看到其他女孩子都可以穿漂亮的短裙，我不知有多羡慕她们，可是我……只敢穿裤子和长裙，而穿长裙又会显得我腿短，我真的很自卑。如果仅仅是外表的问题也就算了，我还特别内向，不敢主动和别人交往，明明想交朋友，又不知道怎么开口，我真的觉得自己很差劲啊！"……

分析：

看到这里，我想很多人都发现了晓芸的问题所在——自我评价过低，也就是我们说的自卑。自我认识是自我意识的认知成分，而自我评价则是自我认识中最主要的方面，它集中反映了个体自我认识乃至自我意识的发展水平。

每个人都会在内心对自己"打分"，但是根据自我意识水平的不同，这个分可能打得比较准确或者偏差很大，有的人过高地估计了自己的能力，也就是我们常说的"自我感觉良好"，这样的人在一般情况下可能不会因为自我评价过高产生什么问题，甚至这类人往往给别人很"自信"的感觉，但当需要完成一项重要的工作或任务的时候，这类人常会因为过分"乐观"而导致对困难估计不足，以至于无法顺利达到目标，从而带来对自信心的打击。而另一些人则是自我评价过低，就像我们故事中的晓芸，她总是觉得自己这里不好，那里也不行，看到的都是自己身上的不足，这类人在平时常表现得行为退缩，不敢主动表达自己的意愿，甚至不敢主动和他人交往。

第二节 自我意识的概念及理论

一、自我意识的概念

(一) 自我意识的定义

自我意识是人对自己身心状态及对自己同客观世界的关系的意识。自我意识包括三个层次：对自己及其状态的认识；对自己肢体活动状态的认识；对自己思维、情感、意志等心理活动的认识。

自我意识是一个人对自己的认识和评价，包括对自己的心理倾向、个性心理特征和心理过程的认识与评价。正是由于人具有自我意识，才能使人对自己的思想和行为进行自我控制和调节，使自己形成完整的个性。

自我意识不仅是人脑对主体自身的意识与反映，而且由于人的发展离不开周围环境，特别是人与人之间关系的制约和影响，所以自我意识也反映人与周围现实之间的关系。自我意识是人类特有的反映形式，是人的心理区别于动物心理的一大特征。

自我意识在个体发展中有十分重要的作用。首先，自我意识是认识外界客观事物的条件。一个人如果还不知道自己，也无法把自己与周围相区别时，他就不可能认识外界客观事物。其次，自我意识是人自觉、自控的前提，对自我教育也有一定的推动作用。人只有当意识到自己是谁，应该做什么的时候，才会自觉自律地去行动。一个人意识到自己的长处和不足，就有助于他发扬优点，克服缺点，取得自我教育积极的效果。最后，自我意识是改造自身主观因素的途径，它使人能不断地自我监督、自我完善。可见，自我意识影响着人的道德判断和个性的形成，尤其对个性倾向的形成更为重要。

(二) 自我意识的结构 (见图 2—1)

图 2—1 自我意识结构

自我意识的结构是从自我意识的三个层次，即从知、情、意三方面分析的，由自我认知、自我体验和自我调控（或自我控制）三个子系统构成。因此，自我意识也叫自我调节系统。

自我认知是自我意识的认知部分。它是自我意识的首要成分，也是自我调节控制的心理基础。它包括自我感觉、自我概念、自我观察、自我分析和自我评价五个方面，其中，自我分析是在自我观察的基础上对自身状况的反思；自我评价是对自己能力、品德、行为等方面的社会价值的评估，它最能代表一个人自我认知水平的高低。

自我体验是自我意识在情感方面的表现。自尊心、自信心是自我体验的具体内容。自尊心是指个体在社会比较过程中所获得的有关自我价值的积极的评价与体验。自信心是对自己的能力是否适合所承担的任务而产生的自我体验。自信心与自尊心都是和自我评价紧密联系在一起的。①

自我调控是自我意识的意志成分。自我调控主要表现为个人对自己的行为、活动和态度的调控。它包括自我检查、自我监督、自我控制几个方面，其中，自我检查是个体在头脑中将自己的活动结果与活动目的加以比较、对照的过程；自我监督是个体以良心或内在的行为准则对自己的言行实行监督的过程；自我控制是个体对自身心理与行为的主动掌握。自我调节是自我意识中直接作用于个体行为的环节，它是一个人自我教育、自我发展的重要机制，自我调节的实现是自我意识的能动性表现。自我调控的作用表现为：启动或制止行为；心理活动的转移；心理过程的加速或减速；积极性的加强或减弱；动机的协调；根据所拟订的计划监督检查行动；动作的协调一致等。

成长意味着逐渐脱离对父母、对师长、对他人的依赖。心理自我的成长更是如此，它表现出自我意识的主动性与独立性，强调自我的价值与理想。这是自我意识发展的最后阶段。人生是一个不可逆过程，要提高人的社会价值，使人生更有意义，就必须善于认识自己、控制自己、完善自己，使个人的发展与社会的进步相协调、相和谐。

（三）自我意识的形成

每个人对自己的意识不是一生下来就有的，而是在其成长过程中逐步形成和发展起来的。人首先是认识外部世界、认识他人，然后才逐步认识自己。自我意识是在与他人交往过程中，根据他人对自己的看法和评价而发展起来的，这个过程在我们一生中一直进行着。

每个人都是一个自我心灵画家，不过，这个画家的水平是逐渐提高的，当我们对自己的认识达到以下水平时，我们对自己的画像就基本完成了：

能意识到自己的身体特征和生理状况；能认识并体验到内心进行的心理活动；能认识并感受到自己在社会和集体中的地位和作用。

每个人给自己的画像从无到有，从差到好，大体要经历以下三个阶段。

---

① 参见邱鸿钟主编：《大学生心理健康教育》，广州，广东高等教育出版社，2004。

（1）生理自我阶段。

生理自我是个体对自己的身体的认识，包括占有感、支配感、爱护感。人们有时把生理自我发展阶段称为自我中心期，这种初级的形态是以自我感觉的形式表现出来的。

大约在一岁末的时候，孩子能用手拿住东西，他知道手指是自己的，这样就把自己的动作和动作的对象区分开来，这是自我意识的最初表现。之后孩子开始知道皮球会滚动是因为自己扔的，这就进一步把自己这个主体和自己的动作区分开来。

两岁左右的孩子开始知道自己的名字，但这时他只是把名字理解为自己的代号。孩子从知道自己的名字过渡到掌握代词"我、你"，在自我意识的形成上是一个质的变化。此时，儿童开始把自己当做一个与别人不同的人来认识。从此，儿童的独立性开始大大增长，他们经常说"我来，我要……"随着儿童把自己当做主体的人来认识，他们逐步学会了自我评价，懂得了乖或不乖、好或不好的含义。

当儿童在三岁左右，会用人称代词"我"来表示自己，用别的词表示其他事物时，他开始意识到了自己心理活动的过程和内容，开始从把自己当做客体转化为把自己当做一个主体的人来认识。这是自我意识的萌芽阶段，也是自我意识发展中的一次质变和飞跃，人的自我意识从此萌生。

（2）社会自我阶段。

从三岁到青春期开始，个体通过学前教育和学校教育，受到社会文化的影响，增强了社会意识，认识到自己是社会的一员，尽量使自己的行为符合社会的标准。这个阶段称为社会自我阶段。

（3）心理自我阶段。

从14、15岁到成年，大约10年的时间，这个时期，个体的性意识觉醒，抽象思维能力和想象力大大提高。在生理和心理急剧发展变化的同时，自我意识开始成熟，个体开始进入心理自我阶段。

在这个阶段，个体变得特别在意别人的评价，希望引起别人的注意，开始对自己不满意，希望改变自己的外貌、性格等。

心理自我阶段是一个人逐渐脱离对父母或者长辈的依赖，并从长辈的保护、管制下独立出来，表现出自我意识的主动性与独立性，强调自我的价值与理想的阶段。也是自我意识发展的最后阶段。这时我们能够透过自我意识去认识外部世界，而且这样的自我意识过程将伴随我们的一生。

一个人心理健康的发展是与他的心理自我发展是否完善密切相关的。心理自我发展完善的个体能够以客观的社会标准来认识社会和评价事物，树立正确的伦理道德观念，形成对待现实的正确态度、理想与信念等。

（四）自我意识的作用原理分析

1. 神秘的自我观

民俗学研究以及民间故事和神话故事所提供的资料证明，远古时代或者落后的原始部落的人都把个体的自我意识称为灵魂，认为灵魂与个体在生理解剖上存在着神秘关系，灵魂可以主宰人的一切心理活动。落后地区的人大都相信巫师可以通过人体的某个部分控制其灵魂。

人类进入了文明时代之后，逻辑推理与权威思辨替代了神秘的想象，逐渐用理性来解释灵魂，认为人的灵魂是理性的东西，人的感觉、动作由理性所支配。古希腊哲学家们也对灵魂归宿问题分别提出了自己的见解。苏格拉底认为，人是有思想的，内部个性是自由的，而其一切行为是依理性的决定来确定的。他要求人们进行自我认识和自我深造。柏拉图把人的灵魂分为理性部分、意志部分和感情部分。亚里士多德则认为人的灵魂有三种，即表现在营养和繁殖上的植物灵魂，以及超过各种植物的特性而表现在感觉和愿望上的动物灵魂，以及超过各种动物的特性而表现在思维和认识上的理性灵魂。人的感觉、愿望等动物灵魂是服从于理性的，受理性支配的。当时由于生产力水平的低下，人们的认识受到社会经济发展水平的限制，无法对灵魂做出科学的解释，故表现为一种神秘的自我观。

2. 经验的自我观

随着近代资本主义的发展，自我观的研究又进入了一个新的阶段。被古代人称为灵魂的概念，改由自我一词来替代，对自我的解释也不再是逻辑推理与权威思辨，而是通过经验来总结。

（1）詹姆斯的自我论。

詹姆斯是关注自我研究的早期倡导者。詹姆斯将自我经验分为三个部分：物质我（与周围物质客体相伴随的躯体我）、社会我（关于别人对自己的看法的意识）以及精神我（监控内在思想与情感的自我）。詹姆斯认为，一切与自身相关的事物都会在某种程度上成为自我的一部分。

（2）弗洛伊德的自我论。

奥地利精神病学家弗洛伊德于 1913 年提出的人格结构理论认为，人格是由本我、自我和超我三部分构成的。自我与外界发生联系，能根据现实的原则代表外界的要求，是自律的适应作用、防卫作用和综合作用的主体，具有认识、判断与执行的能力。自我的重要任务是满足本我的欲望，是本我的真实奴仆，但也想根据现实原则来"控制"和"约束"本我。可见，弗洛伊德的自我概念是在生物学基础上，因后天的经验与生物性的成熟而成长起来的，它来自个体外部的客观的观察，是个体精神机能的主体之一。

（3）奥尔波特的自我论。

美国心理学家奥尔波特整理了一些学者关于自我的论述，把自我分为八类：把自我理解为主体的自我；作为被认识到的客体的自我；作为原始的利己心的自我；作为控制冲动的主体的自我；作为精神过程的接受者的自我；作为追求目标者的自我；作为行为体系的自我；作为文化主体的自我等。

（4）米德的自我论。

美国社会心理学家米德从奥尔波特对自我的分类中挑选了第一类和第二类加以展开。

他把自我分为两个成分，一是作为主体的我（I），二是作为客体的我（me）。客体的我接受着主体的我的命令与态度，使自身符合社会的要求；而主体的我则随时随地根据社会规范而实现对客体的我的调节。他认为，自我的这两个方面是通过社会交往而逐渐被分化而明确起来的。[①]

上述关于自我意识的观点，对人们理解自我意识概念有所启发，但还缺乏科学的方法和实践的检验。

3. 哈特曼的自我心理学

奥地利心理学家哈特曼是自我心理学之父，对近代自我心理学的建立和发展有着重大影响。在其理论中他谈到自我的综合功能、自我心理过程以及自我防御机制，最为重要的是哈特曼提出了自主性自我的概念。哈特曼认为自我在生命的早期是未分化的，是和本我同时存在的，而且二者在其内在倾向方面都有各自的根源与独立发展过程，自我过程并不依赖于纯粹的本能目的，即自我过程并不都是为了满足个体的本能需要，而是有着不同于本能的目标。哈特曼还论述了自我防御机制，认为自我防御机制并不一定都是病态的或消极的，在个体的发展过程中，它也可以是健康的、正常的，有助于个体自我整合和对环境的适应。自我的自主性是非常强的，它并不完全受本能的支配，而是以其拥有的感知、记忆、思维等认知过程来自主地支配自己，主要是以非防御性的方式来应付现实，适应环境。

4. 埃里克森的自我同一性理论

美国心理学家埃里克森认为，自我在为本我需要服务的过程中，发展了自身的各种功能。自我能够组织个体的生活，保证个体生理环境和社会环境的永恒和谐；自我是个体在发展中的心理过程，包含个体的有意识的动作，并能对之加以控制；自我是个体过去经验与当前认知任务的综合，它引导个体的心理能量向社会要求和规定的方向发展；自我能把个体的内心生活和社会任务统一起来，这就是自我发展的同一性问题。

埃里克森强调人的一生发展就是自我适应社会的过程，是一个自主的、充满冲突的发展过程。为了发挥个人的最大功能，在满足本能需要的基础上，个体还需要对他的经验加以整合，因此个体必须追求一种稳定的自我意识，即自我同一性的认识：个体能感到自我的完整和自我经验的延续。埃里克森还把人的发展分为八个阶段，每一阶段都存在一种危机，危机的解决则意味着个体向下一个阶段发展的转折，当危机顺利地解决，则形成这一阶段积极的自我，反之，则形成消极的自我。各个发展阶段之间是相互依存的，同时每个阶段又会形成自己独特的自我特征，人格的发展就是在与环境的不断作用中形成的各个阶段自我同一性的整合。

5. 元认知模型系统理论

（1）认知加工理论。

美国心理学家邓纳特提出了认知加工理论。这种理论的特点在于对人类自我意识过程

---

① 参见［美］乔纳森·布朗：《自我：社会心理学精品译丛》，北京，人民邮电出版社，2004。

的独特理解以及在此基础上提出的认知流程。

a. 自我意识过程新论。邓纳特在其理论中区分了在人脑自我意识过程中存在的三种信息获取方式：第一种是内隐式信息获取，第二种是外显式信息获取，第三种是自我反省式信息获取。他强调的重点在于个体自我意识信息获取的整体性，即自我意识状态的实现并非指向个体所获取信息的部分。这种信息获取机制才真正决定了个体意识状态的产生。内隐式信息获取同自我意识没有直接联系，而外显式信息获取则仅仅是这一机制加工结果的最终输出功能。

b. 认知流程。邓纳特根据自己对自我意识过程的理解，提出了一种个体自我意识的认知加工流程。他认为个体的自我意识过程大致由输出、控制、记忆、知觉、问题解决、梦这六种必要成分组成。

（2）认知计算理论。

英国心理学家约翰逊·莱尔德提出了认知计算理论。这一理论的特点是把人脑的自我意识活动看成类似于计算机加工信息的运算过程。他用不同层次的并行加工的机制来阐述人类自我意识的运行。

（3）元认知监控理论。

美国心理学家弗拉维尔提出了元认知监控理论。这一理论的特点在于对元认知构成要素的合理划分以及对元认知整体调控作用的强调。

元认知的结构包括三方面的内容：一是元认知知识，即个体关于自己或他人的认识活动、过程、结果以及与之有关的知识；二是元认知体验，即伴随着认知活动而产生的认知体验或情感体验；三是元认知监控，即个体在认知活动进行的过程中，对自己的认知活动积极进行监控，并相应地对其进行调节，以达到预定的目标。

元认知的这三个方面是相互依赖、相互制约的，三者的有机结合便构成了一个统一整体——元认知。因此，元认知过程实际上就是指导、调节我们的认知过程，选择有效认知策略的控制执行过程。其实质是个体对自己认知活动的自我意识和自我控制。

以上是一些关于自我意识方面的理论，了解和学习这些理论，有助于我们更好地认识自我意识这一概念，对培养良好的自我意识也有一定帮助作用。

第三节　大学生自我意识的特点、问题及培养

一、大学生自我意识的特点

大学生正处于自我意识的迅速发展时期，一般具有以下特点：

（一）自我意识开始分化，并且迅速发展，自我矛盾开始出现

进入大学以后，随着学习、生活方式的改变和心理意识的发展，大学生的自我意识有了

明显的变化，出现了理想自我和现实自我的分化，并且迅速发展，导致矛盾冲突日益明显。大学生对自己的生活充满信心，对未来抱有幻想，可现实往往不是他们所想象的，于是就出现了理想自我和现实自我的矛盾。这种矛盾分化，使得大学生发生自我意识的改变，经过自我体验和自我调控，而表现出各种激动、喜悦、焦虑与不安的情绪。当理想自我占优势时，大学生往往会将"客观自我"萎缩到实际能力以下，总认为自己事事不如人，从而产生较强的自卑感，甚至放弃努力，形成自我悲悯的心理状态。相反，当"现实自我"占优势时，大学生往往表现出较强的虚荣心和自我陶醉，特别在乎别人对自己的评价，担心暴露自己的缺点。

（二）自我意识矛盾日益突出，但调控能力相对较弱

由于自我意识的分化，"主体自我"和"客体自我"、"理想我"和"现实我"之间的种种矛盾开始出现，随着自我意识的进一步发展，这种矛盾也越来越突出。在这种矛盾心理的作用下，他们对自己的评价也常常是矛盾的，对自己的态度也是波动的，对自己的调控常常是不自觉、不果断的。他们有时看到自己的这一面，有时又突然看到自己的另一面；时而能客观地评价自己，时而又高估或者低估自己；有时感到自己很成熟，有时又会感到自己很幼稚；时而对自己充满信心，时而又对自己很不满意。面对自我意识中的种种矛盾，大学生便开始通过各种活动来重新认识自己，自觉或不自觉地在矛盾中进一步认识自己，完善自我。他们常常会问自己："我聪明吗？""我的性格如何？""我有什么能力和特长？""我应该怎样度过自己的一生？"经过一段时间的矛盾冲突和自我探究后，大学生的"主体自我"和"客体自我"就会在新的水平和方向上趋于一致，达到暂时的自我统一。然而新的自我意识矛盾又会产生，还需要不断地自我调控和自我探究。但大学生的这种自我调控能力相对较弱，常常会表现为过多关注自己，过于看重自己，而对他人、集体、社会考虑较少等。

（三）自我意识的矛盾不断激化，出现混乱

大学生自我意识的混乱通常表现为两种类型：一种是过高的自我评价，另一种则是过低的自我评价。过高或过低的自我评价往往导致个体自我意识确立过程中的过分自负或过分自卑这两大心理缺陷。它们是妨碍良好自我意识形成的心理障碍。

过低的自我评价。处于这种意识状态的大学生，在把"理想我"与"现实我"进行比较时，对"理想我"期望较高，又无法达到，对"现实我"不满意，又无法改进。他们在心理上的一个特征就是自我排斥。由于在成长过程中，"理想我"与"现实我"的距离过大所导致的自我矛盾冲突，他们往往会产生否定自己、拒绝接纳自我的心理倾向。这类大学生往往降低人的社会需求水平，对自我过分怀疑，压抑自我的积极性，并可能引发严重的情感损伤和内心冲突。他们的心理体验常伴随着较多的自卑感、盲目性、自信心丧失和情绪消沉、意志薄弱、孤僻、抑郁等，尤其是面对新的环境、挫折和重大生活事件时，常常会产生过激行为，酿成悲剧。近几年来发生的大学生自杀事件中有相当一部分就是由此心理问题所导致。

过高的自我评价。这是一种与过低自我评价相对立的自我意识状态。在这种自我概念的

支配下，个体往往扩大"现实我"，形成错误的不切实际的"理想我"，并认为"理想我"可以轻易实现。这种类型的大学生往往盲目乐观，以我为中心、自以为是，不易被周围环境和他人所接受与认可，容易引起别人的反感和不满，因此极易遭受失败和内心冲突，产生严重的情感挫伤，导致苦闷、自卑、自我放弃，有时还会引发过激行为和反社会的行为。

（四）自我意识的矛盾转化不断进行，且渐趋稳定

在自我意识由"矛盾——统一——新矛盾—新统一"的转化发展过程中，大学生自我意识不断发生重大变化，由刚进校的"依赖性"和"盲目性"，渐渐转变为"想入非非"，到毕业前就显得沉稳多了。正是这种矛盾转化使得大学生自我意识发生了明显的飞跃，个体之间出现了不同的差异，自我意识也逐渐趋向成熟。

由此可见，大学阶段是大学生自我意识的"转折"时期，也是自我意识和自我矛盾表现最突出的阶段，对个体的人生观、价值观、世界观形成有着非常重要的意义。针对大学生自我意识的发展特点，采取相应的自我意识教育和培养，可以促进大学生走上全面发展和健康成长之路，因此要引导他们全面认识自我，积极认可自我，努力完善自我。

二、大学生常见的自我意识偏差

（一）自我评价过高

有一项针对大学生的自我鉴定与实际表现的比较表明有 3/4 左右的大学生对自己的评价不同程度偏高。大学生一直是一个社会评价和社会期望都比较高的群体，作为这个群体的一员，大学生常表现出非常自信、自尊心强等特点。较高的自我评价对个人成长和心理健康是有利的，但如果这种评价过高，就是自负了，反而会对大学生的身心健康造成不良影响。在这种自我概念的支配下，个体往往扩大现实的自我，形成错误的不切实际的理想的自我，并认为理想的自我可以轻易实现。这种类型的青年人往往盲目乐观，喜欢拿自己的长处比别人的短处，不切实际地过高估计自己的优点，看不到自己的缺点，总认为自己才高过人，慨叹自己生不逢时。他们喜欢卖弄小聪明，虽然没有取得什么成就，也喜欢说是自己没努力，暗示自己是聪明的，有才华的。一旦小有成功，便自鸣得意，忘乎所以，自我膨胀，把成功完全归因于自己，而当遭到挫折时，便千方百计地寻找借口，把失败完全归咎于他人和环境条件。

1. 自我评价过高的主要表现

（1）盲目乐观，过度自信。

有着这类问题的大学生往往在平时显得极为自信，总是在向他人炫耀自己的优点和长处，认为没有自己做不到的事情，如果无法完成某项任务只是因为自己没有认真做或者不够努力。

（2）好胜心和竞争欲望强烈。

由于过度自信，这类学生常表现得好胜心很强，喜欢和他人比试，但这种比试往往是用自己的长处和他人的短处相比较。或者表现为听不得同学朋友对他人的赞扬，认为自己

也非常不错，不会比其他人差。

（3）优越感强，在人际交往中常不自觉地处于领导地位。

在人际交往中，因为自我评价过高，所以在与人相处的时候也会不自觉地将自己放在领导地位，容易对他人颐指气使，希望或者要求其他同学都听从和赞同自己的意见，如果不能如愿就会觉得挫败或者觉得他人不够友善，从而造成人际方面的问题。

2. 自我评价过高的原因

（1）造成青年人出现自我评价过高的现象的深层次原因往往是，他们混淆了理想的自我和现实中的自我，生活在一个幻想的世界中，以为自己是那个还没有被发现而得宠的天才，以我为中心、自以为是。

（2）强烈希望别人尊重他，却不知道自己也得尊重别人。凡事都只希望满足自己的欲望，要求人人为己，却置别人的需求于度外，不愿为别人做半点牺牲，不关心他人痛痒。要求所有的人都以他为中心，服从于他。

（3）不愿从客观实际出发，不能服从他人及集体。只要集体照顾，不讲集体纪律，否则就感到委屈、受不了。

总之，这些人心中充满了自我，却唯独没有他人，信奉的是人不为己，天诛地灭。这种自我中心意识对人对己是极为不利的。这类人也因此极易遭受失败和内心冲突，产生严重的挫折感，导致心理问题的产生。

（二）自我评价过低

处于这种意识状态的大学生，在把理想的自我与现实的自我进行比较时，对理想的自我期望较高，又无法达到；对现实的自我不满意，又无法改进。他们在心理上的一个特征就是自我排斥。由于在成长过程中，理想的自我与现实的自我的距离过大所导致的自我矛盾冲突，他们往往会产生否定自己、拒绝接纳自我的心理倾向，对自我过分怀疑，压抑自我的积极性，并可能引发严重的挫折感和内心冲突，尤其是在面对新的环境、遭遇挫折或发生重大生活事件时，常常会表现得自我调试不良，甚至产生过激行为，酿成悲剧。

1. 自我评价过低的主要表现

（1）过度拘谨，不善自我表现。

由于对自己评价过低，认为自己不够优秀，怕说错话，得罪人，害怕别人不喜欢自己，这类大学生在日常生活中常表现得很拘谨，不敢在公开场合发言，或者说话办事时犹犹豫豫，思前顾后，也不敢在人前表现自己，总觉得自己不行，否定自我。

（2）逃避集体，较为孤僻。

具有自卑心理的大学生因为不敢主动和他人交往，怕被他人拒绝，所以常表现为脱离甚至逃避集体，主要是为了防止自己在人前"丢面子"。他们不善言辞，不喜欢主动发言或者表达自己的意愿，常让人感到比较孤僻不好打交道。

（3）非常敏感，常有防御行为。

因为感到自己不如别人，缺点很多，所以具有自卑心理的大学生对他人的言行十分敏感。他们认为自己的言行常被他人注意，甚至会产生猜疑心理，认为别人的批评都是针对自己，或者他人的称赞不是出自真心，是在讽刺自己。所以这类学生出于自我保护常表现为对人十分防备，对他人一些无意的言行反应过度。

（4）做事的目的是为了得到他人的认可或表扬。

自卑的学生往往非常渴望他人的称赞，因此在很多时候他们做事目的只有一个，那就是得到他人的认可，一旦做事后能得到他人的表扬，就十分开心，如果不能就表现得十分沮丧。

2. 自我评价过低的原因

（1）过度要求完美，自我期望太高。

追求完美是人类共同的特点，但如果过度追求完美，反而容易受到挫折。而自我期待太高会导致在追求的过程中受挫，或者短期无法接近或实现目标，就容易失去信心，造成挫败感，导致自我否定。

（2）认知偏差，常有绝对化思维。

一些自卑的大学生常存在认知上的偏差，比如，认为自己一定要学习好，应该性格开朗讨人喜欢等，一旦没有达到自己的要求或现实和自己的理想不符，就会导致自卑心理的产生。

（3）生活环境或身体等客观原因。

自卑心理常与家庭贫困、家庭结构缺陷、身体或相貌等客观原因有关，但通过调整对这些看法的认识，可以减少自卑心理的产生。

（三）过分追求完美

追求完美是人类健康向上的本能，但过分追求完美则容易引发自我的适应障碍。其主要表现为：

对自己持有过高的要求，期望自己完美无缺，却不顾自己的实际状况；

不能容忍自己"不完美"的表现，对自己"不完美"的地方过分看重，甚至把人人都会出现的、人人都会遇到的问题都看成自己"不完美"的表现。

对自己严格要求固然是好事，因为崇高的理想以及在生活细微处对自己精益求精的要求能激励我们不断地努力，不断地超越自我。我们在追求完美时，实际上是在享受一种成就感和优越感，因为这样的话，我们就与众不同，优于其他人了。然而有的学生会发现他们在追求完美时，体验到的不是优越感，而是无限的挫折感。他们越努力，却发现离目标越来越远了。他们对自己在意的东西都有无限的期望和要求，看重学习的人就会觉得第二名是可耻的失败，追星族就会收集他（她）喜欢的明星所有的海报、歌碟和影碟等，这个明星的一点点过失都会让他（她）无法忍受。

什么原因使大学生过分地追求完美呢？第一，很多同学生活在他人的期望之中，多年的习惯已经使他们把这些期望误以为是自己的需要了。有些家长总是要求自己的孩子从小到大都做第一，这些家长为了孩子的发展往往做出了很大的牺牲，比如，有的父母甚至一方辞职陪读。这些孩子进了大学后，就会背负很重的思想负担，感觉如果自己不够好，就对不起自己的父母。但衡量自己的标准却随着自己的不断进步而步步升高。第二，有些同学不能及时地调整参照体系。在县城里做状元，是因为与他（她）竞争的对手实力相对有限，而他（她）却习惯了当第一的感觉，进了大学还要次次做第一，其难度当然大，因为现在的竞争对手有可能也是各个学校的第一。

有的学生很无奈，"我也知道自己太过分追求完美了，但我不知道怎么改变。"笔者建议你从以下几个方面试试看：第一，在你追求远大理想时，对细节不要过分在意，而且要允许自己犯错误。第二，你要学会在成功与失败中学习，学会总结，同样的错误不犯第二次；而且要学会享受过程的快乐，心理学家罗杰斯的一个重要观点是"人生就在于过程"。你全身心投入地去实现你的目标，体会这个过程带给你的所有喜怒哀乐，真实地体会你的生活，那是件很开心的事。同时也要学会在失败时不要过分自责，除了个人努力，决定成功的还有很多外部你无法控制的因素，毕竟通过这次努力你知道了以这种方式无法成功，这也是一种收获。第三，要学会灵活地调整参照体系，仔细分析参照对象的背景和其他条件。而且要学会与自己对比，衡量成功的标准太多了，你不可能面面俱到，你只有确定你想要的，做到今天比昨天好，一步一个脚印，才能不断地进步，否则就很容易迷失在多重的标准中。

（四）过度以自我为中心

大学时期是年轻人进行自我探索最集中的时期，在自我分化的基础上，我们总会体验到各种各样成长的烦恼，我们不断地探索着，不断认识着自我，不断地寻求自己独特的处事风格，不断地进行自我设计，"我"在这一过程中，不知不觉地成为考虑问题的出发点，我们或多或少地都会有一点自我中心。

造成大学生过度以自我为中心的原因主要有三个：一是缺乏参照系。大多数学生在进入大学之前的十几年都过着紧张而单一的学习生活，上课、各种各样的辅导班以及无穷无尽的习题基本是生活的全部，我们所有的目标就是考一所重点初中、高中，然后上大学。这就使我们在面对大学相对复杂而又独立的学习生活时有些束手无策，很多人仍然以原先我行我素的方式行事。二是过强的自尊心。当我们惊喜于自我进步时，很希望和其他人一起分享我们的成果，但有时会不顾其他人是否喜欢，也不考虑方式。三是我们对"追求自我"的误解。在咨询中笔者常遇到这样的同学，认为生活习惯是自己的问题，对同学提出的意见很不能理解，认为别人限制了自己，而不反省自己是否影响到了他人。

那么如何克服过度以自我为中心呢？第一，我们要学会站在他人的角度上思考问题，理解其他人为什么要这样做以及自己这样做时他人的感受；第二，在自我探索的过程中，不要担心被反驳和批判，实事求是、恰如其分地评价自己，既不要自吹自擂，也不要妄自菲薄；第三，走出自己的小圈子、多参加社会活动，多接触不同的人，了解不同人的需要和生活。[1]

---

[1] 参见张大均、吴明霞主编：《大学生心理健康》，北京，清华大学出版社，2007。

三、自我意识偏差的心理调适及相关训练

（一）要客观地认识自己

了解自己就是要有自知之明，对自己要有客观的认识和评价，全面而正确的自我认知是培养健全的自我意识的基础。在此基础上，来合理地安排自己工作和生活的奋斗目标，不对自己提出过高的、不切实际的期望，也不低估自己的素质和潜力。这样才能避免产生心理危机，充分发挥自己的现实能力和潜在能力。我们要学会从生理、心理、经济条件、家庭背景、社会关系等方面对自己做认真、科学、客观的分析，重点是要对自己做心理的分析。这是因为其他的因素都是客观的，是自己无法改变的，而自己的心理却是有很大可塑性的。良好的个性，是人生的最宝贵的财富。要了解人的常见的气质类型和性格有哪些，这些气质类型和性格类型的特点是什么。要认真分析自己在个性上有哪些突出的优缺点以及形成某种个性的原因，学会探索自己行为的深层次原因。

请深入思考并回答以下有关自我的一些问题：

（1）我的长相如何（包括容貌、身材、风度等）？

（2）我是哪种气质和性格类型，有哪些突出的优缺点？

（3）我的性别行为模式如何，是否具有社会认可的男性或者女性特征？

（4）我的思想和品德如何，是否符合目前社会所认可的道德标准？

（5）我的能力如何，在同辈人中，属于什么水平，有何特长或潜力？

（6）我在人们心目中的地位如何，是否为社会所需要和重视，被他人喜爱和尊重？

（二）要愉快地接受自己

自我悦纳是自我意识健康发展的关键所在。悦纳自我首先要接纳自己，喜欢自己，欣赏自己，体会自我的独特性，在此基础上体验价值感、幸福感、愉快感与满足感；其次是理智与客观地对待自己的长处与不足，冷静地看待得与失。积极的策略是：关注你自己的成功，并将优势积累，每个人身上都有着无数的闪光点，重点在于寻找你自己的闪光点并将其构成亮丽的人生风景线。

在对自己有较为正确、客观的认识的基础上，要高兴地接受自己的一切，即使自己的身上确实存在着许多不尽如人意的地方。要学会欣赏自己。不会欣赏自己的人，就不会欣赏和享受人生；不会欣赏自己的人，也不会得到别人的欣赏。

要接受自己的身体。世界上的万事万物都不是十全十美的，我们的身体更是如此。也许我们的个头有些矮，也许我们的眼睛有点小，也许我们的身体过胖，等等。而这些与我们作为一个人的存在价值根本没有太大关系。我们要看到，作为万物之灵的一个人的生命，本来就是一个奇迹。地球、人类和每一个人类个体的形成、进化和出生，都是有很大偶然性的，我们每一个有幸来到这个世界上的人，都是"造物主"的宠儿。在这个世界上，我们每一个人都是独一无二的，都有着其他人无法替代的存在价值。生理上的缺陷有多少人会比海伦·凯勒更严重，然而，她却比许多健全人活得更有价值。贝多芬在完全失去听觉的情况下，靠咬着细木棍感觉钢琴的颤动，完成了他举世闻名的九大交响曲中的后

七部，他留给后人的名言是："我要扼住命运的咽喉，它绝不能叫我完全屈服。"

按照心理学大师阿德勒的理论，有某种生理缺陷的人，更容易产生强烈的补偿心理，从而奋发有为。拿破仑身材矮小，幼小时常受人欺负，而正是因为这样他才发愤图强，最终成为一名杰出的军事家。苏格拉底相貌丑陋，但他在哲学上狠下工夫，终于成为古希腊哲学的重要代表人物之一。而阿德勒本人也是一个典型，由于他自小身体有残疾，受到周围人们的白眼，所以他比其他人更渴望成功，更加刻苦努力，最终成为一代心理学大师。

许多女孩子总是挑剔自己的外貌，觉得自己不够漂亮或者身材不够好。但是，要知道好的外表虽然有时可以使人比较轻易地得到某些东西，却并不能决定一个人全部的生命价值。况且漂亮与否，更多地决定于一个人内在的品德、修养、气质、能力，而不仅仅是一副"皮囊"。

要接受自己的性别，尤其是女性更应如此。近年来我国重男轻女的现象已经有了明显好转，但是还是有部分地区或者某些行业存在这一现象，女性要认识到自己的性别特点，学会利用自己的性别优势，而不要为生为"女儿身"而自卑。

要接受自己的家庭背景、社会关系、经济地位，因为一个人的出身是不能选择的。不接受这些，只会徒增烦恼，挫伤自己奋斗的信心和勇气。出身贫寒，可以更加激励我们积极进取，得到社会的承认。当今社会，我们应该更看重人品和才能，而不是金钱和家庭背景。

(三) 要积极地改造和完善自己

1. 抽出时间关照自己的心灵

有些大学生常常抱怨时间不够用，每天都是忙忙碌碌的，但很多人却忘了问自己这样的问题：我到底是在忙什么？我所从事的事情是我真正想做的事情么？在顺应社会需求的同时，一定要问问自己的内心，哪些事是自己真正喜爱的，真正想去从事的。

2. 培养健康的自我意识

自卑和自负都是不正确、不客观的自我观念，两者都应该注意矫正。但是，对于青年人来说，更有害的是自卑。自大当然不好，它会阻碍你的进步，恶化人际关系。自视过高，毫无道理地认为自己当然比别人强，比别人优越，而又眼高手低，不能取得预想的成绩，则会使自己经常处于心理不平衡状态。年轻时，往往不知天高地厚，不懂山外有山、人外有人的道理，这是比较容易被理解和原谅的。自大的毛病，在生活的磨砺中，在积累了较多的社会经验后，能够较自然、较容易地得到克服。另外，对于青年人来说，给自己提出一个较高的生活目标，对自己有一个较高的期待水平，会激励青年人奋发向上。适度的"自大"，可以充分地开拓青年人的潜力。而自卑如果得不到适当的指点和帮助，又没有一个适宜的发展环境，则会使人胆怯和消沉。这样下去的结果，会使自己的处境更糟，继而使自己的心境更差，从而形成一种恶性循环。

克服自卑，除了要正确地认识自己的客观条件和独一无二的生存价值之外，使用积极的自我暗示也是一个好方法。暗示是指用直接或间接的方式，使人从意识到潜意识层完全接受某种观念的心理过程。暗示是一种很常见的心理现象，如果使用得好，也是一种十分有效的心理作用手段。如一个医生拿着一片维生素对病人说："吃了它，你一定会睡个好觉。"很多病人吃了这片维生素，会像吃了安眠药一样睡得很香。暗示的原理是：我们的行为常常受潜意识的支配，而权威的意见和重复的信息，可以深刻地影响到潜意识，从而影响我们的行为。积极的自我暗示，就是要经常地发出自我肯定、自我鼓励的信息。如经常说："我能行。"这会在很大程度上提升自己的自信心。积极的自我暗示是使自己从内心深处树立良好自信，重塑理想的自我形象的有效手段。

3. 积极的自我提升

青年人都热衷于思考人生的意义，希望实现自我价值。只要你的追求与国家的利益、集体的利益相一致，就是完全正当合理的，应当鼓励的。青年人的自我价值，只有在为国家、为人民、为社会服务的过程中才能得到实现。

青年人应当认识到，一个人的价值是体现在为社会的贡献大小上，而不在于从社会索取了多少。当然，一个真正对社会有贡献的人，社会最终也会给他应得的承认和待遇。要实现自我价值，青年人就必须把远大的理想同脚踏实地的工作作风结合起来，把理论同实践结合起来，把冲天的热情同科学态度结合起来。

许多青年所讲的自我实现，主要是指能够取得相当的社会成就和社会地位。当然，社会成就和社会地位是衡量一个人价值的重要尺度，但是，我们认为自我实现更重要的是要达到一种精神境界。有了这种精神境界，才具备了取得成功的心理基础；有了这种精神境界，即使没有显赫的社会地位，也是一个有价值的人、一个高尚的人、一个幸福的人。

要想达到自我实现的境界，首先要克服求全心理。过分追求完美是许多人常犯的毛病，他们总是希望自己在各方面都是最好的。适当地对自己提出这种要求本来无可厚非，但是我们要记住，完美只能是一个我们永远无法企及的理想目标。从外貌到德才，从工作成果到工作环境，都不可能是完美的。过分追求完美的人，他们的成功机会与他们追求完美的欲望的强度恰恰成反比。由于追求完美，他们的注意力过于分散；由于追求完美，他们过于注重细枝末节；由于追求完美，他们在事前就生怕事情干得不够漂亮而忐忑不安，结果会妨碍能力的最大限度发挥，最终结果还是不完美，而这就会被认为是失败。而一次次经历不完美，就会养成这样的性格，比如遇事心理高度紧张，为避免失败不敢尝试新鲜事物，对自己有过多的苛求，生活失去乐趣，经常自责，自信心下降，对别人吹毛求疵，人际关系不和谐。

奉劝过分追求完美的人，要记住一句广告词："没有最好，只有更好"。要想达到自我实现的境界，就要注意培养自己在生活中的良好风度：

在恩怨纠葛面前，应有宽容的风度。"记人之善，忘人之过"。"宽恕别人的过失就是增加自己得到的荣誉。"

在成败祸福面前，应有从容的风度。要有"宠辱不惊，看庭前花开花落；去留无意，望天上云卷云舒"的胸怀。

在别人的赞誉面前，要有谦逊的风度。古人云："人誉我谦，又增一美；自夸自败，还增一毁。"

美国心理学家马斯洛通过研究 38 位名人的人生历程，总结出了自我实现者的一些共同特征，如了解并认识现实，持有较实际的人生观；积极地接纳自己、别人及周围的世界；在情绪与思想表达上较为自然；有较广的视野，就事论事，较少考虑个人利害；经常关注社会上各种疑难问题；能享受自己的性格；有独立自主的性格；对平凡事物不觉厌烦，对日常生活永感新鲜；在生命中曾有过引起心灵震动的高峰经验；爱人类并认同自己为全人类的一员；有相交至深的知己，有亲密的家人；具有民主作风，尊重别人的意见；有伦理观念，能区别手段和目的，决不为达到目的而不择手段；带有哲学气质，有幽默感，等等。当然，要完全达到这种境界并不容易，但自我实现者的个性特点，值得我们思考并作为我们个性修养的目标。

▌测一测： 自卑倾向自测　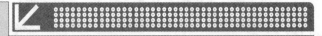

本问卷列出了一些反映一个人日常情感、态度和行为的陈述。回答时，请尽量诚实准确地回答，答案没有对错。所测时间范围为最近两个月，除非题目中特别标明了时间界限。

对题中内容，若"非常同意"记 4 分，"基本同意"记 3 分，"基本不同意"记 2 分，"很不同意"记 1 分。并记入表 2—1 中。

1. 我对自己的学习成绩没有信心

2. 我不擅长体育运动

3. 我对自己的外貌感到不满意

4. 维持一种满意的爱情关系对我来说会很困难

5. 我是一个不善交际的人

6. 当众讲话时，我常常没有把握做到清晰、有效地表达自己的看法

7. 比起大多数人来，我更容易怀疑自己的能力

8. 此刻我比几周来更为不快

9. 我常怀疑自己是否有这份天资，能成功地实现我的专业和职业目标

10. 一说起体育活动，我就感到沮丧，而不是欣喜和渴望

11. 我比一般人长得难看

12. 我的爱情生活似乎会比大多数人都糟糕

13. 对我来说，结识一个新朋友并不容易

14. 我不像多数人那样有能力当众讲话

15. 当事情变得糟糕时，我通常不相信自己能妥善地处理好

16. 我今天比平时更没自信

17. 当我学习一门新课时，我不能肯定自己的学习成绩是否能合格

18. 我比与我年龄、性别相同的多数人更不擅长体育

19. 我为自己长得难看而悲哀

20. 对我来说，吸引一个自己感兴趣的异性朋友似乎很困难

21. 在晚会或其他社交聚会上，我常常感到不自在

22. 我比多数人更担心在公共场合讲话

23. 我比我认识的多数人更缺乏自信

24. 现在我感到比平时更悲观和消极

25. 我已经意识到，与同我竞争的大多数人相比，我的学业并不突出

26. 有时我不去参加体育活动，是因为我认为自己对此不擅长

27. 使我烦恼的是我的模样不能更好看点

28. 我在建立爱情关系上遇到的困难似乎比多数人更多

29. 我愿意认识更多的人，可我又害怕和他们打交道

30. 当众讲话会使我不舒服

31. 即使身处那些我过去曾应付自如的场合，我仍然常常对自己没有把握

32. 近几天来有好几次我对自己非常失望

33. 令我烦恼的是，我在智力上比不上其他人

34. 对体育运动不擅长是我一个很大的缺点

35. 大多数人可能会认为我的外表没有吸引力

36. 当我考虑是否与异性约会时，我会感到紧张或没有把握

37. 当我参加社交聚会时，常感到自己的笨拙和不自在

38. 在人群面前表演节目和讲话，我想都不敢想

39. 我缺少使我成功的某些重要能力

40. 最近几天，我对自己满意的地方比以往更少

41. 当我必须通过重要的考试或完成其他专业任务时，我不知道自己是否能行

42. 我很难在体育运动中找到快乐和自信

43. 我希望我能使自己的容貌变得更好看些

44. 我不像别人那样容易得到约会

45. 我似乎比多数人更不擅长结识新朋友

46. 我比多数人更担心自己在公共场合讲话的能力

47. 许多时候，我感到不像周围的人那样有本事

48. 这几天我与平常相比，对自己的能力更没有把握

49. 我害怕那些智力上富有挑战性的活动，因为我知道我的智力比不上别人

50. 一想到要开运动会我就感到不安或无味，因为我没有能力在运动会上表现自己

51. 要是我长得更好看一些，我就会使人们更喜欢我的

52. 我不得不避开那些我有可能会与之产生爱情关系的异性，因为我在他（她）身边会感到很紧张

53. 我在人群中不像大多数人那样感到坦然、舒服

54. 有时我因为不想当众发言而回避上课或不参加活动

55. 假如我更自信一点，我的生活就会好一些

56. 今天我比平时对自己更无信心

表 2—1　　　　　　　　　　　　　自卑倾向计分表

F1		F2		F3		F4		F5		F6		F7		F8	
题号	计分	题号	计分	题号	计分	题号	计分	题号	计分	题号	计分	题号	计分	题号	计分
1		2		3		4		5		6		7		8	
9		10		11		12		13		14		15		16	
17		18		19		20		21		22		23		24	
25		26		27		28		29		30		31		32	
33		34		35		36		37		38		39		40	
41		42		43		44		45		46		47		48	
49		50		51		52		53		54		55		56	
合计		合计		合计		合计		合计		合计		合计		合计	

记分与解释

本测验主要用于评定人的自卑感的具体内容。

先计算表中各项的合计分。其中，F1 指学业、智力方面的自卑感；F2 指体育运动方面的自卑感；F3 指外貌、形象方面的自卑感；F4 指异性交往、爱情生活方面的自卑感；F5 指人际关系、社会交往方面的自卑感；F6 指演讲与口才方面的自卑感；F7 则是对自身能力和自信心的自卑感；而 F8 主要用于测定有可能影响到自卑感评定的目前的心境状态。

评定时，主要看 F1—F7 的各项合计分。各项分值范围为 7—28 分。得分越高，则该项的自卑感倾向越明显；反之，得分越低，自卑感越少，自信程度也就越高。

如果某项的合计分在 12 分以下，那么你在该项上没有或基本没有自卑感，你在这方面对自己很有信心；

如果为 13~15 分，你在该项上可能自信心略显不足，有时稍有自卑感，但不太明显；

如果为 16~19 分，你在该项上有一定程度的自卑感，自信不足；

如果在 20 分以上，说明你在该项上已有比较严重的自卑感，你很没有自信心，为此你要分析原因，及时调整。

测验结果仅供参考。

一、活动的主题与目的

活动的主题：认识我自己；活动的目的：提高大学生的自我意识，让他们能够得到更全面深刻的自我评价。

二、活动的理论依据

美国心理学家约翰和哈利提出了关于自我认识的窗口理论，即乔韩氏窗口理论，即每个人的自我都有四个部分：公开区、盲目区、隐秘区、未知区（如图 2—2 所示）。

		自己	
		知道	不知道
他人	知道	公开区	盲目区
	不知道	隐秘区	未知区

图 2—2　乔韩氏窗口

通过与他人分享秘密的自我，通过他人的反馈减少盲目的自我，人对自己的了解就会更多更客观。

三、活动的内容与方法

通过自我测试、团体训练等方法使参与者更加了解自己。

游戏一：画一棵心中的树

【游戏原理】

树木人格图往往可以直观地反映个体对自己的认识。树是一种古老的生物，它是生命的化身，它的成长正代表了人成长的过程，在绘画心理学中，树木人格图是通过图画中的树木来反映人的原始本能或内在情感的分析方法。从某种程度上说，树木是画者的自我投影和象征，树木的大小、上下、左右，以及正斜、偏倚度都有一定的寓意。通过画面中的树木构图和具体形状，可以分析出画画者目前的精神世界和物质世界的状况，知晓绘画者过去的生活经验，了解绘画者对自己的评价和看法。

【活动目的】

通过画树，使学生进一步了解自己，展示"内心的自我"

【活动时间】

20 分钟左右

【活动道具】

彩色笔和 A4 白纸

【活动场地】

以室内为宜，最好配有桌椅

【活动程序】

(1) 主持人发给每位参与者一张 A4 白纸，把彩色笔放于场地中央，供需要者自由取用。

（2）在8~10分钟内，每人在白纸上画一棵"心中的树"

（3）小组内交流"心中的树"的含义，同组成员可以提出质疑。

（4）主持人发现典型的案例做全体分享。

注意事项

（1）主持人可以暗示大家，"心中的树"可以是形象的，也可以是抽象的；可以用一色笔画成，也可以用多色笔画成。

（2）有的学生会因为自己的绘画技能差感到为难，主持人要提醒大家本游戏不是绘画比赛，只要求大家画的内容形式等形象地反映对自我的认识。

（3）主持人寻找典型案例时，可以关注"心中的树"的大小、位置、色彩、内容等，还可以关注参与者在画"心中的树"和交流时的神情。

游戏二：我认识自己吗？

【游戏原理】

通过"自己眼中的'我'"和"别人眼中的'我'"进行对比，取得更全面而客观的自我评价。

【训练目标】

（1）探索自我概念。

（2）增进自我了解。

【活动道具】

笔、"我是谁"活动单、投射练习表

【活动程序】

（1）请成员填写"我是谁"活动单（见表2—2）。

表2—2　　　　　　　　　　　　"我是谁"活动单

请以"我……"、"我是……"、"我要……"、"我曾……"、"我可以……"、"我想……"等句型写下10个足以描述自己的句子，并在括号内填写1~10的数字，1代表最重要、最核心的描述，依此类推。
【　】＿＿＿＿＿＿＿＿＿＿＿＿＿＿＿＿＿＿＿＿＿＿＿＿＿＿＿＿＿＿＿＿＿
【　】＿＿＿＿＿＿＿＿＿＿＿＿＿＿＿＿＿＿＿＿＿＿＿＿＿＿＿＿＿＿＿＿＿
【　】＿＿＿＿＿＿＿＿＿＿＿＿＿＿＿＿＿＿＿＿＿＿＿＿＿＿＿＿＿＿＿＿＿
【　】＿＿＿＿＿＿＿＿＿＿＿＿＿＿＿＿＿＿＿＿＿＿＿＿＿＿＿＿＿＿＿＿＿
【　】＿＿＿＿＿＿＿＿＿＿＿＿＿＿＿＿＿＿＿＿＿＿＿＿＿＿＿＿＿＿＿＿＿
【　】＿＿＿＿＿＿＿＿＿＿＿＿＿＿＿＿＿＿＿＿＿＿＿＿＿＿＿＿＿＿＿＿＿
【　】＿＿＿＿＿＿＿＿＿＿＿＿＿＿＿＿＿＿＿＿＿＿＿＿＿＿＿＿＿＿＿＿＿
【　】＿＿＿＿＿＿＿＿＿＿＿＿＿＿＿＿＿＿＿＿＿＿＿＿＿＿＿＿＿＿＿＿＿
【　】＿＿＿＿＿＿＿＿＿＿＿＿＿＿＿＿＿＿＿＿＿＿＿＿＿＿＿＿＿＿＿＿＿
【　】＿＿＿＿＿＿＿＿＿＿＿＿＿＿＿＿＿＿＿＿＿＿＿＿＿＿＿＿＿＿＿＿＿

（2）将活动单用双面胶贴在胸前，成员自由走动交谈 30 分钟。

（3）投射活动。

a. 请成员填写"投射活动表"（见表 2—3）。

表 2—3　　　　　　　　　　　　　　　　投射活动表

---

1. 假如我是一种动物，我希望是_____
　 因为 _____
2. 假如我是一朵花，我希望是_____
　 因为 _____
3. 假如我是一棵树，我希望是_____
　 因为 _____
4. 假如我是一种食物，我希望是_____
　 因为 _____
5. 假如我是一种交通工具，我希望是_____
　 因为 _____
6. 假如我是一种电视节目，我希望是_____
　 因为 _____
7. 假如我是一部电影，我希望是_____
　 因为 _____
8. 假如我是一种乐器，我希望是_____
　 因为 _____
9. 假如我是一种颜色，我希望是_____
　 因为 _____
10. 假如我有一种特异功能，我希望是_____
　　因为 _____

---

b. 请成员讲述走动交谈过程中看到别人所写的内容的体验。

（4）活动整合。

a. 你的"主观我"和"客观我"统一么？

b. 你在别人眼中看到了多少自己还不了解自己的地方？

c. 团队中其他成员对他们自己的评价在你看来客观么？你是否对他们的自我评价有不同的看法？

游戏三：探寻自我

（1）探寻人际关系中的"我"。

自制第一张表格，包括以下内容：

父母眼中的我

亲戚长辈眼中的我

老师眼中的我

同学朋友眼中的我

现实生活中的我

自己理想中的我

（2）寻找自我的独特之处。

自制第二张表格，包括以下内容：

我的长处和来历：列出自己所有的长处，并写出每一条长处是怎么来的，主要是受了谁的影响。

我的欠缺和不足：列出自己的不足之处，并写出每一条不足是怎么来的，主要是受了谁的影响。

（3）承认自我，悦纳自我。

在第二张表格的基础上进一步说明长处对自己今后发展的好处，不足对自己今后发展的限制。

（4）进一步认识自我、评价自我。

自制第三张表格，包括以下内容：

身心的我：描述你喜欢自己身心的哪些方面，再描述你不喜欢自己身心的哪些方面。其中心理的自我描述要想深刻，要靠自我负责的态度才能实现。

现实的我：描述现实生活中自己的表现和感受，以及从别人眼中所反映出来的你。

理想的我：全方位地描述你希望自己成为一个什么样的人。

描述"我是谁"：要尽量选择一些能反映个人风格的语句，在短时间内写出 20 项"我是谁"。

关键词

自我意识　追求完美　认识自我　悦纳自我

思考题

1. 请写出自己最大的优点，至少 5 个，并写出这些优点给你带来了哪些益处。

2. 请写出自己最大的缺点，至少 3 个，并写出这些缺点给你带来了哪些困扰，你怎样看待这些困扰，是否想过解决的方式；如果有，有哪些。

3. 请针对自己的人格特点，制订一个人格完善计划，要求有具体操作的方法及具体的执行时间。

参考文献

［1］邱鸿钟主编．大学生心理健康教育．广州：广东高等教育出版社，2004

［2］张大均，吴明霞主编．大学生心理健康．北京：清华大学出版社，2007

［3］刘勇编著．团体咨询治疗与团体训练．广州：广东高等教育出版社，2003

［4］杨敏毅，鞠瑞利．学校团体心理游戏教程与案例．上海：上海科学普及出版社，2006

第三章
情绪是把双刃剑

本章提要

情绪是人对客观事物的态度体验及相应的行为反应。它对大学生的心理健康影响起着举足轻重的作用，本章主要探讨情绪的功能、特点以及如何调节情绪等。情绪按照特定行为倾向可分为两类：一类是逃避倾向，另一类是接近倾向。与逃避倾向行为相伴随的情绪被称为消极情绪，与接近倾向行为相伴随的情绪被称为积极情绪。大学生情绪的特点有：情绪活动趋向丰富，情绪具有冲动性、爆发性、双极性、摇摆性、压抑性和可调节性。情绪具有动机功能、社会功能，还会影响认知功能和行为以及身心健康等。情绪调整主要包括健康情绪的养成和对负性情绪的预防调节两个方面，其中负性情绪的预防调节包括抑郁、焦虑、愤怒和自卑四种情绪的调节方法。

山姆是个很爱发脾气的小伙子，经常因为小事而大发脾气。他父亲知道后给了他一袋钉子，并且告诉他，每当他发脾气的时候就钉一个钉子在后院的围栏上。第一天下来，山姆发现自己竟然钉下了 37 根钉子，他决定每天减少发脾气的次数。慢慢地，山姆每天钉的钉子减少了，他也渐渐地学会了控制自己的脾气。有一天，当山姆没有在围栏上钉钉子时，他告诉了父亲这件事情，父亲很高兴，告诉山姆从现在开始每当他能控制自己脾气的时候，就拔出一颗钉子。一天天过去了，最后山姆告诉父亲，他终于把所有钉子都给拔出来了。父亲拉着他的手来到后院，说："你做得很好，我的好孩子！但是看看那些围栏上的洞，这些围栏将永远不能恢复到从前的样子。你生气的时候说的话就像这些钉子一样留下了疤痕。如果你拿刀子捅别人一刀，不管你说了多少次对不起，那个伤口将永远存在。话语的伤痛就像真实的伤痛一样令人无法承受。"

人非草木，孰能无情？人类的生活中充满了情绪，情绪以多种方式影响着人类的行为。人们在生活中遭遇得失、顺逆、荣辱等境遇时，有时会欣喜若狂，有时会焦虑不安，有时会孤独恐惧，有时会悲痛欲绝。情绪就像人的心理状态的晴雨表，表达着人的内心状态。

> 任何时候，一个人都不应该做自己情绪的奴隶，不应该使一切行动都受制于自己的情绪，而应该反过来控制情绪。无论境况多么糟糕，你应该努力去支配你的环境，把自己从黑暗中拯救出来。
>
> ——罗伯·怀特
>
> 唯有恰如其分的感情才最容易为人们所接受，所珍惜。
>
> ——蒙田

> 如果你对周边的任何事物感到不舒服，那是你的感受所造成的，并非事物本身如此。借着感受的调整，可在任何时刻都振奋起来。

——奥雷柳斯

第一节　身边的故事

芷云是一名大三的女生，从小由于家里兄弟姐妹很多，家庭经济条件不好，被送往远房的一个姑姑家抚养。姑姑家小孩也比较多，芷云从小就被姑姑的孩子欺负。对于芷云来说，只要能回到父母身旁，即使吃不饱、穿不好，也是幸福的。但是爸爸妈妈说家里实在太穷了，芷云在姑姑家可以为家里减轻很多的负担。

时间慢慢地流逝，芷云上了高中。她的学习成绩非常优异，家里面的经济条件也逐渐好起来，芷云终于实现了小时候梦寐以求的愿望，被接回亲生父母家，终于可以和家人生活在一起。在高中沉重的考试压力下，芷云经常和班上一位和她一样学习优异的男同学晓峰探讨学习，渐渐地和晓峰产生了爱恋之情。恋爱后的芷云一边享受着爱情的甜蜜，一边却非常害怕这种幸福的感觉会消失，害怕晓峰会离开自己，芷云知道除了考上大学，自己将没有出路。为了自己的未来，为了逃避这种情绪上强烈的反差给自己带来的影响，芷云选择了和晓峰分手，压抑自己所有的感情，面对高考。黑色的六月终于过去了，芷云如愿以偿地考上了她理想的大学。幸运的是，晓峰也考入了同一所大学，并且对她的感情没有改变。芷云迎来了学业和爱情的双丰收。

在大学里，芷云有更多自己的时间可以安排，随着她和晓峰的深入接触，芷云的不安全感越来越强烈，总是害怕自己不够完美，晓峰会离开自己，即使晓峰承诺过一千次一万次对她的爱不会改变，芷云仍然感到不安。平时，芷云面对社团、学生会或者是其他的同学时都表现得非常的成熟和冷静。但是，面对晓峰时，她不知道自己为什么情绪变动得如此之大，而又没有办法控制。在这种强烈情绪的控制下，芷云像坐过山车一样，每天体验着愉悦与伤心的落差，她开始向学校心理咨询老师寻求帮助。在一次处理她探索自己不安全根源的咨询中，她感到自己被唤醒了。她意识到自己现在所有的不安全感是和小时候离开父母生活时的情绪和感受有关。在咨询老师的帮助下，芷云开始处理过去的一些经历给自己带来的情感上的创伤，并学习理解和接纳自己。

随着咨询进程的推进，芷云发现，随着她不断探索自己的思想和感受，她越来越能够理解和接纳自己的害怕、不安全感，在接受自己的过程中，学着去相信自己的感觉和判断以及晓峰对自己深沉的爱。她开始认为，小时候父母送她到姑姑家，不是她的错，不是她不好，不是她不值得别人去爱，而是当时现实情况下的无奈，她是一个值得爱、值得珍惜的女孩。她也愿意以现在这种成熟的自我去拥抱去安慰那个充满害怕、孤单情绪和不安全感的内在的小孩。

现在的芷云是一个能爱自己、爱别人，和自己的情绪和谐相处，体验生命美好的人。她已经学会了观察自己的情绪，及时地对自己的情绪进行调节，这也使她更有力量和信心与周围的人和谐相处。她不再是那个不断要求自己完美和优秀，从而获得别人爱的女孩，而是一个充满勇气，带领着自己去探索自己、珍爱自我的女孩。

分析：

对于当代大学生来说，情绪情感的五味杂陈都会尝到，很多学生在情感的世界里迷失了自我，甚至因此而走向极端的道路，令人惋惜。大学时代是一个人成熟成长的关键时期。在这个时期学会合理地表达情绪、控制情绪，培养积极的情感，会对大学生将来的人生道路带来极大的帮助，芷云的故事也告诫很多大学生，遇到情绪或者情感的困扰，是我们必经的一个阶段，天底下没有迈不出的坎儿，经历一次悲伤，人就多了一份成熟，善待自己才是王道。

第二节　情绪的概念及其相关理论

如果你为一门非常重要的考试准备了很长时间，考完后自己的感觉还不错，但是结果下来后却很不尽如人意，你知道这个结果后会有什么样的感受？也许你会觉得很沮丧，很伤心，连平时让自己非常开心的运动也不愿意去做；或者会莫名其妙地向身边的人发脾气。在这个过程中你体验到了自己内心的感受，这种感受就是情绪。

一、什么是情绪

（一）情绪的定义

自 19 世纪以来，心理学家便对情绪进行了长期而深入的研究，对情绪的实质提出了各种不同的看法，但是由于情绪极端复杂，至今还没有得到一致的结论。综合所有研究的共性，可得出情绪是人对客观事物的态度体验及相应的行为反应，是以个体的愿望和需要为中介的一种心理活动。当客观事物或情境符合主体的需要和愿望时，就能引起积极的、肯定的情绪；当客观事物或情景与主体的需要和愿望不符合时，就能产生消极的、否定的情绪。简言之，情绪由客观事物与人的需要相互作用而产生，是包含特殊的主观体验、独特的生理唤醒和外部表现形式的整合性心理过程。

1. 主观体验

主观体验是大脑的一种感受状态，是个体内心独特的感受。最直接的表现就是个体体验内心的状态，这种体验与人的切身需要和主观态度密切相连。不同个体对不同的事物有不同的主观体验，有些事物会使人感到愉悦与快乐，有些事物则使人厌恶。同一个事件可能会引起不同个体差异性较大的情绪体验，而同一个体对不同事件的感受也会有差异性。结合以上的案例，可以设想如果你所面临的这门考试对自己不是那么重要，当知道自己没考好后情绪也许就不会那么低落。因此，凡是与人的需要有关的事物，由于对人有着一定的意义，必然使人对之产生一定的态度，在这种认知的主导下，个体会出现独特的主观体验或内心感受，并以一定的形式表现出来。情绪活动是对客观事物与人的需要之间关系的反应。

2. 生理唤醒

你是否有过非常恐惧的经历？是否觉得那时的自己心跳加速、呼吸急促、四肢冰凉或发抖、肌肉紧张？这是由于当人们产生某种情绪体验时，身体内部也会发生相应的变化，即情绪的第二个基本成分——生理唤醒。情绪的生理唤醒包括在情绪活动中产生的所有生理变化。任何一种情绪都有其生理基础并伴随着一定程度的生理唤醒，神经系统某些部位的激活为情绪的发生和活动提供能量。大脑中枢神经系统对情绪起着调节和整合的作用，大脑皮层对有关感觉信息的识别和评价在引起情绪以及随后的行为反应中起着重要的作用；网状结构的激活是产生情绪的必要条件；内分泌系统与自主神经系统之间的联系直接参与情绪反应产生……这些生理变化不仅支持和维持着情绪，而且影响着情绪的强度和持续时间。

3. 外部表现形式

情绪的外部表现形式是指个体将其情绪表露于外，并借以达到与他人沟通的目的。情绪表达有很多不同方式，如语言文字、图画符号、身体活动等，凡是能用来表情达意者，均可由之达成情绪表达的目的。

（1）面部表情。

情绪的表达以面部的肌肉活动为主，面部表情是所有面部肌肉变化所组成的模式，如高兴时额眉平展、面颊上提、嘴角上翘等。面部表情模式能精细地表达不同性质的情绪，是鉴别情绪的主要标志。根据发展心理学家实地观察所见，婴儿出生后不久即可由其面部表达各种不同情绪。四个月大的婴儿，即可经由面部的肌肉活动表现快乐、厌恶、愤怒、痛苦、惊奇等多种情绪，恐惧的情绪发展较晚，约在六个月左右才会出现。一般三岁左右的幼儿，至少能根据别人面部表情了解当事人所表达的快乐、愤怒与悲哀三种情绪。

面部不同部位的肌肉，在表达不同情绪的时候所起的作用不同。心理学家将各种不同表情的照片，分割成前额、眉眼、口部三截，让受试者分别用来辨别快乐、悲哀、恐惧、愤怒、惊愕、厌恶六种不同的情绪，结果发现：不同情绪的表达，分别由面孔的不同部位来决定，悲哀情绪显现在眼睛，快乐与厌恶表现在嘴部，惊愕的表情由前额显示，而愤怒的情绪则表现在面孔全部。

心理学家设计过一项有趣的实验，试图验证能否刻意表现出笑容。该实验进行时让被试观赏两部内容截然不同的电影：一部是引人发笑的娱乐片，另一部是令人厌恶的纪录片。在观赏之前，研究者要求被试合作，无论看到的是可笑的还是令人生厌的镜头，都尽可能表现出笑容，而且尽量尝试做到真实地笑，不是假装地笑。当受试者观赏电影时，研究者经由特殊装置，在被试者不知不觉中拍摄下他们面部的表情。实验结果发现，内外不一的情绪表达很难做到，真心的笑与勉强的笑在照片上很容易识别。心理学家研究发现，外显表情（主要是面部表情）对个体的情绪感受具有反馈作用，一个内心平静的人，让他做出难受的表情，他的内心也会产生不开心的感受。

（2）姿态表情。

姿态表情是指面部表情以外经由身体表达出的各种表情动作，包括手势、身体姿势等。如鼓掌表示兴奋，顿足代表生气，垂头代表沮丧，摊手表示无奈，捶胸代表痛苦。当事人以这种肢体活动表达情绪，别人也可由之辨识出当事人用其肢体所表达的心境。

人类学家早就观察发现，人与人在面对面的情境中，常因彼此间情感的亲疏不同，而不自觉地保持不同的距离，此种因情感亲疏而表现的人际间距离的变化，在心理学上称为人际距离。人际距离的变化，是双方当事人沟通时，在姿态表情上的一种情感性的表示。彼此熟悉，就亲近一点；彼此陌生，就保持距离。如一方企图向对方接近，对方将不自觉地后退，仍然保持相当的距离。

与人际距离相似的另一现象，是个人空间。个人为了保持其心理上的安全感，会不自觉地与他人保持相当距离，甚至企图在其周围划出一片属于自己的空间，不希望他人侵入。这实际是一种防卫，防卫外人侵入其个人空间时带来不安的情绪。这种意识由姿态表情表达时，当事人经常并不自知。

心理学家做过一个实验，要求被试分别向别人说假话和说真话，同时观察被试的身体表现。他们发现，被试说假话时会不自觉地与对方保持较远的距离，而且显得身体向后靠，肢体的活动较少，但面部笑容反而增多。当人说真话的时候，身体会向对方靠近。

（3）语调表情。

语调表情是通过语言的声调、节奏和速度等方面的变化来表达的，如高兴的时候语调高昂，语速快；痛苦的时候语调低沉，语速慢。当播音员转播球赛时，声音尖锐、急促、声嘶力竭，表达了一种紧张而兴奋的情绪；而当播出灾难性消息时，语调缓慢而深沉，表达了一种悲痛而惋惜的情绪。

主观体验和生理唤醒、外部表现形式中任何单一的成分都不足以构成情绪，只有当三种成分整合时，情绪才能产生。在情绪的活动中，这三种成分以反馈的方式相互影响和作用。

（二）情绪的分类

图 3—1 是一组表情，分别代表着愤怒、恐惧、厌恶、惊奇、高兴和悲伤。这些表情你是否都产生过？你能否回忆起自己显露这些表情时内心的情绪体验？

由于每一种情绪都有自己相对应的、特别的行为，心理学上称之为特定行为倾向。这种特定行为倾向总的来说分为两类：一类是逃避倾向，另一类是接近倾向。与逃避倾向行为相伴随的情绪被称为消极情绪，与接近倾向行为相伴随的情绪被称为积极情绪。

积极情绪和消极情绪有着同样的作用机制和功能——影响一个人的行为或行为倾向。积极情绪，诸如快乐、热爱、欢喜、骄傲等，会使个体倾向于接近引起积极情绪的事物。例如，当人们看到可爱的小动物时会产生高兴的情绪，这种情绪会促使人主动去接近它们。积极情绪能使内分泌适度，保持人体内"环境"平衡，增强大脑及整个神经系统的功能，使身体各个系统的活动协调一致，从而保持食欲旺盛、精力充沛、思维敏捷、动作灵活的状态，人体适应环境和抵抗疾病的能力都会明显增强，这将给人们带来健康的体魄。

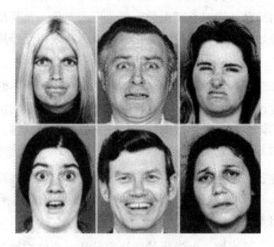

图3—1　情绪表情图

消极情绪，诸如焦虑、紧张、悲观、抑郁等，会使个体倾向于逃避引起消极情绪的事物。消极体验作用于中枢神经系统，会引起植物神经和内分泌功能的失调，使机体的免疫力下降，机体间的平衡被打破，细胞失去正常的状态和功能，减少体内抗体的产生，易导致病变细胞乘机侵蚀健康。消极情绪是与某种需要没得到满足或无法满足相联系的，通常伴随着一种明显不愉快的主观体验，还会降低人的积极性和活动能力。

消极情绪和积极情绪会导致不同的行为倾向，其主要原因在于这两种不同的情绪能使人建构起不同的心理资源。消极情绪能通过缩小个体即时的思想和行为资源而组织起一种应激资源（包括身体资源、智力资源和社会性资源），应对各种威胁到自我的危险，使个体迅速采取特定的行为，从而避免自己受到侵害或伤害，这是个体最低要求的自我保护。与消极情绪的应激保护不同，积极情绪能通过扩建个体即时的思想或行为资源而帮助个体建立起持久的个人发展资源（包括身体资源、智力资源和社会性资源等），它能促使个体充分发挥主动性，产生多种思想和行为，特别是能产生一些创造性或创新性的思想和行为，并迁移到其他方面。[①]

情绪这种人类在进化过程中形成的适应性心理机制，既可以是外显的行为，也可以是潜在行为或意向性的行为准备。不同的情绪有不同的表达方式，也有强度大小的差异，即使是同一种情绪，由于强度的不同，其表达方式也不尽相同。积极的情绪能扩建个体的行为和思想，而消极情绪则会使个体的行为或思想收束。积极情绪和消极情绪本身的不同强度（也即唤醒水平的高低）对个体行为或思想的扩建或缩小功能也有着一定的影响。对积极情绪来说，强度越大，其扩建功能就越大；对消极情绪来说，强度越大，其缩小功能也就越大。

（三）大学生情绪的特点

当前的大学生作为一个特殊的社会群体，有着自身鲜明的心理特点。还处在青春期的

---

①　参见叶素贞、曾振华编著：《情绪管理与心理健康》，北京，北京大学出版社，2007。

大学生，生理发育趋向成熟，同时心理也经历着急剧的变化，尤其反映在情绪上。不断发展成熟中的心理与其所处的社会与学校中变化的环境不断地相互作用，形成了当代大学生基本的情绪特点。①

（1）情绪活动趋于丰富。大学生的重要心理变化是自我意识不断发展，各种高层次社会需求不断出现，而且逐渐加强。更不容忽视的是恋爱这种强烈的情绪体验会使大学生的情绪波动很大，使他们体验到相爱甜蜜的狂喜，或失恋的抑郁低落。研究表明，大学生较早或频繁的恋情可能对其社交发展产生消极影响。

（2）情绪的冲动性、爆发性。大学生对事物的情绪体验比较强烈，富于激情，在情绪表达上"喜怒形于色"。冲动爆发的情绪活动往往会造成可怕的后果，如因感情挫折而自杀、集体斗殴、离校出走、行凶报复等。

（3）情绪的双极性、摇摆性。大学生的情绪容易从一个极端跳到另一个极端，他们的积极性往往随情绪起伏而涨落。大学生的激情往往不能始终一贯地保持下去，时过境迁，情绪活动也会随其认知标准的改变而迅速改变。

（4）情绪的压抑性。大学阶段是人情感最丰富、最强烈的时期，同时也是一段充满压力和冲突的时期。大学生在实际生活环境中可能遇到诸多问题，而这些问题又无法及时得到解决，他们的需要无法得到满足，这往往会导致大学生情绪压抑。

随着青年人文化知识、思想修养和心理发展水平的不断提高，他们有较强的自我意识，具备了一定的反省自身弱点的能力和控制情绪的水平，青年期的情绪又具有可调节性。

二、情绪的功能

（一）情绪的动机功能

你有过对异性有好感的体验吗？当喜欢上一个人时，你是否会尽己所能地吸引、接近和保护他（她）？当得知自己快要见到心上人时，你的内心是否充满着快乐和激动？情绪的一个重要功能是激励你前进——促使你向重要目标迈进。情绪实际上成为行为的最原始动力，情绪通过唤醒个体正在经历或想象中实践的行动来完成它的动机功能，然后它会引导并维持个体的行为直到达到特定的目标。

情绪反应会有生理上的唤醒，当一个人体验到非常焦虑的情绪时，心跳会加速，呼吸变得急促，适度的焦虑能使个体集中注意力，发动自身所有的能源来应对需要处理的困境。由情绪环境引发的生理唤醒可以令个体达到最高的绩效水平。接受的生理刺激过少，个体可能无法有效组织自己的行为，受到的刺激太多，过于强烈的情绪也会压倒认知使个体位于绩效曲线的下滑段。

（二）情绪的社会功能

人类社会交往的存在和维持，首先是基于语言交际的存在，但是情绪的作用并不亚于

① 参见乔建中：《情绪研究：理论与方法》，南京，南京师范大学出版社，2003。

语言。情绪通过表情的渠道，传递交际的信息，可以实现人与人之间的了解、沟通、共鸣情绪在人际沟通中起着重要的协调作用，像微笑、轻松、热情、喜悦、宽容和善意的情绪表达，会促进人与人之间的沟通和理解；而冷漠、猜疑、排斥、嫉妒、轻视、仇恨等情绪反应，则会成为人际交往中的障碍。当个体无法理解别人试图向自己传达的负性情绪，无法从他人的表情中得知情况的危险或者自己的情绪已经引起了别人的愤怒，将严重危害个体的社交功能。人们的感觉如何决定他们的亲社会性。情绪作为一个积极的社会黏合剂，会使你接近某人；作为一种消极的社会防水剂，则会使你远离他人。当个体处于最佳健康状态心情愉快时，他们更愿意做出各种助人行为，在社交中冒更多的风险。而当个体感到悲伤时，行为会变得更加谨慎；当人们为自己的过失感到内疚时，他们更愿意在未来提供支援帮助，从而减少内疚。

（三）情绪对认知功能和行为的影响

情绪对认知功能的影响表现在个体的注意力、个体对自我和他人的直觉以及个体解释和记忆各种生活情景的特征上。人们在知觉和记忆中进行着信息的选择和加工，情绪就好比一种侦察机构，监视着信息的流动，它能促进或阻碍工作记忆、推理操作和问题解决过程。研究者已经证明情绪状态可以影响学习、记忆、社会判断和创造力。个体的情绪反应在自己对生活经历进行组织和分类时起着重要作用。当一个人在特定的情境下体验到某些情绪时，这些情绪汇总同事件一起储存在他的记忆中，就像背景一样。这种记忆表征模式包括情绪一致性处理和情绪依赖性记忆，当人们在处理和提取信息时，对那些和当前情绪一致的内容会表现出选择性的敏感化，那些与一个人目前的情绪相一致的材料更容易被发现、注意、深入加工，联系也更为细致。人们发现，如果他们当时的情绪和将事件存入记忆时的情绪相同，他们更容易提取信息。

不同的情绪种类对认知和行为会有不同的影响。积极的情绪扩大了一个人在特定情景条件下瞬间的思想和行为指令系统，即在当时特定的情景下促使人冲破一定的限制而产生更多的思想，出现更多的行为或行为倾向，这种行为不仅表现在社会性行为和身体行为上，也表现在智力行为和艺术行为上。人们处在快乐或高兴的情绪状态时，绝大多数人的行为可能是多种多样而没有规律的，很难找出一个具有代表性的统一模式，如跳舞、喝酒、唱歌等——只要这些行为能表达出他的高兴就好。在积极情绪条件作用下，人会有多种行为或思想选择，甚至创造出一个前所未有的新行为、新思想。当个体能用各种方式来表达自己高兴的情绪时，他对积极情绪的体验会更深刻、更彻底，这本身又会促使个体不断地产生兴趣去创造条件复制这种积极情绪体验。

积极情绪通过扩建个体即时的思想或行为资源而帮助个体建立起持久的个人发展资源（包括身体资源、智力资源和社会性资源等），这些资源趋向于从长远的角度、用简洁的方式来给个体带来各种利益。它能促使个体充分发挥自己的主动性，从而产生多种思想和行为，特别是能产生一些创造性或创新性的思想和行为，并把这些思想和行为迁移到其他方面。

消极情绪会限制一个人在当时情景条件下瞬间的思想和行为指令系统，即促使个体在当时的情景条件下只产生由进化而形成的某些特定行为，如逃跑、攻击、躲避等，使人的思想和行为缩小在以保护自己的生存为核心的集中特定方式上。长期的消极情绪体验会给人造成严重的心理紧张，这种心理紧张会使机体长期处于应激状态，这对人的身体健康是非常有害的。当出现悲痛的情绪时，大多数人的行为模式基本上都是相同的，哭泣、沉默、收敛自己的行为而变得不愿多活动。

（四）情绪对身心健康的影响

现代心理学、生理学和医学的研究成果表明，情绪对人的身心健康具有直接的影响。

1. 不良情绪对身心健康的危害

不良情绪包括过度的情绪反应和持久性的消极情绪两种。过度的情绪反应主要是指：因为一些重大的生活事件而情绪反应过于强烈，如狂喜、暴怒、悲痛欲绝等；为一点小事而有过分的情绪反应，怒不可遏或激动不已；情绪反应过于迟钝，无动于衷，冷漠无情。持久性的消极情绪是指在引起忧、悲、恐、怒等消极情绪的因素消失后，仍数日、数周甚至是数月沉溺在消极状态中不能自拔。不良情绪致病在大多数情况下并不是由一次大爆发而引起的，而是日常生活中紧张、烦恼、忧愁、焦虑、疑惧、失望等日积月累的结果。目前，大量的实验研究和临床观察都已证明，不良情绪会危害人的身心健康。

不良的情绪易导致心理障碍。在过度的尤其是过于强烈的情绪反应或持续的消极情绪的作用下，首先受到影响的是神经系统的功能。突然而强烈的紧张情绪的冲击会抑制大脑皮层的高级心智活动，破坏大脑皮层兴奋与抑制的平衡，使意识范围狭窄，正常判断力减弱，失去理智和自制力，甚至有可能使人的精神错乱、行为失常，许多反应性精神病就是这样引起的。而持续的消极情绪的影响，则常常会使人的大脑功能严重失调，从而导致各种神经症或精神病。根据调查，大学生中常见的抑郁症、恐怖症、强迫症、神经衰弱等大多与持久的消极情绪密切相关。

不良的情绪会引起生理疾病。不良情绪在影响神经系统的功能之后，会进一步影响内脏器官的功能，从而损害生理健康，因为内脏器官是受植物性神经系统控制调节的。不良情绪能致病甚至致命。

情绪对内脏器官影响最明显的是心血管系统和消化系统。人在恐惧或悲哀时胃黏膜会变白、胃酸停止分泌，可引起消化不良；而在焦虑、愤怒、怨恨时胃黏膜充血、胃酸分泌增多，常常会导致胃溃疡。据美国新奥尔良一家医院统计，500 个求诊入院的肠胃病人中，因长期情绪不好而致病的高达 74%。大量研究发现，情绪冲突、压抑和高血压，情绪急躁、易激动、好争斗与冠心病，都有十分明显的关系。

身心医学研究认为，不良情绪是导致各种心身疾病的主要危险因子。以癌症为例，紧张、抑郁、焦虑等消极情绪的长期过度刺激，可导致大脑皮层兴奋与抑制的失调，从而使机体的内分泌功能发生紊乱，免疫功能受到抑制，这样会使人体内原有潜伏的恶性细胞激发增生，诱发癌症。调查发现，大学生中常见的消化性溃疡、紧张性头痛和偏头痛、心律失常、月经失调、神经性皮炎等疾病都和不良情绪有关。

2. 良好情绪对身心健康的促进

良好的、愉快的情绪有利于人的身心健康。也就是说，情绪既可以致病，亦可以治病，还可以促进健康，许多研究证实了这一点。良好的情绪不仅是维护心理健康的必要保证，还是促进生理健康的有效途径。因为，良好的情绪可取代引起神经和精神紧张的坏情绪，减少和消除对机体的不良刺激；良好的情绪可以直接作用于脑垂体，保持内分泌功能的适度平衡，从而使全身各系统、各器官的功能更加协调、健全。大量临床实践表明，积极开朗的情绪对治愈疾病大有好处。长寿者的共同特点之一是心情愉快、乐观豁达、心平气和或笑口常开。

3. 情绪"度"的意义

情绪对大学生身心健康及学习、工作和生活的影响，不仅取决于情绪本身的好坏优劣，还取决于情绪表现的"度"。所谓情绪的"度"，就是指情绪的目的性是否恰当，反应是否适时、适度。从心理卫生学的角度看，任何一种情绪的产生都是个体对内、外刺激的一种反应，都有其生理、心理的价值。即使像焦虑、恐惧、抑郁、愤怒等不良情绪，只要是由适当的原因引起的，就同样有其存在的价值和意义，这类情绪对于人的生理、心理功能是一种信号、一种自我防御、一种自我调整，是一种个体自我保护的机制。问题在于，此类情形反应必须适时、适度。若作用时间过长或作用强度过大，便会对身心造成危害。[①]

此外，即使是通常被认为是良好的情绪，同样也需要目的性、反应适时适当，不然也是不利于心身健康的，范进中举喜而达狂便是一个很好的例证。

第三节　情绪的调节

情绪能够影响一个人的精神状态，提高或降低一个人的学习和工作效率。它是观察一个人真实情感的窗口，能反映出一个人的志向、胸怀和度量，也标志着个性成熟的程度。健康情绪的养成或保持对一个人的工作、学习或生活都起着至关重要的作用，一个人能够积极主动控制自己的情绪，才可能控制自己和影响别人。情绪的调节是个体管理和改变自己或他人情绪的过程。

然而人类的情绪非常丰富、复杂，要想驾驭是十分困难的。人在认识世界和改造世界的过程中，与周围世界交互作用，与现实事物发生多种多样的联系。现实事物对人总是具有一定的这样或那样的意义，人对这些事物就抱有一定的这样或那样的态度。人对客观事物的态度与人对事物的认识有所不同，它总是以情绪表现出来。情绪调整主要包括两个方向：健康情绪的养成和对负性情绪的预防调节。

一、健康情绪的养成

(一) 树立青春的理想

理想如星辰，指引着人们前进的方向，如果一个人没有生活的目标，在遭受挫折、打

---

① 参见樊富珉、王建中主编：《当代大学生心理健康教程》，武汉，武汉大学出版社，2006。

击和失意时，非常容易自怨自艾，陷入自己痛苦情感的小世界里。而目标就是一个人的精神支柱，在这种支柱下，即使受到再大的挫折，也会使人有勇气朝着自己的人生目标继续前行。例如，居里夫人的初恋是自己当家庭教师的那家主人的大儿子卡西密尔。由于对方父母反对，英俊的卡西密尔向她宣布断交。居里夫人第一次感受到失恋的痛苦，然而对科学事业的热爱及出国深造的想法支撑着她以发狂般的勇气去奋斗追求自己的理想。这种注意的转移缓解了她个人情感的痛苦，并且使她终于跳出了失恋的深渊，踏上了科学大道，不仅觅到了知音，而且取得了惊人的成就。

（二）悦纳自己、他人和世界

青年人应该培养自己拥有宽广的胸襟，从而更好地悦纳自己、他人和世界。拥有宽广胸襟的人对待生活琐事能视野开阔，不拘泥于眼前琐事，着眼于全局和长远来看问题，不因暂时的不利境遇而烦恼沮丧，不会为那些微不足道的小利而大动感情。天生我材必有用，每个人都有各自不同的优势，个人只有能够客观地了解自己的优缺点，才能够真正地去悦纳接受自己。当自己面对失败的时候冷静地分析，接受不能改变的，改善可以改变的；同时也才能够通过自己了解到人性的软弱，以己之心去体谅他人，从而悦纳他人，接受他人的错误或对自己造成的伤害；进而平和地对待世界上事物发展的客观规律，如生老病死、花开花落，做到"回首向来萧瑟处，归去，也无风雨也无晴"的豁达。

（三）适当的定位

适当的定位包括对自我的定位和对他人的定位两个方面。对自我的适当定位是指自己应该理性地适应生活，学会时常以赞赏的眼光看待自己，树立自信，知足常乐；对他人的适当定位是指应该降低对他人的期望值，不以过高的标准苛求身边的每一个人。

（四）拓展使自己快乐的方法

1. 寻找身边的欢乐

善于寻找身边的快乐是一个人保持乐观情绪的前提。生活中有欢乐也有忧伤，有的人经常看到欢乐的一面，他由此而感到生活很美好；有的人却总是看到忧伤的一面，从而感到生活得很不开心。善于在身边寻找欢乐，多看生活中欢乐的一面，并不是否认痛苦和困难的存在，而是乐观的心态可以使人们勇敢面对现实，不畏困难，鼓足勇气正确地对待我们所遇到的挫折和失败。以乐观的心态寻找身边的欢乐是学业或事业成功的助推剂。美国堪萨斯州大学心理学家史耐德主持的一项实验研究能够充分说明这一问题。他请被测试的大学生考虑下列假设性问题：你的学期设定目标是 80 分，一周前第一次考试成绩（占总成绩 30%）发下来了，你得了 60 分。你会怎么做？每个被测试学生的做法因心态而异。最乐观的学生决定要更加用功，并想到各种补救的方法；次乐观的学生也想到一些方法，但没有实践毅力；最悲观的学生则索性宣布放弃，一蹶不振。他最后的研究发现，学生的学业成绩与其心态是否乐观有决定性的关系，甚至比传统认为最具预测效果的入学测验更准确（入学测验与 IQ 很有关系）。也就是说，就智能相当的学生做比较，情感因素的影响更明显。他的解释是，乐观的学生会制定较高的目标，并知道如何努力去达成。在对智能相当的学生比较后发现，影响其学业成绩的主要因素是心态是否乐观。从 EQ 的角度来看，乐观的人面对挑战或挫折时不会焦虑、意志消沉，这种人在人生的旅途上较少出现沮丧、焦虑或情感不适应等问题，总是满怀希望地面对现实，因此，在人生道路上容易成功。

欢乐或乐观其实都是建立在心理学家所谓的自我效能感上，亦即相信自己是人生的主宰。这种心态能使人最大限度地发挥既有能力，努力培养欠缺的能力。班杜拉对自我效能感颇有研究，他认为，一个人的能力深受自信的影响，能发挥到何种程度有极大的弹性。能力感强的人跌倒了能很快爬起来，遇事总是着眼于如何处理而不是一味担忧。

2. 善于与人交往

朋友关系最能够提高人的积极情感，它是积极情感中最普遍的一种来源。人是社会性的动物，人际关系是人类赖以生存的基础，人人都有一种交朋友、觅知音的归属需要，希望得到别人的承认和接纳，成为受尊重的一员。狄纳和塞里格曼曾以 222 名大学生为被试做了一个研究，他们把其中感到最幸福的 10%（即 22 名大学生）抽取出来，对他们为什么会感到幸福做了因素分析。他们在研究中发现，丰富多彩的社会生活是其中最主要的原因，这些人在课余花大量的时间和他认为的好朋友呆在一起活动（在测试中这些大学生也被他们交往的对象评价为是他们的好朋友，也就是双方都认为对方是自己的好朋友）。许多被试者同朋友在一起的时候，他们的积极情感最高，跟家人在一起时则略低，而独处时积极情感水平是最低的。这是因为，他们跟朋友在一起时可以做一些共同感兴趣的事情，如运动、亲密的谈话等，虽然这些活动看起来很普通，但是却能给个人带来很大的愉悦感，并可以使个体之间产生支持性的朋友关系。被试产生愉悦感的一个主要原因是他们对非语言交流的信心——尤其是微笑和友好交谈语气的接受。

良好的朋友关系有利于一个人主观幸福感的获得：

（1）拥有好朋友并被他人视为好朋友的人本身就具有一些优秀的人格品质，如乐于助人、活泼、热情、开朗等，否则他不会受到别人的欢迎。这些品质一方面使得这些人具有一定的人格魅力，另一方面也意味着这些人可能天性就比较积极。

（2）良好的朋友关系满足了个体被他人接纳的心理需要，每一个人都有归属感的需要，归属感需要的满足会使人产生幸福或满意的感觉。

（3）有亲密的朋友会使一个人感到自己不是孤立地生活在这个世界，他随时都可以得到一定的社会支持和关怀，而支持和关怀总会让人有一种愉快的感觉，因而他也就能更多地获得主观幸福感。

（4）一个人和自己的好朋友在一起会经常参加一些共同感兴趣的活动，或做一些双方都感兴趣的事情，这些活动能使双方在活动中相互支持，从而给双方带来愉快的体验。

3. 富有幽默感

微笑会让人的大脑释放出一种化学物质，可以创造出一种兴高采烈的情绪。而且当我们笑的时候，血液中的压力荷尔蒙——肾上腺素和可的松降低，这能使我们的焦虑情绪降低。

二、异常情绪的识别及调节

(一) 抑郁情绪及调节

　　大勇19岁，是一名大一学生，他看起来非常疲惫，双眼布满血丝，他觉得自己最近一个多月以来情绪低落，感觉有一种重物压在自己心上，常常有一种想哭的感觉，谈话间不停地叹息。大勇是一个内向、敏感、不善言谈的人，来读大学以前没有在学校住宿读书的经历，现在离开父母一个人到城市里读书，新的学校、新的面孔、新的压力让他感觉非常糟糕。大勇的学习成绩在高中的时候是中上等，虽然他很少主动和同学交往，但也是好学生，是同学愿意交往的对象。但是现在，进入大学后，他参加了一系列的社团招新活动，几次面试下来，他发现自己除了学习什么都不会，而且感觉自己和其他同学比起来这么差，在宿舍里也不知道怎么和室友相处，以前大勇都是10点左右就睡觉了，但是现在舍友们都是11点才睡觉，他每次10点上床之后由于舍友发出响声而无法入睡，大勇提醒过几次，但是发现舍友们都不高兴，所以不敢再让他们10点睡觉了，自己现在变得很敏感，每次走到宿舍门口的时候发现自己的心跳很快，很不愿意回宿舍。本来大勇希望从学习上再找回点自信，但是上个学期他的考试成绩也很不理想。大勇知道成绩后最后一点信心也没有了，现在提不起兴趣做事情，看书的时候注意力不能集中，经常想哭，大勇真希望自己身上发生的一切都会奇迹般地改变，希望有一天早上醒来的时候发现自己又回到了高中时代。

1. 抑郁的定义

　　抑郁是以情绪低落为特征的消极性情感体验。其本质是对精神压力的一种反应，因此不限于特殊的时间与地点经常发生，这种负性情绪在大学生中比较常见，轻者只是一种暂时的情绪体验，重者会影响学生的认知功能并导致学生不能顺利完成学业。

2. 大学生抑郁的特点

　　(1) 认知表现。

　　在抑郁情绪影响下的大学生常常表现为难以集中注意力，精神涣散。抑郁情绪严重者会发现自己的记忆力严重下降，在日常生活中常常丢三落四，非常健忘，学习成绩因为记忆力的下降而不断下滑。甚至有些大学生会对自己和世界充满消极的观念，认为自己什么都比不上身边的同学，身边的同学亦对自己缺乏友爱，因此常常对周围同学怀着敌意。抑郁者用消极和悲观来面对生活和他人，并且常常由于自己在学业、人际关系上遇到的困难而更加消极和悲观。在抑郁情绪的影响下有些大学生甚至感到绝望而产生自杀的念头，并且很有可能导致发生自杀行为。

　　(2) 情绪表现。

　　大学生正处在人生的黄金时期，可是抑郁却像乌云一样，挡住了生活中的阳光，使整个生活带上了灰色的基调。学业和工作上的目标对抑郁者来说丧失了意义，一切都是空虚的，生活中不再有乐趣，没有什么值得追求的目标，甚至以前自己非常喜欢的活动，现在也变得索然无味。在这种情绪下，抑郁者常常感到悲伤，甚至哭泣，但是找不到真正值得这样悲伤的理由。同时，抑郁者会变得失去耐心，而且极端敏感，常常对身边的人大发脾气，从而使其人际关系越来越糟，这又会作为一种恶性的刺激加重抑郁对情绪的危害。最终可能导致抑郁者的绝望感和无助感。

（3）行为表现。

抑郁导致的消极情绪必然会导致个体行为方式上的改变，由于抑郁者感觉到每件事都没有意义，在行动上也会对任何事都缺乏激情。抑郁者对工作或学习表现出冷漠的态度，必然导致学业成绩和工作表现越来越差。容易失去控制的情绪，使抑郁者在跟其他人一起时常常不愉快，容易表现出社交退缩。同时，抑郁的人可能在饮食行为上也变得跟以前不同，或者吃得很少，或者吃得很多。由于消极的观念和情绪，抑郁者常感到没有来由的悲伤，而太容易哭泣，或是对每一件事或人抱怨，并且通过发脾气来宣泄自己不断积累的愤怒。极端的情况下，抑郁情绪下的大学生完全忽视自己的个人仪表，甚至忽视最基本的个人卫生，即使是以前很爱美的女大学生也不再打扮自己，给人很邋遢的印象。

这一切行为方式上的变化都会严重影响到抑郁者的社会交往，身边的人都觉得他们枯燥无味，脾气乖戾，难以接近。这对其实非常需要人际支持和情感温暖的抑郁者来说，无疑是雪上加霜，会使他们陷入更深的抑郁而难以自拔。

（4）身体表现。

抑郁常常导致大学生难以克服的睡眠障碍，他们经常会夜不能眠，即使入眠，也睡得非常不好，非常小的刺激都可能导致他们从睡眠中醒来。长期缺乏睡眠会导致抑郁者产生许多身体上的不适，比如，因免疫系统功能的降低而容易生病，或者身体有很多地方疼痛。睡眠不足同时会导致记忆力下降、注意力难以集中、情绪低落、情绪失控以及行动上的迟缓呆滞和疲劳乏力，这样就形成一个恶性的循环。一些抑郁者会出现每天昏睡的情况，一天中的大部分时间都躺在床上，可是尽管睡了很多，却仍然觉得精疲力竭。还有一些抑郁者因为抑郁失去胃口，常常不吃东西，或者吃得很多，对身体也造成了损伤。[①]

3. 大学生抑郁的原因

（1）学习方面。

学习是学生的天职，许多大学生在大学里遇到的第一个问题就是学习。大学里的学习从概念、内容到方法都与中学阶段的学习有本质的区别。在大学里，学习的概念变得更加广泛，不仅仅指坐在教室里听老师讲课，记忆书本上的知识，在考试中取得一个好分数，还包含了对专业知识的学习以及对许多书本和课堂以外的知识的学习，比如，怎样与团队合作，怎样表达自己，怎样理解别人，怎样正确地评价自己和别人，怎样为人处世等。学习的内容突然扩大到生活的每一个方面，而且由于内容的扩大，学习方法也发生了巨大的变化。大学生的学习方法不再是只是听讲、看书、作业，而是要自主地学习。对专业知识的学习需要广博的阅读和精深的钻研，同时，对书本以外的知识的学习，需要大学生广泛地投入到大学生活的各个方面，去尝试自己在各个方面的潜力。每天都呆在教室里的大学

---

① 参见彭聃龄主编：《普通心理学》，北京，北京师范大学出版社，2001。

生，在学习上除了能得到一个没有多少意义的分数之外，不会有其他的进步。

大学生在进入大学以前，都是老师和父母的宠儿，会有一种优越感。可是进入大学以后，由于学习从概念、内容到方法的改变，过去的光芒消失了，自己不再像以前那样优秀，身边的每一个同学都有自己的优势。分数不再重要，只作为诸多衡量标准中的一个。大学生容易感到迷惘，因为需要学习的知识如此之多，而自己似乎除了读书，什么也不会，从而对自己的评价产生怀疑。还有许多大学生在进入大学以后，发现自己所选的专业根本不是自己的兴趣所在，对专业知识的学习没有任何兴趣，势必导致专业学习的失败。同时抑郁者为了应付自己并不感兴趣的学习，没有更多的时间和精力来发现和从事自己真正感兴趣的活动，这对他们会变成一种沉重的精神负担，导致他们陷入抑郁。

（2）生活方面。

很多大学生是第一次离开家开始自己的独立生活。学习独立照顾自己，是一个漫长的过程，琐碎的生活小事也可能带给大学生挫折感。太多挫折感积累可能会使抑郁者的自我概念受到损害，产生适应性的抑郁。而家庭非常困难的大学生在大学校园里是一个自卑的弱势群体，他们常常是通过自己的勤奋刻苦考进大学，同时家庭也付出了难以想象的代价来给予支撑，这些容易给学生心灵深处造成巨大的压力。而且由于家庭经济的困难，他们必须省吃俭用，考虑怎样平衡打工和学习之间的关系。因此他们非常容易产生自卑心理，在人际交往中退缩，这样的大学生是患抑郁症的高危群体。

（3）人际交往方面。

大学生常常因为人际关系的问题而产生困扰。他们成为一个独立的个体到大学生活，在这个小型社会里一切都是新的，都需要重新开始。而以往作为人际关系支持的父母已不可能再像以前那样总是在他们最需要的时候给予温暖的支持和鼓励。他们必须学会自立，同时还必须学习怎样建立新的人际支持系统，处理好与老师、同学、朋友和室友的关系。大学生在这四个方面的人际交往中都常常会遇到难以处理的问题，如果不能很好地处理这些问题，他们很可能不能在新的环境里找到自己非常需要的人际支持，从而陷入抑郁的深渊。

（4）情感方面。

情感是大学生不得不面对的问题。大学生正值青春年华，处于追求爱情的人生阶段，带着对爱情的浪漫幻想，在大学里，除了学习，恋爱成为他们生活的另一主题。恋爱对大学生来说，是认识自己、了解自己的一种方式，是学习与人建立一种亲密、和谐的关系的途径，是一种成长所需的经历。可是没有哪个人在谈恋爱之前上过如何恋爱这门课，怎样处理好恋爱与人际关系，恋爱与学业，恋爱与工作，恋爱与性，以及怎样选择恋爱对象，怎样应付失恋，这些恋爱的问题都可能会使大学生们不知所措。

（5）就业方面。

就业压力也是直接导致大学生抑郁的因素。为了能进入大学深造，不管是大学生个人还是其家庭都付出了极大的努力，因此他们对就业也负载了极大的期望，大学生们都希望自己毕业后能够找到自己和家人都满意的职业。可是由于社会竞争越来越激烈，就业机会相对越来越少，现实和理想之间形成了一道难以跨越的鸿沟，在大学生们走进社会寻找自己位置的时候，现实和理想的冲突就开始了。很多毕业大学生不能在理想和现实之间找到协调点，于是他们在就业时会失去很多机会，现实的处境导致他们开始对世界抱以消极的心态，丧失了对自己的信心和对生活的热情，甚至陷入惶恐和无助。

4. 抑郁的自我调节

（1）改变消极观念，培养积极心态。

抑郁的大学生通常有追求完美的倾向，因此对事和人都抱有过高的期望。可是大学生活是现实的，在现实中抱有过高的期望一定会遭遇更多的挫折和打击。对其他同学来说是非常普通的一件小事，对他们来说却可能是一次重大的挫折。比如，由于一次准备得不够充分的发言，他们会过度地责备自己，觉得自己毫无价值。他们总是把生活想成完美的世界，眼睛里容不下一粒沙子。如果遇到与朋友发生摩擦之类的小事，对旁人而言，这在生活中是非常自然的事情，可是他们却会因此否定他人，认为人情冷漠，因此拒绝所有的友情。直到最后，他们变成对一切都否定、唾弃，对一切都不再感兴趣。

所以，走出抑郁的第一步是改变自己追求完美的倾向。生活是不完美的，总是有很多的缺陷和不如意，可是不完美的生活仍旧是美好的。拥有体验美好的心，就能够学会接受、拥抱生活中的不完美，一个人就会发现尽管生活总是阳光和黑暗并存，但生活依然可以如此精彩。用宽容的心开始真实的生活，抑郁的乌云就会开始消散。当自己的期望和现实不再存在难以跨越的鸿沟，生活就会变得重新充满激情。

同样，要认识到自己同其他人一样，也有很多的缺陷。学会对生活宽容，同时也学会宽容自己。相信自己，但是认识到自己不可能是完美的人，这一点对抑郁的大学生非常重要。每当遇到消极的事情，不要严厉地责备自己，学会宽容自己，安慰自己，告诉自己没有关系，鼓励自己以后还可以做得更好。一个人只有宽容了自己，才可以真正宽容别人。

一个人在生活中可以独立，但是自立不意味着孤立，甚至与世隔绝。没有一个人能够离开别人而过上美好的生活。人性决定了人人都需要他人。然而，人与人之间，由于不同的生长环境和生长经历，形成了不同的价值观和生活风格，这样，他们在一起不可能没有冲突。这就像寒冷的冬天挤在一起取暖的豪猪，总会无意间伤害别人或被别人伤害。如果我们把这视为和日出日落一样自然，就可以宽容发生在我们同别人之间的不愉快。

（2）转移、宣泄消极情绪，体验积极情绪。

转移注意。抑郁情绪的产生和一些让个体体验到负性情绪的事件有关。心理学家通过实验发现，在压抑时，注意力容易集中在那些让自己不快乐的事物上面，这会使抑郁的情绪加剧，如果努力将注意力集中在别的方面会减少自己对抑郁情绪的关注度。

宣泄的方式主要包括：

a. 眼泪宣泄。

生理学家对眼泪的化学测定表明：情绪冲动流出的眼泪与眼睛受到刺激流出的眼泪成

分不尽相同——蛋白质含量前者比后者多。情绪冲动时的眼泪能把体内和精神受到沉重压力产生的有关化合物排出体外，情绪不佳的人在流泪后会感到轻松一点。

b. 运动缓解。

体育运动能引起呼吸和心率加速，促使大脑释放5-羟色胺、多巴胺、内啡肽等神经递质，这些化学物质在增强人体免疫系统的同时可以引发运动者的愉悦感并产生积极的体验。

c. 倾诉。

在内心受伤的情况下，对着朋友、父母或是兄弟姐妹倾诉，获得他们的理解和支持，会使自己孤立无援的感受降低。

抑郁的大学生还应当尽可能地去尝试体验愉快、平静等情绪。尽管抑郁者告诉自己和别人，他们对任何事情都不感兴趣，可是事实上，只有当一个人真正去从事一些活动，才可能体验到愉快的情绪。他们只是不再认为或者相信那些活动能带给自己乐趣。尽管抑郁让大学生丧失了对生活的兴趣和热情，但是要想走出抑郁，他们就必须告诉自己，不要拒绝那些可能带给自己快乐和愉快的人和事，对生活敞开自己的心灵。

（3）改变认知。

认知心理学家认为，同一件事情会使不同的人产生不同的看法，导致不同的结果。这是因为，导致情绪产生的不是我们遇到了什么事情，而是我们对刺激情境的信念和认知。改变一个人的认知即会对认知所导致的情绪产生影响。

人的想法分为理性与非理性两种。理性是指对自己、他人或生活中的事件持有健康的想法和信念；而非理性就是对自己、他人或生活中的事件持有不合理的想法和信念。情绪抑郁的学生可能经历了一些负性生活事件。下面，以容易引起抑郁情绪的负性事件为例子，介绍调整认知的方法。

首先，找一个安静不易被打扰的地方，让自己静下心来，拿出一张白纸和一支笔来梳理一下自己的消极情绪。

步骤一：描述令自己烦乱的整个事件。

步骤二：记录下自己的消极情绪，并按从0%（最少）到100%（最多）对其进行评估。请使用"悲伤"、"挫败"、"孤独"、"绝望"、"无助"等词语（如表3—1所示）。

表3—1　　　　　　　　　　　　　　　情绪记录表

情绪	比率（0%～100%）	情绪	比率（0%～100%）
1. 悲伤		3. 自卑	
2. 无助		4. 绝望	

步骤三：拿出一张白纸，折成三个部分。在左边的部分写下与自己情绪有关的负性想法，并努力学会客观地识别出这些想法中的歪曲部分，然后找出它。

在识别了负性想法的"歪曲之处"之后，在右栏写下对应的积极想法，并使用从0%

（根本不相信）到100％（完全相信）的数值表明自己对积极想法的确信度。积极想法应当是不同于负性想法的更为乐观而切实的信念。比如，针对"我将一辈子孤单"的概念，反驳的积极想法可以是："我过去并没有一直孤单，因此将来我也不会，尽管我现在过得比较糟。"

在这个练习中，用笔写下想法至关重要。只有在纸上练习，这一方法才会奏效。仅仅用脑子想则是一个大忌，因为那样的话，负性想法会一环套一环，无穷无尽。只有把它们写下来，哪些不合理、哪些不合逻辑才会一目了然。

经过上面的练习后再重新思考自己目前对诸如"我将一辈子孤单"这种负性想法的相信程度，减少对负性想法的认同。

抑郁状态的学生会有很多负性想法，通过这个练习可以让抑郁者评估自己情绪改善的程度。在做这个练习时，有可能遇到困难，因为一个人的习惯性想法已经形成很多年了，要想成功地反驳一些负性想法通常要花上很长时间，所以需要坚持不懈地克服它。当改变自己的负性思维成为一种习惯时，人们便掌握了调解情绪的基本方法。

（4）建立积极行为方式，寻求人际支持。

抑郁的大学生对工作或学习表现出冷漠的态度，缺乏激情，而且在社会交往上会变得越来越退缩，总是避免与人交往。他们喜欢对每一件事或人抱怨，并且常常为了很不起眼的事发脾气，有些大学生甚至完全忽视自己的个人仪表和基本的个人卫生。这些行为使抑郁者变得越来越孤立，缺乏人际支持。

针对这些特点，抑郁的大学生应该尽量克服抑郁情绪对他们行为的危害，尽量使用积极的行为方式，建立一个积极的人际支持模式。积极地行动起来，每一次只给自己定一个可以达到的目标。如果目标太高，遇到挫折会加剧本来就有的抑郁情绪。所以应该量力而行，每做好一件小事，都不要忘了给自己鼓励。不断地做好一些小事，渐渐就会发现自己已经能够胜任一些复杂的工作或者学习任务，这样就重新找到了对工作和学习的热情。而在与人交往中，抑郁的大学生要注意的是尽量争取朋友对自己的理解，告诉他们，自己正处在抑郁状态中，情绪和行为上的一些问题是难以避免的，如果对他们造成了一些伤害，希望他们能够谅解。如果朋友能够真正地了解你，了解抑郁可能给人认知、情绪、行为和躯体感受带来的损害，他们一定会尽量地给你支持和帮助。对抑郁中的大学生来说，来自友谊的温暖是他们能够很快得以康复的动力。

（5）建立健康的生活模式。

抑郁常常导致大学生睡眠上的障碍，大多数情况他们或者睡眠不足，或者睡得过多。睡眠上的问题会导致他们免疫系统功能降低，容易生病。而且抑郁者常常会有生理疼痛和疲乏的感觉。在饮食上，抑郁也会影响到大学生，导致他们过度饮食或者不吃东西，这些都会直接或间接地影响到他们的身体健康。而身体健康又会对抑郁的情绪或行为造成负面的影响，形成一个恶性循环。

所以，大学生可以尝试建立起一种健康的生活模式，终止这一循环。从事适度的体育锻炼是一个非常好的选择。研究表明，运动能够改善个体的生活状况，从而对睡眠和饮食上的紊乱都起到不错的调节作用。每天按时作息，按时就餐，形成一个强有力的生物钟，能够帮助大学生从生理上摆脱抑郁的消极影响，减轻对抑郁的不良体验。带着抑郁的症状生活，是克服抑郁的一条必须途径。而吸烟和酗酒并不能解决抑郁的问题，研究显示，酗酒不但有损身体健康，而且事后当事人往往会陷入更深的抑郁。因此千万不要使用这样的方法来帮助自己摆脱抑郁。对于曾经使用这种方法的同学，一定要想办法改变这种不良的生活模式，如果需要，应该寻求别人的帮助。

另外，研究表明抑郁情绪与季节有关，人们在冬季比夏季更容易抑郁，这是因日照随着季节的变化所致。所以，抑郁的大学生可以尝试多参加一些户外活动，接受更多的阳光，当然包括多进行体育锻炼。

(二) 焦虑情绪及调节

> 小敏不知道从什么时候起开始害怕考试了。当老师告诉大家还有一个月就要考试的时候，她每天晚上都睡不好觉，看书的时候心总是静不下来，刚看过的东西一会就忘记了。考前的一晚根本就无法入睡，第二天考试的时候，一拿到卷子，她发现自己的大脑一片空白，平时复习过的问题也不知道怎么回答。

1. 大学生焦虑的定义

焦虑是一种常见的情绪反应，是人们在社会生活活动中对于可能造成心理冲突或挫折的某种事物或情境进行反应时的一种不愉快的情绪体验，即预期到一些可怕的、可能会造成危险或需要付出努力的事物和情境将要来临，而又感到对此无法采取有效的措施加以预防和解决，出现紧张的期待情绪，表现出不明原因的忧虑和不安，并引起相应的生理变化。焦虑作为一种特殊的情绪反应，直接影响到大学生的生活质量、学习效率和健康水平，它是人类固有的一种保护性反应，在人们的生存及日常生活中起到了有益的作用，如个体发现自己很容易紧张，并且知道这种轻微的紧张能提高注意力集中的程度，就能够把紧张转化为专注，这是轻微怯场的积极意义。但它也可以是病理情绪反应，发展到一定严重程度可能成为病态的焦虑症。

2. 大学生焦虑的表现

大学生一般经常性地表现出轻度焦虑的状态：有较弱的恐怖感，但往往不知道恐怖的原因；有心情烦闷、焦躁不安、不能静下心来从事学习等心理体验。在这种心理背景下，不同人格特质的大学生会有不同的行为表现，性格内敛的大学生倾向于压抑自己，而性格外向的学生往往会有一些冲动的行为。从总体上看，大学生的焦虑心理主要表现为以下几种类型：

(1) 考试焦虑。

考试焦虑是大学生中较常见、较特殊的焦虑情绪表现。焦虑水平太高或太低都不利于自己真实水平的发挥，适度的焦虑感是一种非常宝贵的动力，对学生的学习成绩起着正面的积极影响。而过度的焦虑即考试焦虑障碍将导致个体不能发挥正常的认知功能，对人的评价缺乏客观标准，同时情绪变得不稳定，自制力下降，社会适应能力下降。它将导致个体不愿提及考试，一触及考试话题便没有原因地紧张；考试前没有办法入睡，无法按照计划平静下来学习；考试时不能正常发挥认知功能，在应答题目时觉得头脑空白、心跳加速，平时会做的题目，考试时也不知道怎么解答。这些会严重影响日常生活质量及考试成绩。尽管所有的大学生都久经考场，但仍有一部分同学会由于担心考试失败或渴望获得更好的分数而产生一种忧虑、紧张的心理状态。研究表明，一些能力不如他人或对自己能力的主观评价不如别人的大学生，以及一些对获得好成绩有强烈愿望的大学生容易产生较高的考试焦虑。

（2）社交焦虑。

社交焦虑障碍大多起病于青春期，个体在社交、教育与职业的发展阶段均会受到影响。大学生社交焦虑障碍多表现为：害怕与别人对视，害怕被人注视，不敢在公众场合发表自己的意见，与人接触后总是怕自己有丢面子的言行，并且不断地回忆自己曾经在公众中窘迫的场景，怕当着人面吃饭、书写等。社交焦虑的产生原因可分为三个较明显的方面：一是自我评价；二是他人对自己的评价；三为社交技能。青春期是自我意识迅速发展成熟的时期，处于这一时期的大学生比其他任何年龄段的人都更关注自己在他人尤其是在异性心目中的形象，并不断地从外界接受的信息中评价自己在各方面的表现，如长相、胖瘦、高矮、能力、魄力、魅力等。当自我评价、他人对自己的评价之间出现矛盾，一个人没有办法客观认识自己的优点与不足时，便出现了焦虑的现象。同时，有些大学生因缺乏人际关系技巧，在与人交往过程中要么否定自己，要么对别人要求过高，而不从自己身上找原因，从而产生了对现实状况的不满，这种不满又影响着大学生进一步寻求建立良好人际关系的决心，渴望交往与心理冷漠交织在一起，使大学生难以自拔，产生焦虑的情绪。

（3）情感焦虑。

大学生多处于青春期后期，无论是在心理上还是在生理上都日渐成熟，对爱情的渴望逐渐加强，他们与异性交往的愿望越来越迫切，对美好爱情的向往也越来越强烈。但大学生的心理还未达到完全成熟的状态，情绪波动较大，在交往中遇到困难，往往无法很好地解决，加之大学生性格还未定型，承受困难的能力较差，盲目追求浪漫，一旦感情上出现问题或遭遇失败就会感到难以承受而灰心丧气，一蹶不振，表现出情感上的焦虑。同时，大学生性生理的发育成熟要早于性心理的发展，由于性生理的成熟，性意识急剧发展，而中国是一个发展中国家，改革开放以后性文化、性道德不断地受到冲击与整合，整个社会对性的认识都处于矛盾与发展中。这种大的环境也使象牙塔里的大学生在性的方面产生了焦虑情绪，常使大学生对"性"及自慰行为（即手淫）表现出一定程度的焦虑和迷惘，并可能影响他们的心理健康及由此引发一些性心理障碍。有关调查表明，大学生的性焦虑主要表现在：a. 手淫问题。这一问题比较常见于男性大学生，他们或者因为害怕频繁手淫后会引起生殖系统的疾病，或觉得手淫是一种羞耻的事情，但又不能克制自己，所以产生焦虑。b. 体像烦恼。c. 生殖系统疾病。d. 婚前性行为。当前上大学时谈恋爱是一个非常普遍的现象，当恋爱发展到一定程度，情到浓时要不要发生性行为，怎样表达自己的爱意而又能控制自己的冲动，困扰着这部分学生。此外还有一些是不安全性行为焦虑，就是由于避孕措施实施不到位，或者由于艾滋病和一些性病的普及教育不到位，一些一时冲动发生不安全性行为的学生在事后害怕自己生病或怀孕，不断地想要去医院检查、确诊。e. 性心理障碍。目前同性恋已逐渐被社会接受和了解，有一部分同学可能会因为环境或者个人方面原因认为自己有同性恋倾向或双性恋倾向。

（4）存在焦虑。

有些大学生在高考之前付出了很多努力，结果最后考上的大学不是自己理想的学校，这种理想与现实的落差使他们感到失去了奋斗的目标与方向；有些大学生不知道自己存在的意义，不知道怎么生活；有些大学生在学习、生活或情感上遇到挫折，长期发展下去，良好的价值观与自我感觉就会遭到严重威胁。这些就是哲学家海德格尔曾提出的一个概念，即存在焦虑，它是指一种缺乏生活目标和方向，感觉不到幸福，不知道生活的意义与价值，最终导致身心不适的一种焦虑状态。如果大学生缺乏解决问题的能力，他们就会陷入存在焦虑当中。

（5）就业焦虑。

当今社会竞争日益激烈，出现了大学生找不到工作考硕士，硕士找不到工作考博士，博士找不到工作读博士后的严峻现象。这对大学生的综合素质提出了新的要求和挑战，也在无形当中使在校大学生陷入了就业焦虑之中。有的二、三年级学生甚至是一些新生，都开始为将来的就业做打算，而面临毕业的学生，更表现在机会来临时不知道应该做出怎样的选择，犹豫不决，心情烦躁，没有办法做好找工作及毕业前答辩的准备。这种焦虑体验往往是弥漫的，有时在毕业前一年都持续存在，并且常伴有不自主地震颤或发抖的精神运动性不安症状，影响睡眠和免疫功能。此种情况在相对较差的学校和学历层次较低的学生中更加明显。[①]

3. 大学生焦虑情绪的调适

（1）正视问题，寻找焦虑来源。

焦虑是对不确定的、模糊的危险情境的情绪反应，人们都能体验到自己的焦虑情绪，但是绝大多数情况下，个体往往弄不清楚自己真正焦虑的根源。在趋向于逃避负性情绪的本能支配下，人们会任凭焦虑体验不断积累，心理负担越来越重，而不能仔细考虑现实对象是否值得焦虑，最终导致焦虑情绪无限扩大影响身心健康。因此，找出焦虑线索，给焦虑的原因"贴标签"，让不确定的、模糊的危险情境清晰化，可以减轻精神压力，增强对情绪的控制感。

由于许多日常生活中被忽视的细节往往是形成焦虑的根源，因此个体可以通过对自己进行观察和记录将这些根源清晰化，自己有意识地记录在什么时候自己感到特别担心、恐惧和焦虑，描述自己的得分及这种情绪下身体的感受和想法，以及对问题是如何反应的，采取了什么行动等，这样把每个可能引起焦虑的潜在因素全部记录下来，然后对它逐个进行审查、分析。具体如下（见表3—2）：

---

① 参见李江雪：《大学生情绪管理与辅导》，北京，北京师范大学出版社，2010。

表 3—2　　　　　　　　　　　　　　焦虑检查表

日期、时间	发生了什么具体事件	评定分数	什么激发了你的应激反应	你是如何应付的	再次评定

每一天你都要检查自己的应激水平，记录你在什么时候感到特别地忧虑、恐惧或焦虑。出现这些心理变化后，要及时记录，以免忘记问题的细节。日记中要求记录在感到这些不良情绪反应时，发生了什么具体事件，评定此时所产生的情绪反应的严重等级程度（1～10，其中 1 代表最轻，10 代表非常严重）。若可能的话，还要记录是什么激发了你的应激反应，例如，可能是你的想法、情绪或具体的事件等。最后，记录你是如何应付的，并再次评定在应付后的情绪反应的严重等级程度。

（2）分析焦虑根源，进行合理归因。

根据以上观察所得的表格，学会对整个事件进行分析，并合理归因。心理学家韦纳将成败的归因分为三个维度：一是内归因和外归因；二是稳定的归因和不稳定的归因；三是可控制归因和不可控制归因。大学生应该学会在对事件进行归因时，首先对行动的结果有一个客观的认识，然后把成败归因于自己可以控制的、内在的因素，如努力程度、知识的掌握程度等，而不要把成败过多归因于不可控的外部的因素，如运气、能力、任务难度等。合理归因可以帮助克服不合理的认识使我们产生的焦虑，将一些负性的思维和概念转化为集中于"此时此地"的、就事论事的客观评价。

（3）辨别需要和愿望，调整个体的期望。

存在焦虑情绪的大学生往往有较高的成就动机和社会期望，对自己遇到的生活事件的不正确认知和期望，会导致情绪上的紊乱和行为上的异常。他们对自己或他人的要求和期望过高且常常绝对化，却不符合自己和他人的实际情况，因此，要帮助大学生改变对自己、对社会的错误认知，使他们在感到焦虑痛苦时学会及时检视自己的种种期待，看其中有多少是不实际的，然后再适当地调整需求水平，使其与自己所拥有的个体资源、社会资源和物质资源相符合，进而相应地调整自己的行为方式，改善焦虑情境。

（4）以一步步可行的行为代替空想。

一位心理学家曾调查了某次体操比赛中得胜者和失败者在赛前的焦虑程度。结果发现两类人的焦虑水平一样，二者的结局不同，差别在于他们的应对方式不同。那些失败的运动员只知道担心，总是在想象自己如何表现不好，因而陷于近乎恐慌的状态；而那些后来获胜的运动员一般都不去想自己的焦虑，只是集中精力为比赛做必要的准备，他把自己要做的事情分成一系列细小的步骤，逐个完成，从而缓解了自己的焦虑。如果一个人能将自己的注意力放在解决问题的一系列步骤上，那么他放在体验焦虑情绪上的注意力自然就会减少，从而使得焦虑情绪弱化。

（5）动静结合，身心放松。

身心是统一的整体，二者相互联系，相互影响。身心放松可以使人心境安宁、平静，排除各种不良情绪如烦恼、紧张、忧虑等的干扰，有助于减轻和消除焦虑感。身心放松有多种方法，大学生可以采取动静结合、一张一弛的方法，即把进行适量的体育锻炼和想象法、音乐法等静态调节方式结合起来，在运动中释放出紧张的情绪。德国智力训练师、治疗师托马斯·德拉赫就十分推崇慢跑。此外，学会自我放松的技巧对缓解日常的紧张、焦

第三章　情绪是把双刃剑

虑情绪极其有利。

（6）系统脱敏。

系统脱敏是利用条件反射原理，在放松的基础上，循序渐进地使当事人对某一情境或事物的过敏性反应逐渐减弱，直至消除的一种行为调节方法。这是一种在原来产生消极情绪的境遇中（真实的或想象的）通过引发与之对立的积极情绪来取代、消除不良情绪的方法，最适合于只对特定事物产生恐惧与焦虑的当事人，如考试焦虑等。日常生活中自己运用脱敏疗法的具体程序如下：

第一，了解系统脱敏的原理及步骤。在开始实施系统脱敏之前，要了解脱敏的具体步骤及原理。大多数恐惧是习得的，而且同样可以通过学习来加以消除。

第二，放松。使自己慢慢放松。

第三，等级排序。列出与焦虑相关的一系列事件，然后将这些事件从程度最弱到最强排成序列或层次。所谓最弱事件是指在时间和空间上距离恐惧或焦虑情境最为遥远的事件，最强事件与之相反或者是焦虑情境本身。

以考试焦虑为例，其中最弱事件到最强事件依次为：开学的第一天，老师告诉我教学计划与考试计划；老师宣布，一周之后进行考试；考试前两天，我变得特别紧张，开始感到难以集中思想；考试前一天，我的手掌变得潮湿，并且感到把一切重点都忘记了；考试前一夜，我失眠，并且半夜惊醒；考试当天，当我走进教室时，我双手潮湿，我真怕把一切都忘记了，我真想起身离开；当考卷传过来时，我几乎全身紧张，无法行动；当我看着考卷时，发现其中有一两道题我实在不知如何回答，并且感觉十分紧张。

第四，实施。自己在进行精神上的放松想象或身体放松训练时，想象焦虑序列中最弱的事件。如果回想该事件仍使自己感到紧张或痛苦，就暗示自己放松或想象其他愉快体验，直到自己不再恐惧或焦虑，自觉能够应付自如为止。在这个过程中，通过把松弛反应与渐次增加的焦虑时间相配对，其所引起的交互抑制作用使个体能逐步适应引起交际情绪的情境，也就是使个体对引起不良情绪的刺激的敏感性降低了。

第五，按照由浅到深、由弱到强的方式逐步完成整个恐惧或焦虑时间的放松、想象、再放松。每次脱敏数量不宜过多，一般每天进行一次脱敏，每次脱敏所包括的"焦虑等级"不应超过三种。此外还应注意，在每次进行新的脱敏之前，一定要先做一遍放松训练，只有在全身都处于放松的状态之下，才可进行想象脱敏过程，否则是起不到脱敏作用的。

（三）易怒情绪及调节

《三国演义》中讲述了孔明三气周瑜的故事。由于周瑜的才智不如孔明，第一次孔明袭了南郡又取了荆襄后，周瑜气伤箭疮，好久才苏醒过来。他醒后发誓："若不杀诸葛村夫，怎息我心中怨气！"第二次孔明设计将周瑜击败，周瑜又怒气冲激，疮口迸裂，昏厥于地。第三次孔明识破周瑜假途灭虢之计，周瑜差点被捉，他再次怒气填胸，在马背上大叫一声，箭疮复裂，坠于马下。不久，周瑜仰天长叹："既生瑜，何生亮！"连叫数声而亡，寿三十六岁。

1. 易怒的定义

发怒是一种紧张的情绪状态，是由于人的主观愿望和活动与客观事物相违背，或愿望受阻、无法实现时产生的激烈的情绪反应，程度可以从不满、生气、激怒到暴怒。发怒对一个人的身心健康有明显的不良影响。美国的一位科学家实验发现，人在生气时的分泌物可以毒死一只老鼠。他还据此计算出，一个人如果生气10分钟，不亚于3 000米长跑所消耗的能量。当人发怒时，呼吸急促、心跳加速、血管收缩、血压升高，会使人丧失理智，自制力减弱或丧失，导致损物、出口伤人、动手打人等冲动性破坏。易怒性格的人会由于习惯性发怒而导致心悸、失眠、高血压、胃溃疡以及心脏病等躯体性疾病。

2. 易怒的原因

有一句俗语"年轻气盛"就是形容年轻人正处在热情高涨、激情澎湃的时期，情绪的稳定性差，容易因为难以控制情绪而冲动发怒。大学生易怒的原因主要有以下两个方面：

（1）主观原因。

易怒与个人性格有关，易怒的人以胆汁质为多，这种气质类型的人遇事更容易冲动；青年期，由于大脑与皮下中枢尚未协调、完善，大脑对皮下中枢的控制作用还不强，个体也容易发怒；同时也与个体的身体状况有关，如在生病、疲劳、困倦时，个人在意愿和活动遇到挫折时易发怒；此外如果个人对发怒存在错误的认识，如认为发怒可以威慑他人，可以推卸责任，可以挽回面子，甚至可以满足愿望等，也容易使其形成易怒的习惯。

（2）客观原因。

大学生容易因为一些环境因素而发怒，如个人的愿望无法实现，升学、评奖等没有实现；遇到不平之事、言行遭到反对；受人侮辱、权利遭到侵犯或对某人某事嫉妒；上当受骗，或自己的错误、秘密被别人揭露。

3. 调节易怒情绪的方法

调节易怒情绪可以通过合理发泄、转移注意力、自我控制来实现。自我控制是自我管理的一种技术。该技术的理论依据是：在绝大多数的实际生活情景中，个体能对自己的行为进行监控，制订活动计划，自觉遵守规则和禁令，实行自我节制。下面针对易怒的案例，简单介绍一下自我控制技术的具体操作方法。

首先，进行功能分析，即分析那些引发问题行为的刺激物和维持问题行为的强化物。在易怒的个案中就要分析是什么事情引起了自己的愤怒，在什么情况下自己愤怒的感觉越来越强烈。功能分析只需简单地记录下每次产生愤怒情绪时具体的情况，包括时间、地点、活动（包括思想和情绪）以及自己及他人对此种活动的反应，其目的是提高自身对这些行为的环境背景认识，并提高改变它们的动机水平。

其次，针对刺激、行为及强化的情形给予纠正，或用更为积极的东西取代它们，主要可分为三个方面：

（1）针对不良刺激的策略。

了解涉及什么样的事情或者什么样的情形时自己容易发怒。针对这些事情或者情形采取相应的措施。

限制刺激情景。如知道自己最近情绪不好，容易激怒，就有意识地减少自己与他人接触，以此减少容易出口伤人或使自己受到刺激的机会，或者告诉自己身边一起生活的同学，自己最近情绪不好容易发怒。

回避引发不良习惯的有力刺激。如知道自己处于某种情境中会易怒，就尽量回避这种情境。

控制刺激。把自己置于更能引发希望行为的环境之中，如让自己处于平时会心情愉快平静的环境中，多和那些平时情绪比较平稳愉快的同学接触等。

（2）针对问题行为的策略。

预防不当行为。即使不希望行为（如愤怒）的出现变得非常困难或不可能，如尽量减少引起自己愤怒的原因。

竞争性反应。即以另外一种行为来与不良习惯抗衡，如当意识到自己有愤怒情绪的时候就暂时走开，做一些自己平时喜欢做的事情暂时转移一下注意力。

打断链条。不良习惯似乎是有惯性的，一个行为出现，就会有另一个行为随之而来，比如，有的同学愤怒后会摔桌子、摔门，做出一些攻击性的行为，因此可以打断两个行为之间的联结，使后继行为无法实施，即每次暗示自己体验到愤怒的情绪后尽量克制自己不要做出一些攻击性的事情。

渐次接近法。通过一系列相对没有痛苦的步骤最终到达目标。如开始时每周只要求自己减少一次愤怒，若能完成这个目标，便及时给予自己奖励；达到最开始的目标后，便逐渐增加减少愤怒的次数，循序渐进，而不要一下子要求自己再也不要发怒。

（3）针对强化的策略。

希望行为的强化。一旦我们达到某个自己希望的目标，比如，以周为单位对自己进行评定，在这周之内当出现愤怒情况的时候自己控制了自己没有做出攻击性行为，并且减少了发怒的次数，就奖赏自己，做些自己喜欢的活动，如找好朋友打牙祭、唱歌等，和他们一起分享你的进步。

先付出后给予。在你想做某种喜欢的事情之前，必须先完成应该完成的任务或达到某种既定的目标，如在没有达到自己想要的改变之前不能出去玩等。

自我控制是一个循序渐进的过程，学会使用这种方式对自己的行为进行管理，是一种强化好的行为习惯，弱化坏的行为方式的有效方法。

（四）自卑情绪及调节

肖峰是一名大二男生，读大学前在一个封闭的学校，现在上了大学，觉得自己面对女同学时不知道该怎么办，觉得自己长得丑，不知道与女孩说话时，她有没有看着自己，怎么评价自己，找不到话题，感到自己很自卑。

娜娜好不容易才争取到上大学的机会。娜娜是一个农村的女孩，家里还有几个弟弟妹妹，本来家里能够支持她上完高中已经很不容易了，但是她实在太想上大学了，在接到大学录取通知书的时候，她更加坚定了要上大学的信念，家里面东奔西走凑了一些钱给她交了学费，但是自己还要赚取生活费，减轻父母的负担。在宿舍里，舍友的家庭条件都很好，她从来不和同学一起吃饭，一起逛街，也没有申请助学贷款，不想让同学知道自己的情况。

1. 自卑的定义

自卑是指主体自己瞧不起自己，因为过多地自我否定而产生的自惭形秽的消极情绪体验，表现为对自己的能力和品质评价过低。一个人形成自卑心理后，常常有着强烈的防卫心理，在这种防卫心理的作用下，行为上会产生从怀疑自己的能力到不能表现自己的能力，从怯于与人交往到孤独地自我封闭；本来有些目标经过努力可以达到，也会认为"我不行"而放弃追求。

自我评价过低是自卑的实质。大学生自我意识不断成熟，有人对自我形象、能力不认同；有的进入大学后丧失了中学时代的优越感，觉得自己除了学习什么都不行，甚至连学习也不是最优秀的，原有的优越感一下子就成了自卑感；有的觉得自己家庭经济条件太差，在大城市里自惭形秽；气质抑郁、性格内向的大学生大都对事物的感受性强，对事物带来的消极后果有放大趋向，而且不容易将其消极体验及时宣泄和排解，因而产生自卑的可能性也相应增大。

2. 大学生的自卑感主要表现在以下几个方面

（1）自我认识不足，过低评估自己。每个人总是以他人为镜来认识自己，会根据他人对自己的评价和将自己与他人比较来认识自己的长短优劣。如果他人对自己做了较低的评价，特别是较有权威的人的评价，就会影响自己对自己的认识，自己也低估自己。心理学家发现，性格较内向的人，多愿意接受别人低估评价而不愿接受别人的高估评价，在与他人比较的过程中，性格内向的人也多半喜欢拿自己的短处与他人的长处比，结果越比越觉得不如人，产生自卑感。大学生处于对自我的探索和了解阶段，喜欢反省自己，希望自己更加完美，要求自己更加完善，但是容易只看自己的不足而忽略了自己的优点，产生自卑心理。

（2）消极的自我暗示抑制了自信心。每个人面临一种新局面时，首先都会自我衡量是否有能力应付。性格内向的人因为自我认识不足，常觉得"我不行"。由于事先有这样一种消极的自我暗示，就会抑制自信心，增加紧张感，产生心理负担，对行动产生束缚，限制能力的发挥，工作效果必然不佳。这种结果又会形成一种消极的反馈作用，影响到以后的行为，这在无形中也印证了自卑者消极的自我认识，使自卑感成为一种固定的消极自我暗示，从而造成一种恶性循环，使自卑感进一步加重。

（3）不能承受挫折。人们在遭受挫折后，可能会产生各种反应，或反抗，或妥协，或固执，有的人在遭受某种挫折后，就会变得消极悲观，特别是对于性格内向的人，由于神经的感受性高而耐受性低，稍微受挫就会遭受沉重的打击，变得自卑。

3. 调节自卑心理的方法

（1）认知调节。

错误的认知是自卑心理得以产生和强化的关键和根本原因。改变认知包括以下几个方面：

a. 正确看待自卑感。

心理学家阿德勒指出，不管有无器官上的缺陷，人类在儿童时期因为身体弱小，必须依赖成人生活，而且一举一动都要受成人的控制，自卑感是一种普遍存在的事实。而由身体缺陷或其他原因所引起的自卑，严重的能摧毁一个人，使人自甘堕落或出现精神疾病。当代青少年发展心理研究提出，一个人的自卑感容易产生在青年初期，大学生若被自卑感所笼罩，其精神生活会受到严重的束缚，会变得不肯面对现实，丧失独立向上、自强不息的精神。然而另一方面，它也能使人发愤图强、力求振作，以补偿自己的弱点。自卑感具有双重性，一个人会由于感到自卑而努力去做一些事情来消除他的自卑感，而当他获得了对自我的肯定之后，又会与更优秀的人在比较中再产生自卑感，从而激发他再去争取新的成就，在如此反复中，自我可变得更加成熟与完善；然而当一个人产生沉重的自卑感时，不仅不会因此产生动力，反而会被其压抑，逐渐变得抑郁和无力，奋斗和发展受到阻碍。自卑的感觉不可怕，重要的是人们如何利用这种感觉，使它成为自己前进的动力。

b. 客观认识自己。

第一，客观评价自我。

人最难认识的其实是自己，大学生处于自我意识不断成熟的阶段，对自我的认识也在不断地成熟和稳定。一个人不是自己想象中的那样，只有遇到一些事情，感受到自己内心最真实的想法后才知道自己真正的状态。

自我认识首先要敢于直面自己，把自己放在可以接受批判的位置，尽量做到全面、客观、深刻，不回避缺点和短处。其次，在认识自己的过程中要学会"以人为镜"，通过参考父母、同学、朋友、师长等比较了解自己的人的意见，更全面地了解自己。最后，要学会建立符合自身特点的自我评价机制。自卑者对自我的评价中常常会包括一些消极的自我概念。例如，他们会说"我一无是处，总是失败"。在这样的信念的影响下，他就有可能用这个判断来概括自己的一切行为，如果他成功地做成了一件事情，他会觉得只是因为自己运气很好，但是如果失败了，他就会继续强化"我一无是处，失败"的自我信念。改变这种消极信念的方法就是要就把代表深层的错误观念的无意义的词语转变成具体的、有特定意义的词，比如，将"一无是处"换成"考虑问题不是很全面，准备不充分"，把"失败"换成"我自己做到了哪种程度，离成功的那种要求还有多远"。要学会将抽象的概念具体化，把评价自己的信息分解成一些特定的事件和行为，并在一定的社会参照下来评价，学会依据较为客观的标准来看待自己的问题，从而用对具体事件的评价来代替对自我的整体性评价，对自己的不适应行为以及这些行为以外的其他行为有更为客观的认识。

第二，提高自我悦纳能力，学会欣赏自己的长处。

例如，可以给自己列出一张优点清单，里面包括自己的才智、技能、实力、积极的品质、受其他人喜欢或欣赏的方面，并且强化自己的这些优势，在生活中学会观察自己，当发现受到自己或他人肯定和欣赏的优点时，把它们记录下来并记下自己的感受。这个清单会对自己产生积极的暗示作用，在当自己与他人比较的过程中产生自卑时，也可以帮助自己缓解以自己的短处和他人的长处比较时所带来的自卑感。

第三，改变评价自我的尺度。

要超越自卑，就要学会建立衡量自己的评价体系，而不是拿别人的标准来衡量自己。自卑的原因不是用自己的尺度来判断自己，而是用某些人的标准来衡量自己，这些人包括自己周围的同学、朋友或者是父母、老师等权威。这样比较的结果往往是：我没有价值，总是比不上那些和我比较的人，所以失败的我不配得到成功和快乐。世界上没有完全相同的两个人，每个人都有自己的独特之处。大学生要学会相信自己的独特性，努力发掘自己的个性，强化自己的优点，弱化并接受自己的缺点，做到接受不完美的自己，悦纳自我。

第四，合理要求自己。

人在不同的环境中生活和成长时，由于先天和后天方面的影响不同，在能力、素质方面会产生一定的差别。别人之所以比自己优秀，也许是由于一些客观原因（如遗传、机遇等），也有可能是一些主观的原因（如主观努力、正确的方法等）。不论原因是客观的还是主观的，都没有理由会导致自卑的心理。若失败是由于客观原因所导致的，这些原因无法为自己所控；若失败是主观原因所导致，个体在总结经验寻找到正确的方法后也可以成功克服。大学生应该努力去改变自己能够改变的，接受自己不能改变的。在学习和工作中要学会扬长避短，产生自卑心理时，学会应用正确的、积极的补偿行为，把压力转化为动力。

第五，辩证地评价他人，改变错误的人际比较方式。

人各有其长，能力也有大小。大学生除了要学会正确评价自己，还要学会辩证地评价他人，宽以待人。当个体看到自己的弱点和缺点，能够体会到作为人的无助与局限性时，才能真的理解并接纳他人。在现实生活中，没有人能事事成功，处处优秀，总是或多或少地在某些方面不如别人。人无完人，世界往往因为不完美的人而让人觉得可爱。自卑感往往是拿自己的短处与别人的长处相比较而产生的，改变错误的人际比较方式，并把注意力集中在完成既定的任务和实现既定的目标上，会帮助个体减轻自卑感。

c. 对失败进行合理归因。

一次又一次的失败会使人产生习得性无助的心理。"习得性无助"是美国心理学家塞利格曼于1967年在研究动物时提出的。他用狗做了一项经典实验，起初把狗关在笼子里，只要蜂音器一响，就对其进行电击，狗因为关在笼子里，逃避不了电击。多次实验后，打开蜂音器响，然后在进行电击前，先把笼门打开，此时狗不但不逃，而且不等电击出现就先倒在地上开始呻吟和颤抖。本来可以主动地逃避却变成了绝望地等待痛苦的来临，这就是习得性无助。

在生活中，失败就像是实验中的电击一样，一个人如果经过了自己的努力还是没有办法避免失败，会产生习得性无助的心理，觉得自己是无能为力的，面对以后的挑战采取回避或者等待接受失败的态度，从而强化了自卑心理，形成恶性循环。学会对失败进行合理的归因可以帮助人们改变习得性无助的心理。一件事情自己最终能否成功地完成，除了和自己主观的努力有关外，还受到一些环境等外部原因的影响。"尽人事，听天命"，万事存在太多的变化和未知，没有人能把控一切，人只能尽力做好自己力所能及的事。如果自己努力了，并且能在失败的教训中不断地总结完善自己可以控制的那一部分，即使最后的结果不理想，个人的能力也在不知不觉中得到了提升。

（2）行为调节。

自信心的恢复需要一个过程，有自卑心理的学生可以尝试做一些力所能及、把握较大的事情，几次成功的经验会使人的自信心增强，进而摆脱因缺乏自信心而带来的困扰。首先，应该给自己确立可实现的目标，心理学家研究发现，有目标指向的行为较无目标指向的行为所取得的成就大得多。正确的目标能够诱发人的动机，强化人的行为，并促使其指向预定的方向。因此，应给自身设置合适的目标，避免力所不能及的要求所带来的压力和挫败感。其次，在做每一件事时，要全身心地投入，尽自己的努力去做，不要给自己一些不必要的压力和担心，期望值不要过高，不要操之过急，从一连串小小的成功开始，循序渐进，逐步用自信心取代自卑感。

（3）积极暗示法。

大多数人都存在暗示心理，积极的暗示可以帮助大学生朝着积极的自我评价方面发展。在做事的时候，要不断地暗示自己，不管结果如何，自己都会尽最大努力去做。采用积极暗示时，要注意不以成败论英雄，而是关注自我的成长，在这种过程中，自信心会得到恢复。

测一测：ZUNG氏抑郁量表

请根据您近一周的感觉来进行评分，数字代表的含义依次为"从无"、"有时"、"经常"、"持续"。

1. 我感到情绪沮丧，郁闷　　　　　　　　　　　　　　　1 2 3 4

2. 我感到早晨心情最好　　　　　　　　　　　　　　　　4 3 2 1

3. 我要哭或想哭　　　　　　　　　　　　　　　　　　　1 2 3 4

4. 我夜间睡眠不好　　　　　　　　　　　　　　　　　　1 2 3 4

5. 我吃饭像平时一样多　　　　　　　　　　　　　　　　4 3 2 1

6. 我的性功能正常　　　　　　　　　　　　　　　　　　4 3 2 1

7. 我感到体重减轻　　　　　　　　　　　　　　　　　　1 2 3 4

8. 我为便秘烦恼   1 2 3 4

9. 我的心跳比平时快   1 2 3 4

10. 我无故感到疲劳   1 2 3 4

11. 我的头脑像往常一样清楚   4 3 2 1

12. 我做事情像平时一样不觉得困难   4 3 2 1

13. 我坐卧不安，难以保持平静   1 2 3 4

14. 我对未来感到有希望   4 3 2 1

15. 我比平时更容易激怒   1 2 3 4

16. 我觉得决定什么事都很容易   4 3 2 1

17. 我感到自己是有用的和不可缺少的人   4 3 2 1

18. 我的生活很有意义   4 3 2 1

19. 假若我死了别人会过得更好   1 2 3 4

20. 我仍旧喜爱自己平时喜爱的东西   4 3 2 1

结果分析：指标为总分。将20个项目的各个得分相加，即得粗分。标准分等于粗分乘以1.25后的整数部分。

抑郁严重度＝各条目累计分/80

结果：0.5以下者为无抑郁；0.5～0.59为轻微至轻度抑郁；0.6～0.69为中至重度；0.7以上为重度抑郁。本表仅供参考。

补充知识   **情商（EQ）**

　　美国一家很有名的研究机构调查了188家公司，测试了每家公司的高级主管的智商和情商，并将每位主管的测试结果和该主管在工作上的表现联系在一起进行分析。结果发现，对领导者来说，情商的影响力是智商的9倍。智商略逊的人如果拥有更高的情商指数，也一样能成功。

　　什么是情商呢？

　　情商是一种能力，是感觉、了解和有效应用情绪的力量与智能作为人类的能量、信息和影响的来源的能力。情商不同于显示出理性的智能，却是来自人心的智慧。情商让我们学习认同与珍惜我们和他人的感受——在我们日常的生活与工作中，适当地回应他们，有效地应用信息和情绪的力量。情商鼓励我们继续探索我们特殊的潜能和目标，并启发我们内在最深处的价值与渴望，使思想转化为实际的生活。

　　情商包括以下几个方面的内容：一是对自身情绪的认识，只有认识自己，才能成为自己生活的主宰；二是能妥善管理自己的情绪，即能调控自己；三是自我激励，它能够使人走出生命中的低潮，重新出发；四是对他人情绪的认识，这是与他人正常交往，实现顺利沟通的基础；五是人际关系的管理，即领导和管理能力。

情商是后天的，是可以培养的，但是绝不是仅靠读书、考试就能获得的。

80％情商＋15％智商＋5％逆商（逆向思维能力）＝成功人士

在人成功的要素中，智力因素只占20％，而其他非智力因素，主要是情绪智力（即情商）因素占了80％。情商是如何占有这一重要地位的呢？科学家们的研究结果显示，情商是一种驾驭自己的能力。包括驾驭自己的情绪，驾驭自己的思想，驾驭自己的意志，控制和协调构成自己心理过程的不同要素的相互作用关系，让自己努力去实现自己的愿望。

情商同时也是一种协调人际关系的能力。包括对人情与人性的深刻了解和理解，对人的需要的内容、形式的了解，对人的感情的深刻敏锐的洞察力，对人的感情的表达方式的理解力，对人际交往的内容、原则、方式及规律的了解和运用能力，爱的能力。

情商作为一种智慧，包括对人生价值和意义的深刻理解，对自我的人生目标的知晓；对人生战略的总体把握，对内心矛盾和冲突的克服技巧；对驾驭者与被驾驭对象之间关系的处理，对环境转变的适应，以及在顺境中和在逆境中取胜的把握。

情商还是一种人格状态或品质。它是上述能力和智慧的综合体现和实现，是一种经常性、稳定性存在的情绪品质和人格素质。因此，衡量情商的高低，需要从多方面、多角度来衡量，从整体的角度来衡量。

请记住如下十大方针、法则：

1. 三不：不批评、不指责、不抱怨。

2. 三情：激情、热情、感情。

3. 二容：包容、宽容。人为多大的事情计较，其心胸就有多大。

4. 善于沟通、交流：沟通、交流要以坦诚的心态来对待，要开诚布公。

5. 多赞美别人：赞美要真诚，发自内心，而不是奉承他人。

6. 每天保持好的心情：养成照镜子的习惯，每天早上对着镜子大声说三遍："我是最棒的，我是最好的，大家都很喜欢我！"

7. 学会聆听：很多人不是很喜欢听别人说话，老是喜欢自己说。必须养成用心聆听别人说话，做到少说多听多看多做的好习惯。

8. 负责任：敢于承担责任，不要推卸责任。遇到问题，不要给自己找借口，而是正视问题、分析问题、解决问题。

9. 行动力：每个人都喜欢默默无闻地帮助自己的人，每天多做一点，每天多帮助一点，以后的生活工作中就会少点烦恼！

10. 善于记住别人的名字：只要用心去做，没有做不到的事情。世上无事不可为！

关键词

情绪　情绪的调节　抑郁　焦虑　自卑　易怒

思考题

1. 你了解自己的情绪吗？

2. 你知道调节自己的情绪的重要性吗？

3. 你身边的同学遇到情绪问题时你会如何帮助他？

4. 你是否也存在抑郁、焦虑、自卑、易怒等情绪的困扰？通过本章的学习，你是否已经知道如何和自己的情绪相处？

参考文献

[1] 张大均主编．大学生心理健康教育．北京：科学出版社．2010

[2] 樊富珉，王建中主编．当代大学生心理健康教程．武汉：武汉大学出版社，2006

[3] 彭聃龄主编．普通心理学．北京：北京师范大学出版社，2001

[4] 任俊．积极心理学．上海：上海教育出版社，2006

[5] 乔建中．情绪研究：理论与方法．南京：南京师范大学出版社，2003

[6] ［美］戴维·伯恩斯．抑郁情绪调节手册：十天改善你的自尊．北京：中国轻工业出版社，2006

[7] 叶素贞，曾振华编著．情绪管理与心理健康．北京：北京大学出版社，2007

[8] 李江雪．大学生情绪管理与辅导．北京：北京师范大学出版社，2010

[9] 王晓丹．大学生主观幸福感与压力应对方式的相关研究．吉林大学硕士论文，2007

[10] 陈小玲．情绪、情绪调节策略对自我控制的实验研究．首都师范大学硕士论文，2007

[11] 周耀红．自尊、情绪调节预期对积极情绪一致性效应的影响．首都师范大学硕士论文，2007

[12] 高培霞．青少年对不同效价情绪图片的加工特点．首都师范大学硕士论文，2006

[13] 毕玉芳．情绪对自我和他人风险决策影响的实验研究．华东师范大学硕士论文，2006

第四章
让我们学会学习

本章提要

"玉不琢，不成器，人不学，不知义。"三字经上的这句话强调了学习对于人的重要性。诚然如此，人们自呱呱坠地便开始了永无止境的学习旅程。通过不断地学习和探索，我们从中收获宝贵的成长，形成我们对世界的认识、对人生的看法以及对自我价值的判断，学习的重要性不言而喻。本章简要介绍了学习心理的概念和意义，然后介绍了学习的心理学理论，最后一节探讨了学习的方法和技巧。通过本章节的学习，能够帮助大学生树立正确的学习观，了解大学中常见的学习问题，掌握大学的学习方法，培养应对求学路上的种种困难的能力。

明末著名诗人唐汝询，一生写了一千多首诗，所写诗词流传很广。但谁也想象不到，他竟然是一个双目失明的盲人。唐汝询生性聪颖，三岁的时候就已经在哥哥的教导下认识了好几百个字。可是他在五岁那年却不幸得了天花。后来病虽然好了，但是两只眼睛却失明了。

起初，唐汝询非常痛苦。过了一段时间，他的内心慢慢地平静下来。每逢哥哥读书的时候，他就坐在旁边用心地听，把听到的文章和诗句一字一句地记在心里。他还想了很多别的方法加强记忆，比如依照古人结绳记事和在木板竹片上刻字的办法，在绳子上打上各种各样的结，在木板上刻出不同的刀痕来代表不同的文字，连成诗句。哥哥不在家的时候，他就摸着这些绳结和刀痕，大声地朗读。唐汝询用这些办法读了不少书，记住了不少诗。后来，他就学着作诗。作诗的时候，要是有人在身边，他就念出来，请别人帮他记在纸上；如果身边没有人，他就用结绳和刻刀痕的办法记下来，然后再请人写到纸上。唐汝询就用这样的办法，写了一千多首诗，成了闻名天下的诗人。

> 伟大的事业是通过不懈的努力，一砖一瓦堆起来的。
>
> ——赫西奥德
>
> 由百折不挠的信念所支持的人的意志，比那些似乎是无敌的物质力量具有更大的威力。
>
> ——爱因斯坦

第一节　身边的故事

每一位大学生都明白学习的重要性，但并不是所有学生的学习生涯都一帆风顺，各式各样的问题常常出现在同学们的学习过程中。下面，让我们一起看看这两位同学在学习上所遭遇的苦恼，一起为他们想想解决的良方，或许这样的苦恼也正发生在你的身上。先来看这两个大学生写来的信件：

来信1：

　　我是一名来自粤西地区的普通学生，父母都是农民，家庭并不富裕。但我的学业成绩一直很优秀，当年我是全村唯一考上大学的，父母很开心，但高额的学费却让他们一筹莫展，后来是村长发动全村人凑够了学费，母亲将一笔笔钱记好，说等我毕业赚大钱了，一定要报答这些帮助我们的人。而小我一年的妹妹，学习成绩也非常好，但是家里为了让我读大学，让妹妹辍学了。临行前妹妹哭着对我说，她真的很想读书，想看看外面的世界，我答应她等我熟悉了广州，带她来看学校，看大城市。

　　我就是这样带着父母的期望，带着全村人羡慕的眼光，带着妹妹的泪水，来到了××大学，大学校园真的是不一样，比我们高中不知道大了多少倍，刚到学校的时候，到了晚上我一个人都不敢乱走，生怕回来找不到宿舍。

　　本想努力读书，但是真的开始上课后，却忽然感到心中茫然，学习没有动力，生活没有目标，有时候想到辍学在家的妹妹和年迈的父母，我也恨自己不争气，可我的确找不到奋斗的目标与学习的动力，学习上得过且过，生活上马马虎虎，上课打不起精神。我不是因为喜欢上网而荒废了学业，而是因为实在没劲才去上网聊天打游戏，我如何才能摆脱这种状态？

来信2：

　　我是一名大三的学生，上学以来我的成绩都非常好，对自己的要求一向也很高，父母也都是大学老师，在他们的影响下，我从小就很努力，所以成绩一直都是名列前茅。

　　进入大学后，我认真分析了自己的性格和特长，做了一个人生的规划，当然包括大学四年的规划。我的计划实施得非常顺利，大二时候高分通过了大学英语四六级考试，也顺利地拿下了托福，为接下来申请出国读研做好了准备。我也参加了社团工作，以此来锻炼自己的能力。我每天的时间安排得非常紧凑，每分每秒都很珍惜，我相信只有努力付出才会有回报。

很多同学很羡慕我，成绩优异，又是学生会干部，但是我并不快乐，因为这些好像不是我内心最想要的，感觉与自己的目标渐行渐远，学习动力越来越小。很多时候我自己一个人待在宿舍什么也不想做。对于未来，我开始感到迷茫，我该怎么办才好呢？

从以上两位同学的来信中可以看出，他们的学习动力存在不足，这主要是由他们的学习动机不当而造成的，不同的是前一位同学是学习动力明显不足，后者则是成就动机过强。这些问题在大学生中普遍存在，很多同学在升入大学后会变得迷茫，没了升学压力，没了目标，学习变得毫无动力。到底是什么原因造成了大学生的学习动机不当呢？

分析：

来信 1 中那位同学属于学习动力不足。学习动力不足主要是由学习动机不正确，社会责任感不强，价值观念不正确，学习态度不端正，学习毅力不强，对专业不感兴趣，对自我的学业期望不足，学业自我效能感低等原因所导致。

学习动力不足的同学应该如何自我调整呢？一是要正确认识学习的价值与大学的目标，重新正确规划学业与人生；二是要调整心态，以积极的心态对待学习特别是学习中遇到的挫折与困难，用自身的意志战胜惰性；三是要改进学习方法，提高学习效率与学业自我效能感，提高学业的自我价值与社会价值。

来信 2 中那位同学属于学习动机过强。个体学业期望过高，自尊心强，但对自己的学习缺乏恰当的估计，因而造成学业自我效能感下降，从而导致心理压力大。渴望学业成功而又担心学业失败，受表面的学业动机驱使，渴望外在的奖励与肯定，特别是学业优秀带来的心理满足使学生更看重自己的学业优势，造成学习强度过大，引起心理疲劳。

学习动机过强的正确自我调节方法包括：其一，正确认识自己的潜质，制定恰当的学业目标与学业期望，调整成就动机，与此同时，脚踏实地，循序渐进，不好高骛远；其二，转换表面的学习动机为深层学习动机，淡化外在奖励特别是学业成就的诱因，正确对待荣誉与学业成绩；其三，端正学习态度，树立远大理想，保持旺盛的学习热情，坚持不懈。

第二节 学习的概念和意义

一、什么是学习

学习是由"学"和"习"组成的复合词，《论语》中写道："学而时习之，不亦说乎？"意思是说，学了之后及时、经常地进行温习，不是一件很愉快的事情吗？中国古代教育家认为，"学"就是闻、见和模仿，也就是获得信息、技能的过程。"习"则是巩固知识、技能的行为，包含"温习、实习、练习"三个层面。概而言之，学习就是获得知识，形成技能，获得适应环境、改变环境的能力的过程。

心理学中的学习是指学习者因经验而引起的行为、能力和心理倾向的比较持久的变化。而教育学对于学习的定义则是：学习是人类（个体或团队、组织）在认识与实践过程中获取经验和知识，掌握客观规律，使身心获得发展的社会活动，学习的本质是人类个体和人类整体的自我意识与自我超越。

教育学对于学习的定义强调以下几点：

第一，主体：学习的主体是人。

第二，性质：学习不仅是人类生存必需的行为，而且具有个体性行为和社会性行为的双重属性。

第三，内容：学习的内容是获取知识和经验，掌握客观规律来指导自身发展。

第四，目的：学习的目的和结果是使个体身心获得发展，不断实现自我意识与自我超越。这是人类学习活动最本质的特征，也是人类创造力的最根本的源泉。

二、大学生学习

学生学习是学习的一种特殊形式，属于狭义的学习，其学习过程有独特性。

首先，学生学习是一种特殊的认识活动，是在较短时间内接受前人的知识与经验，学生的学习实践活动服从于学习目的；其次，学生学习是在教师的指导下，有目的、有计划、有组织地进行的，以掌握系统的科学知识为前提；再者，学生学习不但要掌握知识经验与技能，还要发展智力、培养品德及促进健康个性的发展，形成科学的世界观。

大学生的学习是在一定的知识基础之上进行的，具有以下特点：一是学习主体的变化，中、小学时期的学习以教师组织教学为主，大学生学习是以教师为主导、学生为主体进行，这就决定了大学的学习带有一定的创造性，学生不仅需要举一反三，更要善于提出自己的见解，学以致用；二是强调学习的自主性，无论学习内容、学习时间还是学习方式都更加强调个体在学习活动中承担主导角色；三是学习的专业性，大学生的学习是在确定了基本的专业方向后进行的，因此其学习的职业定向性较为明确，是为将来走上工作岗位所进行的学习；四是知识的学习与能力、素质的培养并重，目前正在进行的高等教育改革一再强调知识技能的学习与智慧能力的培养同样重要。

三、学习的类型

对学习活动进行分类，有利于认识不同类型的学习的特点及其特殊规律，便于提高学习效果。但由于学习本身的复杂性，分类有一定困难，加上心理学家们对学习所持的观点和对学习进行分类的角度不同，因而有多种不同分类。[①]

---

① 参见潘菽主编：《教育心理学》，北京，人民教育出版社，1980。

（一）潘菽的分类

（1）知识的学习，包括学习知识时的感知和理解等。

（2）技能和熟练的学习，主要指运动的、动作的技能和熟练。

（3）心智的、以思维为主的能力的学习。

（4）道德品质和行为习惯的学习。

（二）加涅的分类

（1）言语信息的学习。

（2）智慧技能的学习。

（3）认知策略的学习。

（4）态度的学习。

（5）运动技能的学习。

（三）布卢姆的分类

其分类是为了用于课程设计，因而以教育目标和教育任务为出发点，将教育目标分为认知、情感和动作技能三大领域，认知领域的学习又分为六类。

（1）知识：对知识的简单回忆。

（2）理解：对所学内容的解释。

（3）应用：在特殊情况下使用概念和规则。

（4）分析：区别和了解事物的内部联系。

（5）综合：把思想重新综合为一种新的完整的思想，产生新的结构。

（6）评价：根据内部的证据或外部的标准做出判断。

四、学习的意义和作用

（一）学习是个体生存的必要手段

学习是动物和人维持生存和发展所必须具备的能力。为了生存下去，动物和人必须通过学习获得个体经验，其重要性远远超过了先天本能。譬如，一只小鹿通过不断地向鹿妈妈学习，就能知道哪里可以寻找到丰富的食物，知道怎样躲避狮子的追捕。如果小鹿不学习，就难以适应不断变化的外界环境，也就无法生存下去。

学习的重要程度对不同动物而言差异很大。越高等的动物，其生活方式越复杂，学习的重要性也越大。人是最高等的动物，生活方式最复杂，固定不变的本能行为最少，学习在人类个体生活中的作用尤为重要。人类婴儿与初生的动物相比，独立能力和天生的适应能力相对较低，离开父母的养育，婴儿无法生存下去。但庆幸的是，人类拥有动物不可比拟的学习能力，可以通过学习迅速而广泛地适应环境，如学习种植谷物以充饥、学习织布以御寒等。人能够成为万物之灵，靠的就是学习。

（二）学习可以促进人的成熟

人的生理和心理会随着年龄增长而逐渐成熟，但这并非脱离环境和学习影响的纯自然过程。学习对成熟的影响作用，首先得到了动物心理研究的支持。近二三十年以来，许多心理学家的实验研究发现，动物尤其是初生动物的环境丰富程度，可以影响动物感官的发育和成熟，也会影响大脑的重量、结构和化学成分，从而影响智力的发展。

克雷奇将幼鼠分成三组：对第一组给予丰富刺激，使它们的反应越来越复杂；让第二组在笼中过着正常的生活；第三组与环境刺激完全隔离。80 天之后对三组幼鼠进行解剖比较分析，结果发现，在大脑皮层的重量和密度方面，第一组最优，第三组最差；在与神经冲动的传递密切相关的乙酰胆碱酯酶方面，第一组含量最丰富，第二组次之，第三组含量最少。

关于人类学习对成熟的促进影响，瑞士著名儿童心理学家皮亚杰认为，必须通过技能的练习来促进儿童的成熟。他还说："儿童年龄渐长，自然及社会环境影响的重要性将随之增加。"

怀特关于对初生婴儿眼手协调的动作训练的实验研究也说明了学习和训练对成熟的促进作用。他发现，经过训练的婴儿，平均在 3 个半月时便能举手抓取到面前的物体，其眼手协调的程度相当于未经训练的 5 个月的婴儿的水平，这表明学习、训练对成熟具有促进作用。

还有学者的研究表明，在婴儿出生后的四五年里，除营养条件外，缺乏适当的学习训练或教育不当，会给大脑的发展带来不利的影响。有人在聋哑人死后研究其大脑皮层，发现控制视听器官的部位趋于萎缩；对先天眼盲而后复明的人后进行的测验的结果表明，他们的眼运动不规则，难以集中注意于一点，不能精确地区分圆形和正方形。所有这些研究与事实都说明，早期的学习、训练以及相应的文化环境，对人的感觉器官和大脑等机体功能的发展有影响，对促进人体成熟至关重要。

（三）学习可以提高人的素质

学习的意义还在于能够提高人的文化修养。人类在社会历史发展过程中创造了大量的物质文化与精神文化，文学、艺术、教育、科学等诸多方面的成果都需要我们通过学习获得。缺乏一定文化素养的人不能算做真正健全的人，现代社会的新型人才必须是具有较高文化素养的人。

此外，学习可以优化人的心理素质。一如萨克雷所言："读书能够开导灵魂，提高和强化人格，激发人们的美好志向，读书能够增长才智和陶冶心灵。"一个现代社会的新型人才，应具备良好的心理素质，如高尚的品德、超凡的气质、敬业精神、目标专一的性格以及坚韧不拔的意志等，这些都可以通过学习来获得。

(四) 学习是文明延续和发展的桥梁和纽带

美国著名民族学家、原始社会历史学家摩尔根认为，人类社会的历史可概括为三个时代，即蒙昧时代，野蛮时代和文明时代。在蒙昧时代，人类世代相沿地生活在热带或亚热带的森林中，还有少部分栖居在树上。随着地壳的变化，气候的改变，人类不得不从树上移居到地面，学会了食用鱼类、使用火、打制石器、使用弓箭、磨制石器等生存的本领。到了野蛮时代，人类又学会了制陶术、驯养和繁殖动物以及种植植物。在这一时代的后期，人类还学会了冶铁，并发明了文字，从而使人类历史过渡到文明时代。

由此看来，人类文明的延续和发展，就如同一场规模宏大而又旷日持久的接力赛：前代人通过劳动和生活获得维持生存和发展的经验，不断总结，不断积累，不断提高，形成知识和技能，传给后人；后辈人在学习前人经验的基础上进一步丰富和提高，以适应时代与环境的变迁。如此代代传递，便形成了一部人类文明延续发展的历史。

值得注意的是，人类文明存在加速发展的趋势。18世纪的技术革命以蒸汽机的出现为标志：格里沃斯、纽科门、瓦特等革新者，通过学习掌握了物理学、机械学等知识，并最终发明了蒸汽机。19世纪的技术革命以电力为标志：赫兹发现电生磁；法拉第发现磁生电，发现电磁感应定律；麦克斯韦建立电磁理论、麦克斯韦方程；西门子发明发电机；德普勒研制出高压输电技术，等等，人类从此进入电力时代。20世纪以电子计算机、原子能、空间技术为标志的新技术革命，又一次证明了学习的巨大促进力。如今，我们能以极便宜的价格买到性能优良的个人电脑，通过网上漫游知晓天下事。科学技术给现实生活带来了巨大变化，这让我们不得不心悦诚服地承认学习对人类文明与进步的重要作用。

第三节　学习的心理学理论

一、行为主义学习理论

行为主义学习理论诞生于20世纪初，是在反对结构主义心理学的基础上发展起来的，代表人物有巴甫洛夫、桑代克、斯金纳、班杜拉等。行为主义的学习理论可以用公式S—R来表示，其中S表示来自外界的刺激，R表示个体接受刺激后的行为反应。他们认为个体在不断接受特定的外界刺激后，就可能形成与这种刺激相适应的行为表现，他们把这个过程称为S—R联结的学习行为，即学习就是刺激与反应建立了联系。行为主义学习理论"重视与有机体生存有关的行为的研究，注意有机体在环境中的适应行为，重视环境的作用"。

(一) 巴甫洛夫的经典条件反射学说

俄国著名的生理学家巴甫洛夫通过用狗作为实验对象，提出了广为人知的条件反射学说。

(1) 保持与消退。巴甫洛夫发现，在动物建立条件反射后继续让铃声与无条件刺激

（食物）同时呈现，狗的条件反射行为（唾液分泌）会持续地保持下去。但当多次伴随条件刺激物（铃声）的出现而没有相应的食物时，则狗的唾液分泌量会随着实验次数的增加而自行减少，这便是反应的消退。在教学中，教师及时的表扬会促进学生暂时形成某一良好的行为，但如果过了一段时间，学生表现出来的良好行为习惯没有再得到教师的表扬时，学生的这种良好行为就很有可能会随着时间的推移而逐渐消退。

（2）分化与泛化。在一定的条件反射形成之后，有机体对与条件反射物相类似的其他刺激也做出一定的反应的现象叫做泛化。比如，刚开始学汉字的孩子不能很好地区分"未"跟"末"，或"日"跟"曰"。而分化则是有机体对条件刺激物的反应进一步精确化，那就是对目标刺激物加强保持，而对非条件刺激物进行消退。比如，在体育教学中，教师帮助学生辨别动作到位和不到位时的肌肉感觉，从而使动作流畅、有力。

（二）桑代克的联结学说

美国实证主义心理学家桑代克用科学实验的方式来研究学习的规律，提出了著名的联结学说。

桑代克的实验对象是一只可以自由活动的饿猫。他把猫放入笼子，然后在笼子外面放上猫可以看见的鱼、肉等食物，笼子中有一个特殊的装置，猫只要一踏笼中的踏板，就可以打开笼子的门闩出来吃到食物。一开始猫被放进去以后，在笼子里上蹿下跳，无意中触动了机关，于是它就非常自然地出来吃到了食物。桑代克记录下猫逃出笼子所花的时间，然后又把它放进去，进行又一次尝试。桑代克认真地记下猫每一次从笼子里逃出来所花的时间，他发现随着实验次数的增多，猫从笼子里逃出来所花的时间在不断减少。到最后，猫几乎是一被放进笼子就去启动机关，即猫学会了开门闩这个动作。

通过这个实验，桑代克认为所谓的学习就是动物（包括人）通过不断地尝试形成刺激—反应联结，从而不断减少错误的过程。他把自己的观点称为试误说。桑代克根据自己的实验研究得出了三条主要的学习定律。

（1）准备律。在从事某种学习活动之前，如果学习者做好了与相应的学习活动相关的预备性反应（包括生理和心理的），学习者就能比较自如地掌握学习的内容。

（2）练习律。对于学习者已形成的某种联结，在实践中正确地重复这种反应会有效地增强这种联结。因而就小学教师而言，重视练习中必要的重复是很有必要的。另外，桑代克也非常重视练习中的反馈，他认为简单机械的重复不会促成学习的进步，告诉学习者练习正确或错误的信息有利于学习者在学习中不断纠正自己的学习内容。

（3）效果律。学习者在学习过程中所得到的各种正或负的反馈意见会加强或减弱学习者在头脑中已经形成的某种联结。效果律是最重要的学习定律。桑代克认为学习者学习某种知识以后，即在一定的结果和反应之间建立了联结，如果学习者遇到一种使他心情愉悦的刺激或事件，那么这种联结就会增强，反之会减弱。他指出，教师尽量使学生获得感到满意的学习结果非常重要。

（三）斯金纳的强化学说

继桑代克之后，美国又一位著名的行为主义心理学家斯金纳用白鼠作为实验对象，进一步发展了桑代克的刺激—反应学说，提出了著名的操作条件反射学说，即强化学说。

斯金纳也专门为实验设计了一个学习装置——"斯金纳箱"，箱子内部有一个操纵杆，只要饥饿的小白鼠按动操纵杆，就可以吃到一颗食丸。开始的时候小白鼠是在无意中按下了操纵杆，吃到了食丸，但经过几次尝试以后，小白鼠"发现"了按动操纵杆与吃到食丸之间的关系，于是小白鼠会不断地按动操纵杆，直到吃饱为止。

斯金纳通过实验观察发现，不同的强化方式会引发白鼠不同的行为反应，其中连续强化引发白鼠按动操纵杆的行为最易形成，但这种强化形成的行为反应也容易消退。而间隔强化比连续强化具有更持久的反应率和更低的消退率。

斯金纳在对动物进行研究的基础上，把有关成果推广运用到人类的学习活动中，主张在操作性条件反射和积极强化原理的基础上设计程序化教学，"把教材内容细分成很多的小单元，并按照这些单元的逻辑关系顺序排列起来，构成由易到难的许多层次或小步子，让学生循序渐进，依次进行学习"。在教学过程中，教师要积极应对学生做出的每一个反应，并对学生做出的正确反应予以正确的强化。

斯金纳按照强化实施以后学习者的行为反应，将强化分为正强化和负强化两种方式。正强化是指学习者受到强化刺激以后，加大了某种学习行为发生的概率。如由于教师表扬学生做出的正确行为，学生因此能在以后经常保持这种行为。负强化是指教师对学习者消除某种讨厌刺激以后，学习者的某种正确行为发生的概率增加。如教师取消全程监控的方式以后，学生的良好学习习惯能够保持。

(四) 班杜拉的社会学习理论

美国心理学家班杜拉在反思行为主义所强调的刺激—反应的简单学习模式基础上，接受认知学习理论的有关成果，提出了学习理论必须研究学习者头脑中发生的反应过程的观点，形成了综合行为主义和认知心理学有关理论的认知—行为主义的模式，提出了"人在社会中学习"的基本观点。

班杜拉建构的社会学习理论也有一个实验作为载体，只不过他所采用的实验对象从动物变为了人类自身。他的实验过程分成两个阶段，第一阶段是让三个（A、B、C）不同班级的学生看三段录像，录像中的一部分内容是相同的，都是一个大孩子在一间屋子里击打一只充气玩具。接着，屋子里出现了一个成人，三个班级的学生随后所看录像的内容就不一样了，A班学生看到的镜头是成人不满地在孩子的脑袋上拍打了几下，以示对孩子这种行为的惩罚；B班学生则看到进来的成人亲昵地摸了摸孩子的头，似乎是对孩子这种行为的赞许；C班学生看到成人进屋以后，既没有对孩子表示惩戒，也没有对孩子表示赞赏，只是若无其事地招呼孩子离开那间屋子。看完录像以后，实验者让三个班级的学生分别待在不同的教室里，里面都放有一只充气的玩具，观察者则在教室外观察学生的行为反应，结果看到B班学生主动攻击玩具的次数最多，C班次之，A班最少。

班杜拉通过这个实验得出了著名的社会认知理论，他认为儿童社会行为的习得主要是通过观察、模仿现实生活中重要人物的行为来完成的。并且班杜拉认为，任何有机体观察学习的过程都是在个体、环境和行为三者相互作用下发生的，行为和环境是可以通过特定的组织而加以改变的，三者对于儿童行为塑造产生的影响取决于当时的环境和行为的性质。

班杜拉把儿童的观察学习的过程分成四个阶段：（1）注意阶段。个体通过观察他所处环境的特征，注意到那些可以为他所知觉的线索。一般而言，儿童往往更倾向于选择那些与自身条件相类似的或者被他认可为优秀的、权威的、被肯定的对象作为知觉的对象。（2）保持阶段。个体通过表象和言语两种表征系统来记住他在注意阶段已经观察到的榜样的行为，并用言语编码的方式存储于自身的信息加工系统中。（3）复制阶段。个体从自身的信息加工系统中提取从榜样情景中习得并记住的有关行为，在特定的环境中模仿。这是个体将观察学习而习得的不完整的、片段的、粗糙的行为，通过自行练习而得到弥补的过程，最终使一项被模仿的行为通过复制过程而成为个体自己熟练的技能。（4）动机阶段。个体通过前面三个阶段已经基本上掌握了榜样的有关行为，但在现实生活中，个体却并不一定在任何情景中都会按照榜样的行为来采取反应，班杜拉认为这主要是由于"机会"或"条件"不成熟，而"机会"或"条件"成熟与否则主要取决于外界对此行为的强化程度。

按照班杜拉的理解，对个体行为的强化方式有三种：一是直接强化，即对学习者做出的行为反应当场予以正或负的刺激；二是替代强化，指学习者通过观察他人实施这种行为后所得到的结果来决定自己的行为指向，如实验中的 B 班学生由于看到录像中小孩对充气玩具攻击后受到成人的表扬，从而决定采取与录像中小孩相同的行为来对待生活中碰到的类似的事情；三是自我强化，指儿童根据社会对他所传递的行为判断标准，结合个人自己的理解对自己的行为表现进行正或负的强化。自我强化参照的是自己的期望和目标。例如，在一次跳绳比赛中一个学生对自己跳了 150 次而欣喜不已，而另外一个同样成绩的学生则非常懊丧。

二、认知学习理论

20 世纪 60 年代以后，随着认知心理学的诞生，学习理论开始重视研究学习者处理环境刺激的内部过程和机制，用 S—O—R（O 即学习的大脑加工过程）模式来取代简单的没有大脑参与的 S—R 联结，强调个体的学习是在大脑中完成的对于人类经验重新组织的过程，主张研究人类的学习模式不应该简单地观察实施刺激以后的个体的反应方式，而应该重视学习者自身的建构和知识的重组，应该强调不同类型的学习有不同类型的建构模式，主张在教学中要加强学习者有意义学习的比重，运用同化与顺应的方法有效地促成学习者知识结构的建立。认知学派的主要代表人物有布鲁纳、奥苏伯尔、加涅、皮亚杰等。

（一）布鲁纳的认知结构学习理论

布鲁纳的主要教育心理学理论集中体现在他于 1960 年出版的《教育过程》一书中。对于布鲁纳在教育心理学方面做出的卓越成就，美国一本杂志曾这样评价，他也许是自杜威以来第一个能够对学者和教育家谈论智育的人，这足以看出布鲁纳在学术界的崇高威望。

布鲁纳主要研究个体在知觉与思维方面的认知学习，他把认知结构称为个体感知和概括外部世界的一般方式。布鲁纳始终认为，学校教育与实验室研究猫、狗、小白鼠受刺激后做出的行为反应是截然不同的两回事，他强调学校教学的主要任务就是主动地把学习者旧的认知结构置换成新的，促成个体能够用新的认知方式来感知周围世界。

（1）重视学科基本结构的掌握。布鲁纳强调"不论我们选教什么学科，务必使学生理解该学科的基本结构"。所谓"基本"，就是"具有既广泛而又强有力的适用性"，学科的基本结构包括基本概念、原理和规律，也就是每科教学要着重教给学生这"三基"。

布鲁纳的认知结构教学理论深受皮亚杰发生认识论的影响，他认为，认知结构是通过同化和顺应及其相互间的平衡而形成的。但他也不完全同意皮亚杰的观点，皮亚杰认为认知结构是在其他外界作用下形成发展起来的，而布鲁纳则反复强调认知结构对外的张力，认为认知结构是个体拿来认识周围世界的工具，它可以在不断的使用中自发地完善起来。学校的教学工作主要是帮助学生掌握基础学科的知识，并以此为同化点来完成对知识结构的更新，促使他们运用新的认知结构来完成对周围世界的感知，这就是有机体智慧生长的过程。因此，布鲁纳主张教给学生某一学科的基本结构，主要是让学生掌握概括性程度更高的概念或一般原理，以有利于后继新知识的同化和顺应。

（2）提倡有效学习方法的形成。在布鲁纳看来，人类具有对不同事物进行分类的能力，人的学习其实就是按照知识的不同类别把刚学习的内容纳入以前学习所形成的心理框架（或现实的模式）中，有效地形成学习者知识体系的过程。布鲁纳认为，人类的知觉过程也就是对客观事物不断进行归类的过程，所以，他提倡教师在帮助学习者学习的过程中，不仅要提供必要的信息，而且要教会学生掌握并综合运用对客观事物归类的方法。他认为，学习者的探究实际上并不是发现对世界上各种事件分类的方式，而是创建分类的方式。在具体的学习过程中，这些相关的类别就构成了编码系统。编码系统是人们对所学知识加以分组和组合的方式，它在人类不断的学习中进行着持续的变化和重组。

（3）强调基础学科的早期教学。布鲁纳有句名言——"任何学科的基础知识都可以用某种形式教给任何年龄的任何人"，因此主张将基础知识下放到较低的年级教学。他认为，任何学科的最基本的观念是既简单又强有力的，教师如果能够根据各门学科的基本概念按照儿童能够接受的方式开展教学的话，就能够帮助学生缩小"初级"知识和"高级"知识之间的距离，有效地促进知识之间的迁移，引导学生早期智慧的开发。他认为，加强基础学科的早期教学，让学生理解基础学科的原理，向儿童提供富有挑战性但是适合的机会使其步步向前，有助于儿童在学习的早期就形成以后进一步学习更高级知识的同化点。布鲁纳列举了物理学和数学学习中的例子来进一步说明如果儿童能早一点儿懂得学科学习的基本原理的话，就能帮助他们更容易地完成学科知识的学习，他把这种对学科基本原理的领会和掌握称为通向"训练迁移"的大道，其意义在于不仅能够帮助儿童理解当前学习所指向的特定事物，而且"能促使他们理解可能遇见的其他类似的事物"。

（4）主张学生的发现学习。所谓发现是指学习者独自遵循他自己特有的认识程序，亲自获取知识的一切方式。布鲁纳反复强调教学是要促进学生智慧或认知的生长，他认为，"教育工作者的任务是要把知识转换成一种适应正在发展着的学生的形式，以表征系统发展的顺序，作为教学设计的模式"。由此，他提倡教师在教学中要使用发现学习的方法。

使用发现法应遵循六个步骤：提出和明确学生感兴趣的问题；使学生体验到对问题的某种程度的不确定性；提供解决问题的多种可能的假设；协助学生收集可供下断语的资料；组织学生审查有关资料，得出应有的结论；引导学生用分析思维去证实结论。

布鲁纳之所以强调在教学中要重视学生的发现学习，原因在于他通过对发现学习和接受学习进行比较，认为发现学习有以下几个比较明显的优点。

第一，发现学习不仅强调对学习结果的存储，而且还重视学习者在学习中以有意义的方式组织知识，因而学习者对知识掌握的牢固程度要高。

第二，发现学习强调学习者内部学习动机的激发，要求学习者在教师所提供的教学信息面前，自己探索解决问题的模型，所以实践表明发现学习更加容易激发学习者的智慧潜能。

第三，发现学习强调培养学生的直觉思维能力，注重在学习的过程中让学习者运用假设去推测关系，应用自己的能力去解决问题或发现新事物，因而发现学习在一定程度上可以有效提升学习者发现和解决问题的能力。

第四，在发现学习的过程中，教师与学生处于合作状态，此时的学生不再是静坐的听众或观众，他们主动合作，投入教与学的互动中，在不断的探究中获得新的信息，从而大大提高了学生学习的主动性。

（二）奥苏伯尔的认知同化理论

奥苏伯尔是美国的认知心理学家，他对教育心理学的杰出贡献集中体现在他对有意义学习理论的表述中。他在批判行为主义简单地将动物心理等同于人类心理的基础上，创造性地吸收了皮亚杰、布鲁纳等同时代心理学家的认知同化理论思想，提出了著名的有意义学习、先行组织者等学说，并将学习论与教学论两者有机地统一起来。

（1）有意义学习。奥苏伯尔学习理论的核心是有意义学习。他指出："有意义学习过程的实质就是符号所代表的新知识与学习者认知结构中已有的适当观念建立非人为的和实质性的联系。"在他看来，学习者的学习，如果要有价值的话，应该尽可能地有意义。奥苏伯尔将学习分为接受学习和发现学习、机械学习和意义学习，并明确了每一种学习的含义及其相互之间的关系。

奥苏伯尔提出了人类存在的三种有意义学习的类型。

一是表征学习，主要指词汇学习，即学习单个符号或一组符号代表的是什么意思。比如，"cat"这个单词，对于刚刚接触英语的孩子来说是无意义的，但老师多次指着猫对孩子说这就是"cat"，最后孩子自己看见猫的时候也会说这就是"cat"，这时我们就能说孩子对"cat"这个符号已经获得了意义。

二是概念学习，主要指学习者掌握同类事物的共同的关键特征。比如，学习者学习了"鸟"的概念，知道了鸟的共同的关键特征是体温恒定、全身有羽毛后，儿童能指出鸡也应该属于鸟类，这个时候我们就能说学习者已经掌握了"鸟"这个概念。

三是命题学习，命题学习必须建立在概念学习的基础上，是学习若干概念之间的关系或把握两个（或两个以上）特殊事物之间的关系的活动。比如，学习长方形的面积等于长乘以宽，这里的面积、长、宽可以代表任意长方形的面积、长和宽，而这里的乘积表示的是任意长与宽之间的联系。

（2）知识的同化。奥苏伯尔学习理论的基础是同化。他认为学习者学习新知识的过程实际上是新旧材料之间相互作用的过程，学习者必须积极寻找存在于自身原有知识结构中的能够同化新知识的停靠点，这里同化主要指的就是学习者把新知识纳入已有的图式中去，从而引起图式量的变化的活动。

奥苏伯尔按照新旧知识的概括水平及其相互间的不同关系，提出了三种同化方式：下位学习、上位学习和并列结合学习。其中，下位学习（又称类属学习）主要是指学习者将概括程度处在较低水平的概念或命题，纳入自身认知结构中原有概括程度较高水平的概念或命题之中，从而掌握新学习的有关概念或命题。上位学习（又称为总括关系）是指在学习者已经掌握几个概念或命题的基础上，进一步学习一个概括或包容水平更高的概念或命题。当新学习的概念和命题既不能与原有知识结构中的概念或命题产生下位关系，也不产生上位关系，而是并列关系时，这时的学习便只能采用并列结合学习。

（3）学习的原则与策略。奥苏伯尔还在有意义学习和同化理论的基础上提出了学习的原则与策略。

一是逐渐分化原则。这条原则主要适合下位学习，奥苏伯尔认为学习者在学习新知识时，用演绎法从已知的较一般的整体中分化细节要比用归纳法从已知的具体细节中概括整体容易一些，因而教师在传授新知识时应该先传授最一般的、概括性最强的、包摄性最广的概念或原理，然后再根据具体细节逐渐加以分化。

二是综合贯通原则。这条原则主要适合上位学习和并列结合学习，奥苏伯尔主张教师在用演绎法渐进分化出新知识的同时，还要注意知识之间的横向贯通，要及时为学习者指出新旧知识间的区别和联系，防止由于表面说法的不同而人为地造成知识间的割裂，并促进新旧知识的协调和整合。

三是序列巩固原则。这条原则主要针对并列结合学习，该原则指出对于非上位关系和非下位关系的新旧知识可以使其序列化或程序化，使教材内容由浅入深、由易到难。同时，奥苏伯尔也指出，对于这类知识的学习，教师还应该要求学习者及时采取纠正、反馈等方法复习回忆，保证促进认知结构中原有观念的稳定性以及对新知识掌握的牢固性。

为了有效地贯彻这三条原则，奥苏伯尔提出了具体的先行组织者策略。先行组织者是指在呈现新的学习任务之前，由教师先告诉学生一些与新知识有一定关系的、概括性和综合性较强、较清晰的引导材料，来帮助学生建立学习新知识的同化点，以有效促进学习者的下位学习。根据所要学习的新知识的性质，奥苏伯尔列出了两种不同类型的先行组织者。对于完全陌生的新知识，他主张采用说明性组织者（或陈述性组织者），利用更抽象和概括的观念为下一步的学习提供一个可资利用的固定观念；对于不完全陌生的新知识，他主张采用比较性组织者，帮助学生分清新旧知识间的共同点和不同点，为学生获得精确的知识奠定基础。

（三）加涅的信息加工理论

1974年，加涅利用计算机模拟的思想，并利用当代认知心理学的信息加工的观点来解释学习过程，展示了学习过程中的信息流程。加涅认为，任何一个教学传播系统都是由"信源"发布"消息"，经过编码处理后通过"信道"进行传递，再经过译码处理，还原为"消息"，被"信宿"接收。该模型呈现了人类学习的内部结构及每一结构所完成的加工过程，是对影响学习效果的教学资源重新合理配置、调整的一种序列化结构。

在这个信息流程中，加涅主要强调了以下几点：

（1）学习是学习者摄取信息的一种程式。学习者从环境中接受刺激从而激活感受器，这是学习的第一步。斯珀林等通过实验研究证明，来自个体各种感觉器官的感觉信息表征成分必须成为注意的对象才能持续地对人的神经系统产生影响。经过注意，外界信息被转化成刺激信号，被人选择性感知，在人的感觉登记器保持0.25～2秒；被转换的信息紧接着以声音或形状的方式进入短时记忆。从学习者的角度看，信息最为关键的变化发生在进入短时记忆后的编码，经过编码，原先以声音或形状储存的信息马上转化为能被人理解的、有语义特征的言语单元或更为综合性的句子、段落的图式，但信息在短时记忆中保留的时间也是非常短暂的，一般在2.5～20秒之间，如果学习者加以复述，最长也不会超过一分钟。这些有意义组织的信息经过学习者的不断复述而进入人的长时记忆系统，被永久保存下来。以后在人为地提供一定的外在线索后，这些被长久保存起来的信息经过反应发生器和效应器而提取出来反作用于外在环境。

（2）学习者自发的控制和积极的预期是制约课堂教学有效性的决定因素。执行控制和预期虽然没有呈现在信息的流变程式中，但它们与信息流动同步，直接参与了完整信息加工的每一步，事实上这两个学习者内部加工的机制能影响所有的信息流阶段。因此，为了高效率地学习，学习者必须对一些刺激做出反应，这意味着在学习初期学习者的感觉器官就应该朝向刺激源，做好接受刺激的心理准备；另外，选择性知觉会直接影响到感觉登记器中的内容进入短时记忆的特征及编码方式的选择，它作为一种特殊因素在学习一开始就决定了学习者概括和解决问题的能力及学习者思维质量的高低。还有，作为一种定向性的执行过程，预期的内容能使学习者产生一种连续的学习定势。

（3）反馈是检验教学效果的手段。教学是一个封闭的环形流程，有起点，也有终点，这里的起点和终点都指向与学习者紧密相关的课堂情境（环境），在这样一种情境中需要对教学结果做出一定的评价，以过程效果检测的评定性标准作为提升教学质量的中介，使教学过程在一种动态的流程中不断地创新、超越。而反馈就是通过对学习者行为的效果提供结果性评定，来检测、描述学习的性能、意义。在课堂教学中，学生可观察的活动模式是陈述一堂课质量好坏的直接依据，学生在课堂上的参与度、反应度、行为表现等都是反映课堂教学效果的原始性指标。

加涅在对学习活动进一步分析的基础上，又把与上述学习过程有关的教学划分为以下八个阶段。

一是动机阶段。加涅认为，要使有效学习行为发生，学习者必须有学习心向，所以学习的准备工作就是由教师以引起学生兴趣的方法去激发学生的学习动机。

二是了解阶段。在这个阶段，教学的措施要引起学生的注意，提供选择性的知觉。主要的目的在于促使学习者将学习的注意力指向与其学习目标有关的各种刺激。

三是获得阶段。此阶段教学的任务是支持学生把了解到的信息转入短时记忆系统，对信息进行必要的编码和储存。教师可向学生提示编码过程，帮助学生采用较好编码策略来学习知识，以利于信息的获得。

四是保持阶段。这个阶段主要是让学生把获得阶段所得到的信息有效地放到长时记忆的记忆存储器中去。加涅认为有效的学习需要适当地安排，如同时呈现不同的刺激来代替相似刺激，相互间干扰的减少可以间接地影响信息的保持。

五是回忆阶段。也就是信息的检索阶段，在此阶段，为使所学的知识能以一种作业的形式表现出来，线索是必不可少的，因而加涅主张教学可以采取提供线索以引起记忆恢复的形式，或者采取控制记忆恢复过程的形式，以保证学生可以找到适当的恢复策略加以运用。另外，他认为教学还可以采用包括"有间隔的复习"等方式，使信息恢复有发生的机会。

六是概括阶段。在此阶段，教师提供情境，使学生学到的知识和技能以新颖的方式迁移，并提供线索，以应用于以前不曾遇到的情境。

七是作业阶段。在此阶段，教学的大部分目的是提供应用知识的时机，使学生显示出学习的效果，并为下阶段的反馈做好准备。

八是反馈阶段。在此阶段，学生关心的是他的作业达到或接近其预期标准的程度。如果能够得到完成预期证实的反馈信息，对强化学生的学习过程将有很大的影响。

三、人本主义学习理论

人本主义是20世纪50年代末60年代初在美国出现的一种重要的教育思潮，主要代表人物是马斯洛、罗杰斯、凯利等。这些心理学家反对把对白鼠、鸽子、猫和猴子的研究结果应用于人类学习，主张采用个案研究方法。人本主义心理学的主要观点是：（1）心理学研究的对象是"健康的人"；（2）生长与发展是人的本能；（3）人具有主动地、创造性地做出选择的权利；（4）人的本性中情感体验是非常重要的内容。建立于现代人本主义心理学基础上的人本主义学习理论包括以下观点：

（一）以人性为本位的教学目的观

人本主义认为，人性本质是善的，人生而具有善根，只要后天环境适当，就会自然地成长；人所表现的任何行为不是由外在刺激引起或决定的，而是发自内在、出于当事人自己的情感与意愿所做出的自主性与综合性的选择；人的学习是个人潜能的充分发展，是人格的发展。

马斯洛指出学习的本质是发展人的潜能，尤其是那种成为一个真正人的潜能；学习要在满足人最基本的需要的基础上，强调学习者自我实现需要的发展；人的社会化过程与个性化的过程是完全统一的。因而，许多人本主义教育家认为，教育的根本目标是帮助发展人的个体性，帮助学生认识到他们自己是独特的人并最终帮助学生实现其潜能。

人本主义者强调学校教师在教学中应重点帮助学生明确学习的目标和学习的内容，创设能促进学生学习的良好的心理氛围，保证学生在充满满足感、安全感的情境中通过教师安排的合适的学习活动，发现学习内容的价值、意义，使学生成为充分发展的人。

（二）彰显主体的教学过程观

人本主义认为，在教学过程中，应以"学生为中心"，这是其"自我实现"教育目的的必然产物，教学应以学生为中心，让学生成为学习的真正主体。马斯洛认为，健康的儿童是乐于发展、前进，乐于提高技术与能力，乐于增强力量的。人本主义强调在教育教学过程中应重视学生的认知、情感、兴趣、动机、潜能等内心世界的研究，尊重每个学生的独立人格，保护学生的自尊心，帮助每个学生充分挖掘自身潜能、发展个性和实现自身的价值。

人本主义者认为教师在教学过程中尤其要重视学生的情感体验，设身处地地从学生的角度去理解学习的过程和学习的内容，帮助学生了解学习的意义，建立学习内容与学习者个人之间的联系，指导学生在一定的范围内自行选择学习的材料，激发学生从自我的倾向性中产生学习倾向，培养学生自发、自觉的学习习惯，实现真正意义上的有意义学习。

四、建构主义学习理论

近 20 年来，随着计算机和网络教育应用的飞速发展，在教育心理学中正在发生着一场革命，人们对它叫法不一，更多地是把它称为建构主义的学习理论。客观地说，到目前为止建构主义的理论体系还处在发展过程中，尚未成熟，因此，我们只能试着对它的主要观点做一些简要的梳理、概括。

（一）学生观

建构主义强调学习者是以自己的经验为基础来建构现实，或者至少说是在解释现实。维特罗克认为："学习过程不是先从感觉经验本身开始的，它是从对该感觉经验的选择性注意开始的。任何学科的学习和理解总是涉及学习者原有的认知结构，学习者总是以其自身的经验，包括正规学习前的非正规学习和科学概念学习前的日常概念，来理解和建构新的知识或信息。建构一方面是对新信息的意义的建构，同时又包含对原有经验的改造和重组。"因此，他们更关注如何以原有的经验、心理结构和信念为基础建构知识，更强调学习的主动性、社会性和情境性。建构主义强调，应当把学习者原有的知识经验作为新知识的生长点，引导学习者从原有的知识经验中，生长新的知识经验。他们认为学习者并不是空着脑袋走进教室的，他们在各种形式的学习中，凭借自己的头脑创建了丰富的经验。当学习问题一旦呈现在他们面前时，学习者会基于以往的经验，依靠他们的认知能力，形成对问题的解释，由于学习者的经验以及对经验的信念不同，学习者对外部世界的理解也是不同的。因而，著名的人本主义心理学家凯利指出："第一，个人建构是不断发展、变化和完善的，可推陈出新，不断提高。第二，个人建构因人而异，在他看来，现实是各人所理解和知觉到的现实，面对同一现实，不同的人会有不同的反应。第三，在研究人格的整体结构的同时，不能将其组成部分弃于一端，而应努力做到整体与部分、形式与内容的有机统一。第四，当人们总用已有的建构去预期未来事件时，不可避免地要遇到一些困难和麻烦，新的信息和元素需要加入到原有的建构之中。第五，一个人要获得一种同现实十分一致的建构体系绝非轻而易举，要经过大量的探索和试误过程。"

教学不是知识的传递，而是知识的处理和转换。教师不单是知识的呈现者，也不是知识权威的象征。教师应该重视学生自己对各种现象的理解，倾听他们的看法，思考他们这些想法的由来，并以此为据，引导学生丰富或调整自己的解释。因此，教师与学生、学生与学生之间需要共同针对某些问题进行探索，并在探索的过程中相互交流和质疑，了解彼此的想法，引导学习者从原有的知识经验中生长新的知识经验。学习者要努力通过自己的活动，建构形成自己的智力的基本概念和思维形式。

（二）教师观

教师的角色应该是学生建构知识的忠实支持者、学生学习的高级伙伴或合作者。建构主义虽然非常重视个体的自我发展，但是它并不否认教师的外在影响作用，认为教师应该给学生提供复杂的真实问题，教师不仅必须开发或发现这些问题，而且必须认识到复杂问题有多种答案，激励学生对问题解决提出多种观点。教师必须为学生提供元认知工具和心理测量工具，培养学生的评判性的认知加工策略，以及自己建构知识和理解的心理模式，帮助学生掌握应对各种挑战所需要的知识、技能和策略，使学生养成独立自主和控制自己学习的习惯，并使其成为独立的思考者和独立解决问题者。在具体教学中，教师应清楚地认识教学目标，理解教学是逐步减少外部控制、增加学生自我控制学习的过程。

教师必须关心学习的实质，以及学生学习什么、如何学习和学习效率如何等问题，必须明白要求学生获得什么学习效果。建构主义教学比传统教学要求教师承担更多的教学责任，教师应当重视维果茨基提出的最近发展区理论，并为学生提供一定的辅导。教师不是知识的简单呈现者，而是不断促使学生丰富和调整自己理解的引导者。为此，教师在教学实践中必须创设一种良好的学习环境，学生在这种环境中可以通过实验、独立探究、合作学习等方式来展开他们的学习。

教师要成为学生建构知识的积极帮助者和引导者。在建构意义的过程中，教师应要求学生主动去收集和分析有关的信息资料，对所学的问题提出各种假设并努力加以验证。要善于使学生把当前学习内容尽量与自己已有的知识经验联系起来，并对这种联系加以认真思考。为了使意义建构更有效，教师应在可能的条件下组织协作学习，提出适当的问题，以引起学生的思考和讨论；在讨论中设法把问题一步步引向深入，以加深学生对所学内容的理解；要启发诱导学生自己去发现规律、去纠正和补充错误的或片面的认识，并对协作学习过程进行引导，使之朝着有利于意义建构的方向发展。通过创设符合教学内容要求的情境和提供新旧知识之间联系的线索来激发学生的学习兴趣，引发和保持学生的学习动机。[①]

---

① 参见潘菽：《教育心理学》，北京，人民教育出版社，1980。

第四节　学习的方法和技巧

一、时间管理

时间管理理论是个人管理理论的一部分，即如何更有效地安排自己的工作计划，掌握重点，合理有效地利用工作时间。简而言之，时间管理的目标是掌握工作的重点，其本质是管理个人，是自我的一种管理，方法是通过良好的计划来完成这些工作。

时间管理理论注重个人的管理，注重效能，关注完成的工作是否具备有用性。时间的帕金森定理表明，工作会自动地膨胀占满所有可用的时间；"二八原则"认为应该把最佳的时间用在最重要的事情上，所谓"好钢用在刀刃上"。时间管理是个人财富之源，对于处在高校中的学生来讲，做好时间管理更能令自己的学业突飞猛进。

在学生的实际生活中，浪费时间主要表现为办事拖拉、沉迷游戏和小说、长时间电话和 QQ 聊天、经常性喝酒聚餐、缺乏目标、犹豫不前、不考虑轻重缓急，等等。有效地管理时间能使这些问题迎刃而解，并为更好地适应以后工作的压力和外部的竞争状况打下良好基础。

聪明人要学会抓住重点，远离琐碎。保持焦点，一次只做一件事情，一个时期只有一个重点。学生在管理个人时间的过程中应注意如下几点：

（一）养成良好的习惯

对于大学生而言，需要养成的良好习惯有很多。大学生要学会对学习和工作事先进行计划，根据个人生活规律，选择每天精力最充沛、思想最集中的时间，去处理最重要的事情，这往往会达到事半功倍的效果。

此外，大学生要克服"办事拖延"的陋习，推行一种"限时办事制"，在限定时间内完成学习或工作，并且现在就做。有些人习惯于"等候好情绪"，即花费很多时间以"进入状态"，却不知状态是干出来而非等出来的，最佳时机是需要把握的。

与此同时，大学生还要学会说"不"。计划赶不上变化是常有的事情，例如，你本安排好了学习，但是朋友突然要拉你去聚会，在这种情况下，要学会恰当地拒绝，这是时间管理中的摆脱变化和纠缠的一种很有效的方法。但是拒绝要讲究技巧，不宜直截了当，而要委婉，用他人觉得确实是合理的理由来拒绝。要学会限制时间，不要被无聊的人和无关紧要的事缠住，也不要在不必要的地方逗留太久，不要将整块的时间拆散。也要学会节省时间，如避免在高峰期乘车、购物、进餐等。

形成正确的时间价值观念也很重要。管理时间其实也是一种经营，要时刻注重时间的机会成本，使时间产生的价值最大化。避免"一分钱智慧，几小时愚蠢"的事情发生，如为省两块钱而步行三站地等。

要学会积极休闲，如通过打篮球、网球等共同爱好结识不同的朋友，身心的放松有助于提高办事效率。要学会集腋成裘，如等车的时间可以用来思考下一步的工作。生活中有许多不为人注意的零碎时间，可以充分利用起来做一些事情。要学会搁置的哲学，不要固执于解决不了的问题，不要"钻牛角尖"，不要开展无谓的争论，这些不仅解决不了实际问题，还会影响情绪和人际关系，并浪费大量时间，因而要尽量避免。

（二）常用的时间管理工具

1. 计划管理

关于计划，时间管理的重点是待办单、日计划、周计划、月计划。

待办单是指将你每日要做的一些工作事先列出一份清单，排出优先次序，确认完成时间，以突出工作重点。待办单还可以使你避免遗忘，将未完事项留待明日解决。

待办单主要包括非日常工作、特殊事项、行动计划中的工作、昨日未完成的事项等。

使用待办单进行计划管理时，要注意：每天在固定时间制定待办单（如一起床就做）、只制定一张待办单、完成一项工作划掉一项、要为应付紧急情况留出时间、突出标注最关键的一项。

此外，学生还可以制订计划，例如，每学期末做出下一学期的学习工作规划；每季度末做出下季度的学习工作规划；每月末做出下月的学习工作计划；每周末做出下周的学习工作计划等。

2. 时间"四象限"法

著名管理学家科维提出了一个时间管理的理论，即把工作按照重要和紧急两个不同的程度进行划分，基本上可以分为四个"象限"：既重要又紧急（如学习任务、四六级考试等）、重要但不紧急（如建立人际关系、新的机会等）、紧急但不重要（如电话铃声、不速之客进入等）、既不紧急也不重要（如客套的闲谈、无聊的信件、个人的爱好等）。时间管理理论的一个重要观念是应有重点地把主要的精力和时间集中地放在处理那些重要但不紧急的学习与工作上，这样可以做到未雨绸缪。

3. 时间 ABC 分类法

这种方法是将自己的工作按轻重缓急分为：A（紧急、重要）、B（次要）、C（一般）三类；安排各项学习和工作优先顺序，粗略估计各项学习和工作时间和占用百分比；在学习和工作中记载实际耗用时间；每日计划时间安排与耗用时间对比，分析时间运用效率；重新调整自己的时间安排，更有效地工作。

4. 考虑不确定性

在时间管理的过程中，还需要应付意外的不确定性事件，需要为意外事件留时间。有三个预防此类事件发生的方法：第一是为每件计划都留有多余的预备时间；第二是努力使自己在不留余地，又饱受干扰的情况下，完成计划中的工作；第三是另准备一套应变计划。

二、增强记忆效果的有效方法

学习和工作是无限的，时间却是有限的，因此增强记忆效果便显得十分重要。增强记忆效果的有效方法有以下几种：

(一) 有意记忆法

有明确的目的或任务、凭借意志努力记忆某种材料的方法，叫做有意记忆法。相反，没有明确的目的或任务，也不需要意志努力的记忆方法，称为无意记忆法。心理学研究表明，有意记忆的效果明显优于无意记忆效果。为了系统地掌握科学知识，必须进行有意记忆。

进行有意记忆，首先要有明确的任务。任务明确，就能调动心理活动的积极因素，全力以赴地实验记忆的任务。任务越明确、越具体，记忆效果就越好。例如，记英语单词时，你可以把生词写在小卡片上，规定自己每天必须记住 15 个生词，并及时进行复习与检查。这样日积月累，你的词汇量就会大增。其次要有意志努力的参与，也就是我们常说的"专心致志"。要记住这些英语单词，就要进入"两耳不闻窗外事"的境界，这样才能取得好的效果。

(二) 理解记忆法

在积极思考、达到深刻理解的基础上记忆材料的方法，叫做理解记忆法。理解记忆的基本条件是对材料进行理解和思维加工。人们在记忆科学要领、定理、法则和规律、历史事件、文艺作品等内容时，一般都不采取逐字逐句强记硬背的方式，而是首先理解其基本含义，通过思维进行分析综合，把握材料各部分的特点和内在的逻辑联系，使之纳入已有的知识结构，从而保持在记忆中。

理解记忆的效果优于机械记忆，理解记忆的全面性、牢固性、精确性及迅速有效性，依赖于学习者对材料理解的程度。德国著名心理学家艾宾浩斯在对记忆进行的实验中发现：为了记住 12 个无意义音节，平均需要重复 16.5 次；为了记住 36 个无意义音节，需重复 54 次；而记忆六首诗中的 480 个音节，平均只需要重复 8 次！这个实验告诉我们，凡是理解了的知识，就能记得迅速、全面而牢固。死记硬背是费力不讨好的。

(三) 联想记忆法

利用联想来增强记忆效果的方法，叫做联想记忆法。联想，就是当人脑接受某一刺激时，浮现出与该刺激有关的事物形象的心理过程。一般来说，互相接近的事物、相反的事物、相似的事物之间容易产生联想。用联想来增强记忆效果是一种很常用的方法。美国著名的记忆专家哈利·洛雷因说："记忆的基本法则是把新的信息联想于已知事物。"

联想记忆法分为以下三种具体方法：

1. 接近联想法

两种以上的事物，在时间或空间上，同时或接近，这样只要想起其中的一种便会接着回忆起另一种，由此再想起其他，这就是接近联想法。例如，有时候一下子记不起一个很熟的外语单词，那可以从这个词在书上什么地方想起，想想它前面是个什么词，后面跟了一个什么词，这样反复联想，往往能回忆起这个单词来。这个词和前后词的关系是位置接近，这种联想就叫空间上的联想。

还有一种时间上的联想，比如，两个人在聊天，其中甲告诉乙昨天看到的一个很有趣的故事，乙同样想看，于是问甲是在哪本书上看到的。但甲一时想不起来，于是甲回忆，记得昨天晚上自己才看了书，而且只看了一本《三国演义》，这样通过时间上的联想，甲准确地回忆起那个故事在《三国演义》里。

2. 相似联想法

当一种事物和另一种事物相类似时，往往会使人从这一事物引起对另一事物的联想，这就是相似联想法。例如，外语单词里有发音相似的，有意义相近的，这些都可以利用相似联想法来帮助记忆。

辽宁黑山北关实验学校和北京景山学校在小学低年级试验了一种集中识字的方法，可使学生在两年内认字 2 500 个，阅读一般书籍报纸。这种识字法就是运用类似联想记忆法的道理，把字形、字音相近，能互相引起联想的字编成一组，像把"扬、肠、场、畅、汤"放在一起记，把"情、清、请、晴、睛"放在一起记。每组汉字的右边都是相同的，每组字的汉语拼音也有共性，前一组的韵母都是"ang"，后一组的韵母都是"ing"，这样就可以学得快、记得住。

3. 对比联想法

当人们看到、听到或回忆起某一事物时，往往会想起和它相对的事物。对各种知识进行多种比较，抓住其特性，可以帮助记忆，这就是对比联想法。许多诗歌、对联大多是按对仗的规律写出来的，例如，杭州岳飞庙有这样一副楹联，写的是"青山有幸埋忠骨，白铁无辜铸佞臣"。"有"和"无"是相反的，埋下忠骨和铸就奸臣是相对比的。相传这里埋葬着民族英雄岳飞，后人由于痛恨奸臣秦桧用阴谋害死了他，用铁铸了秦桧夫妇的跪像放在墓前。只要记住这副对联的上句，下句也就不难凭对比联想回忆起来了。此外，我们背律诗，往往感到中间两联好背，原因就是律诗的常规是中间两联对仗。对仗常用对比，例如，"金沙水拍云崖暖，大渡桥横铁索寒"。相对比之处很多，由前一句可以很自然地想起后一句。

（四）多通道记忆法

要记忆外部信息，必先接受这些信息，而接受信息的"通道"不止一条，有视觉、听觉、动觉、触觉等。有多种感知觉参与的记忆，叫做"多通道"记忆。这种记忆方法效果比单通道记忆强得多。现代科学研究表明，人从视觉获得的知识，能够记住 25％，从听觉获得的知识能够记住 15％，若把视觉与听觉结合起来，能够记住 65％，这显示出多通道记忆对提高学习效果的巨大作用。

《学记》中有这样一句话："学无当于五官，五官弗得不治。"意思是说，学习和记忆如果不能动员五官参加活动，那就学不好，也记不住。宋代学者朱熹说，读书要三到：

"谓心到、眼到、口到。心不在此，则眼不看仔细，心眼既不专一，却只漫浪诵读，决不能记，记亦不能久也。三到之中，心到最急，心既到矣，眼、口岂不到乎。"这说明远在2 000年前古人就已经认识到读书学习要用眼看，用耳听，用口念，用手写，用脑子想，这样才能增强记忆效果。

有位老师曾经用三种方法让三组同学记住10张画的内容：对第一组同学，他只是告诉说画上画了些什么，并不给他们看这些画。也就是说这组同学只是听，没有看。对第二组同学正好相反。老师给他们看这10张画，可是不给他讲每张画画了些什么。也就是说这组同学只是看，没有听。对第三组同学是又让听又让看。老师不但告诉他们画的内容，而且在讲每张画的内容的同时，就给他们看那张画。过了一段时间，老师分别问这三组同学记住了多少画的内容。结果第一组记住的最少，只有60％；第二组稍多，记住了70％；第三组记住最多，达到86％！这说明只听不看的同学记得最少。仅仅是两种感觉器官并用，记忆效果就比只用其中一种好得多，如果把所有的感觉器官一齐调动起来，记忆效果就更好了。

（五）精选记忆法

对记忆材料加以选择和取舍，从而决定重点记哪些，略记哪些，这种记忆方法叫做精选记忆法。之所以要对记忆材料加以选择，是因为每个人每天接触的信息太多了。这些信息并不是都需要记忆的。

据说，莫斯科大学有一个学生，他在图书馆的石阶上走路时不小心摔了一跤，大脑受到撞击。从此，不可思议的事情产生了，他的记忆好得不能再好，什么东西都过目不忘，像《真理报》这样的大报，从头版到第八版，只要他阅读后，每篇文章都能倒背如流。但令人遗憾的是他的头却疼痛欲裂，因为记得太多了，大脑得不到休息。因此，记忆应有选择，记那些最重要、最有意义、最有价值的材料。

善于学习、记忆能力强的人，往往善于抓住重点，抓住精髓，善于组织材料。据说古时候，有的人记忆力极好，甚至可以把文章倒背如流，过目成诵。可是郑板桥却看不起这种人，把他们叫做"没分晓的钝汉"。意思就是这些人不分主次、轻重，不管有用、无用，一股脑儿全都背下来。

有位小学高年级学生在谈到精选记忆法时说："修辞格有几十种，但常用的不过十几种。在认真学习每种修辞格之后，我把常用的12种修辞格浓缩成顺口溜：'比喻、借代、比拟、夸张、双关、反语、设问、反问、反复、对照、对偶、排比'，并且以这24个字为主，列成一张表。在编排中，除了让它好读、押韵，便于记忆外，还把容易混淆的放在一起，用箭头标出，在下边用简练的语言注上联系与区别或特性，记忆住了顺口溜也就记住了12个主要的修辞格，根据排列的位置，想到几组修辞格的异同，进而想到它们的全部特点。这样，在分析句子时就能做到条理清晰，不易混淆和遗漏了。"

（六）谐音记忆法

指利用谐音来帮助记忆的一种方法。许多学习材料很难记忆，在它们之间不易找出有意义的联系，如历史年代、统计数字等。如果对这些学习材料利用谐音加某种外部联系，就便于贮存，易于回忆。

据说，古时有位教书先生上山与山顶寺庙里的和尚对饮，临走时布置学生背圆周率，要求背到小数点后22位：3.1415926535897932384626。大多数同学背不出来，十分苦恼。有一个学生把老师上山喝酒的事结合圆周率数字的谐音编了一段顺口溜："山巅一寺一壶酒，尔乐苦煞吾，把酒吃，酒杀尔，杀不死，乐而乐。"待先生喝酒回来，学生们都背得滚瓜烂熟。这位聪明的学生就是利用了谐音法来帮助记忆。

利用谐音法还可以帮助记忆某些历史年代。不少人觉得记忆历史年代是件很苦恼的事，不容易记住，而且还容易混淆，许多聪明人就利用谐音法来帮助记忆。当然，谐音记忆法只适于帮助我们记忆一些抽象、难记的材料，并不能推而广之，用于记忆所有的材料。①

测一测：考试焦虑自我检查表

为了帮助你准确地把握自己在考试焦虑方面存在的问题，我们准备了如表4—1所示的考试焦虑自我检查表。请你仔细阅读每一道题目，看看它是否反映出你在应试时的真实情况，在"是"或"否"一栏里做标记（打√），"是"计1分，"否"计0分。

一定要如实作答。不要花太长时间思考。要尽可能按你看完题目后的第一印象来回答。假如有些题目实在难以确定，请你随便用一种方式做个备查的记号，因为它可能表明了某种潜在的问题。

表4—1　　　　　　　　　　　考试焦虑自我检查表

	是 1	否 0
1. 我希望不用参加考试便能取得成功		
2. 在一次考试中取得的好成绩，似乎不能增加我在其他考试中的自信心		
3. 人们（家人、朋友等）都期待我在考试中取得成功		
4. 考试期间，有时我会产生许多对答题毫无帮助的莫名其妙的想法		
5. 重大考试前后，我不想吃东西		
6. 对喜欢以"突然袭击"方式组织考试的教师，我总是感到害怕		
7. 在我看来，考试过程似乎不应搞得太正规，因为那样容易使人紧张		
8. 一般来说，考试成绩好的人，将来必定在社会上取得更好的地位		
9. 重大考试之前或考试期间，我常常会想到，其他应试者比自己强得多		
10. 如果我考砸了，即使自己不会老是记挂着它，也会担心别人对自己的评价		
11. 对考试结果的担忧，在考试前妨碍我准备，在考试中干扰我答题		
12. 面临一次必须参加的重大考试，我会紧张得睡不好觉		
13. 考试时，如果监考人员来回走动注视着我，我便无法答卷		
14. 如果考试被废除，我想我的功课实际上会学得更好		
15. 当了解到考试结果将在一定程度上影响我的前途时，我会心烦意乱		
16. 我知道，如果自己能集中精力，考试时便能超过大多数人		

---

① 参见黄希庭等：《当代中国大学生心理特点与教育》，上海，上海教育出版社，1999。

	是 1	否 0
17. 如果我考得不好，人们将对我的能力产生怀疑		
18. 我似乎从来没有对应试进行过充分的准备		
19. 考试前，我的身体不能放松		
20. 面对重大考试，我的大脑好像凝固了一样		
21. 考场中的噪音（如日光灯的响声，暖气或冷气发出的声音，其他应试者的动静，等等）使我烦恼		
22. 考试之前，我有一种空虚、不安的感觉		
23. 考试使我对能否达到自己的目标产生了怀疑		
24. 考试实际上并不能反映一个人究竟对知识掌握得如何		
25. 如果考试得了低分数，我不愿把自己的分数确切地告诉别人		
26. 考试前，我常常感到还需要再充实一些知识		
27. 重大考试之前，我的胃不舒服		
28. 有时，在参加重要考试的时候，一想起某些消极的东西，我似乎觉得就要垮了		
29. 在即将得知考试结果之前，我会感到十分焦虑或不安		
30. 但愿我能找到一个不需要考试便能被录用的工作		
31. 假如在这次考试中我考得不好，我想那就意味着自己并不像原来所想的那样聪明		
32. 如果我的考试分数低，我的父母将会感到非常失望		
33. 对考试的焦虑简直使我不想认真准备了，这种想法又使自己更加焦虑		
34. 应试时我常常发现，自己的手指在哆嗦，或双腿在打战		
35. 考试过后，我常常感到自己本来应考得更好一些		
36. 考试时，我情绪紧张，注意力不集中		
37. 在某些试题上我考虑得越多，脑子也就越乱		
38. 如果我考砸了，且不说别人可能对我有看法，就连我自己也会失去信心		
39. 考试时，我身上某些部位的肌肉很紧张		
40. 考试前，我感到缺乏信心，精神紧张		
41. 如果我的考试分数低，我的朋友们将会对我感到失望		
42. 考试之前，我所存在的问题之一就是不能确知自己是否做好了准备		
43. 当我必须参加一次确实很重要的考试时，我常常感到十分恐慌		
44. 我希望主考人能够察觉，参加考试的某些人比另一些人更为紧张，我还希望主考人在评价考试结果的时候，能对此加以考虑		
45. 我宁愿写一篇论文，也不愿参加考试		
46. 公布我的考分之前，我很想知道别人考得怎么样		
47. 如果我得了低分数，我认识的某些人将会感到快活，这使我心烦意乱		
48. 我想，如果能为我单独举行考试，或者没有时限压力的话，我的成绩将会好得多		
49. 考试成绩直接关系到我的前途和命运		
50. 考试期间，我非常紧张，以至于忘记了自己本来知道的东西		

结果分析：该检查表由三部分内容组成。

第一部分，测查你的考试焦虑的来源或原因，其中包括担心他人对自己的评价（所属题号为3、10、17、25、32、41、46、47）、担心考试成绩不好会使个人的自我意象受到伤害（所属题号为2、9、16、24、31、38、40）、担心个人未来的前途（所属题号为1、8、15、23、30、49）、担心个人对应试准备不足（所属题号为6、11、18、26、33、42）四个方面。

第二部分，分析你的考试焦虑的表现，其中包括身体反应（所属题号为5、12、19、27、34、39、43）和思维障碍（所属题号为4、13、20、21、28、35、36、37、48、50）两个方面。

第三部分，测量你的一般性焦虑的状况（所属题号为7、14、22、29、44、45）。一般性焦虑可作为人格特制的指标，为考试焦虑的分析提供有价值的信息。为了防止答题时的心理定势，编排时将各部分的题号做了混合。

第一部分	得分
担心他人对自己的评价	
担心考试成绩不好会使个人的自我意象受到伤害	
担心个人未来的前途	
担心个人对应试准备不足	
第二部分	得分
身体反应	
思维障碍	
第三部分	得分
一般性焦虑的状况	

补充知识

一、学习最佳的时间

1. 清早学习记忆性的内容效果要好一些，如语言。

2. 晚上记忆回顾、总结性的内容效果要好一些。

3. 一般学习中注意力只能集中大约30～40分钟，因此，隔一段时间应休息一下，适当运动。

4. 愉快的内容可以帮助、加强记忆。

5. 学习与记忆是密不可分的，所以在学习某些经验或技能后一小时内最好及时记忆。也就是说，在进行专门学习后的一小时内是此次学习的最佳时间。

6. 要想有好的学习效果，建议在对某个事物产生兴趣的同时进行研究。毕竟兴趣是最好的老师。

二、人生处处是考场

考试，这一承载了中国千年厚重历史的词汇，在今天依然发挥着选拔培养人才的功用，让人爱恨并生。从隋唐至明清，科举考试是选拔栋梁之才的途径；即便在当今的中国社会，高考仍是选拔人才再深造的主要方法。考试关系到每个学子的前途和国家建设的发展进程，考试是一件伤不起的大事。

也正是因为觉得考试伤不起，所以每每一提起考试，学生和家长难免有些紧张。从读书开始，我们经历了大大小小无数的考试，而考试给我们的心灵到底带来了怎样的影响呢？有的人对考试痛恨无比，因为考试给他们的人生带来了太多的灰暗，它意味着考前要挑灯夜战，考试前一晚辗转难眠；考试时会肚子痉挛、额头冒汗、两腿发抖、心跳加速、呼吸困难；考后会忐忑不安，翘首以待。

而这一切源于我们对考试结果的过度重视。考试的结果固然重要，但必须注意到，考试仅仅是学习过程中的一个环节。一次考试更不可能决定一生，即使是高考！考试结果与学生的实际水平并不绝对成正比，一个人的考试成绩也不可能与其实际工作能力画上等号。学习的目的并不仅仅是为了一次考试，当然更不是为了一个考试结果。

由此可见，如果我们被分数左右，只关注考试结果，那么就容易忽视学习过程中品质的培养，忽视学习过程中隐藏的巨大财富。因为真正对个人成长起较大作用的是学习过程，尤其是在学习过程中积累的许多宝贵的东西，例如面对困难的勇气、解决困难的灵感、坚持不懈的毅力和饱满充沛的热情等，这些才值得我们去珍视。

所以我们都应该从分数中得到解放，关注学习的过程，控制学习的过程，在学习过程中树立信心，让考试成为学习过程中的一个激励人奋进的环节而不是全部。如果我们能够做到"专心做准备，结果平常心"，这种心态也可以帮助我们缓解考试压力，减少考试过程中不必要的失误，从而使考试得以正常或超常发挥。

然而，考试不仅仅只是端坐在考场中，拿支笔在卷子上写下自己的答案。人生处处是考场，生活会随时随地给我们出张"卷子"，让你来作答。挨批评是一场考试，通过错误认识了自己，只要能努力不再犯，就算通过了考试；受挫折是一场考试，面对挫折，如果你能振作起来，总结经验教训，从头来过，那么你通过了考试；获得成功也是一场考试，面对荣誉，如果你能戒骄戒躁，继续虚心前进，那么下一个成功正在向你招手，你通过了考试……

人生处处是考场，无时无处不在。只是这考试过于频繁，而使许多人忽略了它，但忽略了并不等于不存在，相反，这种考试才是最重要的，只有在每一秒的刻度里画上真正的一笔，你的一生才算是问心无愧。当然，人非圣贤，孰能无过，在考卷上写错答案，也并非不可原谅。但如果你只是偶尔写对了几个正确的答案，那么，你这一生就是虚度了。

考试就是这样，你爱与不爱，它就在那里，关键是我们如何去看待它，以怎样一种姿态去迎接它。人生是一场场考试的连续，每考完一场，就当学会自省，增加智慧，避免犯相同的错。然后，再准备下一场考试的挑战，谦卑受教、循序渐进、谨慎作答、工整书写。认真地对待生活中的每一件事，真诚地对待身边的每一个人，用敬畏的心回应爱你的生命之主，这样，人生才会取得好成绩，才能交出一份好答卷。

关键词

学习　时间管理　认知加工　先行者

思考题

1. 如何培养良好的学习能力？

2. 时间管理的方法对你有何启示？

3. 你如何看待自己所学的专业，你对自己的专业是否感兴趣？

4. 你进入大学后在学习中遇到了哪些困扰？请分析一下引起这些问题的原因。

参考文献

[1] 潘菽．教育心理学．北京：人民教育出版社，1980

[2] 李镜流．教育心理学新论，北京：光明日报出版社，1987

[3] 黄希庭等．当代中国大学生心理特点与教育．上海：上海教育出版社，1999

[4] 马建青．发展性心理咨询：学校心理咨询的基本模式．杭州：浙江大学出版社，2000

[5] 裴学进．论大学生心理健康教育的发展策略．思想教育研究，2006（6）

第五章
提高人际交往的能力

本章提要

人际交往是人的基本需求，良好的人际关系是一个人取得成功和获得快乐的重要因素。处于发展期的大学生更需要发展人际交往的能力，掌握人际交往的智慧来消除人际困扰，以便将来与社会更好地融合。通过本章的学习，学生可认识到良好的人际关系对个人的身心健康、对个人的发展的重要影响作用；熟悉人际交往的理论，掌握人际交往的技巧和方法。

一位青年人拜访年长的智者。

青年问："我怎样才能成为一个自己愉快，也能使别人快乐的人呢？"

智者说："我送你四句话，第一句是：把自己当成别人。即当你感到痛苦、忧伤的时候，就把自己当做别人，这样痛苦自然就减轻了；当你欣喜若狂时，把自己当做别人，那些狂喜也会变得平和些。第二句话是：把别人当做自己，这样就可以真正同情别人的不幸，理解别人的需要，在别人需要帮助的时候给予恰当的帮助。第三句话：把别人当成别人，要充分尊重每个人的独立性，在任何情形下都不能侵犯他人的核心领地。第四句话是：把自己当做自己。"

青年问道："如何理解把自己当做自己，如何将这四句话统一起来？"

智者说："用一生的时间、用心去理解。"

一个人想要获得健康和充分的自我发展，只有当他有勇气在别人面前表现他真实的自我，并且找到自己人生的意义与目标时才能实现。

——朱拉德

所有民族都将共同生活在相互尊重和关爱一起护佑的和平中。

——艾森豪威尔

第一节　身边的故事

雯雯是广东某大学08级的一名学生，进入大学后她发现大学和高中班主任描述的太不一样了，班主任把大学描绘成天堂一样，可以不用那么辛苦地熬夜苦读，没有期中考试的压力，没有家长的喋喋不休……但事实是学习方法和高中的时候差别非常大，南方的生活习惯也和北方有着很大的差别，又没有朋友在身边支持，雯雯感到非常地孤独，想家，想爸妈，想高中时候的那些死党，如果他们在身边的话，会鼓励、安慰自己的，可他们都在千里之外，遥不可及。开学初，雯雯很想积极地去适应生活，主动和同学们交往，想交到合得来的朋友，从同宿舍的同学开始最好不过了，大家都住在一起，交流的机会也多，雯雯同寝室的其他三位同学，一个是广州本地的，另外两个是潮汕地区的。渐渐地雯雯觉得，自己虽然主动地和她们交往，但远远达不到好朋友的程度，大家都客客气气的，非常有礼貌，但就是让人觉得很别扭。

广州的那位同学周末就回家，从来不和她们一起活动，另外两个在宿舍的时候讲潮汕话，自己根本听不懂，也没有办法加入她们两个的聊天中去，渐渐地，雯雯觉得自己很孤独。

雯雯特别渴望与宿舍同学能够融洽和睦地相处，所以她对于宿舍同学可谓是有求必应，随叫随到，但同时她也渴望别人的关注和帮助。很多时候宿舍同学的要求让她很为难，比如说周末宿舍同学约她出去逛街，而她计划周末两天补习让她头疼的高等数学，但她无法拒绝。因为别人要求她做某件事情的时候，如果她拒绝了的话，她就会觉得别人会指责她，会在她背后说她的坏话。她明知道这种担忧实在没有必要，但这种想法却挥之不去（特别是在早上起床的时候），摆脱不了，让她难以忍受。这些想法使她承受了巨大的心理压力，试图逃避这种"复杂"的宿舍人际关系。

分析：

由人际关系引发的心理困扰不仅在大学生中很常见，在社会上也屡屡发生，可以说人际关系的冲突是现代人心理适应中最常见的问题之一。和谐的人际关系有利于大学生的身心健康，有利于其成才和发展；同时也能满足人的归属感、安全感及自尊、自信等多种心理需要。

大学新生的心理适应主要是人际关系的适应，人际关系适应不良是大学新生普遍存在的一个现象。高中时期他们忙于学习，到了大学由于环境的变换，特别是远离父母，在异乡求学，缺乏一个熟悉的环境和社会支持系统，他们常常产生无助感和较强的依赖性。大学是个体社会化过程中一个重要的过渡阶段，个别新生很难尽快转变角色，习惯性的依赖使他们在建立全新的人际关系过程中遇到困扰，适应期延长。

通过咨询我们了解到，雯雯很痛苦。雯雯自述自己本是一个性格开朗，乐于助人的人，高中时候有很多的朋友，但来广州读大学后，尽管自己还是对同学很热情，尤其是对宿舍的同学，对她们很尊重，而且有求必应，但总是觉得自己的努力没有得到回应，室友对她的热情并不买账，而且有些不太尊重自己。

进入大学近半年来太多的人际关系压力使她的性格变得内向，不愿和人说话，非常在意别人的脸色，对别人说的话异常地敏感，不管是否与自己有关，总会想到自己，还会极力去想最坏的结果，活得真是辛苦，完全没有体会到大学生活的自在和快乐。现在的人际关系状况和高中时的情况相比发生了翻天覆地的变化，令她深感紧张和烦恼。自己与朝夕相处的室友性情不相投，兴趣爱好差异较大，但因为住校与本寝室的同学交往最多，所以一回到宿舍就感觉特别压抑、惶恐，甚至喘不上气来，有时候甚至不想回到寝室。（雯雯在自我陈述的阶段一直在哭泣。）

雯雯在情绪表现方面具有适应不良的一些常见表现：抑郁、焦虑、强迫、恐惧和退缩等；在行为表现上，出现能力抑制、社会退缩等。

笔者采用焦虑自评量表（SAS）并结合雯雯的自诉进行了诊断与分析，认为雯雯属于焦虑症，还伴有轻微的强迫观念。

雯雯是主动前来咨询的，这表示她对心理咨询比较接受，并且主观上希望改变自己的现状，凭雯雯的极佳配合以及在初期咨询中所建立的良好的咨访关系，笔者基本可以断定，在意识层面上雯雯是完全坦诚的，她心理的症结应该主要从人际关系方面来探讨。首次咨询中笔者主要采用的是心理支持疗法，即引导雯雯充分宣泄长期以来累积的消极情绪，协助她理清自己的情感线索，并与雯雯共同制订咨询的计划。此后又教给雯雯放松训练的方法。让她在早上起床出现强迫观念时，按照放松训练的具体步骤，抛开所有的念头，进行自我放松，尽力消除焦虑症状。几次咨询后，雯雯有了一些变化，有时会面带一丝微笑，她自述各方面的情况有一点好转。但她的表现说明症结的根源——人际关系敏感和认知失调还没有得到根本解决。

雯雯表现出来的学校人际适应不良是由于她第一次离家过集体生活，最初的适应、磨合阶段的一些小摩擦没能得到有效的疏导所致。针对她出现的一些歪曲认知，笔者主要采用了认知疗法，使其充分认识到她自己对于人际关系认识的片面性，并及时调整自己的认知。另外还教给她一些常用的人际交往技巧。

本案例的咨询历时一个月，共进行了 4 次。本案例主要借鉴了心理支持疗法和认知疗法，其中还较多地融入了倾听、同感、探究、心理支持等心理咨询技巧，使来访者能够不断地自我探索以达到对自己的问题的领悟。

最后一次雯雯来咨询的时候，很轻松地告诉笔者，现在她和寝室同学的关系处理得很好，而且也重新体验到了大学生活的乐趣，她已经没有原来的压力了。为了巩固效果，笔者还和雯雯分享了人际交往的经验，以促进其尽快适应大学生活。

第二节　人际交往的概念及相关理论

一、什么是人际交往

（一）人际交往的基本概念和意义

1. 人际交往的含义

人际交往指人们运用语言或非语言符号交换意见、传达思想、表达感情和需要等交流过程，包括物质交往和精神交往。它是人类的特定社会现象，对于社会的发展和个性的成长有重要作用。交流是群体的黏合剂，能使群体内部个体之间和群体之间在认知、情感和行为上彼此协调，相互统一。交往是人类特有的需求，人只有在不断地与他人交往中才能促进个性发展，有利于心理健康。从信息交流角度看，交往是发信者将信息编码后输入信息通道，受信者将信息译码后接受，并将反应反馈给发信者的过程。

2. 大学生人际交往的意义

（1）人际交往是大学生社会化进程的助推器。

完成社会化进程是社会对每一个成员的基本要求，人的社会化必须在社会交往中才能进行和实现。大学阶段处于由家庭、学校走向社会的关键阶段，完成社会化，取得社会成员的资格是大学生自我完善、自我发展的最起码的要求。大学生的人际交往性质和交往水平，直接影响着其社会化的进程和水平。在交往中，大学生可以通过广泛而深入地接触各种各样有着不同的性格、不同的职业选择、不同年龄、不同经历、不同爱好、不同能力、不同地位、不同家庭环境、不同价值观念的人。通过与他们交流思想认识，观察他们的为人处世以及他们对自己的反应、态度及评价，大学生可以更深刻、更全面地认识自我，认识社会，认识人生，并不断积累社会生活的经验，从而摆正个人与他人、个人与社会的关系，明确自己应尽的社会责任和义务，进一步熟悉社会规范，使自己的学习、生活、行为更好地适应社会要求。

（2）人际交往是大学生正确认识自我的重要途径。

人对自己的认识总是需要通过与他人的比较，把自己的形象反射出来。大学生在交往过程中，往往以同龄人为参照系，吸取更多的信息，更为清晰地认清自我形象，并激励自己不断地完善。大学生在人际交往中通常以他人、群体和自身来认识自我。

通过以他人为镜来认识自我。古人讲"君子不镜于水，而镜于人。镜于水，见面之容，镜于人，则知吉于凶"。所谓"镜于人"就是以他人为镜，把他人的态度和反映作为判断自己的重要参照系，通过自己在他人身上的映像来审视自己的人生态度、人格状况、人际关系等方面的情况，并以此来警示自己，教育自己。

通过以群体为镜来认识自我。任何人总是生活在以集群为载体的社会关系中，社会群体总会对个人有一个现实的评价和定位，这就是个体在群体中的映像自我，个体可以通过这个"群体映像自我"，明确自身在社会集体中的位置，认清自己的社会价值。

通过以自身的"作品"为镜来认识自我。在自我认识过程中，个体的本质力量、个性都物化到了自身的活动结果之中，通过自己的"作品"反映出来，所以，个体可以通过这个"作品映像自我"，认清自己在思想、性格、作风诸方面的素养状况，从中找出优点，察明不足，明确进一步努力的方向。

（3）人际交往是大学生个性发展完善的重要条件。

人的个性除了受先天遗传因素的影响以外，更重要的是后天环境因素的塑造。社会心理学研究证实：愉快、广泛和深刻的人际交往有助于个性发展与健康。健康的个性总是与健康的人际交往相伴随的。心理健康水平越高，与别人交往越积极，越符合社会的期望，与别人的关系也越深刻。人格健康水平高的人同别人的交往以及人际关系都很好。他们有着一系列有利于积极交往和建立良好人际关系的个性特点，如友好、可靠、替别人着想、温厚、诚挚、信任别人等。相反，不健康的个性总是与不健康的人际交往相伴随的。长期处于人际关系紧张的状态之中，就有可能变得消极、悲观、多疑、神经质。大学是人的个性发展定型时期，积极的社会交往有助于大学生良好个性的发展和完善。

（4）人际交往是大学生保持心理健康的有效方式。

现代心理学研究证实：人类的心理病态大多是由于人际关系失调所致。表现在人的生理水平上，发生冲突会使人的心灵蒙上阴影，导致精神紧张、抑郁，不仅可致心理障碍，而且可刺激下丘脑，使内分泌功能紊乱，进一步引起一系列复杂的生理变化。许多心身疾病，如冠心病、消化性溃疡、甲状腺机能亢进、偏头痛、癌症，都与长期不良情绪和心理遭受强烈的刺激有关。在心理干预的方法上，对各种严重的精神障碍及心理危机的干预，虽方法不同，技术各异，但有一个共同点，那就是它们都需要配以支持性心理治疗。所谓支持性治疗，最重要的支持是来自周围亲人与朋友的关心与理解。当人感到悲观失意、抑郁不快时，有亲人的安慰与关怀，会感到精神的慰藉与支持，从而获得战胜困难的勇气。因此，亲情、友情和爱情都是大学生生命中重要的社会支持系统。[①]

（二）人际交往的影响因素

1. 自我概念与人际交往

自我概念是一个人对自己是什么样的人的一种认识。例如，觉得自己是美丽、聪明或害羞、没有指望的，无论这些看法是否正确，是否与别人的看法一致，它都将影响个人以后的行为和生活，也会影响个人和他人的关系。自我概念由反映评价、社会比较和自我感觉三部分构成。

（1）反映评价。反映评价就是人们从他人那里得到的有关自己的信息。如果年轻的时候得到了肯定的评价，你就会有一个良好的自我概念。如果这种评价是否定的，你的自我概念就可能很糟糕。

（2）社会比较。在生活和工作中，人们往往通过与他人比较来确定衡量自己的标准，这就是在做社会比较。无论什么人，他从出生到长大，从家庭到社会，从学习到工作，都是在社会比较中发展和充实自我概念的。

（3）自我感觉。在年少时，对自己的认识大多数来自人们对你的反应。然而，在生活的某一时刻，你开始用你自己的方式来看待自己，这种看待自己的方式被称为自我感觉。如果从成功的经历中获得自信，自我感觉就会变得更好，自我概念就会改进。

2. 关系结构与人际交往

（1）空间距离。人与人之间在空间位置上越接近，越容易形成彼此之间的密切关系。人们普遍存在一种建立和谐人际关系的期望，所以会尽量避免让近邻感到不愉快。如上下床铺同学，因为空间距离的接近，双方相互交往、相互接触的机会更多，彼此之间容易熟悉，或成为好朋友，或因为彼此价值观不同而只是熟人。虽然地理位置不是人际关系好坏的唯一的、决定的因素，但是，远亲不如近邻，空间位置接近的优势，无疑是影响人际交往的一个有利的条件。

---

① 参见马建青：《大学生心理卫生》，杭州，浙江大学出版社，1992。

（2）交往频率。交往是人际关系的基础，人们只有在交往中才能彼此了解，相互熟悉，进而相互帮助，建立友谊。熟识的东西可以在心中增加积极意义的成分，见到的次数越多就越会增加喜欢的程度，这是一条心理规律。反之，交往频率过少，可能会产生冷落之感，以致感情疏远；不过，交往频率过繁，也可能破坏对方的工作和生活秩序，引起对方的反感。

（3）相似性。物以类聚，人以群分，人们倾向于同在某方面或多或少和自己相似的人交往，如年龄、兴趣、文化修养、专门特长、态度观点和思想信仰、社会和经济地位相似等。这种相似性容易使彼此产生共鸣、同情、理解、支持、信任、合作，从而形成密切的关系。

（4）需要互补。相互满足是形成人际关系的前提条件。人们希望和那些在自己存在不足方面有特长的人交往。如果没有需要和满足需要的期望，空间距离虽小，也可能是"鸡犬之声相闻，老死不相往来"；一旦有了需要和满足需要的期望，空间距离虽大，也可能是"天涯若比邻"。良好人际关系的形成取决于交往双方彼此满足需要的方式和程度，如果交往双方的基本需要都能从交往过程中得到满足，其人际关系就会密切、融洽。如果双方的需要都不能从交往中得到满足，彼此之间就缺乏吸引力；如果双方的需要在交往中受到损害，彼此之间就会产生排斥与对抗。

（5）人格吸引。我们喜欢他人，原因不仅来自对方。有时是我们自身的人格因素决定了对他人的好感。人格也称个性。个性影响着交往的态度、频率和方式，从而影响着人际关系。以气质而论，多血质和黏液质的人，其人际关系一般来说要好于胆汁质与抑郁质的人，以能力而论，能力强的人往往使人产生钦佩感与信任感，具有吸引力。不过，能力强弱和特长的差别太大或太小，相互之间的吸引力也会减小；只有当双方的能力既有差别而差别不太大的时候，相互之间的吸引力才会增大。以性格而论，诚实、正直、开朗、自信、勤奋、幽默、热情的人较之虚伪、孤僻、懒惰、固执、狂妄的人具有较强的人际吸引力。因此人格特点在建立良好的人际关系中是非常重要的内在因素。

3. 个性品质与人际交往

影响大学生人际交往的个性品质主要有：为人虚伪，与之交往容易使人失去安全感；自私自利，只关注自己的需要，不关心别人的需要，甚至损人利己；不尊重别人，常常挫伤别人的自尊心；报复心强；妒忌心强；猜疑心重，过于敏感；过于自卑；孤独固执；苛求别人，控制别人；自负自傲。[①]

二、人际交往的理论

涉及人际交往过程中个体心理需要满足方面的社会心理学理论主要有两种：一是人际需要的三维理论，二是社会交换理论。

（一）人际需要的三维理论

社会心理学家舒茨提出的人际需要三维理论分为两个方面。首先，他提出了三种基本

---

① 参见张翔、樊富珉：《大学生人际冲突行为及其与心理健康的关系》. 载《心理与行为研究》，2004（1）。

的人际需要；其次，他根据三种基本的人际需要以及个体在表现这三种基本人际需要时的主动性和被动性，将人的社会行为划分为六种人际关系行为倾向。

1. 三种基本的人际需要

舒茨认为，每一个个体在人际互动过程中，都有三种基本的需要，即包容需要、支配需要和情感需要。包容需要指个体想要与人接触、交往、隶属于某个群体，与他人建立并维持一种满意的相互关系的需要。支配需要指个体控制别人或被别人控制的需要，是个体在权力关系上与他人建立或维持满意人际关系的需要。情感需要指个体爱别人或被别人爱的需要，是个体在人际交往中建立并维持与他人亲密的情感联系的需要。

2. 六种基本的人际关系行为倾向

舒茨认为，上述三种基本的人际需要都可以转化为行为动机，使个体产生行为倾向，而个体在表现三种基本人际需要时又分为主动的和被动的两种情况，于是个体的人际关系行为倾向就可以被划分为六种（见表5—1）。

表 5—1　　　　　　　　　　　　　　人际关系行为倾向

需要＼行为倾向	主动性	被动性
包容需要：主动与他人交往，期待与他人交往	主动包容式：主动交往，积极参与社会生活	被动包容式：期待他人吸纳，往往退缩、孤独
支配需要：支配他人，期待他人支配	主动支配式：控制他人、运用权力	被动支配式：期待他人引导，愿意追随他人
情感需要：主动表示友好，期待他人情感表达	主动感情式：对他人喜爱、友善、同情和亲密	被动感情式：对他人冷淡，但期待他人对自己亲密

（二）社会交换理论

霍曼斯采用经济学的概念来解释人的社会行为，提出了社会交换理论，他认为人和动物都有寻求奖赏、快乐并尽少付出代价的倾向，在社会互动过程中，人的社会行为实际上就是一种商品交换。人们所付出的行为肯定是为了获得某种收获，或者逃避某种惩罚，希望能够以最小的代价来获得最大的收益。

人的行为服从社会交换规律，如果某一特定行为获得的奖赏越多，他就越会表现这种行为，而某一行为付出的代价很大，获得的收益又不大的话，个体就不会继续从事这种行为，这就是社会交换。霍曼斯指出，社会交换不仅是物质的交换，而且还包括了赞许、荣誉、地位、声望等非物质的交换，以及心理财富的交换。个体在进行社会交换时，付出的是代价，得到的是报偿，利润就是报偿与代价的差值。

当然，个体在进行社会交往时，他们对报偿和代价的认识并不是固定不变的，也不一定是根据物质的绝对价值来估计的，这完全是一个与心理效价有关的问题，所以，当个体对自己的报偿与代价之比的认识大于他人的报偿与代价之比时，也许会被别人所不理解或不认可。这就是为什么在人们的社会交往过程中，有时会出现在有些人看来根本不值得做的事情，却被当事人认为很有趣；而有些时候在别人看来是值得做的事情，另一些人却不屑于做。可见，社会交换过程中包含了深层的心理估价问题。

三、人际交往的类型

（一）大学生人际关系的分类

按照社会学的分类，人际关系分为血缘关系、地缘关系与业缘关系。血缘关系指父母与子女的关系、兄弟姐妹之间的关系及由此衍生出的亲戚关系。目前家庭教养方式与大学生的相关研究注意到，家庭中的人际关系显得相当重要。地缘关系指居住在共同的地区而产生的人际关系，如同乡关系、邻里关系等，这种关系因共同的乡土观念、相似的生活方式、相同的语言文化带来更多的心理相容性，特别是大学新生初次离家求学，老乡在一定程度上起着心理稳定剂的作用，类似同乡会这样的非正式群体一直活跃于校园。业缘关系是指因共同的事业、爱好而结成的关系，如师生关系、师徒关系等。大学里的师生关系也有别于中学，是以平等的身份、以学术为纽带而建立的，看似疏淡实则志同道合。

按照交往的范围，大学生人际关系可分为三类，即个体与个体之间的关系，如亲情、友情和爱情；个体与群体之间的关系，如个体与家庭、个人与班级之间的关系；群体与群体之间的关系，如班级与班级、学校与学校之间的关系。

（二）大学生人际关系的主要类型

1. 师生关系

老师与学生是大学校园里两大基本群体。老师是学生人际交往的重要对象，师生关系是学生人际关系的重要内容。师生关系如何，直接影响到学生在学校里健康的学习和成长，并在很大程度上决定了学校能不能对学生的身心施加符合社会要求的影响。

教师是知识的传授者，是大学生人格模仿的对象。与教师的交往是大学生获取知识的重要途径，教师与学生的平等交往也是师生共同成长的前提；与此同时，师生关系又是一种业缘关系，师生之间心理距离小，心理相容度高，教师对学生充满爱护与关爱，学生对教师充满尊敬与敬仰，师生关系是一种纯洁而无私的人际关系。然而，由于大学授课的流动性与课堂的扩展，师生之间缺乏直接的沟通与必要的情感交流，师生信息的对流与沟通明显不足，因而师生关系虽然是大学生的主要人际关系却依旧需要进一步加强。

2. 同学关系

同学是大学生人际交往的基本关系，也是大学生人际交往的主要对象。大学校园里的同学关系总的来说是和谐、友好的，同学之间的关系有亲情化、家庭化的趋势，即在日常生活、学习中创造一种如同亲属一般和谐稳固的同学关系。

大学生与同学间的交往最普遍，也最微妙与复杂：一方面，大学生年龄相仿、经历相同，兴趣爱好相近，又共同生活在一个集体中，学习相同的专业，沟通与交往比较容易；另一方面，大学生来自不同地域，有着不同的家庭背景、生活习惯和个性气质，再加上同学之间空间距离小，交往密度高而自我空间相对狭小。大学生对人际交往的期望较高，一旦得不到满足，就容易采取消极退避的态度。

3. 亲子关系

家庭是人的感情寄托。大学生在家庭中的地位较中学时期有了明显的变化，父母也从此认为孩子长大了。再加上离家很远、长期住校，大学生与家庭成员的关系一般比以前更为融洽。

（三）大学生人际交往的特点

1. 从交往心理看，大学生交往呈多元与开放状态

大学生渴望友谊，渴望结交更多的朋友，交流更多的信息，接受更多的新思想。在这种心理的作用下，大学生的人际交往呈现出前所未有的开放式交往趋势，表现在：

一是交往范围扩大。交往对象由以前的亲属、朋辈转向更广泛的社会交往群体。同学交往不局限于同班同学，还发展到同级、同系甚至是同校的可认识的所有同学；不仅包括同性交往，异性交往也是同学交往的重要内容。

二是交往频率提高。交往由偶尔的相聚、互访发展到较为经常的聊天、社团活动、举行聚会、体育活动、娱乐、结伴出游以及其他一些集体活动。

三是交往手段多元化。互联网的发展为大学生的交往提供了更加广阔的交往空间，交往手段的发展使大学生的人际交往变得更方便、更快捷，交往距离更远，交往范围更广。

2. 从交往方式看，以寝室为中心，社会工作和网络社交占主导

大学生虽然主动追求开放式的人际交往，但由于时间、精力、生活环境、经济条件等方面的限制，交往的主要场所仍然在校园内，中心是学生的寝室。尽管 BBS 和微博等新兴社交方式正逐渐被大学生接受并渗入他们的生活中，但新兴社交方式所发挥的作用并不被学生们看好。

3. 从交往目的看，情感型交往与功利型交往并重

随着社会的发展变化，大学生在社交目的上也趋于"理性化"，选择什么样的人交朋友，并不纯粹是出于情感和志同道合，交往的动机也变得很复杂。可以说，大学生的人际交往在注重情感交流的同时，越来越注重与自身社会利益相关的务实性，呈现出情感型交往与功利型交往并重的趋势。

第三节　人际冲突及其调适

每个人都希望生活能充满阳光，都希望友谊能天长地久，都希望人情能温馨美好，但生活总是现实的，人与人之间的冲突是在所难免的，我们总会发现曾经亲密的朋友、幸福的伴侣最终分道扬镳、形同路人。如何才能避免人际冲突的发生及人际关系的破裂，是困扰每一个大学生的现实问题。

一、人际冲突的发生

（一）人际冲突的含义

人际冲突是指两个或更多社会成员之间，由于反应或希望的互不相容性而产生的紧张状态，一般是个人与个人之间的冲突。冲突常发生在生活中，无法完全避免，但若能学习辨识冲突以及如何面对冲突，则能预防与解决它，甚至从冲突中相互学习与成长。冲突常起因于人际双方对情境或事件有不同的想法、见解、期待或目标，这些价值观或期待的差异有可能来自文化、角色、背景的影响。相反地，若能从冲突的察觉与沟通中，了解彼此的差异，往往可以扩展我们的见地或解决问题的方法。在人际冲突的处理中，常见的结局是一方赢、另一方输，但若能在冲突中妥善沟通与解决，就可能会产生双赢的局面。

（二）人际冲突的类型

人际冲突的类型主要分为假性冲突（pseudo conflict）、内容冲突（content conflict）、价值观冲突（value conflict）和自尊冲突（dignity conflict）四种。[①]

1. 假性冲突

假性冲突是一种即将发生的冲突，虽然还不是真正的冲突，但有可能演变成真正的冲突。例如，有些人喜欢相互揶揄，然而一不小心揶揄过火，便演变成冲突。另一种假性冲突则是双方为一些无法同时兼得的期待而争吵。例如，学生觉得染发是跟随流行，而学校认为学生不该把心思放在头发上。不同的人在同一个时间，对待同一个问题会有不同的期待，如能妥善处理彼此的需要，则可避免一场冲突。

2. 内容冲突

友谊刚形成时，最有可能的冲突就是内容冲突，内容冲突的起源主要是争执讯息的正确与否，冲突的焦点通常都是争论哪一个内容才是正确的，原本始于事实层面，如果讨论的方式能够回归原来的事实面，冲突的可能性将会降低。

---

① 参见孙华峰、鲍内刚：《大学生人际交往障碍、形成原因及对策浅析》. 载《安徽理工大学学报（社会科学版）》，2004（3）。

3. 价值观冲突

价值观的冲突是对生活的问题有不同价值选择。例如，小明和小华组队参加地理知识竞赛，他们获得了 5 000 元奖金，小明认为这笔钱应该用来买些奢侈品，但是小华却认为这笔钱应该好好存起来，以备不时之需，在对于钱如何使用方面，形成了价值观上的冲突。我们面对价值观冲突时，必须了解双方价值观的差异，然后进一步讨论双方可接受的方案，这样才可能解决此冲突，但是价值观是不容易改变的，所以想解决此冲突通常不容易。

4. 自尊冲突

在冲突过程中，个人将输赢当做自我价值、自我能力、自我权利的标准时，即为自尊冲突，因为此时讨论问题时，有关个人评价的叙述凌驾于问题内容本身之上，往往是个人觉得输赢比公正或正确更重要。自尊冲突也是最难处理的冲突。

（三）人际冲突的过程

冲突不是一种静止的状态，而且一个动态的过程，在这个过程中，冲突双方的认知、情绪和关系都可能发生变化。学者罗宾斯认为，冲突是一种历程，此种历程中，甲有意影响或阻碍乙追求利益或达到目标。他将冲突分为四个阶段，包括潜在对立阶段、认知与个人介入阶段、行为阶段、结果阶段（见图5—1）。

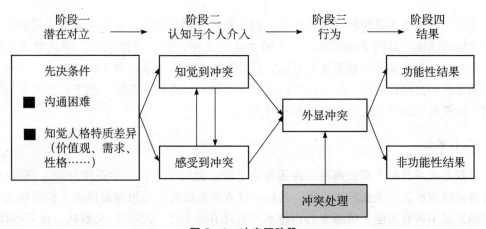

图 5—1　冲突四阶段

导致冲突的原因包括两方面：一是沟通困难，语意解释的差异、行话、信息交换不足，以及沟通管道中的干扰，都会形成沟通障碍；二是由于人格物质导致的差异。个人某些性格形态，例如，高度权威性、独断性和不尊重他人等特性，容易导致潜在冲突。在冲突潜伏阶段，可能导致双方冲突的客观条件已经基本具备，也就是说，双方相互依赖，而且在某些方面存在差异，难以兼容，但是，双方还没有明确意识到这种不兼容。

认知与个人介入阶段的标志是，组织中某一位或双方当事人已发现冲突的肇因。双方当事人呈现紧张状态，但尚未有具体行动产生。当双方认识到他们之间的差异，而且认为不能相容时，就进入了冲突知觉阶段。当双方开始分析冲突性质，思考应对策略，而且还出现一些情绪性的反应（如紧张不安、不舒服、愤怒等）时，就进入了冲突感觉阶段。此阶段的冲突是可见的，冲突双方开始执行其所选择的冲突解决方式，来控制局面和达成自己的目标。双方都需要做出选择：是回避冲突，还是公开面对冲突？只要一方将冲突公开化，就会进入冲突外显阶段。

在冲突外显阶段，双方可能发生言语上的争执、情绪上的对立，甚至行为上的对抗。在这个阶段，冲突很容易升级，矛盾进而扩大化、情绪化。

冲突意味着人际平衡关系的破坏，经过一段时间的互动，双方关系一般会达成一个新平衡，这时就进入冲突的结果阶段。在冲突的结果阶段，冲突的双方开始各自评估前一阶段冲突的效果能够满足己方利益的程度。评估后，若有一方感到不满意或部分满意，则势必播下来日冲突的种子。若双方都感到满意，则双方在未来当有较佳的合作可能。若无法达成协议则可能发生新的冲突。

二、人际关系的破裂

人际冲突虽然并不会导致人际关系的破裂，但如果双方不能很好地解决彼此之间面临的问题，则有可能导致人际关系的破裂。

人际关系从融洽状态走向终结，通常要经历五个阶段。

（一）分歧

人际关系的本质是情感的相互联系、相互卷入、相互拥有。它的基础是关系的双方必须有共同的情感。共同情感存在，彼此的关系就存在；共同情感消失，彼此的关系就破裂。而分歧，正是共同情感消失的开端。分歧意味着人际关系双方不同点扩大，心理距离增加和彼此的接纳性下降。随之而来的是双方在知觉和理解上都朝不利于双方关系的方面倾斜，彼此都感到开始难以准确地判断对方。

（二）收敛

当双方关系开始出现裂痕时，沟通量会下降，此时双方谈话会高度注意、高度选择，并都指向减少彼此的紧张和不一致。当然，双方关系的发展还没有足以使人们明确表示对彼此的关系不再有兴趣，情感上的拒绝水平也还在表面上试图维持关系状态良好的印象。一般而言，如果第一阶段出现的分歧没有得到顺利解决，导致双方较长时期都以收敛的方式交往，则关系会出现进一步的恶化。

（三）冷漠

交往的双方开始放弃增进沟通的努力，人际关系的气氛变得冷漠。此时人们已不太愿意进行直接谈话，而是多凭非言语方式来实现必要的沟通和协调。非言语沟通是缺乏热情的，目光是冰冷的，也没有热情的期待。许多人都将与别人的关系较长时间地维持在这一阶段。原因有两方面：一是期望关系仍然朝好的方向发展，因而不愿意一下子就明确终止关系；二是考虑到自身的利益，很难一下子适应突然失去某种关系的支持。这就会促使人们在一定程度上维持某种关系。

（四）逃避

随着关系的进一步发展，人际交往的双方会尽可能地相互回避，特别是避免只有两个人在一起时的无所适从的窘境。关系恶化到这一阶段，人们往往感到很难判断双方的情感状态和预言对方的行为反应。许多人在婚姻关系或亲人关系达到这一状况时，都试图通过第三者来实现间接的沟通。在知觉和理解上，这一阶段很容易发生纯粹主观的误解。因为人们都有强烈的自我保护倾向，对许多本来正常的人际行为都会有过敏的反应。

（五）终止

关系的终止可能是立即完成的，也可能拖延很久。随着彼此相互交往的隔断，或彼此利益依存关系的解脱，冷漠和逃避的关系状态会转变为关系的最后终结。经历了人际关系恶化的关系终止是相互情感卷入、联系的消失。

三、人际冲突处理的方式

人际冲突处理的方式存在中西方差异。

（一）西方人际冲突处理方式

魏德佰提出处理冲突的方式包括五种主要模式：撤退、放弃、攻击、说服和解决问题式的讨论。

1. 撤退

撤退是将自己在身体上或心理上抽离冲突的情境。撤退是被动的行为反应形式。不直接面对问题，有时只会让问题更难处理。但有时撤退也有其积极的作用，表现在两个方面：（1）让冲突降温；（2）两个少有交集互动的人发生冲突时，一方撤退后问题自然解决。

2. 放弃

放弃是指个体改变自己原有的立场以避免冲突发生。当个体对于人际间和谐的重视程度远大于自己目标的完成时，他便会选择放弃的方式来应对人际冲突。放弃不见得是好的，其原因如下：（1）我们理应按照自己的实际需要做决定。（2）放弃并不一定会达到维持彼此关系和谐的预期效果。

3. 攻击

攻击分为直接攻击与间接攻击，这是运用胁迫身体、心理或其他行为来达到目的之方式。相对较弱的被攻击者可能会隐忍然后伺机反击，实力相当者可能会立即反击，最后形成双输的局面。直接攻击包括身体和语言的暴力。间接攻击是不直接针对冲突对象表达意见，而是采取其他方式让对方知道自己的不满。

4. 说服

说服是指试图改变别人的态度或行为，彼此取得协调。

5. 解决问题式的讨论

处理冲突的最佳模式是仔细考虑冲突问题为何、可能的解决方案以及潜在正负两面的结果。双方是平等的，才能开放地思考更多可能的解决方案。这个过程中牵涉意愿、控制情绪、客观表达问题、坦诚面对自己的想法与感受，必须放下我执，才能最终达到双赢局面。

（二）我国人际冲突的处理方式

忍让的方式：自我压抑。

欺骗的方式：有意隐瞒事情，求得表现上的和谐，但是一旦事实被揭露其结果更糟。冲突的对方会有上当受骗的感觉。

抗争的方式：对指控予以反击，并反控其他成员对自己的孤立与排挤。这是一种比较激进的方式，是一种愤怒情绪的直接表达。

退让的方式：自愿损失自己的利益，避免玉石俱焚。

协调的方式：由第三方协调者介入，这是大多数人都愿意采用的方式，透过妥协与谈判的方式进行，在达成共识后解决问题。

四、冲突处理原则与步骤

（一）人际冲突处理原则

1. 确定双方处理冲突的意愿

在解决冲突之前需要确定彼此对实现解决冲突这一目标的重视与坚持程度，以及考虑双方关系对彼此的重要性。如果关系远大于目标，则决不牺牲彼此的和谐；如果目标胜于彼此的关系，则采取强硬方式处理。

2. 认清冲突的类型

冲突是一种动态的紧张、变化的历程，在冲突失控之前冲突双方应设法有效解决。根据冲突的不同类型可采取不同的解决方法：（1）如果是假性冲突，则需要彼此协调兼顾双方的需求；（2）如果是内容冲突，则需要回到信息内容上重新确认；（3）如果是价值观冲突，则需要冲突双方承认并接纳对方和自己的差异，相互妥协，建立共识；（4）如果是自尊冲突，则情绪已经过度涉入冲突，冲突事件已难处理。解决方法为将冲突拉回内容冲突阶段。

3. 双赢替代竞争

冲突双方应以理性合作的态度来面对冲突，需要注意以下几点：（1）先诚恳表示自己很期待解决冲突，希望有双方都满意的好结局；（2）要避免使用会激化冲突或引起对方防卫的叙述；（3）以合作型的沟通方式来避免冲突的加剧，合作气氛会因心态开放而强化，而开放的心态意味着愿意接纳不同的信息和观点；（4）非语言沟通在冲突情境中扮演着重要角色。

4. 运用幽默

成功运用幽默是改善双方既有关系之良方，善意而且是对方所接受的幽默才有助于化解冲突。

5. 直接沟通

采取适当的沟通方式，直接和对方沟通效果较好，可以体察到对方的非语言信息，相对不易产生冲突。

6. 寻求公正中立第三者协助

第三方在人际冲突的处理中可起到催化者的作用，第三方以中立的立场协助双方进行合作讨论，同时第三方也可作为仲裁者出现，他必须是双方都信任的对象，在问题难以解决的时候，他必须有能力为双方的冲突做决定。

（二）人际冲突解决步骤

（1）辨识冲突。主动辨识彼此不同面向的差异，保持开放的心态，愿意尝试去了解与面对冲突、愿意去接触与沟通，在意彼此的福祉与关系（通常地位与角色也在考虑范围内）。

（2）确定自我内在感受与想法、需求。自我觉察内在对此冲突的相关感受、想法、期待、目标或需求。例如：这件事让我难过了一阵子，也对你有些情绪……但是后来我冷静想了一想，其实这件事会变成这样不一定完全是谁的错，只是彼此有不同的意见、做法……我自己的想法是……

（3）以不指责、归咎的方式让对方知道自己的状况与协商解决的诚意。例如：我会来找你，告诉你这些……主要是希望我们可以有机会沟通，让彼此可以了解，找到更好的方法来解决这件事……我真的很想听听你的想法、了解一下你的状况……

（4）邀请对方加入协商并表达。

（5）倾听并试着了解、理解对方的立场、感受想法与需求。例如：谢谢你让我知道你的想法，原来你主要的想法是……所以你会觉得……你期待……我这样说符合你的状况吗？是这样吗？

（6）辨认彼此的立场与需求的异同。例如：所以，其实我们两个人也有相似的看法……但是不同的是……你比较希望……而我比较……

（7）通过脑力激荡想出多种解决方法。例如：我们一起来想想看，有什么可行的方式，能让我们彼此都认同，找到比原来更好的方式来处理这件事。

（8）评估各种可能方法的适切性与影响。

（9）共同选择可能的适合方法并达成初步协议。

（10）实施与追踪。[1]

---

[1] 参见张大均、吴明霞：《大学生心理健康》，北京，清华大学出版社，2007。

第四节　如何培养人际交往能力

一、人际关系的原则

（一）交互原则

从心理学上讲，每个人都是天生的自我中心者，个体都希望别人能承认自己的价值，支持自己，接纳自己，喜欢自己。由于这种寻求自我价值被确认和情绪安全感的倾向，在社会交往中，个体更重视自己的自我表现，注意吸引别人的注意。阿伦森的研究表明，人际关系的基础是人与人之间的相互重视、相互支持，对于真心接纳我们，喜欢我们的人，我们也更愿意接纳对方，愿意同他们交往并建立和维持关系。

福阿夫妇的研究表明，任何人都有着保护自己心理平衡的稳定倾向，都要求自身同他人的关系保持某种适当性、合理性，并依此对自己与他人的行为做出解释。这样，当别人对我们表示出友好、接纳和支持时，我们也感到应该对别人报以相应的友好，这种"应该"的意识会使我们产生一种心理压力，接纳别人，否则我们的行为就显得不合理。与此同时，如果别人接纳了我们的友好的行动后，我们也希望别人做出相应的回应；如果别人的行动偏离了我们的期望，我们会认为别人不通情理，从而产生一种不愉快的情绪体验，对对方产生心理排斥。同样，对于排斥、拒绝我们的人，其排斥与拒绝对我们是一种否定，因此我们必须报之以排斥与否定才是合理的、适当的，否则难以达到心理平衡。可见，我国古人所讲的"爱人者，人恒爱之"，"己所不欲，勿施于人"是有其心理学基础的。

（二）功利原则

心理学家霍曼斯提出，人与人之间的交往本质上是一个社会交换过程，人们希望交换对自己来说是值得的，希望在交换过程中至少得等于失，不值得的交换是没有理由去实施的，不值得交换的关系也没有理由维持，所以人们的一切交往行动及一切人际关系的建立与维持都是根据一定的价值观进行选择的结果。对于那些对自己来说值得的，或得大于失的人际关系，人们倾向于建立和保持；对自己来说不值得，或失大于得的，人们就倾向于逃避、疏远或终止。

我国心理学家的研究发现，随着人们的价值观倾向不同，人际交往中存在着不同的社会交换机制。对重内在情感价值的人而言，他们在人际交往中个人情感卷入更多，因而有明显的重情谊、轻物质的倾向，与别人的交换倾向于增值交换过程。他们在人际交往中感到欠别人的情分，因此在回报时，往往也超出别人的期望，这种过程的循环往复，就导致了卷入交往双方都感到得大于失。与此同时，对重外在物质利益的人而言，他们在人际交往中重物质利益意识多于个人情感的卷入，因此倾向于用物质来衡量自己的得失，在人际交往中处于减值交换。

（三）自我价值保护

自我价值保护是指个人对自身价值的意识与评判。每一个人为了保持自我价值的确立，在心理活动的各个方面都会有一种防止自我价值遭到否定的自我支持倾向。

人在任何时期的自我价值感，都是既有的一切自我支持信息的总和。自我价值支持的变化主要来自两方面：一是符合人们意愿，自我支持力量的增加；二是与人们的期望相反，使人们面临自我价值威胁，因而必须进行自我价值保护的消极变化，即自我价值支持力量的失去或自我面临新的攻击。

特别是当我们面临原来肯定的人转向否定时，我们面临两种选择：一是承认别人转变的合理性，否定我们自己，贬低自我价值；二是进行自我价值保护，尽可能维护自我价值的不变，降低所失去的自我价值对自己的重要性。许多研究表明，自我价值的否定是非常痛苦的，因此当面临自我价值威胁时的优先反应不是否定自身，而是尽可能保护自己。

（四）情境控制原则

情境控制是指人都需要达到对所处环境的自我控制。因此，要想别人从心灵深处接纳我们，就必须保证别人在同我们共处的时候能够真正实现对情境的自我控制，保持表现自己的自由。

当人们处于平等、自由的人际情境中时，才能够达到真正的自我控制，获得充分的安全感。比如，我们新入学时，由于对周围环境和人都缺乏了解，因而一段时间处于高度紧张的自我防卫状态，直到我们对环境熟悉了，才能够真正放松、真正适应。再如，"非典"期间，由于人们对"非典"的认识还不明确，因此感到恐慌、不安，这主要是由人们对周围环境控制能力减弱引起的。

二、建立良好人际关系的途径

建立良好的人际关系，是一个人事业成功的基础。要做到左右逢源，游刃有余，需要一颗宽容的心，需要真诚，需要积极交往的主动性，塑造好的个人形象，善用各种交际手段，克服社会知觉中的偏差。

（一）克服社会知觉中的偏差

1. 首因效应与近因效应

在社会心理学中，最初获得的信息比后来获得的信息影响更大的现象，被称为首因效应。在总的印象的形成上，新近获得的信息比原来获得的信息影响更大的现象，被称为近因效应或最近效应。

我们通常所说的印象实际上指第一印象或最初印象。第一印象一经建立，就会对后来获得信息的理解和组织起到强烈的定向作用。由于人的认知平衡和心理平衡的作用，人们必须使后来获得信息的意义与已经建立起来的观念保持一致。如一位大学生刚入大学时出色的自我介绍会在同学的头脑中留下强有力的第一印象，即使以后他的表现不如以前，其他人也会认为不是他的能力问题，而是他不够尽力；相反，有的同学在求职时留下了很不称职的第一印象，那么要转变这一印象就需要很长时间。

最初获得的信息及由此信息形成的第一印象在总的印象形成过程中作用更大，因为我们在最初接触陌生人的时候，注意的投入完全而充分，此时印象最为鲜明、强烈，而后继信息输入时，我们的注意会游离，从而使其对我们的影响下降。人们已习惯于用先入为主的最初印象轨道解释一些心理问题。

近因效应不如首因效应突出，它的产生往往是由于在形成印象过程中不断有足够引人注意的新信息提供，或者是原来的印象已经随时间推移而淡忘。近因效应还与个性有关，一个心理上开放、灵活的人倾向于产生近因效应；而一个高度一致、稳定倾向的人，他的自我一致和自我肯定会产生首因效应。

建立良好第一印象的方法是善于表现自己。社会心理学家艾根 1977 年根据研究得出结论，同陌生人相遇时，按照 SOLER 模式表现自己，可以明显地增加别人对我们的接纳性。

S 表示坐或站要面对别人；

O 表示姿势要自然放开；

L 表示身体微微前倾；

E 表示目光接触；

R 表示放松。

这些描述传递出"我很尊重你，我对你很有兴趣，我内心是接纳你的，请随便"的信息。

卡内基在其名著《怎样赢得朋友，怎样影响别人》中，总结了给人留下良好第一印象的六条途径，即"真诚地对别人感兴趣，微笑，多提别人的名字，做一个耐心的听者，鼓励别人谈自己，谈符合别人兴趣的话题，以真诚的方式让别人感到自己很重要"。

2. 晕轮效应

晕轮效应最早是由美国著名心理学家爱德华·桑戴克于 20 世纪 20 年代提出的。他认为，人们对人的认知和判断往往只从局部出发，扩散而得出整体印象，也即常常以偏概全。一个人如果被标明是好的，他就会被一种积极肯定的光环所笼罩，并被赋予一切都好的品质；如果一个人被标明是坏的，他就会被一种消极否定的光环所笼罩，并被认为具有各种坏品质。这就好像刮风天气前夜月亮周围出现的圆环（月晕），其实，圆环不过是月光的扩大化而已。据此，桑戴克为这一心理现象起了一个恰如其分的名称"晕轮效应"，也称"光环作用"。

心理学家戴恩做过一个这样的实验。他让被试看一些照片，照片上的人有的很有魅力，有的无魅力，有的中等。然后让被试在与魅力无关的特点方面评定这些人。结果表明，被试对有魅力的人比对无魅力的赋予了更多理想的人格特征，如和蔼、沉着，好交际等。

晕轮效应不但常表现在以貌取人上，而且还常表现在以服装定地位、性格，以初次言谈定人的才能与品德等方面。在对不太熟悉的人进行评价时，这种效应体现得尤其明显。

从认知角度讲，晕轮效应仅仅抓住并根据事物的个别特征而对事物的本质或全部特征下结论，这是很片面的。因而，在人际交往中，我们应该注意告诫自己不要被别人的晕轮效应所影响，而陷入误区。

人们将从已知的特征推知其他特征的普遍倾向概化为晕轮效应。其正面效应是通过某一方面建立有关别人的印象，最迅速、最经济，帮助人们尽快适应多变的外部世界；其消极的一面在于以偏概全，使人们对别人的印象与本来面目相去甚远。人们习惯于按照自己对一个人的一种品质的认识推断出他还具有其他一些品质，这是一种普遍的倾向，如知道某人是正直的，就容易把这人想象成刚直不阿、真诚可信、办事认真、可信赖等，甚至爱屋及乌。外表的吸引力有着明显的晕轮效应，当一个人的外表充满魅力时，其与外表无关的特征也会得到更好的评价。

晕轮效应是快速认识他人的一种策略、方式，但有时可能会产生有害的结果。

3. 刻板效应

有些人习惯于机械地将交往对象归于某一类人，不管他是否表现出该类人的特征，都认为他是该类人的代表，而总是将对该类人的评价强加于他，从而影响正确认知，特别是当这类评价带有偏见时，会损害人际关系。如有的大学生认为南方人小气、自私；家庭社会地位高的学生傲气、不好相处等。这种刻板印象容易形成先入为主的定势效应，妨碍大学生正常人际关系的形成。

刻板印象的形成途径主要有两类：亲身经验和社会学习。当人们第一次与一个群体接触时，他们与其成员的互动就成了刻板印象形成的基础。一个群体中特殊的成员对刻板印象的形成有着重要作用；一个群体的行为对我们的知觉起着很大作用，群体的社会角色往往限制了我们所看到的行为，即一个群体所承担的社会角色、所要完成的工作往往决定了他们如何做。刻板印象还从父母、老师、同学、书本及大众媒体习得而来，西方影视作品中仆人都是黑人便是明显的例证。

刻板印象的好处是能快速地了解一个陌生或不太熟悉的人或群体的特征，但刻板印象也有其弊端：一是它夸大了群体内成员间的相似性，从而使个体的知觉产生先入为主、以偏概全的偏差；二是它夸大了群体间的差异性，容易产生偏见与歧视。

4. 定势效应

定势效应是指人们头脑中存在的某种固定化的意识，影响着人们对人和事物的认知和评价。当我们与他人接触时，常常会不自觉地产生一种有准备的心理状态，持一种固定了的观念或倾向进行评判，如成语的"邻人偷斧"就是定势效应的例子。再如大学里对学生的评价：好学生与差学生，这些评价往往是单纯的针对学业成绩的评价而非对学生全面的评价。同样，我们对陌生人人际交往的开始，往往要借助于定势效应，将我们准备的心理状态用于对待人与事上。

5. 投射效应

人际关系中的投射效应，即"以小人之心，度君子之腹"，指与人交往时把自己具有的某些不讨人喜欢、不为人接受的观念、性格、态度或欲望转移到别人身上，认为别人也是如此，以掩盖自己不受人欢迎的特征。如自私的人总认为别人也很自私，而那些慷慨大方的人认为别人对自己也应不小气。由于投射作用的影响，人际交往中很容易产生误解。

（二）如何提高人际交往能力

人际交往能力与社交经验的关系如此密切，如果可以提高自己的人际交往能力，人们的日常社交生活也会得到改善。人们不但可以减少与别人发生冲突，亦可以令自己和别人有更愉快的交往经验。

有些人认为人际交往能力是与生俱来的特质或属性。例如，一个社交能力高的人天生较外向、善于交际。所谓"江山易改，本性难移"，要改变人际交往能力实比移山更为艰难。多数的心理学家并不赞同这种看法。反之，他们认为只要能辨认出可以预测人际交往能力的因素，便可以设计一些课程来培训这种能力。

要有效地提高人际交往能力，可从两方面入手：一是对社会情境的辨析能力；二是提高对其他人心理状态的洞察力。然后努力提升社交活动所需具备的三个方面的能力：

1. 良好表达能力的培养

社交中受人欢迎、具有魅力的人，一定是掌握社交口才技巧的人。社交口才的基本技巧表现在适时、适量、适度三个方面。

一要适时。说在该说时，止在该止处，这才叫适时。可有的人在社交场上该说时不说，他们见面时不及时问候，分手时不及时告别，失礼时不及时道歉，对请教不及时解答，对求助不及时答复……反之，有的人该止时不止。他们在热闹喜庆的气氛中唠唠叨叨诉说自己的不幸，在别人悲伤忧愁时嘻嘻哈哈开玩笑，在主人心绪不安时仍滔滔不绝发表宏论，在长辈家里乐不可支地详谈"马路新闻"。

二要适量。大庭广众之下说话音量宜大一点，私人拜访交谈音量宜适中，如果是密友、情人间交谈，小声则可以表现亲密无间、情意绵绵的特殊关系，给人一种亲切感。这些都是在社交场合与人交谈应该掌握的技巧。

三要适度。主要是指根据不同对象把握言谈的深浅度，根据不同场合把握言谈的得体度，根据自己的身份把握言谈的分寸度。另外，体态语也要恰到好处。

口若悬河的本领从哪里来呢？是天生的吗？有的人从小就注意培养，所以表达能力会显得比人强。但大多数人的口才都是在成人后自觉地苦练得来的。例如，古希腊卓越的雄辩家德摩斯梯尼，年轻时有口吃毛病。为了纠正口吃，清晰地发音，他把小石子含在嘴里朗诵，迎着大风讲话。他还经常朗诵诗歌、神话、悲喜剧，经过苦练，他终于成为一位闻名于世的雄辩家。

2. 人际融合能力的培养

融合于社会，首先需要调整自己的观念，勇敢地面对世界、接纳世界。当然接纳世界并不是要你消极等待和向困难屈服，更不是要你没有任何原则地去苟同消极落后的东西，甚至同流合污。融合于社会，是要你用积极主动的态度去接纳现实，并有勇气和决心去消除生活中的消极现象，弘扬主旋律，尽一份当代大学生应尽的责任。

当然人际融合能力并不只是简单地体现在能否接纳世界、认同世界方面，它还是一个人的综合素质的反映。人际融合能力的强弱与一个人的思想品德、知识技能、活动能力、创造能力、处理人际关系的能力以及健康状况等密切相连。一般来说，一个素质比较高、各方面能力比较强、身心健康的大学毕业生走上社会后，能够很快适应环境、适应工作，即使是在比较困难的条件下和比较差的环境中，也能变不利因素为有利因素，通过自己的努力取得好的成绩。

人际融合是一种能力，一种智慧，一种艺术。美国俄亥俄州的 RMI 公司，一度生产滑坡，工作效率低，员工面临失业，情绪不稳。受总公司委派前来担任总经理的大吉姆·丹尼尔面临着与大家融合并带领大家改变面貌的严峻考验。他在公司中处处张贴这样的标语："如果你看到一个人没有笑容，请把你的笑容分些给他"，"任何事情只有做起来，兴致勃勃，才能取得成功"。大吉姆还把工厂的厂徽改成一张笑脸，贴在工厂的大门上、办公用品上、员工的安全帽上。亲切感产生信任感、归属感，在没有增加投资的情况下，公司的生产效率提高了 80%。

由是观之，与人融合，并非深不可测。一句真诚的话语，一次放松的谈心，一个会意的笑容或眼神，都可以换来健康、乐观、平和的心境，营造出宽松和谐的人际空间。

3. 解决问题能力的培养

处理日常学习生活的各种问题，是我们最重要的责任。但是，当问题接踵而来，而且复杂度不断升高时，如何有系统地找出问题的成因，对症下药，以最有效率的方式解决问题，就要考验我们解决问题的能力了。

关于解决问题能力的培养，我们不妨借鉴一下 IBM 培养职工的方法，IBM 对此能力的培养有五大步骤：

（1）定义并理清问题：先收集资料并分析，确定问题确实存在之后，将问题写下来，使之成为每个人都可以了解的陈述，将问题具体化，使相关人员明了。

（2）分析问题：可以利用管理学的技巧辅助，如鱼骨图等。或是与部属举行讨论会议，将问题产生的原因分类，并且列出解决的优先顺序。

（3）制定出可能的解决方案：邀请同仁脑力激荡，最重要的是把这些结果用有系统的方式整理出来，依照是否能真正解决问题，是否能获得管理层支持，以及是否可付诸实行等原则排出顺序。

（4）选出解决方案订出行动计划：选择影响力最大、推动起来最容易的方案，立即拟定行动计划。

（5）推动解决方案执行并追踪结果：进行之前先给予"成功"的定义，在过程中不断检视决策的推行情况，并树立各阶段里程碑，确保行动达到目标。

（三）塑造良好的个人形象，增进个人魅力

在社会交往中，个体的知识水平与涵养直接影响着交往的效果，良好的个人形象应从点滴开始，从善如流，"勿以善小而不为，勿以恶小而为之"。

1. 提高心理素质

人与人之间的交往，是思想、能力、知识及心理的整体作用，哪一方面的欠缺都会影响人际关系的质量。有的学生在人际交往中存在着社交恐惧、胆怯、羞怯、自卑、冷漠、孤独、封闭、猜疑、自傲、嫉妒等不良心理，这些都不利于建立良好的人际关系。因此，大学生应加强自我训练，提高自身的心理素质，以积极的态度进行交往。

2. 提高自身的人际魅力

应该说，每个个体都有其内在的人际魅力，人际魅力是一个人的综合素质在社交生活中的体现，这就要求在校的大学生丰富自己的内心世界，从仪表到谈吐，从形象到学识，多方位提高自己。心理学研究表明，初次交往中，良好的社交形象会给对方留下深刻的印象，而随着交往的深入，学识更占主导地位。特别是大学生，要注意自身的个性培养，拓展自己的内涵。[1]

（四）善用交际技巧

1. 换位思考

这对建立良好的人际关系很重要。如果我们经常站在对方的角度去理解和处理问题，一切就会变得简单多了。一般而言，善于交往的人，往往善于发现他人的价值，懂得尊重他人，愿意信任他人，对人宽容，能容忍他人有不同的观点和行为，不斤斤计较他人的过失，在可能的范围内帮助他人而不是指责他人。他懂得"你要别人怎样对待你，你就得怎样对待别人"；懂得"己所不欲，勿施于人"；懂得"得到朋友的最好办法是使自己成为别人的朋友"；懂得别人是别人而不是自己，因而不能强求，与朋友相处时应求大同，存小异。

2. 善用赞扬和批评

心理学家认为，赞扬能释放一个人身上的能量，调动人的积极性。"赞扬能使羸弱的身体变得强壮，能给恐怖的内心以平静与依赖，能让受伤的神经得到休息和力量，能给身处逆境的人以务求成功的决心。"有报载，一位欧洲妇女出门旅行，她学会了用数国语言讲"谢谢你"、"你真好"、"你真是太棒了"等，所到之处，她都受到了当地人的热情接待。真心真意、适时适度地表示你对别人的赞扬，能够增进彼此的吸引力。

要善于落落大方地说谢谢。我们经常认为特别亲近的人不需要道谢，太小的事不需要

---

① 参见冯宗侠：《大学生人际交往能力现状调查研究》，载《北京理工大学学报（社会科学版）》，2004（4）。

道谢，我们在生活中不太愿意直接表达我们的感谢，而是愿意记在心中。事实上，真诚的发自内心的感谢闪烁着人性的光辉。

与赞扬相对的是批评，批评是负性刺激。一般情况下，应多赞扬，少批评。批评通常只有在用意善良、符合事实、方法得当时，才有可能产生积极的效果，才能促进对方的进步。批评时应注意场合与环境，应对事不对人，不能对一个人产生全盘否定，那样会挫伤对方的积极性与自尊心，应就现在的一件事而不是把以前的事重新翻出来。另外，措辞与态度应是友好的、真诚的。

3. 主动交往

每一个风华正茂的大学生都需要丰富的人际关系世界，并在这个世界上帮助与被帮助、同情与被同情、爱与被爱、共享欢乐与承受痛苦。在社会交往中，那些主动发起交往活动，主动去接纳别人的人，在人际关系上较为自信。主动交往的稀少源于两方面的原因。一是缺乏自信，担心遭到拒绝，担心别人不会像自己期望的那样理解、应答，从而使自己处于窘迫的局面，伤害了自己的自尊。事实上，问题远没有我们想象的那么严重，因为人际关系中，双方都需要适应，需要人际关系支持陌生情境。二是人们在人际关系方面有许多误解，如"先同别人打招呼，在别人看来低人一等"，"那些善于交往的人左右逢源，都有些世故，有些圆滑"，"我如此麻烦别人，别人会认为我无能，会讨厌我"等。大学生的主动交往也很重要，特别是当面临人际危机时，主动解释，消除误解，重新建立良好的人际关系非常重要。

4. 移情

人际关系的本质是人与人之间情感的联系与沟通，情感的沟通越充分，双方共同拥有的心理领域就越大，人际关系就越亲密。移情不是同情，而是交往双方内心情感的共通与同一。人是经验主义者，对别人的理解高度依赖于自己的直接经验，因此，自我经验的丰富，是理解与移情的必要前提。

5. 帮助别人

心理学家们发现，以帮助与相互帮助开端的人际关系，不仅容易确立良好的第一印象，而且人与人之间的心理距离可以迅速缩短，使良好的人际关系迅速建立起来。日常生活中的患难之交正说明了这一点。

6. 善用小窍门

（1）记住别人的姓或名，主动与人打招呼，称呼要得当，让别人觉得礼貌相待、备受重视，给人以平易近人的印象。

（2）举止大方、坦然自若，使别人感到轻松、自在，激发交往动机。

（3）培养开朗、活泼的个性，让对方觉得和你在一起是愉快的。

（4）培养幽默风趣的言行，幽默而不失分寸，风趣而不显轻浮，给人以美的享受。与人交往要谦虚，待人要和气，尊重他人，否则开玩笑就会事与愿违。

（5）做到心平气和、不乱发牢骚，这样不仅自己快乐、涵养性高，别人也会心情愉悦。

（6）要注意语言的魅力：安慰受创伤的人，鼓励失败的人。祝贺真正取得成就的人，帮助有困难的人。

（7）处事果断、富有主见、精神饱满、充满自信的人容易激发别人的交往动机，博得别人的信任，产生使人乐意与之交往的魅力。

测一测：测测你的人际关系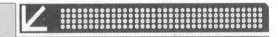

仔细阅读下列问题，并根据自己的实际情况选择答案。

1. 在人际关系中，我的信条是：
   A. 大多数人是友善的，可以与之交友。
   B. 人群中有一半是狡诈的，一半是善良的，我将选择善良者交友。
   C. 大多数人是狡诈的，不可与之交友。

2. 最近我新交了一批朋友，这是因为：
   A. 我需要他们。
   B. 他们喜欢我。
   C. 他们很有意思，令人感兴趣。

3. 外出旅游时，我总是：
   A. 很容易交上新朋友。
   B. 喜欢一个人独处。
   C. 想交朋友，但感到很困难。

4. 由于疲倦而失约，我感到：
   A. 无所谓，对方会谅解我。
   B. 有些不安，但总是自我安慰。
   C. 很想知道对方是否对自己有不满情绪。

5. 我与朋友的关系通常能够持续：
   A. 数年之久。
   B. 不一定，合得来就长久相处。
   C. 时间不长，经常更换。

6. 一位朋友告诉我一件有趣的个人私事，我会：
   A. 为其保密。
   B. 不想扩大宣扬。
   C. 他一旦离开，马上就对别人议论此事。

7. 当我遇到困难时：
   A. 靠朋友解决。
   B. 与可靠的朋友商量解决。
   C. 不到万不得已，决不求人。

8. 当朋友遇到困难时，他们：

A. 喜欢找我帮忙。

B. 只有密友才会找我商量。

C. 一般都不会来麻烦我。

9. 我交朋友的途径是：

A. 经熟人介绍。

B. 社交场合。

C. 必须经过很长时间，而且很困难。

10. 我认为选择朋友最重要的品质是：

A. 有吸引我的才华。

B. 可以信赖。

C. 对方对我感兴趣。

11. 我给人们的印象是：

A. 经常引人发笑。

B. 经常启发人们思考问题。

C. 与我相处，别人感到很舒服。

12. 在晚会上，有人提议我表演节目，我会：

A. 婉言谢绝。

B. 欣然接受。

C. 直接拒绝。

13. 对于朋友的优缺点，我喜欢：

A. 诚心当面赞扬他的优点。

B. 诚恳地提出批评意见。

C. 既不奉承，也不批评。

14. 我所结交的朋友：

A. 只是那些与我利益密切相关的人。

B. 通常能够与任何人相处。

C. 愿意同自己相投的人相处。

15. 如果朋友对我恶作剧，我总是：

A. 和大家一起笑。

B. 很生气并有所表示。

C. 有时很生气，有时高兴，随情绪而定。

16. 别人依赖我时，我这样想：

A. 我不在乎，喜欢自己独立于朋友之中。

B. 这很好，喜欢别人依赖我。

C. 要小心，持冷静、清醒的态度。

各题选择项的分数分布：

1—3 2 1；2—1 2 3；3—3 2 1；4—1 3 2；

5—3 2 1；6—2 3 1；7—1 2 3；8—3 2 1；

9—2 3 1；10—3 2 1；11—2 1 3；12—2 3 1；

13—3 1 2；14—1 3 2；15—3 1 2；16—2 3 1。

参考结论

38～48分：人际交往范围广泛，状态较好。

28～37分：人际关系有不平衡的部分，需要向理想的人际关系努力。

16～27分：人际交往圈子偏小，有必要扩大交往范围。

补充知识   **人际交往困扰案例分析**

案例：张某，男，19岁。大学一年级。性格内向，不善交往。他原以为大学生活轻松快乐，但他近来越来越烦恼。一次与同学们打篮球，在争抢中张某打了×同学的眼睛上，结果把×同学的眼镜打坏了。他认为责任都在自己，但嘴上又说不是他的责任。×同学因要张某赔200元（眼镜价格的一半）而与之发生争执。在同学的劝说下，张某赔了100元。那位同学与他住一个宿舍，两人都很别扭。张某想租房子，又没钱。

分析：初步分析此案例属于人际交往困扰。张某由于自身的性格原因，不善与人交往，在大学这样相对过去更注重人际关系的生活环境中，他感到难以适应。而打篮球事件实际上凸显出其人际交往能力的欠缺。

咨询思路：首先应当对张某烦恼的心境表示一定的理解，努力寻找其意识中希望能够拥有一个良好人际关系网络的想法，并加以肯定和支持。同时，进一步了解他的背景情况，如家庭环境、成长历程等，以寻找形成目前性格的客观原因。然后就此次打篮球事件进行回顾，可以就"他认为责任都在自己，但嘴上又说不是他的责任"这一信息进行对质，使张某说出内心的真实感受和原因，比如，是认为承认错误有损自己的自尊，还是担心同学的嘲笑，等等。再针对这些原因进行质疑，以明确其是否具有客观合理性，让来访者认识到自己的认知偏误，如承认错误本身并不是一件可耻的事等。

另外，可以使用角色扮演的技巧，让来访者与咨询师共同合作，说出自己希望对×同学说的话，也可令其试着体会×同学的真实想法，从中掌握人际交往技巧的关键。最后，通过再一次的鼓励和支持，促使来访者将所习得的相关经验和技巧用于实际生活中。

异性交往的心理学意义

大学生中异性交往是必不可少的，男女同学之间交往的好处至少有以下几个方面：

首先，智力方面。男、女生的智力类型是有差异的。男、女生经常在一起互相学习、互相影响，可以取长补短，差异互补，提高自己的智力活动水平和学习效率。

其次，情感方面。人际交往间的情感是丰富而微妙的，在异性交往中获得的情感交流和感受，往往是在同性朋友身上寻不到的。这是因为两性在情感特点上有差异，女生的情感比较细腻温和，富于同情心，情感中富有使人宁静的力量。这样，男生的苦恼、挫折感可以在女生平和的心绪与同情的目光中找到安慰；而男生情感外露、粗犷、热烈而有力，可以消除女生的愁苦与疑惑。

最后，个性方面。只在同性范围内交往，我们的心理发展往往会狭隘，远不如既与同性又与异性的多项交往更能丰富我们的个性。多项的人际交往，可以使差异较大的个性相互渗透，个性互补，使性格更为豁达开朗，情感体验更为丰富，意志也更为坚强。

我们都有过这种体验：有异性参加的活动，较之只有同性参加的活动，一般会令我们感到更愉快，我们活动的积极性会更高，往往玩得更起劲，干得更出色。这就是心理学上的"异性效应"。当有异性参加活动时，异性间心理接近的需要就得到了满足，于是，彼此间就获得了不同程度的愉悦感，激发起内在的积极性和创造力。健康的两性交往对我们的成长有诸多的好处，当然，我们要把握好两性交往的尺度，防止"过"与"不及"。

有人说，异性之间是没有真正的友谊的，哪里有友谊，哪里就有爱情。的确，爱情总是紧跟友谊的脚步。但是异性之间也绝非没有纯洁的友谊，这是一种高尚的、纯洁的情感。只要把握好交往的"度"，你将会得到这种崇高的友情。

首先，要端正态度，培养健康的交往意识，淡化对对方性别的意识。在与异性的交往中，最忌讳的就是非友谊性动机和不自然感。异性交往比同性交往要难得多，有时会引起一些误解和非议。思无邪，交往时自然就会落落大方。

其次，要广泛交往，避免个别接触，交往程度宜浅不宜深。广泛接触，有利于我们认识、了解更多的异性，对异性有基本的总体把握，并学会辨别异性。有的人外表迷人，但交往中会发现他华而不实；有的人学习成绩顶呱呱，却恃才傲物、颐指气使。如果只进行有限的小范围个别交往，难免会"只见树木，不见森林"，对异性的了解不但有限，可能还失之偏颇。所以，利用每一次集体活动的机会，有意识地在更广阔的人际范围内进行交往，对于大学生而言是十分必要的。

最后，交往关系要疏而不远，若即若离，把握两人交往的心理距离，排斥让彼此感到过于亲密和引起心绪波动的接触。异性之间的友谊发展到一定的程度，不准备再向更深层的爱情发展时，双方必须及时说"不"，特别是女同学，更要果断地铲除爱情的萌芽，使友谊不超出爱情的范畴，使交往回复到波澜不惊、心静如水的状态。这样更有利于我们的成长。

关键词

人际交往　社会交换理论　晕轮效应　刻板印象

思考题

进入大学以来，小涛能力出众，被老师委以重任。就在小涛暗自高兴时，室友却慢慢疏远他了。每当小涛回到宿舍，室友的谈话就戛然而止，问缘由，室友们说："你是名人，我们哪能和你聊天啊。"小涛主动搭话，他们也总拿酸溜溜的话来刺激他。现在，室友们无视他的存在，几乎不和他说话，为此，小涛痛苦不已。

1. 室友为什么这样对待小涛？

2. 小涛怎样才能既获得好成绩又让室友不疏远他？

参考文献

[1] 张大均，吴明霞. 大学生心理健康. 北京：清华大学出版社，2007

[2] 刘勇编著. 团体咨询治疗与团体训练. 广州：广东高等教育出版社，2003

[3] 邱鸿钟主编. 大学生心理健康教育. 广州：广东省高等教育出版社，2004

[4] 张明霞. 大学生人际交往状况调查及对策研究. 中国劳动关系学院学报，2006（6）

[5] 张翔. 大学生人际冲突行为及其与心理健康的关系. 心理与行为研究，2004，（1）

[6] 李岩. 当代大学生人际交往的特点及心理障碍分析. 理论导刊，2006（11）

[7] 郑日昌. 大学生心理诊断. 济南：山东教育出版社. 1999

[8] 吕洪. 大学生心理健康问题及对策. 山西高等学校社会科学学报，2005（7）

[9] 冯宗侠. 大学生人际交往能力现状调查研究. 北京理工大学学报（社会科学版），2004（4）

[10] 马建青. 大学生心理卫生. 杭州：浙江大学出版社，1992

[11] 张金彦，王建军. 大学生心理素质教育. 东营：石油大学出版社，2002

[12] 孙华峰，鲍丙刚. 大学生人际交往障碍、形成原因及对策浅析. 安徽理工大学学报（社会科学版），2004（3）

[13] 翁铁慧. 高校学生辅导员行动指引. 上海：中国福利会出版社，2004

[14] 黄希庭，徐凤姝. 大学生心理学. 上海：上海人民出版社，1988

[15] 郑日昌. 大学生心理卫生. 济南：山东教育出版社，1996

[16] 李丹. 学校心理卫生学. 南宁：广西教育出版社，1999

[17] 黎文静. 大学生心理健康水平调查及对策研究. 保健医学研究与实践，2009（2）

[18] [美] 戴维·迈尔斯. 社会心理学. 北京：人民邮电出版社，2006

［19］周晓虹. 现代社会心理学：多维视野中的社会行为研究. 上海：上海人民出版社，1997

［20］朱启臻，张春明. 社会心理学原理及其应用. 北京：中国社会出版社，2000

［21］［日］多湖辉. 从服装看出对方的心理. 跨世纪（时文博览），2009（4）

［22］张炜. 从服装看民族与个人的性情. 全国新书目，2009（5）

第六章

直面人生的挫折

本章提要

在人的一生中，每个人都希望时刻沐浴幸福和阳光，但是，人的生活不可能是一帆风顺的，也会经历坎坷与挫折。遇到这些现象时，人们或心烦意乱，或痛苦不堪，或萎靡消沉，或越挫越勇。人们面对挫折的不同态度，造就了不同的人生。本章介绍了挫折及其成因，以及个体遭受挫折的表现，并对大学生常见的应对挫折时产生的心理问题进行了详尽的讨论，在此基础上提出了有效地增强挫折耐受力的方法，以帮助大学生养成顽强进取的积极心态。

失败说：挫折是成长路上永远翻不过去的山，因为翻过一座山，前方又会有另一座山。

懦弱说：挫折是成长路上的一片荆棘地，会把人扎得遍体鳞伤。

沮丧说：挫折是被击倒后的眩晕，让人丢弃了信心，迷失了前进的方向。

但丁说："走自己的路，让别人说去吧。"不管别人说成长路上有多少挫折，你都要勇敢走下去，只有挫折会让你成长。高位截瘫的张海迪说："即使挫折使你倒下去一百次，你也要一百零一次地站起来，唯有挫折能让你坚强起来。"双耳失聪的贝多芬说："要扼住命运的喉咙。"挫折会使你自信起来。

伟人之所以能成为伟人，是因为他们往往经历了常人所没有经历过的挫折，并且战胜了它，从而获得了比常人更突出的成就。温室里的花朵永远经受不了野外的暴风雪，只有高高挺立的松柏才能四季常青。只有挫折才能让我们坚强，让我们自信，让我们奋斗，让我们有更多的经历，让我们成长。挫折是什么？

坚强说：挫折是山，翻过他，就可以见到成功的大海。

勇敢说：挫折是荆棘，拿出胆量劈开它，面前就会出现更广阔的大道。

胜利说：挫折是海中的礁石，不遇见他，永远激不起成功的浪花。

成长，需要挫折！

> 卓越人的一大优点就是在不利与艰难的遭遇里百折不挠。
>
> ——贝多芬
>
> 每一种挫折或不利的突变，都带着同样或较大的有利的种子。
>
> ——爱默生

第一节　身边的故事

案例一：架双拐登上总统宝座

　　1882 年 1 月 30 日，富兰克林·罗斯福出生在纽约哈得孙河畔一个富有家庭。命运赐给他的是英俊的容貌、善良的性格和聪明的天赋。他 14 岁进入著名的格罗顿公学学习，四年后来到哈佛大学，并于 1901 年加入共和党人俱乐部，开始了自己的政治生涯。也正是这一年，他的堂叔西奥多·罗斯福成了美国历史上最年轻的总统。

　　罗斯福决心仿效堂叔进入政界，并在 1910 年找到了一鸣惊人的机会。他打算竞选纽约市参议员，但却是以民主党候选人的身份出现。当他把这个决定告诉身为共和党人的总统叔叔时，对方怒而骂道："你这个卑鄙的兔崽子！你这个叛徒……"但是富兰克林·罗斯福没有改变前进方向。他乘着一辆红色的汽车，每天进行十多次演说，最终当选纽约市参议员。1913 年，威尔逊总统任命他为海军助理部长，他在任七年，表现杰出。1920 年，罗斯福被提名为副总统候选人。虽然此次竞选失败了，但他作为政治新星的光芒却未曾削减。

　　智慧、干练、胸怀宽广、深孚众望，似乎什么都不能阻挡这个 39 岁的男人迈上政治巅峰的脚步。但是，无情的灾难就在这时降临。1921 年夏天，罗斯福带全家在坎波贝洛岛休假，在扑灭了一场林火后，他跳进了冰冷的海水，因此患上了脊髓灰质炎症。高烧、疼痛、麻木以及终生残疾的前景，并没有使罗斯福放弃理想和信念，他一直坚持不懈地锻炼，企图恢复行走和站立能力，他用以疗病的佐治亚温泉被众人称为"笑声震天的地方"。1924 年，他又挂着双拐重返政坛，并在 1928 年成为纽约州州长。

　　政敌们常用他的残疾来攻击他，这是罗斯福终生都不得不与之搏斗的事情，但是他总能以出色的政绩、卓越的口才与充沛的精力将其变成优势。首次参加竞选他就通过发言人告诉人们："一个州长不一定是一个杂技演员。我们选他并不是因为他能做前滚翻或后滚翻。他干的是脑力劳动，是想方设法为人民造福。"依靠这样的坚韧和乐观，罗斯福终于在 1933 年以绝对优势击败胡佛，成为美国第 32 任总统。

分析：

　　俗话说，不经历风雨，怎么见彩虹。正像某位哲人说的："如果你十分珍爱自己的羽毛，不使它受一点损伤，那么，你将失去两只翅膀，永远不再能够凌空飞翔。"凡事欲成功，必要付出代价。美国总统罗斯福在下肢瘫痪后，也一度非常颓废、痛苦，但是他在亲人的帮助下，最终战胜了病魔，战胜了自我，重新"站"了起来，即使后来面对政敌的讥笑和谩骂，他都能勇往直前，从容应对，遇到失败也始终积极地面对，这些都深深地打动着我们，他身残志坚，虽为"轮椅上的总统"，却可以比肩华盛顿、林肯，成为美国历史上最著名的总统之一。他曾把生活比做一场橄榄球比赛，原则是：奋力冲向底线。我们在面对困难与挫折时，只有奋斗才能有成功的希望；麦子也只有在经历风雨之后，才能结出沉甸甸的麦穗，否则只能是一枝"秕谷"。

▋案例二：挫折的礼物

有一个博学的人遇到上帝，他生气地问上帝："我是个博学的人，为什么不给我成名的机会呢？"上帝无奈地回答："你虽然博学，但你样样都只尝试了一点儿，不够深入。用什么去成名呢？"

那个人听后便开始苦练钢琴，后来虽然弹得一手好琴却还是没有出名。他又去问上帝："上帝啊！我已经精通了钢琴为什么您还不给我机会让我出名呢？"上帝摇摇头说："并不是我不给你机会，而是你抓不住机会。第一次我暗中帮助你去参加钢琴比赛，你缺乏信心，第二次缺乏勇气，又怎么能怪我呢？"

那人听完上帝的话，又苦练数年，建立了自信心，并且鼓足了勇气去参加比赛。他弹得非常出色，却由于裁判的不公正而被别人占去了成名的机会。那个人心灰意冷地对上帝说："上帝，这一次我已经尽力了。看来上天注定我不会出名了。"上帝笑着对他说："其实你已经快成功了，只需最后一跃。"

"最后一跃？"他瞪大了双眼。

上帝点点头说："你已经得到了成功的入场券——挫折。现在你得到了它，成功便成为挫折给你的礼物。"

这一次那个人牢牢记住了上帝的话，他果然成功了。

分析：

成功是每个人根深蒂固的心理需要，每一个成功背后，都伴随着挫折带来的力量。挫折能提高人们的社会适应能力和竞争力，增强人们的心理素质，促进个体身心健康成长，而正是这些因素才引领人们走向成功。

▋案例三：年轻没有失败

有一位跨国公司老总，在一次员工大会上讲述了他在美国留学时的打工经历。

刚到美国时，他和许多中国留学生一样，在未拿到美国人承认的文凭之前，只有靠体力在餐馆、货场打工来维持自己的学业。半年后，他对这种在美国最底层的打工生活感到厌倦和不满，急切地想换换环境。

一天，他在报纸上看到有位教授想招聘一名助教的广告，心想：做助教薪水不菲，还有利于自己的学业。于是他报了名。经过筛选，共有36人取得了报考资格，其中有包括他在内的5名中国留学生。入围者都在暗暗叹息希望太渺茫了，甚至有人想退出。就在他一头埋进图书馆里查阅资料为决赛做准备时，另外4名入围的中国留学生退出了决赛。因为他们刚刚打听到，这位教授曾在朝鲜战场上当过中国人民志愿军的俘虏，肯定会对中国人存有偏见。

听到这个不祥的消息，他不由得惊出一身冷汗。大家也都劝他放弃这场注定失败的考试，趁早去寻找别的机会。在失望之中他逐渐冷静了下来，坚持一定要搏一搏："即使教授真的对中国人有偏见，我也应该用行动证明给他看，我是优秀的。"

考试那天，他镇定自若地回答了教授的提问。最后，教授对他说："OK，就是你了。""我真的被录取了，为什么？"他感到非常意外。教授说："是的，其实你在他们中并不是最好的，但你不像其他入围的中国学生连试一下的勇气都没有。我聘你是为了我的工作，只要你能胜任我就会聘用。"

事实证明，在后来的工作中，他与教授配合得非常默契。一次，他俏皮地问教授："您真的当过中国人的俘虏吗？"教授说："我确实在朝鲜战场上当过中国人的俘虏，不过当时志愿军战士对我非常好，这让我很感动，也一直念念不忘。所以，我对中国人没有偏见，相反，很有好感。"

故事讲完了，会场响起一阵热烈的掌声。最后，这位老总对他的员工说："广告语说得好，年轻没有失败。如果你真的失败了，记住：打败你的不是别人，而正是你自己。"

分析：

年轻没有失败，并不是说没有挫折，而是说永远不要让自己不健康的心态打败自己。这位跨国公司的老总在应聘助教的过程中能够经过层层筛选，最终成功取得职位，其中所经历的每一步对于其他应聘者来说几乎都是不可逾越的障碍，但是这位老总面对困难并没有低头，而是极其自信地迎接挑战。在生活中也是一样，只有建立了自信，才能超越自己，赢得成功。

第二节 挫折及其相关理论

一、什么是挫折？

在大学校园里，每天都会有一些人不如意。我们身边也总是碰到这样的案例：有人因为学业困难而沮丧、有人因人际冲突而郁闷、有人因恋爱受挫而伤心、有人因家庭变故而茫然……所有这些给我们带来消极情绪的事件，都会让我们感觉到像以往一样生活或学习变得困难起来，这种带来困难的事件，我们统称为挫折。

在心理学上，挫折有失败、阻挠、失意之意，主要指人们在有目的的活动中，遇到无法克服或自以为无法克服的障碍或干扰，使其预期的需要或动机不能得到满足而产生的消极反应和一种焦急、紧张或沮丧、失意的情绪状态。①

挫折产生的原因有客观和主观两个方面。客观因素引起的挫折也称外因性挫折。外因包括自然环境因素、社会环境因素和家庭学校因素。自然环境因素指个人能力无法克服的自然或物理因素，如生、老、病、死、天灾、人祸、时空的变化等带给人的影响，它们往往会阻碍人们实现目标，使人产生挫折感。社会环境因素一般指个人在社会生活中所遭遇的人为因素，其中包括政治、经济、法律、种族、宗教、家族的因素，以及道德、风俗习惯的影响，如人际关系紧张、在工作岗位上不能充分发挥自己的才能或不利自己的发展、管理不善等，都可以成为产生挫折的原因。家庭学校因素指的是个人成长过程中的家庭、学校生活环境，家庭结构不完整、经济紧张、父母教养方式专横、家庭成员间吵闹冷漠或者对抗，这些都容易让人感觉不到家人的理解和支持，面临困难时不愿意与家人商讨或取得家人的协助，更容易产生挫折；学校方面，学校的校风、班级的班风，老师对待学生的态度，也是我们在成长过程中是否会产生挫折的重要影响因素。

主观因素引起的挫折又叫做内因性挫折。内因性挫折可分为生理因素挫折和心理因素挫折。生理因素挫折主要指个人的身材、容貌及某些生理缺陷所带来的限制，不能从事某种工作或使工作遭到失败。例如，耳聋不能学音乐、色盲不能学医等，都会给人带来挫折；心理因素挫折指因个人的心理需要得不到满足而产生的挫折感，以需要的满足为例，当我们在日常生活和学习中产生两个或两个以上的需要，而这些需要又无法同时获得满足，而且又是处在相互对立或排斥的状态时，其中任何一个需要的满足，都会使其他需要受到阻碍，这时就会产生难以做出选择的心理状态。这种强迫性的取舍，也属于挫折情境状态。

值得注意的是，并非所有的挫折因素出现时都会让人感到受挫。挫折感只有在一个人体验到挫折时才产生，它的产生与这个人的抱负水平直接相关。所谓抱负水平，指一个人对自己所要达到的目标所规定的标准。规定的标准越高，表明个体的抱负水平越高；反之，规定的标准越低，表明抱负水平就越低。由此可以得出结论：一个人的自我估计、期望水平恰当与否往往是是否会产生挫折的重要因素。如果一个人自我估计过高、期望水平常常超过自己的实际水平，经常达不到自己的目标，自然会体验到更多的挫折感。当面临同一种挫折情境时，不同的人感受到挫折的程度也不同。这和每个人对挫折的耐受力的大小有关系。挫折耐受力是指一个人在遭受挫折时保持行为正常、免于行为失常的能力。一个人的耐受力，受他本身生理条件或健康状况、过去受挫的经验以及对挫折的主观判断等因素的影响。从生理上看，身体健壮、发育正常的人比体弱多病的人，更能容忍生理需要所产生的挫折。从人生经历看，生活中历经磨难的人比一帆风顺成长起来的人忍受挫折的能力更强。如同样是求职受挫，由于不同的人主观认识和判断不同，所产生的挫折感也会有所差异。有的大学生会觉得经受不起打击，一蹶不振；而有的大学生只是把它当做人生的一次历练，会更加努力地提高自己，坚持不懈地追求自己的事业。

---

① 参见张旭东、车文博：《挫折应对与大学生心理健康》，北京，科学出版社，2005。

二、挫折的作用

近年来，心理素质对学生健康成长的影响已经引起了学校、家长和全社会的高度重视。现在的大学生都是家长的掌上明珠，多数都存在着家长过度溺爱的问题，孩子面对失败和挫折时显得束手无策，较多选择逃避等消极的应对方式。大学生心理素质的脆弱是家长和学校都面临的难题。挫折教育（setback education）就是在这样的背景下，由美国的亚当斯最先提出的。挫折教育理论认为：人的一生挫折在所难免。挫折并非只有消极作用，它也彰显着人生意义、磨炼着人的意志和成就着人生。如何认识挫折的意义与价值，是一个人能否拥有健康人生观和人生态度的关键。认识挫折的意义与价值，并以乐观的人生态度对待之，是当代大学生必备的心理素质，是摆脱消极的羁绊，走向积极建构生命、提升生命品质的重要前提保障。

（一）挫折的消极作用

挫折给人带来身体和心理上的双重打击和压力，造成精神上的烦恼和痛苦，给生活道路造成曲折。严重的挫折会造成强烈的情绪反应，或者引起紧张、消沉、焦虑、惆怅、沮丧、忧伤、悲观、绝望等消极情绪。如果这些消极恶劣的情绪得不到消除或缓解，长期下去，就会直接损害身心健康，使人变得消沉颓废，一蹶不振；或愤愤不平，迁怒于人；或冷漠无情，玩世不恭；或导致心理疾病，精神失常；严重者甚至可能轻生自杀，行凶犯罪。

心理学家曾经做过一个有点残忍的实验。将小白鼠放到一个有门的笼子里，笼子的底部是金属的，然后，给笼子底部通低电流，使小白鼠受到虽不致命，但会引起相当痛楚的电击。如果将笼子门打开，小白鼠会立刻跑出笼子以逃避电击。但如果用一个玻璃板将笼子门堵住，那么小白鼠在遇到电击往外跑时，就会被玻璃板挡回来。反复给笼子底部通电，使小白鼠一次又一次地在企图逃跑时受到玻璃板的阻碍。最终，小白鼠被动地忍受着电击的折磨，完全放弃了逃跑的企图。这时，即使移走玻璃板，而且让小白鼠的鼻子从门伸出笼外，它也不会主动逃出笼子。

陷入挫折之中是很不好受的。应该说，人们谁也不愿行动受阻和失败，遭受挫折毕竟不是让人高兴的事，它会让人情绪低落，消沉抑郁。上面所述的小白鼠实验中，小白鼠之所以不再躲避，也不做躲避的试探，是因为它已经形成了"习得性绝望"。以大学生为被试的实验表明，在人身上也存在类似的现象。实验是这样的：让一组大学生在一种无可奈何的强噪音干扰下进行作业，另一组大学生虽也在这种强噪音干扰下进行作业，但对强噪音有法躲避。然后两组被试都在有法躲避强噪音的情况下进行新的作业。结果前一组被试很少试图去躲避强噪音，而且作业成绩较后一组差。这表明，他们在解决问题的作业上连续遭受无可预料的失败后，在解决新问题时也会认输而不做努力。

西安某军校原研究生二年级学生，男，26岁，汉族，未婚，现降级为研究生一年级学生。症状表现：焦虑不安、苦闷、食欲不振，伴入睡困难2个月左右。

求助者生活在比较传统的家庭,父母亲均为中学教师。从小家境优越,家教严格,性格偏内向,人际关系融洽。从小学到高中学习成绩较出色,2001年考入国家某重点师范大学,毕业后被特招到军队工作。2007年考入西安某军校读研,在研一时结识了一地方女大学生,两人产生了恋情,感情关系融洽。由于其自身对该校实施研究生教育末位淘汰的规定认识不足,对作业、考试也只是简单应付一下,在去年年末综合素质考评中被评为不及格,被勒令降级。

个人陈述:"其实我完全都可以不降级的,按理我的基础要比一般人要强,我的考研成绩也比多数人要高,只要当初稍用心点,就不会是现在的样子";"我现在的情况只有我一个人知道,原工作单位领导、我的父母及女友对此都不知道,怕单位领导知道对我发展不利,也不知道女友知道后会怎么看我,不知道将来怎么面对他们,现在跟女友见面只是强装欢笑";"见到同学,能躲就躲,实在躲不过去,就勉强打个招呼,感到屈辱,非常痛苦"。认为内心有坎自己跨不过去,读了一些关于心理学方面的书,也觉得书上写的都很有道理,但就是调整不好自己,干任何事都无精打采,睡眠不好,食欲也下降,无法找到解决的办法。

如果因屡遭失败而积累过多或过重的挫折经验,会使人丧失信心,畏首畏尾,消极悲观,失去前进的动力。这便是英国作家狄更斯说的:"人在精神方面受到了最可怕的打击,往往会丧失神志。"特别是青少年,在还缺乏足够的应付挫折的能力时,更容易被挫折所击垮,情绪陷入低谷。

(二)挫折的积极作用①

1. 挫折彰显人生意义

人类既然存在就必然追寻存在的意义。意义是人的自我体验、自我肯定和自我实现,"是人的生命机能、生存张力、生活意蕴的自我体验、自我觉解"。这种自我肯定和赞赏源自生活的丰富和充实。生活的丰富和充实是指物质富足、精神富有及意义充实;这里,"富足、富有"不仅是指"多"、"有",而且还指生活富有变化、富有挑战性和刺激性。仅是"多、有"并不能使生活有意义,如林黛玉在大观园,应有尽有,但她却感觉不到生活的意义,整天以泪洗面,最后抑郁而终。

有调查统计显示,大学生对生活"感到空虚、无聊、郁闷"的占30.2%,觉得"生活没什么意思"的占9.3%。有变化生活才不单调,富有挑战性和刺激性才能激起人的创造欲,才不会感到空虚、无聊、郁闷。正是创造使生活丰富和充实,使人生意义不断升华。"有创造性才能使人的生活具有不可还原的意义,才能标明人的存在身份。"要创造,必然要面临挑战和失败。因此,丰富和充实的生活必然包含着挫折。挫折使生活中的有些理想、目的变得不那么容易,甚至有的根本不能实现。但它同时也使生活富有了变化,充满

---

① 参见曾德生、陈金香:《人生逆境的意义及价值阐释》,载《黑河学刊》,2010(5)。

了挑战性和刺激性。人的内心深处有寻求变化、挑战和刺激的冲动，如果生活中没有挑战和刺激，人们也会主动去寻找和制造。如果生活中没有困难、逆境、挫折、失败，一切都好则就无聊了，单调乏味了，也就不能体现人生意义。对困难的克服、逆境的战胜、挫折的摆脱，可以体现人的生命力，展现才能和创造力，使人有充实感和自我认同感，彰显人生意义。

2. 挫折磨炼人的意志

众多的研究表明，挫折能够磨炼人的意志。意志是克服困难达到行为目标的调控枢纽，坚强的意志来自挫折的磨炼。挫折为什么能磨炼人的意志呢？这是由形成挫折的困难的伸缩性和可克服性决定的。困难的大小与一个人所拥有的能力、方法，以及理想、目的实现的条件之间存在着密切关系：一个人的能力越大，所能采用的方法就越多，则创造实现理想、目的的条件阻碍越小，也就是说困难越小；反之，一个人的能力越小，所能采用的方法就越少，则创造实现理想、目的的条件阻碍越大，也就是说困难越大。一个人的能力可以通过学习、锻炼而得到培养，所掌握的方法也会相应增多；这样就能克服原来不能克服的阻碍。这就是意志支撑人们不断学习、锻炼的目的所在。

有的人自身能力与要解决的问题或要实现的理想、目的有差距时，他并不认为那是困难而继续努力，原因在于，他具有积极的克服困难的意志力。人的能力可以培养、提高，所掌握解决问题的方法可以增多，困难也可以克服。虽然有的问题一时不能解决，但是通过不断学习、思考、努力，人可以提高自己的能力，找到解决问题的方法并最终解决问题。正是在这种希望的吸引下，人才会不断努力。战胜了困难、走出了挫折，人的能力提高了，自我意识提升了，克服了当时的苦难而产生成就感，也进一步巩固和增强了人的意志和信心，为下一次战胜更大的困难、挫折打下了坚实的心理基础。这也就是挫折能磨炼人的意志的原因。

3. 挫折成就人生

如果说彰显人生意义和磨炼人的意志是挫折对人内心观念的影响，那么，成就人生则是战胜挫折的外在表现。人生意义常常体现为人生理想、目的和目标。理想是超现实的，是未来的现实。因此，要使未来的现实变成当下的现实，就需要"不断创造条件实现理想"，这个过程就是不断遭受挫折、战胜困难、磨炼意志的过程。当其战胜了困难、走出了挫折，实现了理想、目的和目标，也就是成就了人生。战胜的困难、挫折越多越大，其人生成就越大。

当代大学生多是独生子女，过惯了衣来伸手饭来张口的生活，在他们生活的词汇表里缺少困难、挫折和失败等概念。然而，当代社会充满竞争、充满挑战、充满风险，困难、挫折、失败不可避免。大学生们走向社会后，如何面对挑战，如何实现自我，如何成就人生？对此，大学生们有必要充分认识挫折的人生意义，培养良好的挫折承受力，以积极的姿态迎接人生中的困难与挫折。

三、有关挫折的认识误区①

（一）我们遇到的挫折太少了吗

夏日的清晨，阳光明亮。两岁半的小溪刚醒来就大哭起来，妈妈问他怎么了，他说："妈妈，我想天黑的时候醒。"他哭着要求妈妈："你去帮我把天变黑。"妈妈被小溪给弄蒙了。后来，妈妈在育儿书中看到，3岁前，好多孩子都不明白时间是不可逆的。由此，妈妈理解了小溪，并让小溪认识到，时间是不可人为控制的。原来，认识自然规律的过程，也是孩子经受挫折的过程。

在国外，一些父亲从小便对自己的孩子进行挫折教育，诸如孩子跌跤了，哪怕摔得鼻青脸肿也要让他自己爬起来而绝不去搀扶，这被称为"狮子育儿法"；孩子要出去玩，便讲好自己走，否则便立即回去，对哭闹乃至赖地打滚的行为坚决不予理睬；孩子想要的东西，他首先分清有无必要再决定是否满足。

挫折是生活中随处可见的困难，不必刻意寻找，只需要留心抓住机会。生活中，永远不缺的就是问题和困难，对孩子来说更是如此。在探索世界的最初几年里，孩子要遭遇数不清的挫折，如抓不住自己最喜欢的那个小球，不能用积木搭一个完整的房子，在跑步比赛中得不到名次，不受其他小朋友的欢迎等。

给孩子提供最好的挫折教育，不是刻意寻找所谓的挫折机会，再将事先想好的道理灌输给他，而是放开你的手，让孩子有机会面对生活中最真实的问题，并帮助他学会解决这些问题的方法和技巧。孩子通过体验应对挫折的过程，是能获得一种战胜困难的勇气和自信的。

任何教育本身都有人为的成分在里面，挫折教育也不例外。一个人的体验有时会和其他人的预期不同。不要人为地创设虚假环境，而应在一种自然的、真实的状态下进行挫折教育。当孩子的要求遭到拒绝时，他会哭得那么委屈，甚至乱发脾气。这些挫折就会让他明白：哪怕是最亲的人，也不能满足他所有的要求。此外，挫折教育也不是仅通过说教就能完成的。比如，晚上孩子怕黑，如果父母仅仅告诉他天黑没什么可怕的，这是解决不了问题的。孩子只有经历了，在黑暗中探索过了，才能够自己找到克服黑暗恐惧的内心力量和勇气。

（二）谁制造了我们面前的挫折

两个小孩在玩沙子，他们各自拿了一个漏斗和一个小桶。孩子想用漏斗把沙子装到桶里去。他们用漏斗舀起沙子，可跑到桶边时，沙子都快漏光了。两个孩子就这样不停地装，不停地漏。其中一位孩子的妈妈站在旁边，并没有管他。最后，小孩自己发现用手把漏斗的孔堵住就不漏了，于是玩得津津有味，一直乐此不疲地跑来跑去。而另一个孩子的妈妈就看不下去，告诉孩子可以用手把漏斗孔堵住。这个孩子按妈妈的方法玩了两下说："咱们走吧，我不想玩了。"

---

① 参见俞群、于露、陶芳、齐媛媛：《走出挫折教育的迷思》，载《家庭教育（幼儿家长）》，2010（Z1）。

草地上有一个蛹，被一个小孩发现并带回了家。过了几天，蛹上出现了一道小裂缝，里面的蝴蝶挣扎了好长时间，身子似乎被卡住了，一直出不来。天真的孩子看到蛹中的蝴蝶痛苦挣扎的样子十分不忍。于是他拿起剪刀把蛹壳剪开，帮助蝴蝶脱蛹出来。然而，由于这只蝴蝶没有经历破蛹前必须经过的痛苦挣扎，以致出壳后身躯臃肿，翅膀干瘪，根本飞不起来，不久就死了。自然，这只蝴蝶的快乐也就随着它的死亡而永远地消失了。

想想看，在第一个案例中两个孩子是怎样经历挫折的呢？第一个孩子的家长让孩子在游戏中不断探索，找到应对挫折的方法，从中得到了快乐和成长；而第二个孩子的家长剥夺了孩子探索的权利，剥夺了孩子成长过程中能够让他快乐的那些细节。妈妈的强行闯入，让孩子有一种严重的挫败感。因为和成人的现成经验相比，他觉得自己是愚钝的，他会对自己的能力产生怀疑。这时候，他需要用更大的勇气去面对妈妈一手制造出来的心理挫折。其实，对第一个孩子来讲，那并不是挫折，他只是在属于自己的世界里，很正常地做一件事情，自由而快乐地体味着自己的聪明智慧和战胜困难的力量。

面对小的挫折，孩子通过自己的努力，能够找到解决方法，这个过程给孩子带来的是自信，也给孩子带来继续探索的动力。但是如果我们不给孩子这种机会，孩子每次都体验到自己无能，便会失去对新事物探索的兴趣。这就不是挫折教育，而是制造挫折。

（三）挫折教育，我们是旁观者吗

小丹已经上中班了，可每次和妈妈分离都要哭半天，怎么哄都不行。有一次，妈妈决定不再像以往那样哄她了，而是对她说："想让妈妈抱抱你是吗？来，妈妈抱抱，你觉得可以走进教室了，就告诉我。"小丹把头埋在妈妈身上，她们俩一句话也不说。不到两分钟，小丹就抬起头说："妈妈，你走吧，上班去吧。"随后，转身和妈妈再见，平静地走进了教室。就这么一会儿安静的拥抱，竟然给了孩子这么大的力量，这是妈妈没想到的。

面对孩子受挫后的强烈反应，父母不能只是旁观者，而应该是理解和支持者。当小丹感到自己的情绪挫折被亲人接受时，她就启动了恢复机制，明白自己遇到挫折时，父母是爱她的，假如她自己扛不过去的话，亲人就会帮助她。再比如，那位默默地、带着欣赏目光陪孩子玩沙子的妈妈，她并没有帮忙，而是让孩子兴致勃勃地体验"工作"的快乐、解决问题的智慧。这种心理支持，使孩子自然而然地学会了一种对待困难的方式，而且特别有信心。

在孩子遭遇挫折、战胜挫折的过程中，父母该起怎样的引导作用？很多时候，父母试图把自己认为最行之有效的、现成的经验灌输给孩子；或干脆对孩子说："你必须自己把事情做好。""别人能做，你也应该能做。"结果，孩子更没有克服困难做成事情的兴趣和热情。孩子真正需要的是心理上的支持，这种支持来自洋溢着爱的环境。在孩子心里，父母是他的安全港，当他们知道自己是安全的，就有动力按自己的方式面对困难和挫折。

挫折教育中，父母需要知道孩子有没有能力应付这个挫折，如果有相应的能力，就让他自己去发现自己的能力。但如果挫折太大，孩子扛不过去，父母就要给他支持和帮助，不能让这个挫折在他心里留下太大的阴影。真正的挫折教育，是提升孩子应对挫折的能力，这种能力的不断积累，不仅给孩子自信，也会给父母自信：当孩子有一天走出父母的视线时，他就不会被未知的挫折击垮。

（四）遭遇挫折就能受到教育吗

天宜报名参加了一个游泳短训班。每次上课，他都特别开心，因为他喜欢玩水。但是，他只顾玩水，训练很不认真。两个月过后，老师要在 25 个小学员中淘汰 3 人，其中就有天宜。那天，有个小朋友指着他说："没有你的名字。"天宜低着头，不说话。妈妈知道他心里一定很难受。有的家长建议天宜妈妈跟老师说说，老师肯定会把他留下，但妈妈没有这样做。因为孩子遇到挫折是很正常的事情，他需要面对的勇气和信心，能够为自己的行为承担一定的后果。

不久，天宜被选入合唱队，他很珍惜这个机会，练习的时候特别认真，最后成了骨干队员。

其实，挫折本身不能造就人，能够造就人的是他在挫折中找到了正确面对的办法。孩子从挫折中走出来了，就受到了教育。挫折教育应该帮助孩子树立一种积极、乐观的态度。孩子对待挫折的态度，和他在战胜挫折时的经验有关，也和周围人的态度有关。能自己找到办法克服困难，会带给他自信；亲人的从容态度，也会感染孩子在困境面前镇定下来。

挫折教育的价值是帮助孩子从挫折中收获更多。除了给孩子遇到挫折的机会，教给他积极的态度，还需要掌握一些技巧，让孩子在真正面对挫折时，迅速地从沮丧的情绪中恢复过来，并从中学习技巧、收获经验。这种能力不是一蹴而就的，而是孩子在成长过程中自己慢慢建立起来的。

四、大学生常见的挫折

通过日常心理咨询实践和研究，研究者发现，大学生遭受挫折的原因主要有两类。第一类是主客观矛盾。主观指大学生的自我需求，客观指满足其需求的现实条件。一旦主观与客观发生矛盾，现实条件不能满足自我需求，就会产生挫折感。主客观矛盾表现主要有：大学生物质生活需求与社会、学校、家庭的有限物质条件之间的矛盾；学业成功、工作出色的愿望与同学之间竞争的矛盾；自我表现的需要与机遇不均等的矛盾；强烈的独立自主的需要与经济不能自主和纪律约束的矛盾等。第二类是不完善的个性。大学生虽然朝气蓬勃，思想活跃，勇于探索，富于创造，但其个性还处在形成发展的过程中，还不够成熟和稳定，主要表现有情绪不稳定、认知片面、容易偏激、耐力不强等，这种不稳定很容易造成大学生在面对困难时产生挫折感。

大学生面临的挫折主要包括以下方面。

（1）生活适应方面：大学一年级新生比较容易出现生活适应方面的挫折。家境较好的学生，由于从小受到家庭无微不至的照顾，到了一个陌生的环境，什么事都要自己动手处理，他们的独立自主能力就受到了严峻考验。而对于来自相对落后的农村的学生而言，来到大城市和新的校园，他们在经济、语言、个人习惯等方面都存在着一个全新的适应过程。

（2）学习方面：学习成绩不理想；没能考上理想的学校；考试挂科和留级；自己的才能和兴趣无法展示；求知欲望得不到满足；对大学的教学方式和学习方式不适应。

（3）人际关系方面：不受老师喜爱；经常受到同学的排斥和讽刺；交不到能讲知心话的朋友；不良的亲子关系；父母教育方法不当。

（4）自尊方面：得不到老师和同学的信任，常受到轻视和遭受委屈；自我感觉多方面表现都很好，却没能得到外界的承认；竞赛中不能取得名次；生理上有缺陷而受到同学挖苦和取笑；思维能力或学习成绩不如同学。

（5）两性感情方面：大学生处在青春期，男女同学之间有相互吸引爱慕的需要，但现实中这种需要可能无法得到满足；由于种种局限一些男女同学不能自由地交往；有的同学陷入感情较深却又不能很好把握；有的同学陷入情感误区不能自拔。

（6）兴趣愿望方面：很多人都有自己的个人兴趣和爱好，比如，体育活动、文艺小说、音乐、绘画等，但这些爱好得不到支持，却受到过多的限制和责备；因本身生理条件的限制不能达到自己的愿望，如因近视不能选择某些受限的专业，身材长相不满意不适合参与某些活动等。

（7）就业方面：不能客观正确地认识自己的综合素质及所学的专业，高估了自己的能力和所学专业的竞争力；不能确立合理的工作期望值，对工作的要求标准很高；过于悲观，对自己的综合能力不自信，而错过很多就业机会；择业眼光短浅，择业过分注重工资高低，片面追求工资高升迁快的热门职业，而不顾现实排斥基层普通岗位，导致就业理想无法实现。

第三节　大学生对挫折的反应

每个人遇到挫折都会对自身的行为产生影响，大学生同样也不例外。个体对挫折所做出的反应，从发生的时间上来看，一般有两种情况：一种是受挫折立即产生的不良反应，另一种是遭受挫折后产生的久远影响。

一、挫折后的不良反应

挫折后的不良反应主要有以下五种形式：

（一）攻击

通常情况下，我们遇到挫折后会产生愤怒的情绪，也因此容易表现出攻击性行为。攻击行为又可分为直接攻击和转向攻击。比如，一个大学生受到他人的无故谴责，他可能"以牙还牙"，怒目而视，反唇相讥，这就是直接攻击。他也可能把愤怒的情绪发泄到其他人或事物上去，即迁怒于人或物，如砸东西，发脾气。我们还要注意到，那些对自己缺乏信心或者是悲观论者，会把攻击对象转向自己，责备自己无能、不争气、没用等，这就是转向攻击。

（二）倒退

倒退也叫"退化"或"回归"，它是指人们在受到挫折时，可能表现出与自己的年龄极不相称的幼稚行为，仿佛回到童年时代，如不能控制自己的情绪、缺乏责任心、无理取闹等。比如，有的大学生遇到挫折后，不是积极寻找应对方法，而是像小孩一样又哭又闹，这就是倒退表现。

（三）固着

固着又称固执，是大学生受挫后的又一种表现形式。一般而言，大学生受挫后需要有一种随机应变的能力来摆脱其所遭遇到的困境。但是有人在重复碰到类似的困境后，依旧用先前的方法，盲目地解决已经变化了的问题，"撞到南墙也不回头"即是固着的最好注释。尽管明明知道反复进行某种动作并不会带来任何好的结果，但仍要继续这种动作。一些具有强迫性人格特征的个体更容易表现出明显的固着特点，他们会一而再再而三地去重复那些毫无价值、毫无意义的无效行为。

（四）幻想

幻想指大学生通过自己想象的虚幻情境来应付挫折，借以摆脱现实的痛苦，并在此虚幻情境中寻求满足的一种应对方式。这是一个退缩反应，以"白日梦"来应对现实，如我们熟知的"阿Q精神"。

（五）冷漠

冷漠是指大学生遇挫折后，不是以攻击的方式表现出来，而是以无动于衷，失去喜、怒、哀、乐的冷漠态度表现出来。这种反应形式，在表现上看来好像对挫折情境漠不关心，实际上是冷漠中包含着深深的愤怒，只是将愤怒暂时压抑，以间接的方式表现反抗。这种方式表面冷漠退让，内心深处则隐藏着很深的痛苦，是一种受压抑极深的反应。在第二次世界大战期间，大量被纳粹关入集中营的俘虏，最初多表现为愤怒、反抗并企图逃亡，但是他们发现这一切都无法改变现实时，慢慢变得绝望，不再激动，开始以冷漠对待鞭打、饥饿、疾病、奴役甚至死亡的威胁。

二、挫折后的久远影响

无论是内因性挫折还是外因性挫折，都会对个体形成一种情绪上的打击或威胁，个体会表现出一种不愉快的甚至是痛苦的反应。这些反应包括自尊心与自信心的丧失，失败感与罪恶感的增加，对已有的自我认知和自我评价产生怀疑，最终构成一种紧张、不安而兼有恐惧的情绪状态。这种情绪状态就是我们平时所说的焦虑，它就是受挫折后的久远影响。

(一) 紧张、压抑与焦虑影响身心健康

多年来的众多生理、心理学研究都表明，身心会相互交感，持续的焦虑情绪会影响到人的生理表现，从一个消极的情绪演变成生理活力的下降，生理上的反应又反过来助推消极情绪的增加，从而形成一个恶性循环。

(二) 影响组织与团体行为和工作士气

情绪有传染性，在群体中，人们的情绪容易互相影响，无论是积极还是消极的情绪，都容易传染，由挫折而产生的消极情绪很容易传染到群体中的其他人身上。同时，当群体中的一个个体处在挫败感中时，容易忽略群体中其他成员发出的信息，不能给予及时有效的反馈和配合，从而使其他成员对当事者的态度发生不利的改变，随着时间推移，这种负面态度和评价将影响到整个群体的有效合作。

(三) 影响心理行为品质

一时的消极体验如果不能尽快消除，就会演变成持续的消极情绪。随着这种消极情绪的较久持续，个体对许多事件的态度会产生变化，相应的行为反应也会发生改变，而这种态度行为的改变一旦固化，就是心理品质的改变，严重者可能发展成为抑郁症。

三、心理防卫反应

如前所述，身心会互相影响，因此个体在遇到挫折之后，不论情绪状态表现为愤怒攻击，还是焦虑紧张，都会同时引起生理上的变化，这些变化有血压升高、脉搏加快、呼吸急促、汗腺分泌增加、胃液分泌减少等血液循环系统、消化系统的不正常运行。这种生理变化持续发展，就会导致心身疾病，如高血压、胃溃疡、偏头痛、结肠炎等。个体为了减轻或避免受挫折后可能带来的不愉快与痛苦，在成长的过程中学会了某些对付或适应挫折情境的方式，在心理学上，这种现象被称为心理防御机制。它有利于防卫因自我愤怒、焦虑等反应所产生的应激状态带来的侵害。大学生常见的心理防卫方法有：

(一) 文饰作用

文饰作用是指个人受挫折后以种种理由原谅自己，或者为自己的失败辩解。其理由未必是真实的，其他人看来甚至可能是不合逻辑的，但本人却能以此说服自己，并感到心安理得。这种通过自我解释达到自我安慰的方式有很多。如"酸葡萄心理"、"阿Q精神"、"推诿现象"等。

(二) 表同作用

表同作用是指当个人的愿望和需求在现实生活中无法获得成功或满足时，把自己比拟成现实或者幻想中成功的人，借此从心理上分享别人成功后的快乐，以减轻个人因挫折而产生的焦虑，从而维护个人的自尊。个体所表同的对象多是自己崇拜的偶像，崇拜的偶像所具备的品质往往是自己所短缺的，把别人所具有的使自己感到羡慕的品质加到自己身上，这往往表现为模仿有关人的言行举止，以别人的姿态风度自居。如一些年轻人现实生

活平淡无奇却又渴望引人注目，一时达不到这个愿望，产生挫折感，于是他们通过模仿明星的穿着、打扮、举止来减轻挫折带来的消极影响。

（三）投射作用

投射作用是指存在于个体内部的许多动机当中有些是自己不愿承认的，这类动机往往是社会伦理和舆论不接受的，个体自己承认以后会引起内心的不安及罪恶感，因而人们有一种将坏的人格品质排除在自身以外，并将它强加在其他人身上的潜意识倾向。这种潜意识倾向就是所谓的投射作用，如有的人个性十分怪僻，他就认为别人也和自己一样，这样自己的负疚感就减轻了。

（四）替代作用

当一个人认识到他确定的目标与社会的要求相矛盾，或受到客观条件的限制而无法达到时，他就会设置另一个目标取代原来的目标，这就是替代作用。按替代作用所表现的方式，又可以分为升华作用和补偿作用两大类型：（1）升华作用。凡是将不为社会所接受的动机或欲望加以改变，并以较高境界表现出来，以求符合社会标准，都称为升华作用。如有些人婚姻遇到不幸时，往往会保全他在事业上取得突出的成就，这就是升华作用。（2）补偿作用。当个人所从事的某种有目的活动受到挫折或因个人某一方面有缺陷致使目的不能达到时，可以以其他成功的活动来代替，用以弥补失败或缺陷而丧失的自信与自尊，这种防卫方式就称为补偿作用。如残疾学生往往具有优异的学习成绩，就是补偿作用的表现。

（五）逃避作用

逃避作用是指个人不敢面对自己预感的挫折情境时，逃避到比较安全的地方，甚至逃避到幻想世界或者疾病里。按照表现方式，逃避作用一般来说有以下三种：一是逃向另一现实，如回避自己没有把握的工作，而埋头于与此无关的嗜好或娱乐，以排除心理上的焦虑；二是逃向幻想世界，就是从现实的情境中撤退，而逃到幻想的自由世界，这种幻想也叫"白日梦"，即暂时脱离现实，在由自己想象而构成的像梦一样的情境中寻求满足，避免痛苦；三是逃向生理疾病，例如，有的人害怕面临某一事实出现，竟然会在这个时间得病，甚至在事情发生的当天体温上升，或出现神经性的生理障碍。需要说明的是，个体借生理上某种机能障碍以逃避面对困难情境，这种心理历程往往是无意识的，当事人会真的出现生理上的机能障碍，它不同于"假病"。

大学生还会有其他的防卫反应，如压抑、否认、反向、推诿、抵消及重新解释目标等，防卫反应对缓和遭遇挫折后的紧张而激烈的情绪，以及缓和因此产生的攻击性行为有着一定的作用。其中有些防卫措施如替代作用有着不可忽视的积极作用。通过补偿能使人变得更聪明、自知，懂得以长补短，从而在事业上或者生活中获得心理上的满足。然而防卫反应的消极作用也是很明显的，它往往带有自我欺骗性，有时可能反而使问题更趋于严重，所以个体不能经常使用防卫方式。

第四节　挫折心理问题应对

一、态度调适

（一）改变期望值

　　有位船主将巨额资金投资在利润丰厚的生蚌运送上，希望借此挽救自己日渐衰落的事业。不料因为时间的耽误，生蚌全都腐烂了。或许是希望越大，失望也越大，他无法承受失败的打击，且无力偿还积欠的债务，绝望之余决定一死了之。临死前，他想：不如到那一船腐烂的蚌壳中找找，可能会有奇迹出现。天无绝人之路，在敲开数以万计的臭蚌后，他找到了一颗稀世明珠，卖得了高价，抵偿了所有的损失。

　　当今的社会是一个不断变化的社会，为了让自己不断地紧跟时代的节奏和步伐，有效地适应现代社会环境，我们要在学习上不断更新和增进，在行为上不断修正和完善。要对挫折做好思想准备和建立正确的认识观。社会生活和人生道路是复杂曲折的，"人生逆境十之八九"，一个人对可能遇到的这样那样的挫折，甚至是难以跨越的挫折，应有充分的心理准备。事实上，我们每个人在社会生活过程中都有过相应经历或体验。另外，我们还要时时提醒自己，有意识地锻炼跨越挫折或战胜挫折的顽强意志力，把挫折当做自己磨炼意志的最好机会。

（二）重新评估自己

　　生活中很多挫折是因为我们对自己的了解不够所造成的。我们应当对自己有正确的认知和评价。事实上，每个人都有自己的潜质、天赋和限制。假若再接再厉亦无法达到目标时，就应对所立目标进行调整。有时候新确立的目标比原先的目标更准确，而且更适合自己的能力和条件。最怕的就是不能了解自己，正确地看待自己和调整自己，而是一味地钻牛角尖，甚至否定自己，如此就会永远将自己困在挫折之中了。

（三）学会知足

　　要满足于已经达到的目标，对一时难以做到的事情不奢望、不强求，同时多看看周围境况不如自己的人。"比上不足，比下有余"，这样，就容易从烦恼、痛苦中解脱出来，为将来的成功创造良好的心理环境。现实生活中，有些人常常认为应该以"完美"当做自己为人处世的目标，做任何事情都应该完美无缺尽善尽美，只有这样方能促使自己不断进步、出类拔萃。但是，研究表明，持完美主义认知态度的人，很难有高的工作效率，反而离所谓的完美越来越远，其中有些人常常生活在挫折所带来的悔恨与自责之中。而这些人放弃他们的完美主义的包袱后，工作反而变得更轻松、更愉快，也更有效率。

（四）发挥幽默感

林肯长相丑陋，他的很多政治对手也以此攻击他。一次，林肯与一个对手约好进行政治辩论，但林肯因为有事迟到了，对方准备以他的不守时来攻击他。林肯赶到辩论场所，先为自己的迟到表示歉意，然后说到："我今天本来是准时出门了的，但在来的路上碰到了一位妇人，这个妇人见到我，吓了一跳，她告诉我，'你长得丑并没有错，但你大白天在大路上走来走去地吓到人，就是你不对了。'我接受了这位妇人的建议，不再走大路，改走小道过来，所以迟到了。"众人哈哈大笑，对手准备用来攻击他的话也无法说出口了。

幽默被称为"智慧之光"，它是人生最难能可贵的修养和品质，它不仅能使人化解困境和忧虑，而且能够使人超脱、淡化痛苦，调节心境。心理学家们的研究表明，那些真正懂得有效挖掘自己的潜能、自我实现的人，大多具有幽默感。越懂得幽默的人，越有机会笑口常开。笑可以松弛人的身心，使得紧张的情绪得到化解。

二、意识对抗

（一）自我意识法①

每天反省自我言行，看看自己是否存在以下的问题。

（1）肯定一切或者否定一切。

（2）不必要的类推，因为一件事的不顺心而认为祸不单行。

（3）戴着有色眼镜，看事物常看到其消极一面。

（4）莫名其妙地感到自卑。

（5）放大自己的缺点，低估自己的力量。

（6）以自己的情绪好坏作为事件好坏的证据。

（7）总有着"我应该做这个"和"我必须做那个"的想法，无所适从。

（8）不准确的自我评价，以"这次是运气差"来解释失败。

一个人如果总是有上述念头在头脑中存在，表明这个人正处在一种挫折情绪中，个体可以通过自我意识的方法来消灭它。具体做法是：每当心情不舒畅或难以自制时，用纸和笔记下自己当时的消极想法，然后马上针对这些消极想法进行理智分析，不要让它继续在头脑中作怪。只要坚持每天对照，挫折心理会逐步消失。

（二）情绪培养法

如前所述，挫折是一种消极情绪，所以，培养乐观豁达的良好情绪，将有助于消除受挫情绪，提高自信心，对抗精神压力。具体措施如下：

---

① 参见邱鸿钟主编：《大学生心理健康教育》，广州，广东高等教育出版社，2004。

（1）改变生活情趣，培养对周围事物的多样化兴趣，具备积极的探索精神。

（2）不要过分自我注意，更不可暗示自己有什么不适或疾病。

（3）积极的人生态度和远大的人生观总是会帮助人们在暂时的挫折面前看得更高更远。

（4）努力转变自己的注意方向，争取把学习和工作变成自己的第一生活乐趣。

（5）真诚待人，广交朋友，遇到烦恼和心理矛盾时，朋友往往是我们求助的对象。

（6）怨天尤人、牢骚满腹会缩小人们的视野，降低人们的心智。

（7）学会珍惜美好时光，不要为小事左顾右盼。

（8）处理好学习、工作和生活中的人际关系，与人交往时切忌勾心斗角，要同舟共济。

（9）宽宏大量，乐于助人，不要过于计较个人得失。

三、行为调适

（一）学会变通

　　一个年轻人去拜访他大学时的老师。他向老师倾诉自己步入社会后的种种挫折，话语里心灰意冷。教授听而不语，他知道自己的权威并不能让年轻人有丝毫的改变。教授转身从屋里拿出一盒拼图，对年轻人说："你会拼这个吗？"那是一幅难度很大的拼图，学生看这一桌子的碎片，左试试右试试，还是觉得让它复原太难了，"这至少要花一个星期的时间。"他回答。但是，十多分钟后，教授的小孙子就把这幅拼图拼好了。年轻人一看，一点也没错！他感到不可思议，于是问孩子："你是怎么拼好的？"小家伙得意地嚷嚷着："很容易呀，这个拼图背面写着数字呀。"教授微笑地看着年轻人说："同样的道理，如果你跳出眼前的世界，从另一个角度去观察这个世界，你会发现，它们完全不同。也许并不全是失败，你会找到其他的一些东西。"年轻人似有所悟，明白了老师的用意。原来生活的拼图并不复杂，每一块的背面都有暗示，关键看你用何种眼光，如何看待了。听到这些之后，年轻人明白了生活的道理，心满意足地回去了。

无论做什么事情，都不可能一帆风顺，往往会遇到这样或那样来自主观或客观方面的困难、挫折和障碍。关键在于要懂得迂回变通，有时候有效地进行调整和修正原来的目标或计划，有时候另换一个方案，成功的机会更大。每个人都应训练自己对待事物的弹性或灵活性，碰到问题，不一定要延续固定的行为模式，死板地硬碰硬容易让人坠入挫折感的深渊之中。

（二）代偿转移

　　所谓代偿转移，是指通过个体的调整、活动，产生积极的情绪，用以对抗挫折带来消极情绪。代偿转移的常用方法有三种。第一种是目标转移法，即在某方面的目标受挫时，不灰心气馁，以另一个可能成功的目标来代替，而不致陷入苦恼、忧伤、悲观、绝望的境地。第二种是活动转移法，用一个新的活动来驱散心理的创伤，如音乐、体育、电影、游戏、旅游等。需要注意的是，这个新的活动应该是给自己带来愉快情绪体验的活动。第三种是环境转移法，环境因素对人的情绪有肯定的影响，如光线亮度、色彩颜色、背景声音、空气质量及大气透明度等，个体通过主动改变自己所处的环境，暂时离开让自己感受挫折的环境，比如旅游，可减轻或暂缓由挫折引起的消极情绪影响。

（三）自我升华

歌德少年的时候，他的一个邻居，也是他的好友，娶了一位漂亮的女士为妻。歌德爱上了这个女士，做梦都想向这位女士表白自己的爱慕。但现实的伦理道德让他不能这么做。为此，少年歌德陷入了深深的痛苦之中，这种痛苦一直伴随着他成长，曾经一度让他不能自拔，甚至有过轻生的念头。成年以后，歌德仍然放不下这段不伦的单相思。强烈的压抑和痛苦之下，他把自己的心路历程写成了一本书，这本书就是《少年维特之烦恼》，在书中，他把自己曾经的痛苦和挣扎通过主人公维特表达得淋漓尽致。该书直到今天仍然是一部有关少年成长的畅销书。

将不为社会所认可的动机或欲望导往比较崇高的方向，使其具有创造性、建设性，叫做升华。这是对挫折情绪的一种较高水平的宣泄，是将情绪激起的能量引导到对人、对己、对社会都有利的方面去。在遭受个人婚恋失败、家庭破裂、财产损失、身患疾病等打击之后，化悲痛为力量，发愤图强，去取得学习、工作和事业的成功，是应付挫折最积极的态度。

（四）适当发泄

古希腊有一个故事：一个理发匠被带去王宫给国王理发。这个国王长相奇丑，尤其是耳朵，像驴的耳朵，他一直害怕别人看到他的真容，所有知道他长相的人都被要求不可泄露这一秘密，否则将被处死。理发匠给国王理完发后，国王告诉他："你回去后不能对任何人说起我的长相，不然将处死你和你的全家。"理发匠回到家后，白天晚上都在担心，担心自己不知什么时候一不小心说漏了嘴，讲出了国王的秘密，给全家带来灭顶之灾。这种担心日积月累，逐渐让他感受到极大的压力，精神接近崩溃。终于有一天，他实在忍受不了这种压力，独自一人跑到郊外，找了一个无人的地方，在地上挖了一个洞，然后把头埋进洞口，对着洞里大声喊："国王的耳朵像驴耳！国王的耳朵像驴耳！"喊完以后，他顿觉无比轻松，愉快地回家去了。

精神发泄是指创造一种情境，使受挫者可以自由表达他们受压抑的情感。人受挫折后会以紧张的情绪反应代替理智行为，只有使这种紧张情绪发泄出来，才能恢复理智状态。常用的发泄方法有如下几种：

（1）倾诉。这是最常用的宣泄方式。倾诉的对象可以是自己的亲朋好友，也可以是自我，即通过写日记的方式向自己倾诉。不要把痛苦闷在心里，争取别人的帮助，这样可以减轻挫折感，增强克服挫折的信心。

（2）自我宣泄。个体遭受挫折后，很容易产生紧张、焦虑的情绪，这种情绪必须通过某种形式宣泄出来，心理才能保持平衡。如果这种紧张和焦虑得不到宣泄，那么随着负性情绪的增多，往往会导致心理障碍。因此当个体因挫折产生焦虑等消极情绪时，应当及时进行自我宣泄。

（3）运动调节。即通过参加某些体育运动以达到释放消极情绪的目的。遭受挫折后，一般人都会感觉度日如年，这时要适当安排一些运动项目，尤其是一些比较激烈的、带有对抗性的运动项目，使内心产生一种向上的激情，从而增强自信心。

（五）保持良好的生活习惯

人们处于挫折情境时，常表现出慌乱、烦躁、寝食难安等行为状态。这种无规律和混乱的生活作息状态会导致一种恶性循环，使人们更加沮丧、悲哀和失落。改善这种困境的最有效措施是听音乐、郊外踏青以及适度的运动，这些活动有助于打乱恶性循环的节奏、缓解和提升失落的心情。另外，在挫折心境中，尤其要重视营养的摄取，因为遭受挫折后受消极情绪的影响，常常会食欲不振，胃口不开，致使体力不足，加重精神状况不佳的现状。

目前，社会上已有许多各类的心理咨询、心理治疗单位或机构，不论是服务性的或专业性的，只要能善于利用，对个人面对问题、应付问题将会有积极的帮助。

四、避免和处理冲突

冲突是引起挫折的主要原因之一，常会带来不愉快的情绪反应，所有陷于冲突之中的当事人都希望消除冲突带来的不良感受，企图摆脱冲突所造成的不良情绪状态。究竟如何才能使人有效地从冲突困境中走出来呢？以下是心理学者建议的几种解决冲突心态的方法。

（一）认知改组

在历史上有一个很有名的故事，说的是一个在外与敌国作战的将军，由于种种原因总是吃败仗。在又一次被敌人打败之后，他急奏皇帝，一方面报告情况，一方面寻求对策，要求增援。他在奏折上有一句话是"臣屡战屡败……"，他的上司看到这个奏折，觉得不妥，于是拿起笔来，将奏折上的这句话改为"臣屡败屡战……"，原字未动，仅仅是顺序的改变，顿时将败军之将的狼狈变为英雄的百折不挠。

挫折是由挫折情境引起的，而挫折感是由主体对挫折情境的认知和评估而产生的。所以，对挫折情境缺乏正确、客观的评估是造成挫折感的内在原因之一。要消除挫折感、减轻焦虑，个体需要重新认识和评估挫折情境，这就是认知改组。通过认知改组，改变对原来问题严重性的认识，就可以减轻挫折感。如考研究生落榜可能带来挫折，当对落榜有了新的认识，即不读研究生，照样能对社会有贡献、有作为，个人也能得到较好的发展，就可能消除或减轻挫折感。另外，还可以利用延长动机满足的期限从而减轻挫折感，如今年没有考上研究生，复习一年再考，这样也可避免严重挫折感的产生。

（二）折中妥协

折中妥协的基本原则是不完全放弃，也不完全采用任何一方的意见，而是采取一个行动或目标，以同时满足双方需求或目标的一部分。例如：丈夫偏好吃咸的味道，妻子偏好吃淡的味道，那么做菜时将盐量放得适中，这样就兼顾了两个人的口味。

（三）确立基本原则

解决日常生活冲突的一个有效方法，就是确立好处理事情的基本原则。例如，"先做公事，后做私事"；"先办重要之事，后办不重要之事"；"先处理基本问题，后处理非基本问题"。那么，当同时遇到两件事时，你就会很快地按上述的原则去处理，而不会产生冲突。而对于那些没有办事原则的人来说，在这种情境中就会产生心理冲突，而且会不知道先办哪一件事情才好。

（四）正视冲突，解决冲突

将冲突摆到桌面上来，使冲突的各种因素明朗化，排除误会，提出实质，寻找解决冲突的途径，"是非曲直"最好由冲突的双方来判断。如同一宿舍的同学之间产生误解时，就可以采用这种使冲突明朗化的方法，从而促成冲突的有效解决，以利于建立良好的人际和谐环境。

（五）帮助双方转化

当冲突涉及双方的世界观、信念、理想、价值观等时，往往一时很难摆到桌面上来解决，这就需要对双方分别进行教育、辅导和帮助，使双方观点改变。一个人的核心价值体系是在成长过程中逐步形成的，想要改变它，需要耐心的辅导和教育。这样做虽然费时，但长期坚持下去会产生可喜的效果，急于求成、简单行事反而效果不好。

（六）使用权威力量

权威可以是领导、老师、长者，对冲突的双方，要以命令的口气责令双方脱离接触和纠缠，这时不必去追问细节，不要判断谁是谁非，然后再采用其他方法加以有效地解决。采用这一方法的前提是，冲突双方都认可该权威的决定并愿意接受其裁决。

五、培养挫折耐受力

所谓挫折耐受力，是指人遭遇挫折情境时，能摆脱困扰从而避免心理与行为失常的能力，也就是经得起打击或经得起挫折的能力。

（一）挫折耐受力的因素影响

（1）与个人的生理条件有关。一个发育正常身体健康的人，可能比生理上有缺陷或有病的人要有较强的忍耐力。如果他们在同样艰苦的条件下，前者比后者更能忍受较大的精神折磨。此外，研究还表明，神经类型属弱型或强而不均衡型的人，其挫折耐受力也较差。当然，也不能一概而论。有些生理条件不好的人挫折耐受力反而会更强。

（2）与个人过去的实践经验有关。生活中历尽艰辛的人比一帆风顺的人更能经受挫折。如果一个人从小娇惯成性，生活欲求总是顺利地得到满足，他就不能获得忍受挫折的经验。心理学研究告诉我们，儿童期如果挫折太少，长大后遇到挫折则不知如何处理；但如果遭遇太多的挫折，也会影响以后的发展，如形成自卑、怯懦等不健康的心理特征。

（3）与个人对挫折的主观判断有关。人们对挫折的情境可能有不同的判断，对同样的情境，一个人可能认为是严重的挫折，而另一个人则可能认为是无所谓的"小事一桩"。

有两种人挫折耐受力较强：一种是在生活道路上遇到过种种挫折，在同逆境的搏斗中提高了自己应付逆境、战胜困难、摆脱挫折情境能力的人，这是所谓经过磨炼、饱经风霜的人；另一种是从小受过良好的家庭教育和学校教育，而且受到一定的社会训练，学会了处理挫折的技巧的人，这是所谓有教养、修养好的人。什么样的人挫折耐受力较差呢？也有两种人：一种是生活中从未受过挫折或很少受过挫折，并在童年时受到过分保护与溺爱的人，即所谓"喝蜜糖长大"的人；另一种是从幼儿时期以后就缺乏爱抚，遭受"情感饥饿"，受到不断发生的挫折情境的困扰，承受压力太大，因而变得冷漠、孤独而自卑的人。

（二）挫折耐受力的培养

挫折耐受力是可以经过学习和锻炼而获得的。因此，有意识地容忍和接受日常生活中的某些挫折情境，培养失败后再接再厉奋勇前进的精神，都有助于锻炼挫折耐受力。具体说来，培养挫折耐受力主要是从以下几方面下工夫。

1. 正确认识挫折，真正理解人生不可能事事都如意

俗话说，不如意事常八九。挫折与缺憾是人生应有的内涵。而有些遭遇挫折不幸的人，正是这些挫折和不幸成了他们人生的一种助力，使其弥补了缺憾，成就了人生。不用说保尔，不用说张海迪，我们的周围就有很多遭遇挫折的人，很多身处逆境的人，他们不也都收获了自己成功的人生吗？当然，我们不必祈求逆境。但是身在逆境，勇往直前，恰恰容易走上坦途。

2. 学会心理调节，走过挫折带来的心理低谷

（1）宣泄疏导。如前所述，通过适当的方式宣泄由挫折引起的压力。

（2）情绪转移。主动地参与能引起积极情绪体验的活动，转移挫折的消极情绪影响。

这两步的作用在于减缓情绪压力。

（3）激励信心。通过自我意识的暗示，让自己保持适当的信心。

（4）优势诱导。经过理智分析，明确自己的优劣点，扬长避短。

这两步的作用在于认知调节，让自己知道挫折难免，并看准自己的优势。

（5）反馈调节。在朝向目标的过程中，及时总结和回顾，掌握已经取得的进展，随时准备进行必要的调整和改变。

（6）前景吸引。经常展望目标，激励自己克服困难。

这两步的作用在于用已有的成绩和可望的前景激励自己的意志。

3. 努力顽强进取，随时主动迎接挫折和失败的挑战

在埃塞俄比亚阿鲁西高原上的一个小村子里，有一个小男孩每天腋下夹着课本，赤脚跑步上学和回家。他家离学校足足有10公里远的路程。贫穷的家境使坐车上学对他来说只能是奢望。于是，为了上课不迟到，他只能选择跑步上学。每天他都一路奔跑，与他相伴的除了清晨凉凉的朝露和高原绚丽的晚霞，还有耳旁呼啸而过的风。

后来，这个曾经夹着课本跑步上学的小男孩，在世界长跑比赛中，先后15次打破世界纪录，成为世界上最优秀的长跑运动员之一。他就是海尔·格布雷西拉西耶。由于当年经常夹着书本跑步，以至于他在后来的比赛时，依然保留着少年时夹着课本跑步的姿势，一只胳膊总要比另一只抬得稍高一些，而且更贴近于身体。

今天，每当海尔·格布雷西拉西耶回顾少年时的情景，他总是无限感慨："我要感谢贫困与苦难。其他孩子的父母有车，可以接送他们去学校、电影院或朋友家。而我因为贫困，跑步上学是别无选择的，但我却为之感到快乐和幸福。"

最出色的成功往往得益于逆境和挫折。思想的压力甚至肉体上的痛苦，都可能成为精神上的兴奋剂。美国曾抽查了1 000位千万富翁，结果发现，他们大都出生在普通人家，甚至有一部分人少年时是在贫民窟里度过的。生活有时真的像魔术，会变幻出难以置信的结果。达尔文对此有切身之感，他说："我坚持奋战五十五年，致力于科学的发展，一个字眼可以道出我最艰辛的工作特点，这个字眼就是失败。""人生的光荣不在永不失败，而在能屡仆屡起。"拿破仑如此概括。

▋测一测：

1. 我的童年是在父母的溺爱下度过的——

    A. 否   B. 是   C. 不全是

2. 我步入社会后路途坎坷，屡遭人白眼——

    A. 是   B. 否   C. 不全是

3. 我在一次恋爱时被恋人甩掉后，几乎失去生活的勇气——

    A. 否   B. 是   C. 不全是

4. 我的收入不高，但手头总感到宽裕——

    A. 是   B. 否   C. 不全是

5. 让我和性情不同的人在一起工作简直是活受罪——

    A. 是   B. 不一定   C. 否

6. 我从来没有服用过安眠药物——

    A. 否   B. 不完全   C. 是

7. 我的朋友贸然带一个讨厌的人来访，我立刻感到震惊——

    A. 是　　　　　B. 不确定　　　　　C. 否

8. 本来原定加薪有我，可公布名单的时候不知为什么又换了另一个人。即使如此，我也心情坦然并向他祝贺——

    A. 否　　　　　B. 不确定　　　　　C. 是

9. 我看到那些奇装异服，听到那些乱糟糟的音乐，就感到恶心——

    A. 不确定　　　　　B. 否　　　　　C. 是

10. 我认为一些新规定、新制度的颁布和实施，是顺理成章、势在必行的事情——

    A. 不确定　　　　　B. 是　　　　　C. 否

11. 我接连遇到几件不愉快的事情，一次比一次感到苦恼——

    A. 不确定　　　　　B. 否　　　　　C. 是

12. 即使同我的"情敌"交谈，也能心平气和——

    A. 不确定　　　　　B. 是　　　　　C. 否

表 6—1　　　　　　　　　　心理承受能力问卷得分表

试题 ＼ 答案	A	B	C
1	5	1	3
2	5	1	3
3	5	1	3
4	5	1	3
5	1	3	5
6	1	3	5
7	1	3	5
8	1	3	5
9	3	5	1
10	3	5	1
11	3	5	1
12	3	5	1

分数及解释：

12～22 分：A；23～46 分：B；47～60 分：C

诊断与建议：

A. 心理承受力差

这可能和你一帆风顺的经历有关，你心灵脆弱，经受不住刺激，更经不起意外打击，即使稍不遂意也使你寝食不安，这是你的一大弱点。心理承受力是可塑的，建议你主动扩大心理受压面，愉快接受生活挑战，同时也要少想个人得失，因为心理承受力说到底是对个人利益损失的承受力，"心底无私量自宽"。

B. 心理承受力一般

在通常情况下不会有什么问题，至多有点烦恼。要注意的是在出现大的变故时，要想得开，挺得住。

C. 心理承受能力强

你有不平凡的经历，能面对现实，对来自生活的冲击波应付自如，随遇而安，你是那种宰相肚里能撑船的人，有你这样的人做丈夫（妻子），即使天塌下来也能顶得住。

补充知识 **挫折会产生攻击吗?**

美国耶鲁大学社会心理学家多拉德等指出："攻击行为往往是挫折的结果。更准确地说，这个观点认为攻击性行为的发生总是以挫折的存在为先决条件的，同样，挫折的存在也总是要导致某些形式的攻击行为。"多拉德等把挫折和攻击行为之间的关系用一种比较绝对的术语来表达，建立了"挫折—攻击"理论。早期，他们曾以"剥夺睡眠"的实验（1940）来验证其假设。实验者剥夺被实验者（六名耶鲁大学男生）24小时睡眠时间，而且不准他们自由行动，不让他们吃早点等以期引起其挫折反应。结果发现，被实验者采用不友好的语调相互谈论，或提出一些非难性问题等攻击实验者。D. S. 霍姆斯（1972）令所有被试都准时到达指定地点，令其助手假装成被试中的一个，故意迟到，使其他被试长时间等待。这样就创造了一个机会，让被试向迟到者发泄其挫折反应。霍姆斯发现，因等待而已感受挫折的被试，对迟到者表现出了攻击行为。该实验同样支持了"挫折—攻击"的假设。

挫折的这种作用可以在更广泛的社会关系中充分地表现出来。经济萧条会引起几乎影响每个人的挫折行为。当人们找不到工作，买不到需要的物品，生活的各方面受到限制时，各种形式的攻击行为就会到处可见。C. I. 哈弗兰德等人做了历史的考察。发现1882—1930年，美国南方在棉花价格和迫害黑人的私刑例数之间存在着一种必然联系：棉花价格高时，私刑就少，反之私刑就多。他们认为，其原因是棉价下降意味着经济萧条；这种不景气引起财主的挫折，挫折导致攻击黑人的行为。

后来，他们根据其研究结果，提出了"挫折—攻击"原则：攻击行为的产生与其受挫折驱力的强弱与范围、以前遭受挫折的频率、对攻击行为后果的估价有关。

显然，人们在遭受挫折之后，有可能发生攻击行为，但是这个理论把挫折与攻击的关系加以绝对化是错误的。事实上，这两者有联系但不是绝对的。随着时间的推移，他们的观点已经被一些学者加以修正，即认为并不是所有的挫折都会导致攻击行为。如果引起挫折的原因被个体看做是无意的、非专断的、正当的或偶然的，那么个体也就不会异常愤怒，就很少发生攻击行为。这就是说，个体意识到他人不存在伤害意图，就有可能减少挫折体验，从而减少攻击行为。

关键词

挫折　挫折耐受力　挫折教育

思考题

1. 作为一种生活现象，挫折的经历多多少少会给我们带来烦恼，但经历挫折是一个人走向成熟的必然过程。你如何看待挫折的这种积极意义？你觉得该如何减少挫折带给我们的消极影响？

2. 有意识地提高挫折耐受力能够有效帮助我们积极应对挫折，作为基本成年的大学生，你认为可以通过什么方法来提高自己的挫折耐受力？

3. 在所有有关挫折和危机的应对方式中，自杀是最极端的、没有回旋余地的选择。你如何看待自杀现象？如何发现周围人群中发出的自杀信息？如果发现了相关信息，你又该如何应对？

参考文献

[1] 苏琪. 从大学新生的焦虑看基础教育的观念误区. 山东教育科研，2000（3）

[2] 肖凌燕，邹泓. 大学生特质焦虑结构及其特点. 心理发展与教育，2000（4）

[3] 黄娟，静进，苏晓梅，王庆雄. 某医科大学在校学生焦虑状况. 中国学校卫生，2001（6）

[4] 王益明. 透视焦虑——焦虑本质的哲学心理学探析. 山东大学学报（哲学社会科学版），2003（6）

[5] 汪向东等. 心理卫生评定量表手册（增订版）. 北京：中国心理卫生杂志社，1999

[6] 刘宏国. 试论当代学生挫折教育. 北京电力高等专科学校学报（社会科学版），2010（5）

[7] 张永华，毕方明. 在成功教育中渗透挫折教育. 中国教育技术装备，2010（4）

[8] 董海宽，许丽. 在实验教学中加强对大学生的挫折教育. 辽宁行政学院学报，2009（11）

[9] 郭黎岩，王冰，王洋，朱丽娜，王红艳. 大学生自杀心理与行为及预防对策的研究. 中国健康心理学杂志，2006（3）

[10] 孙美. 体育教学中的挫折教育探究. 教学与管理，2007（18）

[11] 马志国. 走过挫折就会收获你的人生. 中国青年研究，2009（12）

[12] 林枫. 感受挫折. 哲理，2010（4）

[13] 费贞元. 经受挫折的考验. 班主任之友，2009（11）

［14］张宗立．寻找挫折中的珍珠．班主任之友，2010（1）

［15］康仁．因学业挫折引发严重心理问题一例．校园心理，2010（2）

［16］朱海霞．论大学生挫折心理的产生及矫正．中国科教创新导刊，2010（14）

［17］杨正运．浅析大学生的抗挫折教育．文教资料，2008（9）

［18］吕品．试论挫折教育的误区与改进．教育与教学研究，2010（1）

［19］廖明森．挫折二重性及其实践意义．金色年华（下），2010（2）

［20］冯江平．挫折心理学，太原：山西教育出版社，1991

［21］曾德生，陈金香．人生逆境的意义及价值阐释．黑河学刊，2010（5）

［22］俞群，于露，陶芳，齐媛媛．走出挫折教育的迷思．家庭教育（幼儿家长），2010（Z1）

［23］齐丽．自我测试700题．长春：长春出版社，1990

［24］张旭东，车文博．挫折应对与大学生心理健康，北京：科学出版社，2005

［25］邱鸿钟主编．大学生心理健康教育．广州：广东高等教育出版社，2004

第七章

规划我们的人生

本章提要

本章首先由案例故事引入话题，然后讲述了职业选择中常见的误区和不良心态，介绍了如何调节心理，保持乐观的心态。接下来讲述了职业规划的方法和技巧，以及制定了职业规划之后如何更好地实现自己的目标。本章节的亮点之一是引入了一些科学性较强的量表，这使得大学生在阅读本章时，可以通过亲自测试来更好地了解自己。

曾经有两个年轻的画家，一个画家轻轻松松花了一天的时间画了一幅画，他打算把它卖出去，然而，一年过去了，他这幅画仍然无人问津；另外一位画家呕心沥血花费了将近一年的时间创作了一幅画，但是只用了一天的时间，这幅画就被一位买家以很高的价钱买走了。

在我们的周围，可以看到像前一位画家那样的一些大学生，他们虽然内心深处渴望毕业时能找到一份好工作，但从大一入学的那天起，就开始享受放松悠闲的大学时光，到了该找工作的时候，才变得紧张焦虑，匆匆忙忙准备资料，添置服装，像赶集一样去参加无数个招聘会，期待天上能掉下一个大馅饼砸到自己。当他们在找工作的过程中屡屡碰壁时，只会哀叹时运不济，却没有认真思考一下自己的就业为何如此艰难。

> 如果有人错过机会，多半不是机会没有到来，而是因为等待机会者没有看见机会到来，而且机会过来时，没有一伸手就抓住它。
>
> ——罗曼·罗兰
>
> 自己的命运应由自己创造，而且应该绝对排除虚伪和坏事。
>
> ——契诃夫

第一节 身边的故事

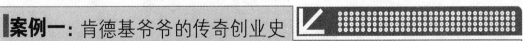

案例一：肯德基爷爷的传奇创业史

案例一：肯德基爷爷的传奇创业史

桑德斯上校是肯德基的创办人。他并非出生在富豪家庭，也没有进过著名的高等学府学习。当他创办肯德基的时候，他已经65岁了。在这个大多数人开始享受退休生活的年龄，他拿到了生平第一张救济金支票。支票上的金额只有105美元。当时他内心非常沮丧，但他没有去怪这个社会和当时的政府，他暗暗地问自己："到底我对人们能做出何种贡献呢？我有什么可以回馈社会的呢？"他思量起自己所有的东西，试图找出可为之处。头一个浮上他心头的答案是："我拥有一份人人都会喜欢的炸鸡秘方，不知道餐馆要不要？"随即他又想到："要是我不仅卖这份炸鸡秘方，同时还教他们怎样才能炸得好，这会怎么样呢？如果餐馆的生意因此而提升的话，那又该如何呢？如果上门的顾客增加，且指名要点炸鸡，或许餐馆会让我从其中抽成也说不定。"

好点子固然人人都会有，但桑德斯上校就跟大多数人不一样，他不但会想，而且还知道怎样付诸行动。随后他便开始挨家挨户地敲门，把想法告诉每家餐馆："我有一份上好的炸鸡秘方，如果你能采用，相信生意一定能够提升，而我希望能从增加的营业额里抽成。"很多人都当面嘲笑他和否定他。而桑德斯上校并没有因为别人冷淡的态度打退堂鼓。他从不为前一家餐馆的拒绝而懊恼，反倒用心修正说辞，以更有效的方法去说服下一家餐馆。在两年的时间里，他驾着自己那辆又旧又破的老爷车，足迹遍及美国每一个角落。困了就和衣睡在后座，醒来逢人便诉说他那些点子。他给别人做示范的炸鸡往往就是他的餐点。在被拒绝了整整1 009次之后，他才听到了第一声"同意"。相信很难有几个人能受得了20次的拒绝，更别说100次或1 000次的拒绝了，然而这也就是桑德斯上校的可贵之处。如果我们好好审视历史上那些成功人物，就会发现他们都有一个共同的特点：他们都知道什么对自己是最重要的，然后拿出各种行动，不轻易为"拒绝"所打败而退却，不达目的誓不罢休。

分析：

作为大学生，我们要不断地提醒自己留意所想要的，别只看见问题却不见解决的办法。更要告诫自己，即使那些问题此刻困扰着我们，但绝不会一辈子缠着我们。为自己的困境加上一个时间定语"目前"，这样就可以从固化的思维框框中跳出来，从人的整个一生的角度来看待目前的困境。不管在学业上、金钱上或心情上有多么不如意，都决不让生命深陷其中。同时也认定，自己的命运并不是真那么糟，只是好时光尚未到来罢了。我们要相信，只要能不断辛勤灌溉所种下的种子——持续去做对的事情——那么就会走出人生的冬季、进入春季，多年看似不见成效的努力终究有收获的一天。

▌**案例二：**解开世界马拉松冠军山田本一的谜团

1984年，在东京国际马拉松邀请赛中，名不见经传的选手山田本一出人意料地夺得了世界冠军，当记者问他凭什么取得如此惊人的成绩时，他说了这么一句话："凭智慧战胜对手。"当时许多人都认为，这个偶然跑在前面的矮个子选手是故弄玄虚。马拉松是体力和耐力的运动，只要身体素质好又有耐性就有望夺冠，爆发力和速度都在其次，说用智慧取胜，确实有点勉强。

两年后，在意大利国际马拉松邀请赛上，山田本一又获得了冠军。有记者问他："上次在你的国家比赛，你获得了世界冠军，这一次远征米兰，又压倒所有的对手取得第一名，你能谈一谈经验吗?"

山田本一性情木讷，不善言谈，回答记者的仍是上次那句让人摸不着头脑的话："用智慧战胜对手。"这回记者在报纸上没再挖苦他，只是对他所谓的智慧迷惑不解。

10年后，这个谜团终于被解开了，山田本一在他的自传中这么说："每次比赛之前，我都要乘车把比赛的线路仔细看一遍，并把沿途比较醒目的标志画下来，比如，第一个标志是银行，第二个标志是一棵大树，第三个标志是一座红房子，这样一直画到赛程的终点。比赛开始后，我就以百米冲刺的速度奋力向第一个目标冲去，等到达第一个目标，我又以同样的速度向第二个目标冲去。四十几公里的赛程，就被我分解成这么几个小目标轻松地跑完了。起初，我并不懂这样的道理，我把我的目标定在四十几公里处的终点线上，结果我跑到十几公里时就疲惫不堪了，我被前面那段遥远的路程给吓倒了。"

山田本一说的不是假话，心理学家做的实验也证明了山田本一的正确。这个心理实验是组织三组人，让他们分别向着10公里以外的三个村子进发。

第一组的人既不知道村庄的名字，又不知道路程有多远，只告诉他们跟着向导走就行了。刚走出两三公里，就开始有人叫苦不迭；走到一半的时候，有人几乎愤怒了，他们抱怨为什么要走这么远，何时才能走到头，有人甚至坐在路边不愿走了。越往后走，他们的情绪也就越低落。

第二组的人知道村庄的名字和路程有多远，但路边没有里程碑，只能凭经验来估计行程的时间和距离。走到一半的时候，大多数人想知道已经走了多远，比较有经验的人说"大概走了一半的路程"。于是，大家又簇拥着继续向前走。当走到全程的四分之三的时候，大家情绪开始低落，觉得疲惫不堪，而路程似乎还有很长。当有人说"快到了!"大家又振作起来，加快了行进的步伐。

第三组的人不仅知道村子的名字、路程，而且公路旁每一公里就有一块里程碑。人们边走边看里程碑，每缩短一公里大家便有一小阵的快乐。行进中他们用歌声和笑声来消除疲劳，情绪一直很高涨，所以很快就到达了目的地。

分析:

我们的人生就像是一场长跑，我们每个人在行动前都必须先确立明确的目标，只有当人们的行动有了明确目标，并能把自己的行动与目标不断地加以对照，进而清楚地了解自己的行进速度和与目标之间的距离，人们行动的动机才会得到维持和加强，才能自觉地克服一切困难，努力达到目标。

在生活中，之所以很多人做事会半途而废，往往不是因为事情难度较大，而是觉得距成功太遥远。他们不是没有成功的能力，而是因心中无明确而具体的目标乃至倦怠，最终失去坚持下去的动力而失败。如果我们懂得分解自己的目标，一步一个脚印地向前走，也许成功就在眼前。

在实现大目标的过程中，我们需要把目标进行切割，一步步去实现小目标，也许你会发现，成功离你其实并不遥远……

第二节　大学生职业选择常见的问题及其心理调试

有的大学生对社会竞争缺乏正确认识，没有树立起积极的竞争意识，因而容易产生依赖和怯懦心理。有的大学生自我探索不够，同时对职业和社会发展缺乏了解，不考虑自身条件及职业特点和社会需求而盲目从众。具体说来，大学生职业选择主要存在如下问题[①]：

一、缺乏社会认知

缺乏社会认知的第一种表现是求稳。受传统心态的影响，求稳心理是每一个大学生都存在的，人们所认为的稳定的行业，如国家机关以及事业单位，其岗位是非常稀缺的，企业特别是私企才是大学生的最大雇主群体。企业由于市场的竞争性和一定程度的风险性，的确容易让人产生危机感，这是可以理解的。但一个人的稳定感和安全感不应是来自外界的，相反，它应该是来自内心深处的。只有学习掌握了一定的技能经验，才能构筑起真正的稳定感和安全感。

缺乏社会认知的第二种表现是期盼能找到专业对口的工作。一位学习理工科的应届大学生在毕业后的近两年时间里，基本上是把应聘当做工作，最后还是在一家公司的办公室做了文秘，现在工作相当出色。他以自身的经历告诉大学生，要抓住各种工作机遇，不断积累工作与社会经验，千万不要奢谈专业对口，否则只会浪费青春。其实早在十多年前，香港就注重通才教育，以便毕业生在职业生涯中进行灵活的选择。在西方发达国家，由于进入了高等教育普及阶段，人才的划分出现了新的标准，博士生为专业型人才，硕士生为应用型人才，本科生为通用型人才，而中国在向高等教育普及化迈进的过程中，也进行着类似观念的转变，并且随着通才教育在我国高校的逐步实施，专业对口的奢谈已趋于淡化，因此，即使专业不对口，即使你不喜欢自己的专业，未来的职业选择权还是掌握在自己手中的。

二、缺乏自我认知

自负是缺乏自知之明的表现之一。自负的学生往往自我评价过高，不能正确评价自己的素质和条件，在选择工作单位时好高骛远，缺乏脚踏实地的态度，没有从底层做起，从小事做起的心理准备。他们一心追求大城市、高报酬、条件好的用人单位，所以在求职过程中不肯屈就，对稍有不符合自己标准的用人单位就抱着拒绝的态度，结果是错过机会，曲高和寡，难以就业。

缺乏自知之明的第二种表现是自卑。有自卑心理的学生，并不是他们真的那么糟糕，

---

① 参见边慧敏主编：《大学生职业生涯规划》，成都，西南财经大学出版社，2007。

而是因为他们经常对自己的优点视而不见。之所以发现不了自己的优点，是因为他们把自己不具备的优点看得权重很高，而把自己已经具备的优点看得一钱不值，甚至是理所当然。在求职择业时自卑的表现往往是害怕失败，信心不足，特别是不敢上门自荐，面试时忐忑不安，害怕自己的疏忽导致求职失败。

每位大学生，不管你天生属于哪种气质类型，不管你的性格是外向还是内向，都会有自己的长处。建议那些自卑的同学逐渐尝试着去寻找自己的优点。不妨现在就完成一个小作业，在一张纸上列出自己的五条优点。通过找寻自己的优点，你最终会发现，虽然自己不完美，但也有比别人强的地方。在生活中尝试着接受自己，喜爱自己，从经营自己的长处入手，以自己的长处来谋生，即使目前暂时还没有发现自己擅长的职业领域，也不妨先选择一个自己喜欢的领域进行尝试。

三、依赖心理和怯懦心理

部分毕业生经济上还不能完全独立，心理上还没有成熟，社会角色和社会地位还没能确立，面对复杂的环境，常常是心中无数，不知所措，他们在择业问题上，独立性不高，难以摆脱依赖学校、老师以及家长的心理。依赖心理的产生可能源于从小养成的心理依赖，有些家长喜欢安排孩子的生活，甚至大学学什么专业也要替孩子决定。在这样的家庭环境中长大，孩子很少有机会独立做出判断和决定，听父母的话就是父母喜欢的乖孩子，一旦独立做判断就得不到父母的爱，甚至是对父母的不忠诚，久而久之，孩子自己生活的一切全部听从父母的摆布，养成了做事靠父母的依赖心理。还有一部分人的依赖心理是源于自卑。自卑的人缺乏对自己应有的信任，认为自己没有足够的能力和力量去找寻和胜任自己喜爱的工作。他们的这种自我限制性观念对找工作造成了很大的阻碍。一个人必须对自己有足够的信任，才能信任别人，别人也才能信任他，所以，没有自信的人找工作特别困难。[①]

怯懦心理是指人们由于性格内向或挫折引起的约束自己言行，以至无法真实表现自己情感的一种心理。怯懦的人在找工作上缺乏动力，缩手缩脚，需要后面有个人推着他才肯前进。有怯懦心理的人在招聘者面前唯唯诺诺，不是语无伦次就是面红耳赤，张口结舌，无法正常地向他人展示自己的才华，因而无法在求职者如云的竞争中脱颖而出。

四、就业焦虑

焦虑是一种常见的神经官能症，是以发作性或持续性情绪焦虑、紧张、恐惧为基本特征的一种病态心理。适度的焦虑可以使人产生一种压力，增强积极向上、主动参与竞争的能力。过度的焦虑则会干扰人的正常活动，使人产生较严重的心理障碍或疾病。毕业前夕，绝大多数大学生都会产生各种焦虑心理，例如担心能否找到适合发挥个人特长、实现个人理想的工作，再如害怕被用人单位拒之门外。一些长线专业的学生、性格内向或有生理缺陷的学生、成绩不佳或能力一般的学生、临近毕业工作仍无着落的大学生，尤其表现得焦虑。

---

① 参见李中莹：《重塑心灵：NLP——一门使人成功快乐的学问》，北京，世界图书出版公司，2006。

大学生择业焦虑心理的一种特殊表现就是急躁,在职业未最终确定之前,这种心理表现尤为明显,他们有时恨时间过得太慢,简直是度日如年,有时又恨时间过得太快,最后期限将至单位仍无着落。特别是那些规定期限内未落实单位的学生,心里更为急躁,这种急躁心理会影响消化系统、学习和记忆功能,造成人际关系紧张,理解和解决问题的能力降低。

大学生择业焦虑心理的另一种表现就是抱怨。我们常听一些大学毕业生抱怨自己一无关系,二无金钱,抱怨竞争环境不公平,甚至认为,择业的竞争不是求职者素质的竞争,而是关系的竞争,看谁的关系硬。于是,这些学生不把立足点放在自身努力上,而是找关系,托门子,甚至不惜代价,重礼相送,用庸俗化的一套对待择业。这样的人是无法真正得到那些求贤若渴的单位重用的。抱怨是人性中的一种自我防卫机制,是心理不平衡时的一种情绪化状态,虽然抱怨会减轻个人心中的不快和不满,但不能使人朝着积极的方向发展,一个习惯将抱怨挂在嘴边的人,只会与成功渐行渐远,滑向失败的深渊。《不抱怨的世界》告诉我们,成功只垂青积极主动的人,只要你敢于担当,勇于接受挑战,任何艰难险阻都会变成坦途。任何事情就怕人去"做",只要你敢于去做,事情就会自然而然地变得顺畅了。抱怨是解决不了问题的,必须全面提高自己的素质,必须基于社会需要、岗位需求与个人条件搞好对自己的自我定位,才能够有职业生涯的顺利进入和其后的顺利发展。[①]

心理学家研究发现,一个人如果对未来忧心忡忡,陷入过度忧虑状态,会促使人体大量分泌一种应激激素给心脏增加负担,与心情放松的人相比,经常心情紧张的人夜间血压下降的幅度较小,夜间血压下降幅度小于正常幅度的人死于中风和心脏病的风险较大,过度焦虑使身体释放出应激激素也会损害免疫系统,从而降低人体的抗病能力。因此,我们建议大学生要通过自身调节,如进行适度的体育锻炼,唱卡拉 OK,聆听悠扬的古典音乐等,转移注意力,缓解因过度焦虑给身心造成的压力,也可以通过与师长的谈心、同学的交流或心理咨询改变自己的错误认知。任性地购物,暴饮暴食,寄情于睡眠均不是好的减轻焦虑的方法。

五、调节不良心态,培养乐观精神

在职业选择中,我们要善于培养乐观的心态。著名的雕刻家米开朗琪罗用有裂痕的石头雕刻出《大卫》就是最好的例子。1501 年,意大利雕刻家多纳泰罗购买了一块巨大的大理石,但是大理石有多处裂缝,多纳泰罗认为这块大理石很难被当成雕刻的材料,于是决定将其出售。当米开朗琪罗听说多纳泰罗要出售那块大理石时,他爽快地将它买了下来,并用它雕刻出不朽的名作《大卫》,米开朗琪罗也凭此作品成为声名远扬的雕刻家。在多纳泰罗眼里,那块大理石到处是裂痕,不宜作为雕刻的原料。但是,在米开朗琪罗眼里,那块大理石虽然有多处裂痕,但整体而言还是很有利用价值的。

神经语言程序学认为,只有由感官经验塑造出来的世界,没有绝对的真实世界。每个人的世界是在他的头脑里,因此,改变一个人脑中的世界,这个人对世界中事物的态度便

---

① 参见〔美〕威尔·鲍温:《不抱怨的世界》,西安,陕西师范大学出版社,2009。

会改变。世界上所有的事情本身是没有意义的，所有的意义都只是人为加上去的。既然意义是人为加上去的，则一件事情可以有其他的意义，也可以有更多的意义；可以有不好的意义，也可以有好的意义。[①] 人的一生不可能一帆风顺，人都有脆弱和绝望的时候，关键在于你的心态，乐观的人往往看见希望，悲观的人容易陷入绝望。心理学家发现，悲观的人头脑中常有以下歪曲的想法：第一，过度泛化，将一个负性事件看成全面的失败，如把一次面试的失败看做求职路上的彻底失败；第二，责备自己，即使是与自己无关的事，也总是将错误归咎于自己；第三，全或无的思维方式：看事物太绝对了，非黑即白。虽然习惯不容易改掉，但只要通过反复的训练，这些习惯还是可以被改掉的。每当你出现消极悲观的想法时，你要与悲观的心态进行辩论，要找出反驳消极想法的理由，让积极正面的想法慢慢地主导你的思维，渐渐地，你就会完全摆脱悲观的心态，逐渐养成乐观的态度和肯定自我的思考方式。例如，多正面陈述自己想要得到的东西，而不要陈述自己不想要的东西，如不要说"我不行"或"我完了"，而要多说一些"我可以做到"或"一定会好起来"之类的正面的话。

对许多歪曲的不合理认知而言，运用接受的悖论来处理，效果会更好。接受的悖论是指努力发现自己负性思维的可取之处，并予以赞同，接受自己伤痕累累，不够完美和有缺陷的事实。接受的悖论的基本思想是，接受了自己的失败就能获得成功，接受了自己的缺陷，就能够超越自我，接受了自己的软弱，就能够重振旗鼓，接受了破碎的事实，就能够突然感到完整。就像国内一位心理学家所说的，"不必抵触'灵魂的黑夜'，当你全然地拥抱'灵魂的黑夜'时，它便给你巨大的能量。恶习代表着你内心的需要，只有理解它并接受它，它才能得到最有效的改造"[②]。

第三节　如何进行职业规划

美国的一份大学生调查问卷中有这样一道题："你毕业后的目标是什么?"统计结果显示 3% 的大学生有明确的目标，97% 的大学生基本上没有明确的目标。20 年以后，有人去追踪所有参加了该问卷调查的学生的现状，结果十分令人吃惊，那 3% 的人拥有的财富的总和比另外 97% 的人拥有的财富的总和还多得多。追求自我价值实现、获得事业成功是许多人一生的奋斗目标，但并不是每个人都能够达到。其差别就在于你能否清晰地认识自我，了解职业；能否把个人发展和国家需要、社会发展相结合，能否进行科学的职业生涯管理规划。你今天站在哪里并不重要，但是你下一步迈向哪里却很重要。

当大学生们花费大量时间辗转于做简历，听企业介绍说明会，跑招聘会，参加笔试、面试时，是否应该留一点思考的时间给自己，静下心来反思自己的行为，检讨一下自己老是碰壁的原因呢? 好的职业不是"找"出来的，而是靠平日里的点滴积累和努力奋斗得来的。否则总是站在柜台前，等着大老板光顾并把"画"高价买走只不过是个美梦罢了。

---

① 参见李中莹：《重塑心灵：NLP——一门使人成功快乐的学问》，北京，世界图书出版公司，2006。
② 武志红：《心灵的七种兵器》，北京，世界图书出版公司，2008。

一、生涯决策理论

虽然说职业生涯的决策是一个高度复杂的过程，但是我们还是可以把一些理性的方法引入关于职业生涯的决策中，培养理性决策的能力将使你受益终生。

（一）生涯决定的方式

根据学者哈伦的观察，大部分人的生涯决定方式可以归纳为以下三种类型。

1. 理性型

综合考虑个人与职场等因素，分析利弊得失，做出并执行相应的计划。排除少数运气好的人在内，大部分职场成功人士在规划自己的职业生涯时，都是非常理性的。他们会及时关注职业信息，充分了解自我，制定合适的目标，并为目标而不断努力。例如，小王同学准备投入销售业，在毕业的前一年，他和销售从业人员有很多的接触。为了训练自己突破人我之间的距离，以及能在短时间与陌生人建立良好的关系，小王还去报名参加人际关系训练课程。经过很多的利弊分析与筹划，最后在家人的支持下，小王于5月份正式投入销售业。他相信这是最合适他的决定。

2. 直觉型

这类型的人凭自己的直觉、一时的喜好做出决定。例如，他们会因为感情受挫而辞职疗伤，工作不顺就频繁跳槽。直觉型的职业决定全凭感觉，较为冲动，很少能系统地搜集相关信息，但他们能为自己的选择负责。这种职业生涯决定方式的缺点是，职业生涯不连贯，在每一领域的积累都不多，很难晋升到中高层。

例如女孩小茜，她在为自己做各种决定时，常常是凭着自己的感觉或是情感来决定。当初在高三时，她毅然放弃推荐保送的名额，宁愿辛苦复习，参加高考，就是为了圆自己和家人的一个"中大梦"。在她如愿以偿考入了中山大学数学系后，在大学三年级，她又开始准备考研，想跨专业考本校法律专业的研究生，原因是她对法律产生了兴趣。在考研失败后，酷爱旅行的她，凭着冲劲与直觉到一家旅行社上班，现在正在埋头考导游证呢！她常以迅雷不及掩耳的速度，在生涯抉择路口走自己的路，做出让周围的人咋舌的决定。同时，她又勇于为自己的决定负责，从不后悔。

3. 依赖型

此种类型是指等待或依赖他人为自己收集信息且做出决定，较为被动和顺从，十分关注他人的意见和期望从而选择。对于此类型的人而言，社会赞许、社会评价、社会规范是决定的标准，他们的口头禅多是："爸妈叫我去……"、"我的男（女）朋友希望……"、"他们认为我适合……"、"他们认为我可以，……可是……"。询问大学生选择大学专业的原因，最常见的回答就是"当初什么都不懂，父母帮我选的"，"觉得这个职业以后收入不错"。很多人考研、留学也不知道为了什么，只是因为身边的大部分人都这么做。

这三种生涯决定的方式各有利弊。依赖型最省时、省力，且父母长辈的意见有时确实是宝贵的经验之谈，但是将自己的命运托付给他人，终究是一件危险的事情。直觉型的决定是自发性的，在时间急迫的情况下非常有用，缺点是容易受主观意见的影响，短期内会很满足,可是长期来看随机性太强,会存在较大风险。理性型的决定包含探索个人与环境的需求,优点是考虑周全,针对不同的选项分析利弊得失后得出的结果较为合理,但要考虑时间因素,需要花费工夫在前期资料的收集上,花费较多时间与精力,有错失良机的可能。当然,如果我们能有充分的时间和精力的话,选择理性型的方式进行生涯决定是最好的,在理性地分析每项选择之后,考虑多方面的因素,做出让自己满意的决定。

(二)生涯规划的方法

1. SWOT 分析

使用这种方法时,要对个人的优势与劣势有客观的认识,不要过分夸大自己的优势,也不要过于自卑,把自己看得一无是处,应客观全面。同时在进行 SWOT 分析时,要注意 SWOT 分析法的简洁化,避免复杂化和过度分析。

以下是某同学的 SWOT 分析情况(见表 7—1)。

个人简介:××,男,广东某大学公共事业专业大三学生,在校期间学习了人力资源、管理方法等相关理论知识。性格开朗,勤奋好学,吃苦耐劳,敢于面对挑战并喜欢从事有挑战性的工作。

短期生涯目标:大学毕业以后成为人事助理。

表 7—1 ××的 SWOT 分析情况

内部个人因素	优势优点(strength) 做事比较踏实,一旦定下目标就很执着;对人力资源管理方面有着浓厚的兴趣。 天性乐观,即使遇到挫折也能很快走出来,善于发现事物乐观积极的一面。 身为家中长子,有极强的责任心和耐心,心理韧性好。 英语书面表达能力强,有一定的口头表达能力。 对社会现象有自己的思考,有一定的分析能力,逻辑思维和条理性比较强。	弱势缺点(weakness) 性格偏内向,喜欢安静。 做事不够果断,尤其事前做决定的时候老是犹豫不决。 做事有时拖拉,不够雷厉风行。 工作、学习有些保守,冒险精神不够,并且创新能力有待提高。
外部环境因素	发展机会(opportunity) 就专业知识方面来说,人力资源的发展已经是大势所趋,这方面的人才需求正随着我国经济的高速发展而不断扩大。 有关系不错的师兄从事人力资源管理工作,并且相当成功。 大学所在的城市属于发达的沿海城市,人力资源管理职业化起步早,市场成熟度较高。	阻碍威胁(threat) 所在大学名气不够响,在与重点大学毕业生竞争时,不具有优势。 外企对个人素质的要求不断提高,特别是英语不能只满足于听、读、写,口头表达能力也至关重要。 公司及用人单位对毕业生的要求提高,更需要有经验的人才,个人实践经验不足。
职场中的自身的亮点:对人力资源管理方面有着浓厚的兴趣;有责任心和耐心;善于学习;英语书面表达能力较好。		
总体鉴定:通过以上分析,可以看出××从事人力资源管理工作的个人优势与机会大于劣势和威胁,具有专业优势、个性优势、能力优势、发展条件的优势。建议他在今后的一年中寻找相关的实习机会,为就业做好准备。		

2. 5W 法

在生涯决定的过程中，我们需要考虑多方面的因素。5W 法就是用 5 个疑问句归零思考。这是一种被许多人士成功应用的方法，依托的是归零思考的模式：从问自己是谁开始，如果能够成功回答完五个问题，你就有最后答案了。5 个 "W" 是：

——Who am I?（我是谁?）

——What will I do?（我想做什么?）

——What can I do?（我能做什么?）

——What does the situation allow me to do?（环境支持或允许我做什么?）

——What is the plan of my career and life?（我的职业与生活规划是什么?）

回答了这 5 个问题，找到它们的最高共同点，你就有了自己的职业生涯规划，如果你有兴趣，现在就可以试试。

先取出 5 张白纸、一支铅笔、一块橡皮。在每张纸的最上边分别写上上述 5 个问题。然后静下心来，排除干扰，按照顺序独立仔细地思考每一个问题。

对于第一个问题 "我是谁"，需要你客观认识自我。回答的要点是：面对自己真实地写出每一个想到的答案；写完了再想想有没有遗漏，认为确实没有了，再按重要性进行排序。职业生涯规划是一个过程，其最基础的工作首先是要知己，只有正确地认识自己，才能对自己的职业做出正确的选择，才能选定适合自己发展的职业生涯路线，才能对自己的职业生涯目标做出最佳选择。正确的自我认识越来越受到各界的关注，例如，哈佛大学的入学申请要求必须剖析自己的优缺点，列举个人兴趣爱好，还要列出三项成就并做说明。

对于第二个问题 "我想干什么"，可将思绪回溯到孩童时代，从人生初次萌生第一个想干什么的念头开始，然后随年龄的增长回忆自己真心向往过、想干的事并一一地记录下来，写完后再想想有无遗漏，确实没有了就认真地进行排序。西方有一句谚语说：如果你不知道你要到哪儿去，那通常你哪儿也去不了。同样，一个不知道自己想干什么的人通常什么也干不好。

歌德曾说过："你的梦想是什么？如果想到了，请你立刻开始去追求，这样，你一定会在追求的过程中得到力量、看见奇迹。" 经常会听到一些同学说，我不知道自己喜欢做的事情是什么。对于这类同学来说，应该尽可能地接触更多的人、阅读更多的书，让自己积累更多的间接经验。通过丰富自己的阅历、扩展自己的视野，帮助你选择自己的梦想。在大学期间，你也可以选择多个专业的课程进修，这也会帮助你找出你真正喜欢做并且能做好的事情。

对于第三个问题 "我能干什么"，则要把确实已证明的能力和自信认为还可以开发出来的潜能都一一列出来，认为没有遗漏了，就认真地进行排序。在做决定时，要问自己"我有哪些选择"、"我的问题在哪里"、"我每个决定的可能影响是什么"。

仅凭兴趣选择是不全面的，对事情感兴趣并不代表有能力去做。清楚自己能干什么、适合干什么是选择专业的必备条件。因为具备不同能力优势的人适合学习的专业和未来从事的职业是有所区别的，如空间能力强的人适合于从事机械制造、工程设计、建筑等理工科的专业和艺术方面的专业，以及与这些专业相对应的职业；语言能力强的人适合于学习语言文学、文字编辑、翻译、文艺创作等专业和从事相应的职业。爱因斯坦思考方式偏向直觉，就没有选择数学而是选择了更需要直觉的理论物理作为事业的主攻方向。在这方面，每个人都有自己的能力优势和个性特征，有自己的长项、弱项，只有在充分认识自己的前提下，才能恰当地选择好适合自己的学业和专业方向。

对第四个问题"环境支持或允许我干什么"的回答则要稍做分析：环境，有本单位、本市、本省、本国和其他国家，自小向大，只要认为自己有可能借助的环境，都应在考虑范畴之内；在这些环境中，认真想想自己可能获得什么支持和允许，搞明白后一一写下来，再以重要性排列一下。在明确自己想干、能干的专业领域和事业方向的同时，还应兼顾考虑社会的需求和未来发展前景等外在因素，这是专业选择是否成功的基本保证。如果所选择的专业自己既感兴趣又符合能力要求，但社会没有需求或需求极少，未来就业机会渺茫，这样的职业生涯规划其起步就是失败的。由于社会人才需求、劳动力市场变化发展的不确定性，衡量社会需求以及发展前景不是简单的事情，因而在选择专业时，应综合权衡、统筹考虑，正确分析处理好专业冷与热、目前就业市场需求大与小、名校不适合专业与非名校适合专业等矛盾，力争做到在择己所爱、择己所长的同时择社会所需，理智地走好职业生涯规划的第一步。

如果能够成功回答第五个问题"我的职业规划是什么"，你就有了最后的答案。做法是：把前四张纸和第五张纸一字排开，然后认真比较第一至第四张纸上的答案，将内容相同或相近的答案用一条横线连起来，你会得到几条连线，那些不与其他连线相交的又处于最上面的线，就是你最应该去做的事情，你的职业生涯就应该以此为方向。接下来在此方向上以三年为单位，提出近期、中期与远期的目标；再在近期的目标中提出今年的目标；将今年的目标分解为每季度目标、每月目标、每周目标、每天目标。这样，你每天睡前就可以对照自己的目标进行反省，总结当日成就与失误、经验与教训，修正明天的目标与方法，第二天醒过来后稍加温习就可以投入行动了！这样日积月累，没有不能实现的规划。

3. 生涯平衡单[①]

这里介绍一个简单好用的生涯决定工具——生涯决定平衡单，它可以帮助学生在各个路径之间做出较为综合和周全的选择，让我们举例说明来看一下它是如何运用的。

基本情况：莎莎，大学三年级学生，会计专业。她心里很矛盾，既希望工作稳定，又希望工作能有挑战性。她的个性外向、活泼、能力强、自主性高，目前她考虑的三大方向是：考公务员、在国内读研究生、到国外去读MBA。对于这三条路径，她的考虑如表7—2至表7—4所示。

---

① 参见 http://wenku.baidu.com/view/e865e68302d276a200292e5d.html。

表 7—2 　　　　　　　　　　　　　　莎莎的考虑因素

考虑方向	考公务员	在国内读研究生	到国外读 MBA
优点	满意的工作收入 铁饭碗 工作稳定轻松，工作压力较小 一劳永逸	和国内产业发展不会脱节 能建立与师长、同学、朋友的人际关系网 获得较高文凭 日后工作升迁较容易	圆一个国外留学的梦 增广见闻、丰富人生 英文能力提高 训练独立性 日后工作升迁较容易 激发潜力 旅游
缺点	铁饭碗会生锈，容易产生厌倦 不易升迁 无法想象自己会做一辈子的公务员 不符合自己的个性	课业压力大 没有收入	课业压力大 语言、文化较不适应 花费较大（一年可能需要几十万） 挑战性高 没有收入
其他	爸妈支持	男朋友的期望（男朋友也是研究生并已工作）	经济负担较重

表 7—3 　　　　　　　　　　　莎莎的生涯决定平衡单（原始分数）

考虑项目（加权范围 1～5倍）	第一方案（考公务员）		第二方案（国内读研）		第三方案（出国留学）	
	得（＋）	失（一）	得（＋）	失（一）	得（＋）	失（一）
1. 适合自己的能力		—4	5		6	
2. 适合自己的兴趣		—3	4		8	
3. 符合自己的价值观	5		3		7	
4. 满足自己的自尊心		—2	3		7	
5. 较高的社会地位		—5	3		6	
6. 带给家人声望	2		1		2	
7. 符合自己理想的生活状态	3		5			—3
8. 优厚的经济报酬	7			—1		—8
9. 足够的社会资源	2		8			—1
10. 适合个人目前处境	5		2		1	
11. 有利择偶以建立家庭	7		5			—5
12. 未来有发展性		—5	5		8	
合计	31	—19	44	—1	42	—14
得失差数	12		43		28	

注：
1. 每个项目的得分或失分，可以根据该方案具有的优点（得分）、缺点（失分）来回答，计分范围为1～10分。
2. 最后合计每个方案的优点总分（正）和缺点总分（负），正负相加，算出客观的得失差数。
3. 根据自己的真实想法做答，方可正确评估每个方案的重要性。

表 7—4 莎莎加权后的生涯决定平衡单

考虑项目（加权范围 1～5 倍）	第一方案（考公务员）		第二方案（国内读研）		第三方案（出国留学）	
	得（＋）	失（一）	得（＋）	失（一）	得（＋）	失（一）
1. 适合自己的能力		−20	25		30	
2. 适合自己的兴趣		−6	8		16	
3. 符合自己的价值观	20		12		28	
4. 满足自己的自尊心		-4	6		14	
5. 较高的社会地位		−15	9		18	
6. 带给家人声望	4		2		4	
7. 符合自己理想的生活状态	15		25			−15
8. 优厚的经济报酬	21			−3		−24
9. 足够的社会资源	4		16			−2
10. 适合个人目前处境	25		10		5	
11. 有利择偶以建立家庭	28		20			−20
12. 未来有发展性		−15	15		24	
合计	117	−60	148	−3	139	−61
得失差数	57		145		78	

注：

1. 每个项目的重要性因人、因时、因地不同。对于此刻的你，可以根据考虑项目的重要性与迫切性，给他们乘上权数（加权范围 1～5 倍）。

2. 将平衡单上的原始分数乘上权重。例如"适合自己的能力"部分，三个方案的原始分数（分别是－4、＋5、＋6）乘上加权 5 倍之后，分数差距变大（变成−20、＋25、＋30）。最后把"得失差数"算出来，并据此做出最终的决定。经过这一番考虑之后，我们不难看出，莎莎最终的决定会是留在国内读研。

从以上实例中，我们可以总结出生涯决定时的一般规律。在了解自己和外部世界的基础上，可以初步决定你所中意的几个方案，分析每个方案可能的结果、具有的优缺点，运用生涯抉择平衡单来选择综合效果最大化的道路。其中：

考虑的项目可以根据个人情况调整。主要包括"自我部分"：能力、兴趣、价值观、心理需求（自尊、自我实现）、声望、社会地位、生活状态、健康；"自己与环境部分"：家人支持、社会地位、经济收入、足够的社会资源、适合目前处境、择偶以建立家庭、与家人相处时间；"外在部分"：工作环境、工作发展前景、工作内容有变化等。

每一项具体的分数根据分析优缺点得出（原始分在 1～10 分）。

根据每个考虑项目的重要性确定权数（加权范围 1～5 倍），折合成加权后的分数。

比较每一种方案的综合得分据此做出生涯决定，此决定就是生涯抉择平衡单所做出的综合效用最大化的决定。

现在，你可以试着用这种方法填一下自己的生涯抉择平衡单，为自己做一个满意的生涯决定。

4. Swain 模型

Swain 模型是一个形象且有用的生涯规划的模式。该模型认为有三个方面可以帮助进行生涯决定。分别是自己（兴趣与需求、价值观、能力、性向），自己与环境的关系（社会经济因素、社会对职业选择的影响、家庭环境、家人的影响和支持、在职业选择时遇到的内在的和外在的助力和阻力因素），教育与职业的资讯（你可以搜集到的职业信息，包括通过参观访问、文书资料、演讲座谈等搜集到的职业信息）。

（1）自己。

王军从小在乡下长大，儿时常在田里、小河里嬉戏，因此对大自然的一草一木有浓厚的感情。近年来环境污染日趋严重，让他深感痛心。法律系毕业后，王军全力冲刺考上了检察官，目前他在一个海滨城市的法院工作。这份工作很符合王军想为社会伸张正义的价值观，而且在海滨城市上班，使他更接近山水、海洋，能满足他的兴趣与需求，只要有空，他总是去登山、钓鱼、露营、赏鸟。在能力与兴趣方面，法院工作符合王军在学校所学的知识，同时，他偶尔也为环保团体担任义务法律顾问，提供专业建议。所以王军的工作颇能满足自己的兴趣、性向、能力、需求和价值观。

（2）自己与环境。

上例中王军的父亲是军人，从小培养他分辨是非对错的能力，要求他对社会有份使命感。受父亲的影响，王军一直希望工作中能扮演正义使者的角色，对社会有所贡献。至于母亲则希望王军能有份安稳的工作，不要整天想爬山、钓鱼。王军的哥哥是老师，当初选填志愿时就告诉王军，在法治社会，懂法律对自己是个保障，如果可以通过国家考试，就业方面的困难就比较小。在阻力方面，王军是色盲，但这对从事法律工作没有影响。王军的个性比较犹豫不决，拿不定主意，因此长期受别人的看法影响。在能力方面，王军的记忆力强、文笔好，常登山也使他的体力和耐力都很不错。综合看来王军的工作颇能满足父母对他的影响和期望（家庭因素）和社会发展趋势（社会因素），并避开了自己的阻力因素，利用发挥了自己的助力因素。

（3）教育与职业的资讯。

王军在学校时参加了读书会，经常与同学一起读书、讨论、分享，增加了很多信息来源。此外，系里举办的座谈会他一定会参加，与学长们保持密切联系，学长们也乐意向他传授考试的技巧和准备方向。同时，王军在大三时就报名参加了系里的法律服务队，正式成为队员之后，王军开始与校外人士接触，他觉得这样的经验对他日后与环保团体接触有着很大的帮助。通过这些途径所获得的教育与职业的资讯也符合王军所选择的职业。

每一个人的客观情况不同，主观判断不同，对三个因素所占比重会有不同的考虑，因此会产生不同的生涯决定，所达成的生涯目标也因此呈现出每个人的独特性与原创性。

（三）生涯决定的误区

人们在生涯选择和决定的过程中，往往存在着一些误区，这些错误观点会影响个体的看法，可能是个体在生涯规划时产生心理困扰的根源。

误区之一："在我的生涯发展中，我只能做一次决定。""绝对不能后悔。""如果我改变了决定，那就是我的失败。"……有些人认为，生涯决定就是一旦选择了一个职业或专业就不能改变，否则一定会被别人瞧不起，因为那是当初我自己坚持的决定。事实上，这种想法并不理智。美国研究显示，有三成到五成的大一新生打算改变主修学科。其实，我们在校园里可以看到许多同学对目前所读的专业并不感兴趣，正在以旁听、辅修、修双学位等方式来发展自己有兴趣的方面。与其固守某一个专业或职位，终日郁郁寡欢、怨天尤人，倒不如放眼未来、另起炉灶。

误区之二："我一定要马上决定。"有些人认为，迟迟无法决定是懦弱、不成熟的表现。"别人都知道自己要做什么，只有我太差劲，所以我应该立即做决定。"虽然，在做决定时不能犹豫不决，但草率鲁莽更加不可取。在没有充分了解自己和工作要求的情况下，暂时不做决定或许是最明智的决定。希望大家能多了解自己，充实能力，最终做出成熟和明智的决定。职业生涯的决定是一个过程，当你还不知道自己适合干什么，对什么感兴趣时，给自己一些时间，去思考，去尝试，要允许自己的人生犯错误，走弯路。

除了这两种之外，有关生涯选择和决定的误区还有很多，例如：

"世界上仅有一种最合适我的职业。"

"我会凭直觉找到最合适我的职业。"

"我所做的工作应该要满足我所有的需求。"

"我无法从事任何与我本身能力、专长不合的工作。"

"我所选择的职业也应该要让我的家人、亲友都感到满意。"

"在我选择要从事的工作领域中，我必须成为专家或领导者。"

…………

这些误区都有可能影响我们的生涯发展，是我们在谨慎进行生涯选择和决定时应该注意避免的地方。

总之，只要我们在进行生涯选择和决定时，避免武断（在缺乏支持证据的情况下做决定）、草率（依据某单一事件就做出决定）、绝对（以极端的想法来判断或觉察事件）这三种倾向，能够按照前面阐述的各个方面，实事求是、综合考虑，就能做出比较有效的生涯选择和决定，为自己定出一个满意的生涯目标。

二、大学生在学期间各阶段的生涯规划管理与调控重点

德国、英国、加拿大许多高等教育发达国家在中学就开设职业规划教育，把升学指导、职业规划作为重要教育内容，美国大学里的系主任在新学年开学后都要对新生发表讲话，报告其专业的就业状况，并对学生提出有关就业对策，他们特别重视学生的个性特征和职业发展愿望。美国大学职业规划教育贯穿教育全过程，每一学年都有特定的内容。入学第一年，学校为学生提供前期职业指导服务，帮助学生对就业市场进行了解和认识。第

二年帮助学生了解和发现自己的特质、专长、兴趣，引导学生参加相关活动，进而选择专业。第三年帮助学生了解企业资料及市场需求，参加社会实践和一些招聘活动，使他们对选择职业有直接感受。第四年才对毕业生进行求职技巧等方面的训练。

的确，大学阶段对职业的探索是一个贯穿四年的过程。而在四年的过程中，这种探索在每一个自然的时间段都呈现出不同的特点与重点。①

大学一年级：

刚进入大学，对大学生活充满了憧憬与幻想，几乎每个人都为自己确立了远大的目标，制订了实现目标的宏伟计划。但是，这时我们对大学生活还不够完全了解，对于自我的探索也不够。该阶段生涯规划的目标是：积极地进行自我探索，发现自身的优势、劣势、兴趣、爱好、性格、能力，发现自己有待提高的地方；分析高中时建立起来的职业生涯目标，发现问题并修正目标，目标开始与自我性格、爱好、能力等相结合；积极参加校园文化活动和社会实践活动。

大学二年级：

完全适应大学生活，掌握了大学生活规律，建立了一定的人际关系，新环境的适应压力逐渐消退。这一阶段生涯规划成功的标志是：进一步进行自我探索，了解将来的就业环境及职业方向；学习并掌握生涯规划中生涯目标的建立方法和生涯抉择方法；通过参加各种实践及成长训练，快速提升综合能力，为即将到来的职业实践奠定良好的基础。

大学三年级：

在这一时期，大学生由于志向的不同出现了不同的生涯发展方向。希望继续深造的学生开始为考研备战，而将志向确定为找工作的学生则更加积极地参与各种活动，有些学生则会到相关的单位实习。该阶段生涯规划成功的标志是：对自己的职业生涯进行合理规划；确定职业发展方向和各阶段发展目标；参加相应的能力提升训练。

大学四年级：

通过前三年的专业理论学习和相关训练，掌握了一定的专业理论和专业技能，人际交往能力、思维能力、创新意识、团队精神都得到了相应提高；经过自我全方位的探索及对所处环境的探索，特别是经过一段时间的职位实习，逐渐发现了适合自己的工作。这时大学生会有意识地结合自己的理想职位规划自己剩余的大学生活。该阶段生涯目标更具有现实性和可操作性。该阶段生涯规划成功的标志是：进一步了解社会及职位的发展变化；了解本届毕业生就业相关政策及相关程序；了解相关就业及创业信息，与相关单位及个人建立稳定的关系。

三、了解自己

（一）人格特质

所谓人格特质，是指一个人在生活中对人、对事、对自己、对外在环境所表现出来的

---

① 参见许玫、张生妹主编：《大学生如何进行生涯规划》，上海，复旦大学出版社，2006。

一致性的反应方式。每个人在其成长历程中，可能受到生理、遗传、家庭教养、文化规范、学习经验等因素的交互作用所影响，从而形成自己的独特性格。

某些人格特质之间具有较大的关联性。例如，"活泼"、"开朗"、"热情"的人通常也会较为"积极主动"，显得较为"爱表现"，因此也常具备较佳的"沟通能力"；另一方面，"文静"、"细心"的人常会较为"谨慎"而"内敛"，因此也较重视"秩序"，让人觉得"可靠"。当然有许多人格特质是介于两个极端中间的灰色地带。

在平时的学习生活中，在与人交往中，每个人都或多或少对自己的性格有所认识。那么，你究竟是个怎么样的人？拥有怎样的性格？你对此是否有明确的概念？表7—5列出的是我们常用来形容人格特质的一些词汇，你可以对照并且仔细想想自己具备了哪些特质。同时，请将这些形容词提供给你的好朋友或家人参考，也请他（她）圈出他（她）认为你所具备的特质。

表 7—5 人格特质列表

顺从	重视物质	温和	坦白	自然	害羞	勤奋
诚实	有恒心	稳定	谦虚	实际	分析	独立
喜欢解决问题	理性	内向	好奇	重视方法	冷静沉着	批判
具备科学精神	追根究底	深谋远虑	亲和力	人缘佳	喜欢与人接触	乐于助人
为他人着想	随和	宽宏大量	善解人意	温暖	合作	循规蹈矩
喜欢规律	缺乏弹性	节俭	缺乏想象力	传统保守	谨慎	有条理
按部就班	负责任	复杂善变	喜欢变化	缺乏条理	想象力丰富	崇尚理想
情绪化	直觉的	不切实际	不喜从众	独创性	较冲动	感性
富冒险性	精力充沛	善表达	慷慨大方	自信	有领导能力	活泼热情
积极主动	喜欢表现	说服力强				

在你根据自身情况做出选择之后，再对比看看他（她）所形容的你和你所形容的自己有些什么异同。思考一下为什么会有这些异同，完成后请回答以下问题：

我自己圈了哪些特质？

别人为我圈了哪些特质？

我圈了别人也圈了的特质是哪些？

我圈了别人没圈的特质是哪些？

别人圈了我没圈的特质是哪些？

为什么会有差异呢？哪些事情、生活细节使得别人对我的看法和我自己的不同？（请真诚地与朋友交流、交换意见）

我的发现是什么？原来我是怎么样的一个人？

今后我希望继续保持的特质是哪些？为什么？

今后我希望改变的特质是哪些？为什么？

通过这一番自我审视、自我剖析以及和别人的互动，你就会对自身的性格有初步的了解了。

（二）价值观和需求

价值观，通俗地说，就是你觉得值不值得的问题，不同的人会将不同的东西看得至高无上，就像在大学学习生活中，有的人注重学习成绩和奖学金的获得，并会不遗余力地朝之努力；也有人注重社团活动和能力的培养，并热衷于利用各种机会参加各种活动；也有人注重大学时代惬意的生活，并会抓紧每分每秒好好享受。同样，在职业选择和生涯规划的时候，不同的价值观会影响人们做出不同的选择。有的人选择收入丰厚的工作，有的人选择能发挥自己所长的工作，还有的人则选择富有挑战性的工作。每个人看重的东西不同，其实这背后也反映了人们的内在需求，不同的人由于成长的环境不同，所具有的经历不同，可能对某一方面的需求特别重视，从而造成个人所独有的价值观，因此价值观和需求在某种程度上是一脉相承的。

一个人在工作中最重视哪些方面，这就是价值观的问题，美国心理学家洛特可于1973年在《人类价值观的本质》中提出了13种价值观，这是对人类价值观比较详尽的阐述。

成就感：提升社会地位，得到社会认同，希望工作能得到他人的认可，对工作的完成和挑战成功感到满足。

美感的追求：能有机会多方面欣赏周围的人、事、物或任何自己觉得重要且有意义的事物。

挑战：能有机会运用聪明才智来解决困难，舍弃传统的方法而选择创新的方法处理事情。

健康的身体和心理：工作能够免于焦虑、紧张和恐惧，希望能够心平气和地处理事情。

收入与财富：工作能够明显有效地改变自己的财务状况，希望能够获得更多的物质财富。

独立性：工作能有弹性，可以充分掌握自己的时间和行动，自由度高。

爱、家庭、人际关系：关心他人，与别人分享，协助别人解决问题，体贴、关爱、对周围的人慷慨。

道德感：自己与组织的目标、价值观、宗教观和工作使命能够不相冲突、紧密结合。

欢乐：享受生命，结交新朋友，与别人相处，一同享受美好时光。

权力：能够影响或控制他人，使他人照自己的意志去行动。

安全感：能够满足基本的需求，有安全感，远离突如其来的变动。

自我成长：能够追求刺激，寻求更完美的人生，在智慧、知识与人生的体会上有所提升。

协助他人：体会到自己的付出对团体是有帮助的，别人因为你的行为而受惠颇多。

针对以上 13 种价值观，我们可以分别问自己以下几个问题（如果以 1~8 排序，1 代表最重要，8 代表最不重要）：

（1）我重视的价值观是什么？

（2）我所选择的这几个价值观是我一直都重视的吗？如果曾经有所改变，是在什么时候？

（3）有哪些价值观是我父母认为重要的，而我却不同意的？有哪些价值观是我和父母共同拥有的？

（4）价值观的改变是否曾经改变我安排生活的方式？

（5）我理想的工作形态与我的价值观之间是否有任何关联？我是不是很注重工作是否满足我的价值观？

（6）我是否因为谁说的一句话或某件事，如考试的成绩，对自己的价值观感到怀疑？

（7）以前我曾经崇拜过哪些人？他们目前对我有什么影响？

（8）我的行为可以反映我的价值观吗？例如，重视工作的变化、成长与突破的你，会选择单调枯燥、一成不变的工作吗？你会在父母的期望下，做出你并不中意的选择吗？

以上 8 点是了解价值观的基础。回答这些问题并不容易，在短时间内也不可能有完整的答案。因为价值观的显现有时候像是调皮、好动的小孩，不好掌握，动向不明；有时又像个文静高雅的淑女，没有明显的动作，却是人们注意的焦点。价值观可以是很明显的、清楚的，例如，对金钱的重视或者不重视；但是，经常发生的情况是，价值观伴随着很多个人主观、莫名甚至是无法解释的情绪因素。原本自认为可以洒脱不在乎的，当情况发生时，才会有失去那部分的失落和痛苦。

经过由浅入深的两次测试，你对自己的价值观和需求应该有了大致的了解，请把它记下来。

我最重视的生涯价值是＿＿＿＿＿＿＿＿，因为＿＿＿＿＿＿＿＿。

我最不重视的生涯价值是＿＿＿＿＿＿＿＿，因为＿＿＿＿＿＿＿＿。

（三）兴趣与能力

台湾学者林幸台指出，成功＝能力×兴趣×性格×价值观，除了你自己的人格特质、价值观之外，兴趣与能力对你的生涯选择也同样具有重要的影响力。

兴趣，简单地说就是："你喜欢什么？"然而，你究竟喜欢什么呢？这并不是一个可以简单回答的问题。我们可以尝试通过多接触尝试各种事物来试探自己的兴趣所在。然而，很多人花了很长一段时间寻寻觅觅，仍无法理清在许多个"喜欢"之间，究竟哪一个才是"最喜欢"。于是，对未来可能的发展感到茫然困惑，不知所措。只有了解了自己的兴趣所在，才可能站在一个良好的起点，开始愉悦、投入、成就、满意、肯定、自我实现的良性循环之旅。

你很有兴趣、很想做一件事，但是能力不足会让你裹足不前，没有勇气去做你喜欢的事。例如，你也许和大多数人一样，很喜欢整天坐在电脑前玩电脑游戏，但可能还不具备设计电脑游戏程序的能力，无法成为软件工程师。你也可能很想成为一名出色的外交官，却抱憾于自己的语言表达及沟通能力而难以圆梦。你甚至可能梦想成为众人欣赏追逐的影视明星，却遗憾于始终没有人欣赏你的歌声和演技。

有能力完成一些想做的事，必然会使你对自己更具有信心。然而，某些你很擅长的工作任务，却可能无法吸引你投入兴趣，这就是能力和兴趣的统一问题。就像有人可以当很好的医生，但他宁可从事自己喜欢的表演或创作工作；又如有人可能具有成为优秀运动员的天分，但他却喜欢较为静态的室内设计。此时，十分关键的问题经常是：你是否具备你所喜欢的工作所要求的能力？或者，你要如何培养你自己，才能具备你所需要的能力？

有些事你不会做，并不真的是因为你没有能力，而是因为你从来不曾"学"过，或者是你不曾给自己机会充分地学习。例如，你不会修理电器，可能只是因为从来没有人教过你如何修理电器。培养自己的能力，尤其是自己兴趣所在的能力，需要投资时间、金钱或精力，但是如果完全不愿意投资自己，那么你可能永远做不了你所想要从事的职业。你不妨仔细想想自己已经具备哪些方面的能力，同时思量在未来的生涯历程里，你需要什么样的能力。然后，从现在开始好好栽培自己，不让"能力"成为你生涯的绊脚石。

通过以上一系列的评估测试，你是否对你自己各个方面包括人格特质、兴趣、价值观及需求、能力有了全面而清晰的把握了呢？你是否挖掘出了自己更深层的特性了呢？当然，在了解自己的过程中，需要注意以下几个问题：

（1）要用发展的观点看待自我。你现在所具有的性格特征并不意味着就完全定型了。我们现在所了解到的自己，只是到目前为止所形成的自我，在以后的漫漫人生路中我们毫无疑问还会发展、会改变。

（2）前面我们介绍了了解自我有很多渠道，心理测验和量表只是其中的一种。虽然本书中介绍了很多的工具，但要注意不要过度、完全地依赖测评工具的结果和权威的忠告。工具的结果可以作为参考，帮助我们指示人生的方向，但如果完全依赖它，就是被工具操控，而不是你在运用工具了。除了工具之外，我们要学习主动对自我做深入的探索和了解，运用多元渠道全方位地了解自我。

（3）正确对待测试评估的结果。当你通过各种渠道，尤其是工具得出关于自己的信息时，要用正确的态度对待。一方面，你在选择职业的时候可以根据自己的特点扬长避短，选择适合自己、能发挥自己所长的职业，参考并遵循客观的结果；另一方面，当你得出令你矛盾困惑的结果，例如，你所钟爱的职业所需的特质和你所具备的不符，你也不用对职业选择产生犹豫、焦虑或恐惧心理，从而灰心绝望。这方面的障碍并不是不可突破的，通过你的规划和努力，参考的结果是可以充分变通的，关键就在于你能否挖掘出自己多元化的兴趣与能力，并保持两者间的一致发展。

进行职业选择时，除了依赖科学规划，还需要在实践中探索，在实践中积累、在总结中提炼、在发展过程中形成并最终清晰和确认。在当今的中国社会，我们面临着种种快速的改变，企业对人才的要求、对职位的需求，企业自己都没办法规划，规划没有变化快，这是现状。适合做什么职业是一回事，有机会做适合的职业又是一回事。适合与不适合又是处于变化当中的，它是动态的。今天不适合做这份职业，并不意味明天也不适合。因为我们的能力在变化，适合与否基于我们的能力和经历的积累。

此外，要在职场上出人头地，规划只是一个奋斗的方向，关键点在于自身的条件和对机会的把握，特别是行动和付出，因为一切好的结果都是通过实践做出来的。对于大学生来讲，有了职业规划，未必就会实现心中理想；没有职业规划，未必就没有将来。但是我们相信，对于任何一个充满理想和朝气的年轻人，只要他为着自己的志向不断做准备，他一定会赢得未来。进入了职场后，随着不断地实践和发现自己，职业的方向会更加成熟，也许，这个时候做出的职业规划，会更加切实可行。

做个小测试，了解一下自己，看看你属于哪种气质。

补充知识　　**气质类型调查表**

答案选择：A. 很符合，B. 较符合，C. 一般，D. 较不符合，E. 很不符合

1. 做事力求稳妥，不做无把握的事

2. 遇到可气的事就怒不可遏，把心里话全说出来才痛快

3. 宁可一个人做事，不愿很多人在一起

4. 到一个新环境很快就能适应

5. 厌恶那些强烈的刺激，如尖叫、噪音、危险镜头等

6. 和人争吵时，总是先发制人，喜欢挑衅

7. 喜欢安静的环境

8. 善于和人交往

9. 羡慕那种善于克制自己感情的人

10. 生活有规律，很少违反作息制度

11. 在多数情况下情绪是乐观的

12. 碰到陌生人觉得很拘束

13. 遇到令人气愤的事，能很好地自我克制

14. 做事总是常有旺盛的精力

15. 遇到问题常常举棋不定，优柔寡断

16. 在人群中从不觉得过分拘束

17. 情绪高昂时，觉得干什么都有趣；情绪低落时，又觉得什么都没意思

18. 当注意力集中于一事物时，别的事物很难使我分心

19. 理解问题总比别人快

20. 碰到危险情景时，常有一种极度恐怖感

21. 对学习、工作、事业怀有很高的热情

22. 能够长时间做枯燥、单调的工作

23. 符合兴趣的事情，干起来劲头十足，否则就不想干

24. 一点小事就能引起情绪波动

25. 讨厌做那种需要耐心、细致的工作

26. 与人交往不卑不亢

27. 喜欢参加热烈的活动

28. 爱看感情细腻、描写人物内心活动的文学作品

29. 工作学习时间长了，常感到厌倦

30. 不喜欢长时间谈论一个问题，愿意实际动手干

31. 宁愿侃侃而谈，不愿窃窃私语

32. 别人说我总是闷闷不乐

33. 理解问题常比别人慢些

34. 疲倦时只要做短暂的休息就能精神抖擞，重新投入工作

35. 心里有话，宁愿自己想，不愿说出来

36. 认准一个目标就希望尽快实现，不达目的，誓不罢休

37. 同样和别人学习、工作一段时间后，常比别人更疲倦

38. 做事有些莽撞，常常不考虑后果

39. 老师或师傅讲授新知识、技术时，总希望他讲慢些，多重复几遍

40. 能够很快地忘记那些不愉快的事情

41. 做作业或完成一件工作总比别人花的时间多

42. 喜欢运动量大的剧烈体育活动，或参加各种文艺活动

43. 不能很快地把注意力从一件事转移到另一件事上去

44. 接受一个任务后，就希望把它迅速解决

45. 认为墨守成规比冒风险强些

46. 能够同时注意几件事物

47. 当我烦闷的时候，别人很难使我高兴起来

48. 爱看情节起伏跌宕、激动人心的小说

49. 对工作抱有认真严谨、始终一贯的态度

50. 和周围人们的关系总是相处不好

51. 喜欢复习学过的知识，重复做已经掌握的工作

52. 希望做变化大、花样多的工作

53. 小时候会背的诗歌，我似乎比别人记得清楚

54. 别人说我"语出伤人"，可我并不觉得这样

55. 在体育活动中，常因反应慢而落后

56. 反应敏捷，头脑机智

57. 喜欢有条理而不甚麻烦的工作

58. 兴奋的事常常使我失眠

59. 老师讲新概念，常常听不懂，但弄懂以后就很难忘记

60. 假如工作枯燥无味，马上就会情绪低落

评分方法：

A：−2；B：−1；C：0；D：1；E：2

因子及总分算法（数字代表题号）

胆汁质：2＋6＋9＋14＋17＋21＋27＋31＋36＋38＋42＋48＋50＋54＋58

多血质：4＋8＋11＋16＋19＋23＋25＋29＋34＋40＋44＋46＋52＋56＋60

黏液质：1＋7＋10＋13＋18＋22＋26＋30＋33＋39＋43＋45＋49＋55＋57

抑郁质：3＋5＋12＋15＋20＋24＋28＋32＋35＋37＋41＋47＋51＋53＋59

量表解释

1. 计算每种气质类型的总分数。

2. 将每种气质类型的总分取绝对值。

3. 气质类型的确定：如果某类气质得分明显高出其他三种，均高出 4 分以上，则可定为该类气质。此外，如果该类气质得分超过 20 分，则为典型；如果该类得分在 10～20 分，则为一般型。

4. 如果某两种气质的得分相近（差异低于 3 分）而又明显地高于其他两种（高于 4 分以上），则可定为两种气质的混合型，如果三种气质的得分相接近，但均高于第四种，则为三种气质混合型，由此有 15 种气质类型。

(1) 胆汁质　　　(2) 多血质　　　(3) 黏液质　　　(4) 抑郁质

(5) 胆汁质—多血质　　　　(6) 多血质—黏液质

(7) 黏液质—抑郁质　　　　　　　　(8) 胆汁质—抑郁质

(9) 胆汁质—黏液质　　　　　　　　(10) 多血质—抑郁质

(11) 胆汁质—多血质—抑郁质　　　　(12) 胆汁质—黏液质—抑郁质

(13) 胆汁质—多血质—抑郁质　　　　(14) 多血质—黏液质—抑郁质

(15) 四种气质混合型

5. 如果你是男性，总得分在0～10分之间则非常内向，11～25分之间比较内向，26～35分之间介于内外向之间，36～50分之间比较外向，51～60分之间非常外向。如果你是女性，总得分在0～10分之间非常内向，11～21分之间比较内向，22～31分之间介于内外向之间，32～45分比较外向，46～60分之间非常外向。

辅导建议

四种气质类型各有特点。

多血质：感受性低而耐受性高，反应速度快而灵活，比较容易适应变化的条件。表现为活泼好动、反应迅速，表情丰富，易与人接近，不甘寂寞、善于交际、思维敏捷；易接受新事物，但印象不深；情感易产生也易变化，易外露，情绪不稳定，多变，不持久，体验不深，注意力不够稳定。

胆汁质：感受性低而耐受性强，反应速度快但不灵活，外倾性明显。表现为直率热情、精力旺盛、易冲动、脾气急躁；思维敏捷，但准确性差；感情明显外露，但持续时间不长。主要特点：兴奋性高，行为表现不均衡。

黏液质：感受性低而耐受性高，反应性低、情绪兴奋性低，感应速度缓慢而不灵活，有明显的稳定性，可塑性小。表现为安静稳重、沉默寡言；善于克制自己；善于忍耐，不善于空谈；情绪不易外露。动作缓慢，虽然注意稳定，但难于转移。主要特点：安静、均衡。

抑郁质：感受性高而耐受性低，严重内倾，情绪兴奋性高，反应速度慢，不灵活。表现为好静、体验方式少，但体验深刻、持久；感受性高，敏感，观察事物细致，情绪不外露，行为孤僻。主要特点：细致，不灵活。

气质与职业之间具有一定的匹配关系，人们从事与自身气质类型相适应的职业，能够更好地适应职业情境，更加"得心应手"，大致而言，上述四种气质类型的人在职业上具有如下的倾向性：

多血质的人，比较适合做社交性、文艺性、多样性、要求反应敏捷且均衡的工作，而不太适合需要细心钻研的工作。他们可以从事的职业很广泛，如演员、歌手、文艺工作者、记者、服务员、公关人员、销售员等。

胆汁质的人，较适合作反应敏捷、动作有力、应急性强、危险性大、难度较高而费力的工作。可以成为出色的运动员、警察、消防员、节目主持人、演讲者、冒险家等，但是不宜从事稳重细致的工作。

黏液质的人，较适应做有条不紊、刻板平静、耐受性较高的工作，而不宜从事激烈多变的工作。可从事的职业有：外科医生、法官、管理人员、出纳员、播音员、会计、调节员等。

抑郁质的人，能够兢兢业业地干工作，适合从事持久细致的工作，如技术员、排版工、化验员、雕刻工、机要秘书、保管员等。不适合反应灵敏、需要果断处理的工作。

四、如何执行你的计划

在确定了职业生涯目标后，行动便成了关键的环节。没有行动，目标就难以实现，也就谈不上事业的成功。这里所指的行动，是指落实目标的具体措施。例如，为达到目标，你计划采取什么措施提高你的工作效率？在业务素质方面，你计划学习哪些知识、掌握哪些技能提高你的业务能力？在潜能开发方面，你计划采取什么措施开发你的潜能？等等，都要有具体的计划与明确的措施，并且这些计划要特别具体，以便于定时检查。

（一）善于从小事从底层做起，做好长期作战计划

人生就像马拉松赛跑，如果你选择短跑式的职业，可能会在短时间内取得令人瞩目的成就，但那毕竟只是昙花一现，不是长久之计。相反，选择马拉松式的职业，刚开始你可能会被别人甩在后头，甚至遭到他人的鄙视，但是一旦进入事业的中期，你将会突飞猛进，最后成为他人眼中的"成功人士"。所以，在生涯规划中，你一定要选择马拉松式的职业，而不是短跑式的职业。

要善于从小事、从最具体的职业岗位做起。只要这种小事、具体的事与自己的最终职业目标一致，有利于个人职业目标的实现，都可以选择确定为自己的最初职业岗位。同样是管理专业毕业的两个人，一个选择高薪水的机关白领职位，另一个选择靠销售提成作薪水的销售业务员职位，在普通人看来，白领的工作比业务员的要好，但从个人职业生涯发展的角度来看，结果就不那么简单了。如果个性能力特征适合一般的机关白领职位而个人职业发展目标也是追求稳定和舒适，选择机关白领的职位是理想的；但对于追求富有挑战性工作，兴趣和职业志向是做企业的高层管理者的人来说，工作之初就选择"坐机关"，只会失去大好的锻炼机会，而选择做市场销售，从最基础的小事也是最艰难的事情做起，虽然暂时难一点，但从长远看，既可以锻炼能力又能积累宝贵的经验，应该说是为迈向高层奠定基础的必要过程，是实现长远职业目标的最好开端。

选择职业和企业的时候，要对其有深刻的认识，不要被眼前的一点小利所诱惑，也不要因为刚开始微不足道的薪水和不起眼的职位，就在别人的奚落中匆忙地做出变换的决定。必要的时候要放弃眼前的一些小利，去收获未来更大的成功。农业上的"剪枝"也是同样的道理，剪除果树上一些花叶繁茂的枝杈，看似是一种"糟蹋"，茂盛的花朵似乎预示了果实压枝的丰收，剪去实在是很可惜，但如果不这么做的话，那些生长过于茂密的枝杈会因营养不足或光照不足等原因，或者只开花不结果，或者不待果实成熟

便从枝头上掉落下来。所以，为了让农作物生长得更好，从长远的利益着想，"剪枝"是绝对有必要的。

英国路透社在对美国许多企业家进行采访后发现他们有一个共同的理念，那就是："人要有恒久的斗志"。具体来说就是："一个人应该拓展视野，树立远大的理想，并把它落实到生命里。当一个人具有了恒久的斗志时，眼前的困难或痛苦就会变得很渺小。"无论是谁，只要有恒久的斗志，都可以在40岁时重新学习或者创业；50岁时，可以挑战文凭考试；70岁时，可以重新盖一栋房子。

（二）不要惧怕失败，超越挫折，变逆境为机遇

美国职业培训大师保罗·斯托茨提出了"挫折商"（adversity quotient）这一概念，简称AQ。它是指一个人化解并超越挫折的能力。斯托茨认为可以从四个方面考察一个人的AQ：控制，即你在多大程度上能控制局势，这种控制感主要源于潜意识，与个人经验不是特别大；归因，AQ高的人会进行积极归因，认为自己应该为挫折负责，并相信自己一定能改变局面；延伸，AQ高的人不会将一个挫折事件过度泛化，不会因为一个挫折全面否定自己；耐力，在基于希望和乐观的基础上忍耐逆境。爱迪生为发明新型蓄电池经历了17 000次失败，肯德基创始人桑德斯上校经历了上千次的拒绝才把自己的炸鸡秘方推销出去。这些都反映了他们惊人的耐力。

"我曾两度创业，但都失败了。我入股朋友的公司，公司最后破产让我负债累累，而且这次的债务我扛了整整17年。23岁时，我参加加州议员的竞选，但是落选了。之后，我在州议员、州议员发言人、国会议员、参议员、副总统等各种选举中，又经历了8次落选。但是，我从不把失败当成我的宿命。我相信失败是成功之母，越是遭受失败，就越接近成功。我生平遭受过无数次的失败，但我始终没有中断过挑战。在公元1860年，我终于当选为美国总统。"以上这则自我介绍是以假想的口吻写的，主人公就是美国第16任总统林肯。林肯在回忆过往的艰辛岁月时这样说："我走过的路很滑，所以总让我摔倒在地。但每当这时候我总会打起精神对自己说：'虽然路有点滑，但幸好它不是绝路。'"

大家熟悉的NBA球员迈克尔·乔丹在高中的时候还只是个冷板凳球员，高二时连球队候补名单都进不了。直到从北卡罗来纳州大学毕业，他才总算成为一个"还不错的选手"，但他勇敢地向世人宣告："我要挤进NBA新秀名单！"当时在NBA排名第二的球队——波特兰开拓者队认为乔丹相对于克莱德·德雷克斯勒（当时波特兰开拓者队的灵魂人物）而言还只是个孩子，所以并没有让乔丹加入他们的球队。

然而，乔丹还是以首轮第三顺位被芝加哥公牛队选中。在加入NBA的初期，乔丹的实力仍然薄弱。身体单薄的他在球场上的角力对抗中明显处于劣势，而且作为一名得分后卫，他在外围的投篮命中率也相对较低。但乔丹以不懈的练习来弥补自己先天体能上的不足。他在打了几场比赛后确认自己相对于NBA其他球员在力量上有一定差距，于是着重加强肌力训练，并且反复练习自由投篮和定点跳跃投篮。

日复一日，乔丹进行着艰辛的基本功训练。一段时日后，他的跳跃投篮已经在比赛中成了"无人能挡的攻击武器"，他的三分球命中率也从 20％上升到 35％。在加入 NBA 一年多以后，乔丹当之无愧地被选为"年度新人王"。此后，他更带领芝加哥公牛队完成了 NBA 三连冠的霸业。乔丹战无不胜的法宝并非来自他的天赋，而是来自他的心态，他坚信"失败并不可怕，可怕的是不敢再次挑战"。

在挑战中，不要惧怕失败，有失败经验的人更容易成功。一些跨国企业特别重视失败，甚至把有失败的经验当成选择合作伙伴的必要条件。微软总裁比尔·盖茨在自传《走向未来之路》中，坦言自己在招聘时，在同等条件下会优先录取有过失败经验的人。他希望把这些有失败经验的人网罗在身边，当有一天微软遇到困境时，这些人能发挥他们的才能，带领微软走出逆境。

企业需要的并不是单纯拥有知识的人，而是能把拥有的知识运用到实际工作中，并能以有效的方法解决实际问题能力的人。这种能力不是毕业于顶尖学府就能拥有的，而是从经历无数艰辛和磨难的经验中获得的。严格来说，微软要选拔的员工并不是单纯的失败者，而是在失败中不断成长，并在最后获得成功的人，是那些人生经历坎坷，从而善于克服困难和挫折的人。

有时候，当你决定放胆去实现一个梦想时，总会听到亲友忧心的劝阻，例如，"这种事怎么可能成功？""像你这样的人应该会失败吧！""反正做也是白做！""还是打消念头吧！""选择比较安全的事，不是更舒服吗？"等等。他们的劝阻可能会让你放弃挑战，从而夺走你获得成功的机会。其实最后的决定权掌握在你手中，如果你还是决定放手一搏，虽然你可能会失败，但趁年轻去尝试这种通往成功的失败是很值得的。日本本田汽车公司创始人本田宗一郎鼓励年轻人要勇于向失败的大海里划桨："很多人在退休后，会为自己在职场生涯中从没犯过什么错误而沾沾自喜。但是我想说，从开始工作直到退休后我经常会有小失误，因为我从未停止去尝试新事物。不犯错的人，往往都是那些不会独立思考，只知道听从上级命令的机器人。就他们的一生而言，所谓的成功只占 1％，而剩下的 99％全是失败。因为成功只有通过不断的失败和不断的反省才能获得。"

▌测一测：你适合创业吗？

随着高等教育体制改革的深入、素质教育的全面推进和社会鼓励大学生创业的影响，有一部分创业意识较强的大学生毕业时利用自身掌握的专业知识和技能优势，或通过网络提供的便捷条件或通过社会融资或通过与投资商合作创业。选择自己创业的大学生，往往怀着一种替别人打工不如自己当老板的心态，这种自主创业的心理，非常适合当今社会期望受过高等教育的大学生毕业后能通过创业来增加劳动就业机会的需要，也有利于大学生自身成长成才，在更广阔的舞台上体现人生的价值。

1. 你是否经常激励自己？

　　A. 是　　　　　　　B. 否

2. 你经常畅想自己的目标并立即行动吗?

    A. 是   B. 否

3. 你认为现在你的朋友比一般人多吗?

    A. 是   B. 否

4. 你认为你的创业想法很棒,通过实践后一定能达到吗?

    A. 是   B. 否

5. 为了你的目标你有时会超负荷地工作吗?

    A. 是   B. 否

6. 你是否曾经为了某个理想而制订多年计划,并且按计划实施直到完成为止?

    A. 是   B. 否

7. 你是否能在没有父母及老师的督促下就自动地完成某项任务?

    A. 是   B. 否

8. 小时候你有从事买卖的经验吗?

    A. 是   B. 否

9. 你是否能够专注地投入个人兴趣浓厚的事情并坚持10个小时以上?

    A. 是   B. 否

10. 必要时你能让别人代替你工作吗?

    A. 是   B. 否

11. 为了创业你愿意放弃工作与生活的平衡吗?

    A. 是   B. 否

12. 你是否会为了赚钱而牺牲个人娱乐?

    A. 是   B. 否

13. 你认为你有足够的耐心吗?

    A. 是   B. 否

14. 你是个受欢迎的人吗?

    A. 是   B. 否

15. 你喜欢在残酷的竞争中生存吗?

    A. 是   B. 否

16. 你是否能独自完成自己的工作?

    A. 是   B. 否

17. 你认为你是个理财高手吗？

　　　A. 是　　　　　　　B. 否

18. 你认为你的创业计划一定能成功吗？

　　　A. 是　　　　　　　B. 否

19. 当你需要帮助时，你是否会满怀信心地说服别人来帮助你？

　　　A. 是　　　　　　　B. 否

20. 你是否能给人留下良好的第一印象？

　　　A. 是　　　　　　　B. 否

选 A 得 1 分，选 B 不得分。

总得分为 16～20 分，说明你的创业能力很强，你行事果断且有行动力，具备创业的素质及条件，有力压群雄之势，只要把握好机会，你成功的机会很大。但切记要因事立意，防止过于求胜反其道而行。

总得分为 10～15 分，说明你比较适合创业，你的创业意识较强，创业时要谨防焦躁，应从基础出发，脚踏实地，从小事做起。有时遇到问题过于犹豫，往往失去好的发展机会，因此如果有人指导，你的成功几率更高。

总得分为 9 分及以下，说明你比较不适合创业，做好你的工作可能会更适合你。

（摘自 http：//www.34law.com/lawtest/test/1412/lasttest_295.shtml）

补充知识

一、如何调整就业心态

徐小平，新东方教育科技集团董事，新东方文化发展研究院院长，被中国青年一代尊称为"人生设计师"。下面是他就大学生如何调整就业心态给出的建议。

靠自己的劳动赢得生存就是成功。难以找到工作的青年，一般有三种情况：一是缺少求职技巧的人；二是缺乏就业竞争力的人；第三种人我觉得最糟糕——他们认为"仅为生存工作是可耻的"，认为"大学生去当家政，扫厕所，去卖肉……是丢人的行为"。这种丢人的感觉，恰恰是最丢人的！

生存永远在成功之前，换言之，靠自己的劳动赢得生存，本身就是一种成功。假如上帝暂时没有给你很多机会，就让你扫厕所，那么你就必须面对现实，把厕所扫好。我在美国就扫过厕所。如今职场竞争激烈，人必须树立最基本的就业价值观：靠自己的劳动生存，永远是最基本的追求！只有把胃填饱之后，才有机会充实头脑，提升自己。

伟大出于平凡，辉煌也来自卑微，微软离破产永远只有半年，你离挨饿或许只有三天。首先要生存下来，才能更好地追求其他梦想。

我有个亲戚，大学刚毕业，去搬电脑，我说祝贺你了，就从搬运工做起。哪个旅馆的总裁不是从端盘子、打扫房间开始的？沃尔玛的创始人，就是从一个小杂货店起家的。美国著名影星史泰龙、施瓦辛格，在成名之前都曾做过裸体模特，李嘉诚14岁就肩负养家糊口的重大责任，天天琢磨下一顿吃什么……当年我这个北大教师，一心想成为音乐家或者哲学家，但到了美国，也感受到生存的艰难。我洗碗扫地，给必胜客送外卖，就差流浪街头了。把滚烫的比萨在没有变冷变硬之前送到客户手上，成了我唯一的艺术追求——同事笑我：送个比萨也这么有激情！可是我感到自豪，激情不是浮躁，不是幻想，激情是执著当下，全身心投入，激情是做好眼前事的一种素质。

我承认浮躁是一种时代必然。同样教育背景的人，有人月薪几万人民币，有人1 000元人民币，人心不可能不浮躁，但是，你必须把手头的工作做好，才可能真正进入一个成功者的境界。所谓成功者，并不单纯指百万富翁，也包括那些完美地完成一件工作，进而完成每件工作的人。

人生的伟大目标都是从养活自己开始，立足生存，追求梦想，这就是从卑微的工作干起的基本意义所在。

任何人都必须有敬业精神，能把小事干好的人，成功的几率更大。永远不要抱怨工作有多么无聊、渺小，只要开始工作，就有改进、提升和扩充自己的机会。譬如背英语单词，一天背1 000个单词，你肯定背不下来，会精神崩溃，但如果一天背几十个单词，就能轻松做到，以少积多。反过来，假如你一开始就想做比尔·盖茨，学哲学的一上来就想超过黑格尔，忽略手头的工作，最终可能会一事无成。

可以骑驴找马，但不要虐待那头驴。要么放弃这头驴，既然要了，你就要把它当成自己的旅伴和爱人，认真对待。

再回头说说扫厕所，你能把你负责的厕所弄得干净明亮，卫生清洁标准也比以前提升一个星甚至两个星，就意味着职位的提升和薪水的增加。新东方发展早期，俞敏洪从讲台到灶台，从教室到厕所，什么都管，他还曾发明了一个"熏醋疗法"，驱除了厕所里面难以驱除的异味，至今"俞敏洪会扫厕所"还在被新东方的元老们传诵。

新东方还有一个出名的"扫地王"张少云。他来自贫穷的农村，在新东方实用英语学院读了两年非正式的大专英语，毕业后就在新东方看教室、打扫卫生，但他发誓"扫地也一定要扫出出息来，扫出前途来！"他一边干好本职工作，一边确定了在新东方教书的目标，在家里挂了一个小黑板，模拟课堂，一遍一遍地讲，一遍一遍地写，坚持了一年多。到了2002年年初，他把这个小黑板带到新东方大楼，直接给招聘主管老师模拟讲课，一举成功。现在，张少云已经成为新东方学校最优秀的讲师之一。

不管做什么工作，一个人的工作做到别人没法替代的程度，就算成功。这种骑驴的态度，这种认真精神和敬业精神，才会感动上帝，也是个人能得到最大发展的直接原因。

（摘自 http：//www.beidaqingniao.org/zhiyeguihua/1466.html）

二、用人单位最欢迎什么样的大学生

《中国青年报》报道：什么样的大学生最受用人单位欢迎呢？北京高校毕业生就业指导中心 2006 年对 150 多家大中型企业事业单位的人力资源部门和部分高校进行的调查问卷显示，8 类求职大学生更容易得到用人单位的青睐。

1. 最短时间内认同企业文化

大学生求职前，要着重对所选择企业的企业文化有一些了解，并看自己是否认同该企业文化。如果想加入这个企业，就要使自己的价值观与企业指导的价值观相吻合，进入企业后，自觉地把自己融入这个团队中，以企业文化来约束自己的行为，为企业尽职尽责。

2. 对企业忠诚，有团队归属感

企业在招聘员工时，除了要考察其能力水平外，个人品行是最重要的评估方面，品行中最重要的一方面是对企业的忠诚度和职业稳定性。

3. 个人综合素质好

调查分析指出，有些企业，尤其是技术含量不高的企业，不只注重学生的学习成绩，而更看重学生的综合素质，这是现代企业的用人特点。

4. 有敬业精神和职业素质

新华人寿保险公司人力资源管理人士说：我们把高素质、忠诚负责的员工视为最宝贵的财富，敬业精神体现在责任感、主人翁意识，为做好工作而主动学习，注重细节，先付出后回报等方面。

5. 有专业技术能力

专业技能是技术含量高的企业很看重的用人标准，对专业人才的选拔可以说是精挑细选。

6. 沟通能力强，有亲和力

企业特别需要性格开朗，善于交流，有好人缘的员工。这样的人有一种亲和力，能够吸引同事跟他合作，给予他人帮助，通过他的努力，能够赢得更多的客户。

7. 有团队精神和协作能力

上海汽车工业总公司的人力资源人士认为，从人才成长的角度看，一个人是属于团队的，要有团队协作能力，只有在良好的社会关系氛围中，个人的成长才会更加顺利。

8. 带着激情去工作

热情是一种强劲的激动情绪，一种对人、对工作和信仰的强烈情感，一个没有工作热情的员工，不可能高质量地完成自己的工作，更别说创造业绩。

（摘自 http://www.zsr.cc/Returnee/StudentAbroadinfo/201004/422703.html）

三、大学应如何度过

李开复先生认为，只要做好了以下七点，大学生就能成为一个有潜力、有思想、有价值、有前途的快乐的毕业生。

1. 学习自修之道

美国教育家斯金纳曾有过一句名言："如果我们将学过的东西忘得一干二净时，最后剩下来的东西就是教育的本质了。"所谓"剩下来的东西"，其实就是自学的能力，也就是举一反三或无师自通的能力。大学不是"职业培训班"，而是一个让学生适应社会、适应不同工作岗位的平台。在大学期间，学习专业知识固然重要，但更重要的还是要学习独立思考的方法，培养举一反三的能力，只有这样，大学毕业生才能适应瞬息万变的未来世界。

2. 学好基础知识：数学、英语、计算机、互联网

如果说大学是一个学习和进步的平台，那么，这个平台的地基就是大学里的基础课程，主要包括数学、英语、计算机和互联网的使用，以及本专业要求的基础课程（如商学院的财务、经济等课程）。在科技发展日新月异的今天，应用领域里很多看似高深的技术在几年后就会被新的技术或工具取代。只有对基础知识的学习可以受用终身。另一方面，如果没有打下好的基础，大学生们也很难真正理解高深的应用技术。最后，在许多的中国大学生里，教授对基础课程也比对最新技术有更丰富的教学经验。

3. 实践贯通："做过的才真正明白"

有一句关于实践的谚语是这样说的："我听到的会忘掉，我看到的能记住，我做过的才真正明白。"无论学习何种专业，何种课程，如果能在学习中努力实践，做到融会贯通，就可以更深入地理解知识体系，可以牢牢地记住学过的知识。因此，同学们应多选些与实践相关的专业课。实践时，最好是几个同学合作，这样，既可经过实践理解专业知识，也可以学会如何与人合作，培养团队精神。如果有机会在老师手下做些实际的项目，或者走出校门打工，只要不影响课业，这些做法都是值得鼓励的。

4. 培养兴趣：开阔视野，立定志向

孔子说："知之者不如好之者，好之者不如乐之者。"（《论语·雍也》）快乐和兴趣是一个人成功的关键。如果你对某个领域充满激情，你就有可能在该领域中发挥自己所有的潜力，甚至为它而废寝忘食。这时候，你已经不是为了成功而学习，而是为了"享受"而学习了。最好的寻找兴趣点的方法是开阔自己的视野，接触众多的领域。唯有接触你才能尝试，唯有尝试你才能找到自己的最爱。而大学正是这样的一个可以让你接触并尝试众多领域的独一无二的场所。因此，大学生应当更好地把握在校时间，充分利用学校的资源，通过使用图书馆资源、旁听课程、网络搜索、听讲座、打工、参加社团活动、与朋友交流、使用电子邮件和电子论坛等不同方式接触更多的领域、更多的工作类型和更多的专业学者。

5. 积极主动：果断负责，创造机遇

被动的人总是习惯性地认为他们现在的境况是他人和环境造成的，如果别人不指点，环境不改变，自己就只有消极地生活下去。持有这样态度的人，事业还没有开始，自己就已经被击败。从大学的第一天开始，大学生就必须从被动转向主动，必须成为自己未来的主人，积极地管理自己的学业和将来的事业，理由很简单：因为没有人比你更在乎你自己的工作与生活。"让大学生对自己有价值"是你的责任。许多同学到了大四才开始做人生和职业规划，而一个主动的学生应该从进入大学时就开始规划自己的未来。

6. 掌握时间：事分轻重缓急，人应自控自觉

除了积极主动的态度，大学生还要学会安排自己的时间，管理自己的事务。安排时间除了做一个时间表外，更重要的是分清轻重缓急。"重要事"和"紧急事"的差别是人们浪费时间的最大理由之一。因为人的惯性是先做最紧急的事，但这么做会导致一些重要的事被荒废掉。例如，本节谈到的各种学习都是"重要的"，但它们不见得都是老师布置的必修课业，采纳了这些建议的同学们依然会因为考试、交作业等紧急的事情而荒废了打好基础、学习做人等重要的事情。因此，每天管理时间的一种好方法是，早上确定今天要做的"紧急事"和"重要事"，睡前回顾一下，这一天有没有做到两者的平衡。

7. 为人处世：培养友情，参与群体

大学是很多同学最后一次在相对宽松的环境中学习、培养、训练如何与人相处的机会。进入社会以后，在工作中与人相处的能力会变得越来越重要，甚至超过工作本身。所以，大学生要好好把握机会，培养自己的交流意识和团队精神。对于如何在大学期间提高人际交往能力，李开复先生的建议是：第一，以诚待人，以责人之心责己，以恕己之心恕人；第二，培养真正的友情；第三，学习团队精神和沟通能力；第四，从周围的人身上学习；第五，提高自身修养和人格魅力。学会与人相处，这也是大学中的一门"必修课"。

(摘自 http：//www. kaifulee.com)

关键词

择业心理　自我认知　生涯规划方法　规划执行

思考题

1. 请你根据本章内容，分析一下你的气质、性格、兴趣、能力、价值观是什么？

2. 试着利用 SWOT 分析、生涯平衡单来帮助自己进行职业选择。

3. 学完本章，根据你自己的职业生涯规划，你打算如何度过你的大学时光？

参考文献

[1] 边慧敏主编. 大学生职业生涯规划. 成都：西南财经大学出版社，2007

［2］张乐敏，吴玮，宋丽珍主编．大学生职业生涯规划与管理．上海：复旦大学出版社，2008

［3］许玫，张生妹主编．大学生如何进行生涯规划．上海：复旦大学出版社，2006

［4］曹广辉，王云彪主编．大学生职业生涯指导．天津：天津大学出版社，2007

［5］林永和主编．大学生职业生涯辅导．北京：经济管理出版社，2008

［6］李中莹．NLP 简快心理疗法．北京：世界图书出版公司，2003

［7］李中莹．重塑心灵：NLP——一门使人成功快乐的学问．北京：世界图书出版公司，2006

［8］［美］威尔·鲍温．不抱怨的世界．西安：陕西师范大学出版社，2009

［9］武志红．心灵的七种兵器．北京：世界图书出版公司，2008

［10］陈敏主编．大学生职业生涯发展与管理．上海：复旦大学出版社，2008

［11］王沛主编．大学生职业决策与职业生涯规划．北京：科学出版社，2007

［12］［韩］申铉满．人生规划书：30 岁前一定要做的 21 件事．海口：南海出版公司，2009

第八章
生命价值的追寻

本章提要

　　本章介绍了当代大学生的存在危机，探讨了疏离感与无意义感等，并且对当代大学生自杀问题进行了比较详尽的讨论，提出了如何有效预防自杀，如何帮助同学和自己走出自杀阴影。最后，详细阐述了弗兰克尔意义疗法理论，为大学生对人生意义的追寻提出了建议，并重点以弗兰克尔意义疗法为基础，论述了如何帮助大学生实现从普通学习到有意义的学习的转变。

　　一个叫东东的男孩，从小就患上了脑性麻痹症。这种病的症状十分可怕，肢体失去平衡感，手脚会时常乱动，口里也会经常念叨着模糊不清的词语，模样十分怪异难看。东东的腿还不方便走路。医生了解了他的情况之后，判定他活不过6岁。在其他人看来，他甚至没有办法过稍微正常的生活，更别谈什么前途与幸福。但他的父母却带着他四处求医，而他，也坚强地活了下来，而且靠顽强的意志和毅力，学会了编织的手艺，给同学们编织了很多生活用品，他精湛的手艺赢得了全校师生的好评。在一次学校表彰大会上，一个同学贸然地这样提问："东东，你从小就长成这个样子，请问你怎么看你自己？你有过怨恨吗？"在场的人都暗暗责怪这个学生的不敬，但东东没有半点不高兴，他以一句话做了结论："我只看我所有的，不看我所没有的，只要能活在世上，能给家人和周围的人一点帮助，我都要坚强地活下去！"

> 生命不可能有两次，但许多人连一次也不善于度过。
>
> ——吕凯特
>
> 生命是一条艰险的峡谷，只有勇敢的人才能通过。
>
> ——米歇潘

第一节　身边的故事

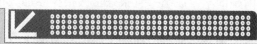

案例一： 一个抑郁症引发的悲剧

　　某高校女生小张，来自农村偏远地区，中学时成绩一直比较好，在家里也非常听话和懂事，无论是同学、老师还是家长，都对她非常满意，她自我感觉也较好，通过自己的努力，考上了心仪的大学。父母和亲戚们都以她为骄傲。她最深爱的弟弟，更是以她作为学习的楷模，在进入大学的第一天，她发誓一定要在大学里用最好的成绩来回报家人的期盼。

但是后来，小张发现事实并不能如她所愿，在大学里学习似乎不再是唯一的衡量标准，而自己又无一技之长，自己学的是外语，可农村高中的外语教育从来没有怎么训练听力与口语，她只会看只会做题，在运用方面比同学差得多，上课的时候同学们踊跃用英语交流，她感觉自己就像是一只丑小鸭，呆在教室的角落。在文体方面，同班、同宿舍同学很多都参加了各种社团，唱歌、跳舞、绘画，似乎她们什么都会，而自己，从中学起基本上没有参加过其他的社会活动，唯一能证明自己价值的就是学习成绩，于是她决心全力投入学习，以此来寻找自己在大学中的位置。但是在第一学期的期末考试中，她的成绩并不理想，由于上大学以前从未碰过电脑，她的计算机基础课考试不及格。这个打击让她感到极度痛苦，原本的一点引以为豪的东西也被打破了，大一第二学期开学后，她开始逃避与人交往，投入更多的精力在学习中，但是学习效率却越来越低，于是她开始失眠，连续一个月的失眠让她无法集中精力背一个单词，同学们发现了她的异常，纷纷过来劝解、帮助她，建议她去找心理老师，但生性好强的她不愿迈出这一步，并叮嘱同学，自己失眠的事不要和老师讲，自己会解决的。可想而知，在这种状态下她的学习每况愈下，她预感自己在这次期末考试中，肯定会考得更差，她觉得没脸面对自己的亲人，每日沉浸在无尽的自责之中，感到生活毫无意义可言，对任何事情都失去了兴趣。最终，这种强烈的抑郁情绪使她走向了一条不归路，在遗书中她写道："……原谅女儿，我觉得自己简直不是人，无颜再面对你们了，我的爸爸妈妈……我最亲爱的弟弟，我知道一直以来你以我为荣，可姐姐让你失望了，我并不强大，对不起……"

在整理她的遗物的时候，小张的父母、弟弟还有其他亲戚都到了学校，看着小张的遗书，两位老人泣不成声，"我们对你的爱，对你的期盼，那是我们以你为荣，没想到给了你那么大的压力，女儿，我们只想让你过得快乐！"弟弟悲痛得甚至一度休克："姐姐，你知道吗，在我心目中，你是那么完美，不是因为你学习好，是因为你在我心中总是那么坚强，可你却这样去了……"

分析：

考入大学后，家境并不是很富裕的小张在大学中感到和别人有一定的差距，这使得她极力想扭转这种状况。但是，正如她在遗书中所说，"我是个书呆子，我什么都不会"，"我只是一味学习，根本没有考虑过怎样交朋友，更没有锻炼什么能力"，由于以前她的学习成绩一直很好，又很少参加其他形式的社会活动，于是她就想靠她唯一比较引以为傲的学习来弥补自己的不足。但是，沉重的心理压力让她根本无法集中精力学习，因此导致学习成绩下降，学习的下降又进一步导致她产生更大的心理压力，继而使她走向自杀的不归路。

如果能对小张进行及时的疏导与干预，这种悲剧就不会发生了。大学生中自杀行为的主要根源是抑郁症，而且，抑郁症又具有高发率的特点。但是，抑郁症并非不治之症，只要采取适当的措施，是完全可以避免这种悲剧的发生的。

笔者目睹了许多学生自杀后，医院中父母凄厉的哭声，同学的悲伤，老师的惋惜。我们在生活中都会遇到各种各样的挫败，例如，挂科、失恋、失去人生的方向等，我们甚至也可能一度想过轻生，但事情过去后我们会发现那一切都是浮云而已！试着想想，高一的你想起初三的你，是那么傻，而在高二看高一，又是那么傻，当你走向工作岗位，看大学时的你，看大学时你的挫折，也会不屑于计较。这一刻的挫折并不那么可怕，有问题就有方法，自己无法克服，就及时求助专业人员。试想，如果小张同宿舍的同学及时告知了老师小张的失眠，让老师及时对她进行帮助和开导，也许就能挽回一条生命。

案例二：一封网络广为流传的遗书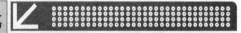

在大学四年的学习生涯中，我们难免会遇到这样那样的困扰与忧愁，有个别同学面对这些困难无法释怀，甚至走向极端，下面是网络广为流传的一封遗书，出自北大一名女生之笔：

我列出一张单子，左边写着活下去的理由，右边写着离开世界的理由，我在右边写了很多很多，却发现左边基本上没有什么可以写的。回想20多年的生活，真正快乐的时刻屈指可数，记不清楚上一次发自心底地微笑是什么时候，记不清楚上一次从内心深处感觉到归宿感是什么时候。也许是我自己的错吧，不能够去怪别人，毕竟习惯决定了性格，性格决定了命运。我并不是不愿意珍惜生命，可如果某一时刻你发现活下去，20年，30年，活着，然而却没有快乐，没有希望，不愿去想象，还要这样几十年下去，去接受命运既定的苦难，看着心爱的人注定地远去，越来越不堪忍受的环境，揪心的孤独感，年轻不再，最终多年以后一个孤苦伶仃的可怜老人形象，没有亲人，没有朋友，苟延残喘活在过去回忆的灰烬里面，那又为什么不能够在此时便终结生命？不用再说生命的价值了。是的，比起任何一个还要忍受饥饿、干渴、瘟疫的同龄人，我真的觉得自己很幸福，但这是相对的，20年回忆中真正感到幸福的时刻屈指可数。我不明白，为什么小学的时候无比盼望中学，曾经以为中学会更快乐，中学的时候无比盼望大学，曾经以为大学会更快乐。盼望离开欺负与讥讽自己的人，盼望离开被彻底孤立的环境，人生每一个阶段的最后，充满了难以再继续下去的悲哀，不得不靠环境的彻底改变来终结，难道说到了现在，已经走到了终点。对于亲人，我只能表示无奈，或许死后的寂静，就是为了屏蔽他们的哭声，就是能让人不会在那一刻后悔。是的，20年，但是我无法忍受这种行尸走肉一般的生活，觉得生活如同死水泥潭一般，而我深陷其中，猥琐、渺小而悲哀，不可能再做出任何改变。如果人死的时候可以许一个一定会实现的愿望，我也许会许下让所有人更加快乐吧。人应该有选择死亡的权利，无法负担，以前或许不明白这种感觉，对自己的悲哀，痛到心尖在颤抖。或许死亡本身就是一个轮回的开始，用悔恨来洗刷灵魂然后新生，或者回到过去重新开始。

分析：

其实，这位同学面对的问题几乎是所有大学生都会面对的，但是大部分同学面对困难时，会选择用一种良好的心态来面对，并在人生道路上活出了自己的精彩，而这名女生，我们只能为之惋惜。亲爱的同学，在大学里你也会遇到各种各样的磨难苦楚，你是否准备好了健康的心态来面对呢？其实，快乐与痛苦，都是自己的选择！

▌案例三：一个真实的故事

张海迪，1955 年 9 月生于济南，中国著名残疾人作家，哲学硕士。现任全国政协常委，中国残疾人联合会主席，中国作家协会委员，山东省作家协会副主席。

张海迪 5 岁时因患脊髓病导致高位截瘫。她无法上学，便在家自学完中学课程。

1970 年，她 15 岁的时候，跟着父母到农村生活。在农村，她处处为别人着想，为大家做事。她发现当地小学里没有音乐教师，就主动到学校教唱歌。课余还帮助学生组织自学小组，给学生理发、钉扣子、补衣服。她发现村里缺医少药，就决心学习医疗常识和技术，用零花钱买医学书、体温表、听诊器和常用药物。她先后读完了《针灸学》、《人体解剖学》、《内科学》、《实用儿科学》等医学书籍。学针灸时，为了体验针感，她在自己身上反复练习扎针。短短的几年，她居然成了当地的一个年轻的"名医"，为群众无偿治疗达 1 万多人次……只要有人求医，她就热情接待。重病号不能行动，她就坐着轮椅，登门给病人扎针、送药。有一位姓耿的老大爷，因患脑血栓后遗症，6 年不能说话，并瘫痪了 3 年，一直没治好。张海迪一面在精神上鼓励耿大爷增强战胜疾病的信心，一面翻阅大量书籍，精心为耿大爷治疗。后来，耿大爷终于能说话了，也能走路了。

张海迪身患高位截瘫，而她在病床上，通过镜子反射来看书，最后张海迪以惊人的毅力学会了 4 国语言，并成功地翻译了 16 本海外著作。

1983 年，《中国青年报》发表《是颗流星，就要把光留给人间》，宣传张海迪怀着"活着就要做个对社会有益的人"的信念，以保尔为榜样，勇于把自己的光和热献给人民的故事。她以自己的言行，回答了亿万青年非常关心的人生观、价值观问题。张海迪名噪中华，获得了两个美誉，一个是"80 年代新雷锋"，一个是"当代保尔"。1983 年 5 月，中共中央发出《向张海迪同志学习的决定》，党和国家领导人邓小平、叶剑英、李先念等八位老一辈无产阶级革命家先后为张海迪题词，表彰她积极进取、无私奉献的精神。邓小平的亲笔题词是："学习张海迪，做有理想、有道德、有文化、守纪律的共产主义新人！"

1991 年，张海迪在做过癌症手术后，继续以不屈的精神与命运抗争。她开始学习哲学专业研究生课程，经过不懈努力，她写出了论文《文化哲学视野里的残疾人问题》。1993 年，她在吉林大学哲学系通过了研究生课程考试，并通过了论文答辩，被授予硕士学位。张海迪以自身的勇气证实着生命的力量，正像她所说的"像所有矢志不渝的人一样，我把艰苦的探询本身当做真正的幸福。"她以克服自身障碍的精神为残疾人进入知识的海洋开拓了一条道路。

张海迪多年来还做了大量的社会工作。她以自己的演讲和歌声鼓舞着无数青少年奋发向上，她也经常去福利院、特教学校、残疾人家庭看望孤寡老人和残疾儿童，给他们送去礼物和温暖。近年来，她还为灾区和贫困儿童捐款，捐献自己的稿酬。她还积极参加残疾人事业的各项工作和活动，呼吁全社会都来支持残疾人事业，关心帮助残疾人，激励他们自强自立，为残疾人事业的发展做出了突出的贡献。

张海迪曾应邀出访日本、韩国，举办演讲音乐会，她的自强不息的奋斗历程也鼓舞着不同民族的人民。1995 年，她曾作为中国政府代表团成员参加了第四次世界妇女大会。1997 年被日本 NHK 电视台评为世界五大杰出残疾人。

张海迪曾当选共青团第十一届中央委员，并长期担任中国残疾人福利基金会理事，中国残疾人联合会主席团委员，山东省残疾人联合会副主席，山东省青年联合会副主席等职务。张海迪在本职岗位和社会工作中自强不息，以满腔的热忱和高尚的品格服务社会，奉献人民，在广大人民群众中有很高的声誉和威望，是一个经得起时间考验的好典型。她是中国一代青年的骄傲，也是中国残疾人的杰出代表。

2008 年 11 月 13 日，张海迪当选中国残联主席。

（摘自百度文库）

分析：

张海迪的故事让人们永远都记住了她，记住了那个说过"是颗流星，就要把光留给人间"的"灰姑娘"，记住了那个数次打破医生对她生命期限的预言、昂首笑对人生的"弱女子"。这份坚强，这份乐观，这份面对困难时表现出来的无畏的心态，正是我们要学习的榜样！

第二节　大学生生命存在体验

一、生命与生命教育

（一）生命及其特点

要了解生命的意义，我们首先要了解什么是生命。一般来说，生命是生物的组成部分，是生物所具有的生存发展性质和能力，是生物的生长、繁殖、代谢、应激、进化、运动、行为过程中所表现出来的生存发展意识，是人类通过认识实践活动从生物中发现、界定、彰显、抽取出来的具体事物和抽象事物。它具有四个基本特点。

(1) 个体性。任何生命都是独一无二、无可替代的。生命在实际存在的过程中获得规定和本质，它是现实的而不是抽象地存在于生活之中。

(2) 有限性。生命具有时间性，像时间一样不可重复、不可逆转，同时生命又处在不断变化着的时间之流中，因而生命又是不确定的，生命的不确定性决定了生命的未完成性，无论人现在怎样，可能性永远高于现实性，人永远处于未完成之中。

(3) 意义性。意义是人的生命的一个特征，是人之所以为人的本质。人总是有意识地主宰和驾驭自己的生命活动去实现自己的意志和目的，进而把有限的生命引向永恒和无限的意义境界，人的一生就是不断追寻生命意义的一生。

(4) 更新性。生命的本质处于不断的生成和不断的建构中，具有永远向着未来开放的可能性，生命在不同的阶段呈现出不同的特征。

生命是一个复杂的系统，是由相互联系的要素所组成的一种物质的特殊存在方式。人的生命可分为四个组成部分：自然生命、精神生命、价值生命以及智慧生命。自然生命是人之生命的根本，是生命存在的物质载体和本能的存在方式，强健的体魄是生命的源泉。精神生命是人之生命的升华，它赋予人灵性，使人有了灵魂，健全的人格是精神生命的意义所在。价值生命是人之生命的取向，它使人有了价值标准与判断，使人的主观性、目的性与客观性、实践性统一起来。真善美的完美结合是生命的内在尺度，是价值性的追求。智慧生命是人之生命的创造与超越，它使人的认识更加理性，使人的精神更加健康、崇高，使生命的意义更加丰富、完美。智慧生命是人发展的动力源泉。

这四个部分体现出人的身体、心理、智慧、价值、道德的完整性和统一性，它们是生命系统的不同要素，各自发挥着不同的功能。自然生命、精神生命、价值生命、智慧生命这四个部分构成一个整体，共同构成了人的完美生命。一个人的生命质量如何，不只是我们说的自然生命，即身体好就行，还要看精神生命、价值生命和智慧生命。人若离开其中任何一种，其生命都是不完整的。①

(二) 生命教育

生命教育就是为了生命主体能够自由和幸福所进行的教育，它是教育的一种价值追求，也是教育的一种存在形态。生命教育的宗旨是：捍卫生命的尊严，激发生命的潜能，提升生命的品质，实现生命的价值。生命教育的目标是：关注生命，尊重生命，珍爱生命，欣赏生命，敬畏生命。

在校园教育中，生命教育应该依据生命的特征来进行，遵循生命发展的原则，以学生自身潜在的生命基质为基础，通过选择适当的教育方式，唤醒生命意识，启迪精神世界，开启生命潜能，提升生命质量，关注生命的整体发展，使大学生成为充满活力、具有健全人格、鲜明个性的个体。

很多教育学家、心理学家都将生命教育纳入大学生的心理健康教育中，生命教育成为

---

① 参见曹新祥、徐伟强：《诠释学校教育应推进"生命教育"》，载《东华理工学院学报（社会科学版）》，2004 (2)。

大学阶段心理教育的重点之一。

二、大学生存在的危机感

(一) 无意义感

今天，我们生活在一个科学技术高速发展的时代。科学技术的发展极大地丰富和扩展了人的生活空间和领域，促进和提高了人们生活的便利性和生命的成就感，为提高人的生命质量创造了机遇和条件。可是技术理性带来的并不都是美好与幸福。人类在享受自身发明创造成果的同时，也需要承受前所未有的重负。生态环境的破坏，资源的日益枯竭，恐怖主义的泛滥，贫困、疾病和犯罪，等等，这一切都直接或间接地侵蚀着人的生命感，威胁着人类的存在；另一方面，人们都生活在追求成功的重压之下，而成功并不一定能够为他们带来幸福感，相反，面对传统文化所建构的意义世界的解体和瞬息万变及复杂多样的现代生活，不少青年人逐渐丧失了支撑其生命活动的价值资源和意义归宿，深深陷入一种强烈的无意义感。

现代社会的本质就在于出现的领域越来越多，内容越来越繁杂，变化的进程越来越快，以人们有限的精力、生存空间以及时间，无法把握变化如此之大的社会生活，这让许多学生劳累不堪。我们放眼四周，人们追求名利、弄潮逐浪、追明星赶时髦，没完没了，这种社会形势，让处在"半个社会"中的很多大学生迷失了自我。

人们不仅想要得到越来越多的东西，要去适应越来越多的物质与精神的追求，而且还越来越看重外在的目标。但实际上，在我们的心灵深处，每个人需要爱的程度远远超过其他任何事情，只是我们都忽略了。我们急于追求其他的目标，如事业、金钱和财富，我们专注地追逐休闲、娱乐，而忘了生命中更重要的事。这时常使人深感自身的有限性，感受到自我的渺小，感受到生活中有太多太多的无奈，造成身心疲惫不堪，有时甚至觉得自己被他人所冷落，被社会所遗弃，被生活所埋没。

现在越来越多的大学生获得了"何以为生"的技能，但不知道"为何而生"；他们找不到人生的终极目标。面对越来越激烈的竞争，他们已没有时间和能力去理解、感悟、欣赏生命，一旦遭到挫折和打击，轻则产生心理问题，重则走向自我毁灭，这样心理背景下的大学生，越来越多地感受到一种无价值感、无意义感。

(二) 疏离感

"疏离"一词来源于拉丁文的"alienatio"（异化、外化、脱离），英文单词是"alienation"（疏远、转让、异化、精神错乱）。

疏离在不同的学科（包括社会学、社会政治哲学、精神分析学、存在主义哲学等）中都被提到过。在社会学中，疏离是指个人同他的社会存在的主要方面相离异。在经济学中，它是指人们在经济领域中所产生的各种对立关系。[1]

---

[1] 参见杨东、吴晓著：《疏离感研究的进展及理论构建》，载《心理科学进展》，2002（1）。

疏离一词引入心理学后，主要指社会成员心理上的无力、疏远、冷漠感，强调的是个体主观上的心理感受和体验。

大学生与周围的人、社会、自然以及自身所组成的这样一个关系网络系统保持适当的关系，不仅有利于个体自身的成长，也有利于个体情绪的稳定和正向情感体验的产生。但是随着科学的高速发展，社会发生巨大变动，物质不断丰富，竞争进一步加剧，都市信息化加速，人与自然的严重脱节等都对人的心理产生了巨大的影响，使人们产生了心理上的压力，也促进了疏离感的产生。

我国台湾学者张春兴通过对疏离感的研究发现：由于社会变迁和都市工业化的影响，人与其生活环境间失去了原有的和谐，从而形成现代人面对其生活时的疏离感。他认为疏离感包括四种情感成分，即社会孤立感、无意义感、自我分离感、无能为力感；车文博在《心理咨询百科全书》中把疏离感诠释为对原来熟悉的事物觉得陌生，或对原来很自然的事物觉得别扭，认为它是人格解体症状群的一个组成部分。另一些研究者认为自我疏离是指个体所经验到的一种自我虚无感，感到自我的存在不是真实的；也有一些研究者把疏离感解释为个体所经验到自身与生活分离的感觉，经常有无力、无助、无奈等复杂的感受；还有一些学者认为疏离感是一种错误的认识，这种错误的认识是对已经很熟悉的情况或人感觉不熟悉或陌生。

国内对疏离感的实证研究还很少，有学者曾做过大学生疏离感的初步研究，通过因素分析后发现：大学生疏离感的结构包括两个层次 10 个维度，即孤独感、无助感、空虚无聊感、无幸福感、消极感、无为感、自卑感、盲从感、欲求不满足感、对立感等。

三、大学生的生存状况

当前大学生的生活质量随着经济的发展日益提高，但是在心理或者精神方面却逐渐空虚，主要表现为以下几种明显的问题心理状况。[①]

(一) 生活适应性不强

大学生生活能力偏弱的情况普遍存在。尽管各高校都在倡导"自我教育、自我管理、自我服务"，但大学生普遍不能够很好地处理自己的事务。有相当一部分的学生在上大学之前，没有出过远门，而且在家里又极受宠爱，过着衣来伸手、饭来张口的生活。上大学后，一些学生连简单劳动都不会，甚至请人洗衣服、叠被子；丢失各种证件的事情也时有发生，这从侧面反映出学生处理日常事务能力的不足。

(二) 对挫折的心理承受力弱

目前高校的在校学生大多出生于国家改革开放之后，成长于国家经济发展之时，物质条件明显改善，这些在顺境中成长的孩子很多都是独生子女，承载了很多的溺爱，在家里娇生惯养，在校一心读书。可以说"在学校老师宠着，在家里父母捧着"。父母为孩子扫清了成长道路上的障碍，希望孩子的人生之路走得顺利，但是顺境中长大的孩子没有应对

---

① 参见樊富珉、王建中主编：《当代大学生心理健康教程》，武汉，武汉大学出版社，2006。

挫折的经验，一旦面临学业、生活、感情方面的挫折，部分学生就显得无所适从，找不到解决问题的正确途径，从而感到失去了生活的依靠，甚至开始怀疑人生。

（三）人际关系心理不完善

良好的人际关系是大学生社会化过程中的重要组成部分，也是保持良好心理状态的必备条件。大学生来自五湖四海，有着不同的生活习惯和个性特点，很容易造成人际关系不和。大学生的人际关系心理问题具体表现为：人际关系不适应，不能很好地处理师生关系、同学关系和与异性之间的关系；社交不良，缺乏在公众场合表达自己思想的能力与勇气；个体心灵封闭，缺乏人际交往经验和人际魅力，阻碍了良好的人际交往圈的形成。

（四）学业和情绪心理方面的缺陷

学业方面的心理缺陷主要表现为：学习动力不足，认为学习压力过大，甚至产生厌学情绪；学习目的不明确；学习成绩不理想；学习动机功利化（突出表现为"考证热"）。稳定的情绪、积极良好的情绪反应，是大学生成长成才的重要因素，也是大学生心理健康的重要因素。

第三节　漠视生命价值

2003 年 9 月 10 日是世界卫生组织和国际自杀预防协会共同确定的全球第一个"预防自杀日"。

有网友简单罗列了 2010 年 1～3 月的大学生自杀个案：

1 月 8 日，宁波市浙江万里学院国贸专业一名大四学生上吊身亡。

1 月 12 日，温州一大学的学生，留下一份带着泪水的遗书后，在洞头一风景区跳崖身亡。

1 月 13 日，一孝感籍大学生在杭州的租住屋内，用菜刀割颈自杀。

1 月 15 日 10 时左右，南阳师院一正在参加考试的大一女生退出考场，跳楼自杀。

1 月 31 日凌晨 2 时许，某大学旅游学院一名大三女生用毛巾上吊身亡。

1 月 31 日上午，一名大学男生在宿舍里用刀自杀重伤，所幸被人及时发现。

2 月 22 日，北京某大学一名研究生在校外租住处自杀身亡。

3 月 2 日，西安邮电学院一男生因拿不到毕业证，服毒自杀。

···········

一、不得不说的自杀

（一）什么是自杀

一般来说，自杀是指个体蓄意采取各种手段结束自己生命的行为。

19 世纪末，法国社会学家涂尔干因其对自杀原因的解释和分类深受学者的重视。涂尔干在他的社会学著作《自杀论》中认为，自杀并不是一种简单的个人行为，而是对正在解体的社会的反应。社会的动乱和衰退造成了社会—文化的不稳定状态，破坏了对个体来说非常重要的社会支持和交往，因而削弱了人们生存的能力、信心和意志，这时往往出现自杀率明显增高的现象。

世界卫生组织对自杀的定义为：一个人有意识地企图伤害自己的身体，以达到结束自己生命的行为。

中国精神疾病分类方案与诊断标准提出的自杀定义是：有充分根据可以断定系故意采取的自我致死的行动，其动机可能是悲观绝望、委屈、抗议、畏惧罪责、迷信驱使和精神障碍等。

自杀是一个不容忽视的社会问题，自杀不仅给个人和家庭带来伤害，也会对社会造成严重的影响。

（二）自杀的现状

1. 自杀率

自杀已成为近年来全世界精神卫生研究领域的重要课题之一。在美国，自杀在各种死亡原因中排第 8 位。美国每年有 30 多万人死于自杀，而自杀未遂者是自杀致死的 8 到 10 倍。国际上习惯将年自杀率大于 0.1‰ 的国家称为高自杀率国家，年自杀率小于 0.1‰ 的国家称为低自杀率国家。就全球而言，相关统计显示，发达国家自杀率超过发展中国家，尤以日本为最高，欧洲高于美洲和大洋洲，非洲最低。自杀发生率高的发达国家，如挪威、瑞典等，自杀率达 0.25‰，低自杀率的国家，如西班牙、意大利，自杀率也达到了万分之一。

北京心理危机研究与干预中心的最新研究报告显示：中国每年有 28.7 万人死于自杀，200 万人自杀未遂，平均年自杀率为 0.23‰，高于世界平均水平。从 1987 年开始，中国的自杀率一直保持一个较为平稳的状态，没有明显的增减幅度。中国的自杀率是世界平均自杀率（0.1‰）的 2.3 倍，是我国台湾地区的 3 倍多，成为世界上的高自杀率国家之一。自杀在中国是位于第五位的死亡原因。而在 15～34 岁的青少年死亡人口中，因自杀失去生命的人数占总人数的 20.04%，居死亡原因的首位。如计算绝对数字，世界上 20% 的自杀发生在中国。自杀在我国正成为越来越重要的公共卫生问题，这一点已成为全社会的共识。

2. 自杀状况的特点

尽管学术界对自杀率及自杀的绝对数字一直有争议，但对中国自杀的独特性几乎没有任何疑义。调查研究的结果显示：中国农村的自杀率是城市的 3 至 5 倍，即中国 90% 的自杀事件发生在农村；女性自杀率比男性高 25% 左右。这与西方国家的自杀情况完全不同。西方国家的自杀率是城市高于农村，城乡差异较小。在欧美一些国家，男性的自杀比例至少是女性的 3 到 4 倍。中国是世界上唯一的女性自杀率超过男性自杀率的国家，尤其是在农村地区。中国农村年轻女性的自杀率比年轻男性高 66%，中国女性总自杀率高可能是因为农村的年轻女性的自杀率非常高所致。以往学者对中国女性自杀人数多于男性的解释是因为遭受了"不公平的对待"。而在发展中国家，男女不平等现象都相当严重，尤其非洲一些国家，那里妇女的地位更加低下，社会更加歧视妇女，但并不存在女性的自杀率普遍高于男性的现象。我国独特的自杀状况的具体原因是什么，目前在学术界还没有统一的观点。

3. 大学生自杀问题现状及认识误区

我国大学生自杀已成为大学生非正常死亡的最主要原因。据不完全统计，2001—2005年我国有209名大学生自杀死亡（费立鹏，2004）。近两年，某地区高校就有近20名大学生因各种原因自杀，其中某高校在短短一个月内就有4个人相继自杀。据调查研究，有10.7%的大学生表示当遭遇挫折时曾想到过结束生命。李丽华、王小平（2007）通过对在校大学生进行调查，发现大学生中自杀意念检出率较高（20.31%），有自杀意念的大学生心理问题多，自尊水平低。可见，大学生的心理还是相当脆弱的，相当一部分人想过选择自杀这种极端的处理方式。

大学生的自杀问题日益成为社会关注的焦点，但由于各种原因，人们对它的认识存在各种误区。第一，人们对大学生自杀的现状有夸大性。具体来说，大学生自杀人数的确有逐年增多的趋势，但并没有人们想象的那样严重。有研究指出：国内大学生自杀率只在0.02‰~0.04‰之间，远远低于我国0.23‰的自杀率。我们有将大学生自杀数量异常放大的错觉，这是由于发生大学生自杀事件之后，媒体（包括网络）都会把目光聚焦在这些事情上，给我们造成一种感觉，大学生自杀事件发生频繁。但是实际上，和社会别的群体比较起来，大学生并不能算自杀高危人群，但是，大学生是知识阶层，又被认为是"塑造未来的一代"，他们更容易受到社会关注，其自杀行为也容易被放大。第二，对大学生自杀的原因分析存在片面性。人们习惯于从生理、心理角度进行分析，认为是大学生心理脆弱，但心理同样受社会文化等因素的影响。但是现在对大学生自杀原因的分析往往轻视社会文化原因，分析存在片面性。第三，解决大学生自杀问题的途径存在单一性。在如何应对大学生自杀的问题上，各高校采取的措施都是成立大学生心理健康咨询中心，对存在心理障碍和心理问题的学生进行积极的干预，但仍未有效地从源头上进行预防，控制大学生自杀率上升的势头（李道友，2007）。

（三）自杀的类型

涂尔干在自杀论中将自杀分为四种类型，很多研究者都沿用了这种分类法。[①]

1. 利他性自杀

利他性自杀指在社会习俗或群体压力下，或为追求某种目标而自杀。这种情况常常是为了负责任，牺牲小我而完成大我。如屈原投身汨罗江，以死唤起民众的觉醒；孟姜女哭长城，殉夫自杀；疾病缠身的人为避免连累家人或社会而自杀等。这类自杀者的共同心理是死是有价值的，是唯一的选择。涂尔干认为这类自杀在原始社会和军队里较多，在现代

---

① 参见王根顺、王彬斐：《当代大学生自杀心理研究综述》，载《江苏高教》，2006（6）。

社会里越来越少，但也有。

2. 自我性自杀

自我性自杀与利他性自杀正好相反，指因个人失去社会之约束与联系，对身处的社会及群体毫不关心，孤独而自杀。如离婚者、无子女者。涂尔干认为这类自杀在家庭气氛浓厚的社会发生几率较低。

3. 失调性自杀

失调性自杀指个人与社会固有的关系被破坏。例如，失去工作、亲人死亡、失恋等，令人彷徨不知所措、难以控制而自杀。

4. 宿命性自杀

宿命性自杀指个人因种种原因，受外界过分控制及指挥，感到命运完全非自己可以控制时而自杀。例如，监犯被困于密室中、宗教徒为信仰而献身。

中国有学者把自杀分为情绪性自杀和理智性自杀两类。

情绪型自杀常常由爆发性的情绪所引起，包括由委屈、悔恨、内疚、羞惭、激愤、烦躁或赌气等情绪状态所引起的自杀。此类自杀进程比较迅速，发展期短，甚至呈现即时的冲动性或突发性。

理智性自杀不是由于偶然的外界刺激唤起的激情状态所导致的，而是由于自身经过长期的评价和体验，进行了充分的判断和推理以后，逐渐地萌发自杀的意向，并且有目的、有计划地选择自杀措施。因此，自杀的进程比较缓慢，发展期较长。

杨张乔（1991）针对自杀者的心理承受能力、各种社会关系处理上的困境和自我解脱能力将大学生自杀分为权意性自杀、自喻性自杀和迫协性自杀。

权意性自杀：权意，是指对权利的意识。大学生经由社会化，就年龄而言已经是法定行为责任人，是各种权利的享有主体。但社会对刚刚成熟的大学生有种种疑虑和担忧，因此在权利的享有上加以种种限制。这往往与大学生的自我权利意识发生矛盾和对立，当这种矛盾被激化就有可能导致极端的自杀行为。

自喻性自杀：这种自杀是在象征性的自我内省中发生的。它包括自尊性自杀和自怯性自杀。如有些大学生与人争吵受辱、犯错而被人歧视，与同学、老师发生矛盾等而自杀，这属于自尊性自杀；另一些人因为悲观厌世、害怕厄运、身患疾病等而自杀，这属于自怯性自杀。

迫协性自杀：这类自杀是在外部压力过大而自我无法承受的情况下发生的。例如，有些大学生因受人诬陷、受人虐待、遭受挫折或学习压力过大而自杀。

(四) 对自杀认识的误区

人们对自杀普遍存在着大量的误解，事实上有时会被一些假象弄得混淆不清。有关自杀的误解如下：

1. 与可能自杀的人讨论自杀将诱导其自杀

事实上一般应该和可能自杀的人讨论自杀。与一个想自杀的人讨论自杀可以使其产生信任的感觉，通过信任感的建立，及时发现其自杀企图，对其自杀的危险性进行正确的评估，使其体会到关爱、同情、支持和理解，帮助他缓解压力，从而采取正确处理问题的方式。当然，谈话时要注意方式方法，在涉及有关自杀的方法、手段时要谨慎。

2. 威胁别人说要自杀的人不会真正自杀

事实上大量的自杀身亡者曾经威胁过别人或者对别人公开过自己的想法。许多自杀者在行动前常常矛盾重重，他们拿死亡做赌注，希望可以换得别人的关注，想要看到有人来挽救他们。很少有人是在不让别人知道他们的想法的情况下自杀的。

3. 自杀是一种没道理的事情

事实上从自杀者的角度看，几乎所有采取自杀行动的人似乎都有充足的理由。自杀者长期面对压力或被其他问题所困扰，导致身体和精神上的损耗。如果这种损耗长期持续下去，就很可能会导致其精神崩溃，走向自杀的极端。

4. 自杀者有精神疾病

事实上仅有小部分自杀者患有精神疾病。他们大多数人是处于严重的抑郁、孤独、绝望、无助、被虐待、受打击、深深的失望、失恋或者别的情感状态的正常人。而且如果给自杀者贴上精神疾病的标签，那些自杀未遂者会觉得他们受到了侮辱和歧视，这往往成为他们再次自杀的原因。

5. 想要自杀的人是真的想死

事实上很多人并不想死，他们只是想要通过自杀来逃避目前的困境。大部分曾经想过自杀的人现在都很高兴他们还活着。他们说当时他们并不想要结束自己的生命，他们只是想终止自己的痛苦。

6. 想过一次自杀，就会总是想自杀

事实上大部分人都在他一生中的某个时候产生过自杀企图，在这段时间里，他们要么克服了这种想法，要么寻求帮助，要么死亡。如果自杀未遂者自己能够从短时的威胁中恢复过来，学会适应与控制，就会摆脱自杀的念头，使自己的生活丰富多彩。

7. 一个人自杀未遂后，自杀威胁可能结束

大部分自杀未遂者在自杀事件发生后，其自杀前无法解决的事情都得到了解决，但是还有一部分自杀未遂者的境遇依然没有好转。事实上最危险的时候可能是情绪好转时期，当想自杀的人严重抑郁后变得情绪活跃起来时，他很可能是想让别人放松警惕，再次实施自杀计划。

8. 一个想自杀的人开始表现慷慨并和他人分享个人财产，表明这个人有好转和恢复的迹象

事实上大多数想自杀者在情绪好转后，才有精力开始做出一定的计划，安排他们的财产。当一个人面对生死难以抉择时，可能会极为困扰。但当他一旦选择了自杀，就像是放下了心头大石，情绪反而较为平静。而且当病人死意甚为坚决时，他可能会尽量掩饰这一决定。

9. 自杀是一种冲动行为

事实上有些自杀是冲动行为，另一些则是在深思熟虑之后才实行的。

二、自杀的高危因素

(一) 抑郁症

抑郁症是一种常见的精神疾病，主要表现为情绪低落，兴趣减低，悲观，思维迟缓，缺乏主动性，自责自罪，饮食、睡眠差，担心自己患有各种疾病，感到全身多处不适，严重者可出现自杀念头和行为。

抑郁症是精神科自杀率最高的疾病。抑郁症发病率很高，几乎每 7 个成年人中就有 1 个抑郁症患者，因此它被称为精神病学中的感冒。抑郁症目前已成为全球疾病中给人类造成严重负担的第二位重要疾病。它对人们造成的痛苦，对社会造成的损失是其他疾病所无法比拟的。由于对抑郁症缺乏正确的认识，很多人认为抑郁症是精神病，这种偏见使抑郁症患者不愿到医院就诊。在中国，仅有 2％的抑郁症患者接受过治疗。大量的抑郁症患者由于得不到及时的诊治，病情恶化，严重者甚至导致自杀。另一方面，由于民众普遍缺乏有关抑郁症的知识，对出现抑郁症状者误认为是闹情绪，不能给予应有的理解和情感支持，因而耽误了患者的病情。[①]

抑郁症综合起来有三大主要症状：情绪低落、思维迟缓和运动抑制。

情绪低落就是高兴不起来，总是忧愁伤感甚至悲观绝望。《红楼梦》中整天皱眉叹气、动不动就流眼泪的林黛玉就是典型的例子。

思维迟缓就是自觉脑子不好使，记不住事，思考问题困难。患者觉得脑子空空的、变笨了。

运动抑制就是不爱活动，浑身发懒。走路缓慢，言语少等。严重的可能不吃不动，生活不能自理。

具备以上典型症状的患者并不多见。很多患者只具备其中的一点或两点，严重程度也因人而异。心情压抑、焦虑、兴趣丧失、精力不足、悲观失望、自我评价过低等，都是抑郁症的常见症状，有时很难与一般的短时间的心情不好区分开来。这里向大家介绍一个简便的方法：如果上述的不适早晨起来严重，下午或晚上有部分缓解，那么，你患抑郁症的可能性就比较大了。这就是抑郁症所谓昼重夜轻的节律变化。

抑郁症患者情绪低落、悲观厌世，严重时很容易产生自杀念头。并且由于他们思维逻辑基本正常，自杀计划比较周密，实施自杀的成功率也较高。有自杀企图是抑郁症最危险的症状之一。据研究，抑郁症患者的自杀率比一般人群高 20 倍。大学生自杀案例中有一半以上的人是抑郁症患者。有些不明原因的自杀者可能生前已患有严重的抑郁症，但是身边的老师同学并没有及时发现，以为只是一段时间的情绪低落，过段时间自己就

---

① 参见 http://baike.baidu.com/view/332.htm。

会好转。由于自杀是在抑郁症状发展到一定的程度时才发生的，所以及早发现疾病，及早治疗，对患有抑郁症的同学非常重要。不要等患者已经自杀了，才想到他可能患了抑郁症。

（二）自杀准备程度

从出现自杀的想法，到最后采取自杀的行动，时间既可能长达数年，也可能短至几天，甚至几个小时。对于一个最后采取了自杀行动的人来说，自杀的意愿总是随着时间的推进而增强的。因此，通过各种途径，包括面对面地询问学生的自杀意念、自杀计划和自杀准备，对正确评估自杀的危险性，及时采取有效的自杀预防措施，具有极为重要的意义。

1. 自杀意念

自杀意念是描述人们想结束自己生命的一种心理活动，而不涉及任何自杀的实际行动。一般地说，自杀想法和意念更多的是指偶尔或间歇性出现的自杀念头，在评估时应主要考虑其出现的频度。而自杀意愿则更多地指一种持续性的心理活动，评估的重点应转向这种心理活动的强烈程度。

2. 自杀计划

自杀计划是在自杀意愿基础上的进一步发展。虽然有自杀计划的学生最后不一定都会实施自杀的行动，但其自杀的危险性已经比仅有自杀意愿而无计划的情况大大增加了。应注意如下内容的评估：（1）自杀的计划是否周密：一般而言，计划越是周密，自杀的意愿越强，自杀死亡的危险性越大。（2）自杀的方法：自杀的方法越是容易实现，致命性越强，自杀的危险性就越大。（3）自杀场所：选择不容易被人发现的地点者自杀死亡的危险性大，选择公共场所或其他有可能被别人发现的地点的自杀者获救的机会较多，其自杀意愿相对来说就没有那么强烈。（4）自杀时间：选择在夜深人静时自杀的自杀者自杀意愿极强烈，获救的机会也比较小，自杀死亡的危险性较高。

3. 自杀准备

如果学生不仅有自杀计划，而且还做了自杀的准备，如到考虑自杀的场所（如高层建筑物、桥梁、河流）进行考察，购买药物或毒物等，就意味着他或她随时可能实施自杀行动，必须引起高度重视。还有一种特别的情况，是学生对自杀后的事情进行了安排，如留有遗嘱或遗书，把心爱的东西分送给别人，开始和亲人、朋友告别等，也应视为自杀的准备。

（三）自杀易感人群

1. 新生群体

大学新生步入大学生活后会面临形形色色的问题，很多同学没有充分认识到自身及所处环境的变化，由此可能触发心理问题，这一点我们在第一章中已有述及，本处不再赘述，下面主要介绍几种新生常见的问题。

（1）生活自理能力弱，不适应新的生活环境。有些学生自理能力差，在上大学之前生活琐事都由父母一手操办，凡事都靠父母拿主意，进入大学之后，离开父母身边，需要自己安排自己的生活，他们一下子很难适应新的环境和生活方式。有的新生因为不能适应导致缺乏自信，觉得自己处处比不上别人，怨父母怪环境，形成不平衡的心理，进而影响学习和成长。

（2）人际交往能力差。新生入学后，面对的是一个个新的个体，需要重新确立人际关系，在集体中寻找自己的位置。这个适应过程对大多数学生来说并不困难，但也有一些大学生由于家庭教育等因素，人格特点上存在着缺陷，个性较强，不懂得理解他人，尊重他人，不善于处理人际关系，导致与别人的矛盾冲突不断。

（3）自制力差，缺乏明确目标。步入大学，一些学生没有了高考那样外在的强约束，加上自控能力低下，于是开始放松自己甚至放纵自己，迷失了方向，在彷徨和无聊中打发日子，这种心理严重影响了正常的学习和生活。很多大学生表示在大学中不知道自己该学什么，该怎么学，浑浑噩噩。

（4）心理冲突引发心理失衡。一是表现为心理落差。中学时代的尖子生成了大学中的平常一员，广受关注众星捧月的优越感已成过去，心理上自然而然会产生落差。部分学生学习能力很强，但没有其他特长和爱好，到了大学看到别的同学文艺体育样样在行，自己没有出头露脸的机会，觉得被冷落，羡慕之余易生自卑之感。另外，经济、个性、能力方面的差异等也可能使一些学生心灰意冷，失去自信心。二是表现为理想与现实的矛盾。不少同学进入大学前都有很多理想，对大学生活、对人生、对未来有美好的期望。可当他们将理想付诸行动时，发现理想与现实差距较大，于是他们对现实不满、开始自我否定，由此形成的心理冲突会让一些学生无所适从，甚至被带入困境。

2. 毕业生群体

寒窗苦读十几年，好不容易挤进大学校门，找工作时又面临就业人数增加、就业难度加大的痛苦状况，不少大学生发出"不知道路在何方"的感慨。近几年来，由于扩招等因素的影响，大学生就业率持续走低，就业环境不断恶化，就业难问题已经成为不争的现实。临近毕业时有的毕业生已经找到了工作，但也有一部分毕业生连意向单位也没有；有的找到了不错的单位，有的找到的单位不能令人满意。比较之后，许多学生的心态可能开始发生变化。面对激烈的就业竞争，一些还没有确定工作单位的毕业生极易产生紧张、迷惘、郁闷、烦躁等情绪，表现出心理脆弱、心态失衡等一系列心理问题。

在各大网站上曾流传一段"贫困大学生无奈火烧毕业证书"的视频。湖北某学院一毕业生找工作屡次受挫，一怒之下将大学毕业证烧毁，并把烧证的场景拍成视频传到网上。该生可能是把它作为一种发泄方式，来表现对当前就业难的不满。

3. 学业障碍群体

调查显示，当前大学生普遍感到学习压力大，有 9.6% 的学生表示有厌学心态，但大多数人仍能积极应对。大学生的学习压力相当一部分来自所学专业非所爱，这使他们长期处于冲突与痛苦之中；课程负担过重，学习方法有问题，精神长期过度紧张也会带来压力；另外，还有参加各类证书考试及考研所带来的应试压力等。

如果精神长期处于高度紧张的状态下，极有可能导致出现强迫、焦虑、抑郁等心理疾病。种种迹象表明，学习压力过大已成为大学生心理问题急剧上升的重要原因。

4. 贫困生群体

近年来，高校贫困生的心理状况受到了广泛的关注，根据有关调查结果显示，经济困难的学生心理异常比例达 13.3%，比普通学生高出 5 个百分点。

经济困难学生由于缺乏甚至没有稳定的经济来源，常常要为生活而发愁，生活时常陷入窘迫的处境。由于生活条件的限制，他们无法像别人一样有比较富足的生活，因而无法拥有出众的仪表、教育条件等。这些方面的差异使他们具有或深或浅的自卑心理，同学间不经意的一句笑话或某个行为也会深深地刺伤他们的心灵。他们担心别人看不起自己，不能正确理解自己，只好采取逃避的方式以免自尊心受挫，一般不愿意主动与老师或同学交往。他们不愿意参加集体活动，担心自己寒酸的外表和拮据的消费让人看不起，不能获得平等的尊重。

另外，他们不愿意让老师和同学知道自己的贫穷和困难，想方设法加以掩盖，靠自己的忍耐和个人的努力渡过难关。

这些问题都让贫困生在面对困境时出现种种不适，严重者会产生自伤心理。

5. 经历重大问题事件群体

与以前的大学生相比，当前这一代大学生一方面要承受更大的学习、经济和就业压力，另一方面其心理成熟程度较低，普遍缺乏应对各种打击的策略和技巧。因此，一旦遭受打击，很可能产生悲观情绪，对前途和未来失去应有的信心，有的甚至走上自我毁灭的道路。尤其是天灾人祸、亲人死亡、情感失意、学业失败、财产损失、社会耻辱、疾病折磨等急性事件的发生，可能使本来心理就比较脆弱的大学生更加不知所措。从媒体报道的情况看，失恋、经济困难、受到批评和处分、学业失败、受歧视、人际关系损失等挫折是大学生自杀的重要原因。

三、自杀的预防

（一）自杀的预防网络

1. 自杀的三级预防

自杀的干预主要在预防，预防自杀可分为三级，即一级预防、二级预防和三级预防。

一级预防：主要是指预防个体自杀倾向的发展。主要措施有管理好农药、毒药、危险药品、小刀和其他危险物品；监控有自杀可能的高危人群，积极治疗自杀高危人群的精神疾病或躯体疾病；广泛宣传心理卫生知识，使人们认识到自杀行为是可以预防的，并教授应付日常生活困难的技巧；实施培训计划，以识别危险行为和提供有效的救助技巧。

二级预防：主要是指对处于自杀边缘的个体进行危机干预。通过心理热线咨询或面对面咨询服务帮助有轻生念头的人摆脱困境，充分发挥社会支持系统的作用，使其打消自杀念头。

三级预防：采取措施预防自杀未遂的人再次自杀；如果自杀事件已经成为事实，学校心理危机干预应急系统要及时、有效地与负责危机干预的其他系统（教育管理、社会安全、医疗卫生、社会工作等）进行合作，有计划、有步骤地对事件当事人或人群进行心理干预，同时协助有关部门对与当事人或人群相关的人群（同学、教师）和亲属人群（家长、亲戚）提供科学有效的心理援助和心理辅导。

自杀预防可分两方面：一是就自杀者细微和早期的征兆及表现进行普及的和专门性的教育；二是在自杀事件发生之后，向自杀未遂的学生提供一系列的有关咨询和服务。有关研究证实，自杀行为在出现以前，总会表现出一定的先兆，约90％的自杀者会有某种程度的紧张或异常的表现：一是语言上的，如"你们不要老是跟在我身边"；二是非语言的，如放弃了自己所珍视的财产。若人们发现这种先兆而采取某些措施，自杀事件便可得到控制。

自杀线索主要有下面几种：

（1）有自杀倾向的同学向家属、朋友、老师及其他人或者在日记、作品、QQ签名、QQ空间、微博等地方透露了对人生的悲观情绪，甚至表露过自杀意愿。有研究表明，流露死亡意愿是非常重要的自杀危险信号，虽然并非所有表露自杀意愿的人都会自杀，但在自杀死亡的人中，约80％在行动以前以各种形式表露过自杀念头。

（2）与别人，或者在网上搜索讨论自杀方法，搜集有关自杀的资料，或者购买、储存有可能用于自杀的药物、有毒化学物质，或者准备可用于自杀的工具如刀片等，或者在江河、大海、水库、池塘、悬崖、高楼等处徘徊。这些行为表明此人有了自杀的计划，是短期内出现自杀行为的重要线索。

（3）做好死的准备。如写遗书、将各项事务打点好、分发个人财产等。

（4）出现异乎寻常的行动。如表示死的决心，与朋友过深地倾诉，将自己珍爱的东西赠人或将自己财产送人等。在自杀前，有些人还会先小剂量地试服一些药物，或开始收藏与自杀有关的物品，如绳子、刀子、农药或安眠药等。有的人着意整理自己物品，清理自己的账务等。

（5）出现异乎寻常的态度。如突然地悲泣或异乎寻常地平静。有的人在自杀前抑郁或焦虑症状明显加重，而有些人原来的抑郁情绪在自杀前反而出现暂时的好转。

（6）以前有过自杀史。这意味着这个人极有可能再次去尝试自杀。在近期内有过自我伤害或自杀未遂行动的人，其自杀死亡的可能性比没有类似历史的人高几十倍到上百倍。

2. 自杀预防主要包括七个方面

（1）对每一个自杀事件的致死性程度进行详细的估价。

（2）充分认识绝大多数自杀者的矛盾心理，即在同一时间内既想死又欲生。这时最需要人们去关注他们、营救他们。

（3）充分认识移情的重要作用，希望的移入和他人的帮助会使自杀者重新鼓起生存的勇气。

（4）在和他们谈话时，应逐一了解他们的心理障碍及挫折、孤独无助、愤怒等。

（5）同学朋友要主动接近具有自杀倾向的同学，切不可疏远回避。

（6）帮助他们解决生活中的实际问题。

（7）动员他的亲属如父母、情侣、兄弟姐妹以及好友等与他们多接触，这种接触是最理想的辅助治疗。

（二）如何帮助要自杀的人

只要及早发现自杀线索，一切都还来得及，以下方法就能帮助你的同学、亲友度过自杀危机，阻止他们自杀的冲动。

1. 倾听

我们说要接纳处于自杀危机的个案，那什么是接纳呢？最重要的一点就是，你要耐心听他们说话。所谓耐心，就是不要批判他们的逻辑，不要驳斥他们不理性的想法，其实每一个自杀者都觉得自己的理由是非常充分的。也不要空泛地安慰他们"一切都会过去的"，自杀者正因为找不到其他解决问题的方法才选择这种极端的方式。但我们不需要赞同他们的行为，而是要接受他们现在情绪上的痛苦状态，才不会让他们觉得求助无效，不愿意说出自己的心里话。有时候他们在说的时候你只需要简单地重复他们的话，让他们继续说下去，就是最好的陪伴和帮助。

2. 表达情感上的支持

在倾听他们的同时，并不需要隐瞒自己的感受。我们可以真实地表达当下的感受，可能有惊讶、担心、惶恐，但是只要是真实的表达即可，用语言清楚地说明想提供协助的心意，就会增加他们的人际支持系统，鼓励他们找寻比自我伤害更合适的情绪表达方式，让他们在产生自杀冲动时多停一秒。

3. 澄清自伤或自杀意念

有的时候，我们无法确定情况到底多危急，会担心自己杞人忧天，或是害怕通报太晚一切都来不及了，所以必须问清楚才能决定下一步怎么做比较合适。自杀程度的评估，可以从自杀想法出现的频率、自杀行为的危险程度来进行，也可以从当事人对自杀行为的看法来了解。要想知道自杀危机的严重程度，可以询问他们是否有确切的计划、是否准备好自杀工具或选好地点、自杀意念出现的频率等，例如，选择适当的时机问："你想过选择哪种方式自杀吗？"

4. 采取帮助行动

（1）持续清楚地表达同理支持。包括持续耐心的倾听、同理当事人的感受，真正成为当事人的支持系统之一。

（2）引进其他帮助。如果当事人同意，可以邀请或者推荐其他同学、亲友、心理老师一起提供支持与帮助，避免自己单独承受太大压力。

（3）以实际行动表达对当事人的支持。例如，邀请当事人参加一些群体活动，如班级聚会、逛街、踏青等。

（4）远离危险工具与危险场合。与当事人讨论过后，一同移除危险器具，不在危险场合停留，避免想自杀时轻易取得工具。

5. 寻求专业帮助

当发现想自杀的同学时，若发觉面对当事人无从下手，或者无法保持冷静，不知道该怎样应对，这时应该及时寻求专业人员帮助，向学校心理咨询老师、辅导员等求助，让他们来做有效的危险性评估，从而提供适当的协助，帮助当事人渡过危机。专业人员能够针对当事人的需要进行心理治疗或辅导，他们所起的作用是亲友或者同学无法代替的。

（三）如何帮助自己

你在生活中是否也曾经觉得无助、绝望呢？这些时候你是如何帮助自己的？如果没有足够的支持系统、自我调节能力，同时又习惯采用自我否定的情绪反应方式，那么这个时候就很容易出现非理性的想法。例如，觉得自己不重要了、人生没有意义了，觉得自己是个负担或者很辛苦，觉得没有人关心自己等。这个时候，你就要想办法帮助自己，或者寻找帮助。下面介绍几个简单的自我帮助方法，供同学们参考。

1. 觉察自己的情绪

只要是人，就一定会有情绪。我们的思考常常是不理性的，从而会影响我们的情绪，导致产生负面的行为。所以我们要时时提醒自己注意："我现在的情绪怎么样？"例如，如果你觉察到自己已经对朋友三番两次地感到生气，就应该对自己的生气或者愤怒采取措施。采取措施的第一步就是要冷静。

第一，进行正向自我陈述。告诉自己，"我现在想要保持冷静，如果我能够保持冷静，就能够选择比较合适的方式面对这个困境。我可以度过的！"

第二，选择让自己冷静的行为。每个人让自己冷静的方法不同，有的人会选择散步，有些人选择听音乐，有的人会选择和朋友倾诉，不管是什么方法，重要的是让自己避免情绪更激动、更低落或者更绝望。

第三，学会腹式呼吸。简单地说就是以规律、缓慢的速度，以腹部进行呼吸。吸气时如果胸腔上下起伏，空气大多进入肺部的上半部，这是我们通常的胸式呼吸。腹式呼吸的意思是，吸气时感觉腹部凸起，吐气时腹部自然放松，这种呼吸方法消耗的能量较少，同时能够按摩内脏、抑制交感神经。人的身体和情绪是有联系的，通过这种简单的生理技巧，可以让自己的身体放松，从而使情绪得以平复。但是腹式呼吸是需要练习的，平时多加练习，在需要时就能收到成效。

2. 适当表达自己的情绪

我们要选择适当的方式表达自己的情绪。适当的方式包括寻找合适的人、合适的时间、合适的行为表达、分享自己的情绪。合适的表达能够帮助自己建立人际支持系统，找到陪伴自己、支持自己的人。

3. 自我提醒

面对自杀想法，非常重要的就是要提醒自己："自杀对所有人都会造成伤害，没有过不去的坎。"提醒自己不要伤害自己或者别人，以免给亲近的人造成无法弥补的伤痛。为了避免自己陷入低潮时无法冷静思考，做出冲动行为，应该让自己远离危险物品、危险场所等。

4. 寻求专业帮助

当自己无法走出来，无法克服不理性的思考，那么就需要专业的协助。现在每个高校都有心理咨询中心，免费为学生提供咨询服务，这是一个很好的资源，同时，在一般的大型医院中，也都有心理科或者精神科，可以去这些地方寻求帮助。有一句网络语言说得好："死都不怕，还怕找医生吗？"

四、自杀之后

古希腊哲学家伊壁鸠鲁说过："死不是死者的不幸，而是生者的不幸。"自杀之后给亲朋好友造成的伤害是非常巨大的，电影《普通人》对此就有很好的描述。

(一) 从《普通人》看生者看死亡

《普通人》讲述的是一个普通的美国中产阶级家庭，在大儿子出海遇难后，父亲、母亲以及小儿子康纳德的经历和关系。

> 家庭中有成员意外死亡，但剩下的家庭成员们还需活下去。但是康纳德自责，自责自己没能救哥哥，自责自己是那个生存下来的人。对于母亲贝丝而言，大儿子伯克是她的骄傲，伯克的下葬，好像把她的所有的爱都一同埋葬了；更可怕的是，她要找一个人责备，既然发生了意外，那么就应该有人负责，她找到的这个人就是小儿子康纳德。兄弟俩共同出海，哥哥死了，弟弟却生存下来，从潜意识中她恨康纳德，她恨他活下来了，大儿子却死了。父亲卡尔文是好人，他想竭力维系这个家庭，两头讨好。他想理解康纳德，又想与贝丝沟通，却都没有做到。

> 尽管康纳德曾经试图自杀以求解脱，但是被救后他和父母之间的矛盾并没有化解，一家人并没有抱成一团，互相敞开自己的心扉，然后皆大欢喜，事情没有朝这个方向发展。康纳德的心事是他认为自己害死了哥哥，他很自责，他和哥哥的感情很深，他认为自己是造成哥哥死亡的原因，这让他没法原谅自己。于是在正常生活里他没法继续自己的生活，像个游神一样，每天都在人群中游走，尽管他也和朋友们一起开车，一起上课，但他和人群完全不在一个世界，他在封闭自己。尽管他还是想表现得正常一点，但是他心底的创伤无法愈合，无论表面上多么正常，只要有任何能勾起他伤心回忆的事，他立刻又会陷入无尽的自责中去。

> 在这个时候，他的家庭也面临分崩离析，他的母亲起到了推波助澜的作用，她无视他的病情，甚至还总提醒是他导致哥哥死亡的。母亲的情感非常冷漠，作为母亲，失去了心爱的儿子，她变得像个没有感情的机器人，整天就是把家弄得光鲜亮丽。在大儿子的葬礼上她也没有哭。她曾经那样温柔，爱着丈夫和她的家庭。但是在大儿子

死后她的性情完全变了，以至于她的丈夫问她，"Who are you?（你是谁?）"

《普通人》讲述的是亲人意外死亡给家庭造成的影响，而自杀是一种更为特殊的死亡，这种死亡对亲人的打击，远远大于意外死亡或者自然死亡。

（二）自杀后亲人的感受

自杀这样的死亡方式来得太突然又具创伤性，所以因自杀导致的悲伤要比其他死亡引起的悲伤复杂得多。亲人或者朋友会出现强烈的悲哀、愤怒或放松感。自杀者的亲人或者朋友的主要反应包括[①]：

（1）强烈的震惊和麻木感。

（2）反复闪现死亡现场。

（3）因剧烈、持续的痛苦而产生自杀的念头。

（4）强烈的羞愧、内疚和自责感。

（5）因死亡的发生而责备他人。

（6）因被死者拒绝和遗弃而对其感到十分愤怒。

（7）因不必再照顾死者而有放松和解脱的感觉。

（8）因有被歧视感和不被他人理解而出现社交孤立。

（9）极力想知道为什么会发生自杀事件。

（三）居丧期如何调整自己

（1）给自己恢复的时间，使自己能够很好地理解和接受亲友逝去的事实。

（2）你对死亡事件并没有责任。它是你所爱的人自己的选择，并不是你能左右的。

（3）分清轻重缓急，循序渐进地处理每一件事情。

（4）认识到那种受打击的感觉是正常的、自然的。

（5）不用害怕哭泣，泪水有助于痛苦情感的释放。

（6）当你悲伤的感受被欢乐、笑声或其他正面情感打断时，不必有内疚的感受。

（7）必要时寻求他人的帮助。

（8）认识到在居丧期出现自杀的想法是常见的。但是如果发展到有具体的自杀计划时，要立即寻求他人的帮助。

（9）设法推迟做重大决定的时间。

（10）理解家人及朋友的痛苦感受。对孩子要实言相告，他们也需要度过居丧期。

---

① 参见［日］高桥祥友：《走出自杀阴影》，北京，科学出版社，2005。

（11）耐心对待自己，宽容那些不理解悲伤的人。

（12）尽量避免接触那些给你空洞建议和指导或告诉你应有什么感受的人。

（13）你自己决定如何将自杀事件告诉他人。但要记住，不真实的倾诉会使你的悲伤过程更为复杂。

（14）要意识到你的生活会从此改变，但你终究会走出痛苦的阴影，重新找到生活的意义。

为找到自己的方式来表达居丧反应，每个人都需要空间和他人的理解。痛苦的感受时轻时重，有时候会将我们湮没。但请记住，希望永远存在，他人会伸出援助之手。当痛苦袭来时，请与家人、朋友、医生或你信任的人谈一谈，倾诉你的感受。

（四）如何帮助丧亲者

悲伤辅导主要是为了解决因死亡事件所带来的这种"生者的不幸"。悲伤辅导可以帮助遗属合理地疏解悲伤情绪，使之顺利过渡到日常生活状态。有学者将悲伤辅导定义为："协助人们在合理时间内引发正常的悲伤，并健康地完成悲伤任务，以增进重新开始正常生活的能力。"悲伤辅导主要有以下几个原则：

1. 强化死亡的真实感

生者必须接纳"死不复生"的事实，才能面对因死亡而引起的复杂情绪与反应，尤其是突然死亡。亲友在毫无心理准备的情况下接到噩耗，心中必有强烈的不真实感。强化死亡的真实感的最好的方法之一，是鼓励生者面对死亡和谈论失落。例如，可以询问："别人怎样告诉你这件事情的？""葬礼如何举行的？""你们如何谈论这件事情？"类似问题的讨论都有助于检视死亡事件的发生，强化死亡的真实感，让生者接受死亡的发生。

2. 鼓励悲伤者适度地表达悲伤情绪

大部分哀恸的情绪都是令人不安的，例如，恐惧、无助、愤怒、愧疚、紧张、焦虑、压抑和悲哀等。随着这些情绪的表现，在失落发生的初期会有麻木、幻听、幻觉、幻想、混乱、托梦等悲伤行为出现。我们应认识到这些悲伤情绪和行为是正常的，鼓励他们做适度的表达以抒解不安。我们必须觉察到自杀事件对生者的意义和冲击，这样才能检视出明确的问题焦点，才能有效地进行辅导。

在辅导过程中，应引导悲伤者表达悲伤情绪，谈到与逝者相关的往事时，最好从鼓励正向的回忆开始。如果会谈时悲伤者先从负向的回忆谈起，也应想办法鼓励他谈谈逝者的一些好的事情，或过去曾享有的美好回忆。这样才能够让悲伤者通过辅导再次体验对逝者的矛盾情绪。

3. 帮助悲伤者适度地处理依附情结

对悲伤者而言，他们突然失去了一位长期亲密的依附者，必然会产生陷入绝境的无助、恐慌、茫然、苦思等反应。辅导者应该帮助生者适度地处理这种依附情结，让其确认与逝者之间过去所扮演的依附关系已经结束。生者必须在失去逝者的情境中，在其往后的人生舞台重新拉起另一幕戏，扮演新的角色、建立新的关系，演出不同的人生戏码。但是不要鼓励生者在悲痛时期做任何改变生活的重大决定，如变换学校、进入另一段亲密关系中等。

4. 从短期危机处理到长期悲伤疗程

面对亲友自杀，生者在完全没有准备的情况下所遭受的严重失落与心理重创是可以想象的。因为环境瞬间改变，以致生者没有足够的时间、精力与资源来应对，造成一种情绪上的休克。在这种情况下，生者控制其行为的功能暂时丧失，形成崩溃状态而产生危机。此时急需运用危机处理的方式，来发掘并协助因为危机直接受影响的生者的内在、外在资源，以增强其处理及运用资源的能力，解决目前的困扰问题。

5. 不要采用陈腔滥调来抚慰悲伤者

最后，要注意的是，悲伤辅导者不要采用那些对哀恸的当事人没有帮助的陈腔滥调，例如，"你要勇敢活下去"、"一切很快就会好的"、"你要坚强"等毫无帮助的安慰话。

生离死别是人生最大的创痛。人们必须借由表达悲恸来哀悼失落，宣告分离，并且重新建立新关系。否则，必然会造成身心的不适和疾病，而无法走过悲伤。①

第四节　生命意义追求

一、一起来认识弗兰克尔

维克多·弗兰克尔是维也纳著名的精神病理学家和心理学家。他于 1930 年获维也纳大学医学博士。我国学界对他的介绍比较少。弗兰克尔在第二次世界大战中的经历以及他创立的意义疗法理论开心理学界之先河。弗兰克尔一生致力于生活意义对人的生存的重要性研究，没有人像弗兰克尔这样将生活意义提到如此高度。

在第二次世界大战前，弗兰克尔是维也纳罗斯儿童医院神经病科主任，一开始主要从事神经病的治疗工作，对意义问题的研究还处于初步涉入阶段。第二次世界大战开始后，纳粹迫害犹太人，弗兰克尔被关进纳粹死亡集中营——奥斯维辛（1942 年）。从此弗兰克尔开始了 3 年多的暗无天日的集中营生活，很多人认为，只有死亡才能逃避这种生活，在现实中也有很多人无法克服折磨与痛苦，选择死亡以求解脱，而弗兰克尔却是极少几个幸存者之一。当弗兰克尔面对身体与精神的难以忍受的双重折磨时，他的人生经历了最艰难而有力的考验。这些常人无法承受的磨难反而深化了弗兰克尔对人的生存潜能的认识。他认为，当面对巨大似乎无法承受的痛苦，甚至是在死亡的边缘上挣扎时，人也能发现生活的意义和目的，人正是为着这一意义和目的而活着。

在几年的集中营生活中，他绝大部分时间都在铁路上挖土或者铺设铁轨，或者在寒冷

---

① 参见［日］高桥祥友：《走出自杀阴影》，北京，科学出版社，2005。

的夜晚挖地沟与隧道，而他们每天只有一丁点面包和一小碗稀汤充饥。他们经常在冰天雪地里，在衣衫单薄、倍感饥饿的情况下，挨着谩骂与鞭打干着强度难以承受的活儿。更为糟糕的是，只要稍有不慎，就会被枪毙或鞭打致死，在心里还要担心自己的亲人是否被关在另一个集中营里，或已经被送入煤气间或毒气室。在集中营生活的人们被暴行、饥饿、寒冷、劳累、疾病所包围，更让人难以忍受的是精神上的折磨，所有的俘虏都能体会到赤裸裸的对人的价值的贬低和人格的侮辱。俘虏们的生命遭到极端的蹂躏，人格也被践踏到了极限。这种生活比噩梦还恐怖，已经完全没有人类社会中的伦理、道德，甚至连人性也荡然无存了。集中营的俘虏变得冷漠，没有同情心，人人都力图自保。每当有人死去，所有人都会一个个挨近刚死去的人，去抢死者哪怕一盘吃剩的饭菜，或脱下死者身上稍好一点的鞋子或外衣，甚至会因为抢到一根真正的绳子而万分高兴。而在这个时候，弗兰克尔还是临时集中营中的医生，他总是冷眼看着这一切，直到有人把死尸拖走为止。弗兰克尔出于职业敏感曾对自己的冷漠而感到惊奇，以前的自己从来不这样。但是，即使在这种极端恶劣的环境中，也还是会有少数人能去安慰别人，或者把自己仅有的一片面包让给别人，还会有人努力保留自己做人的尊严，甚至宁死不屈。弗兰克尔用自己的专业知识对集中营中俘虏的反应进行心理学分析，得出的结论是：一个俘虏变成怎样的人，并不是恶劣的情境使他这样，而是他内心抉择的结果。任何人处在这种情境下，都可以凭他个人的意志和精神来决定他要成为什么样的人。他在后来的回忆录中写出了他当时的经历和深刻感受。他说："人'有能力'保留他的精神自由及心智的独立，即使是身心皆处于恐怖如斯的压力下，亦无不同……"这是一个面临过绝境，体验过大彻大悟的精神病医学家的心里话。弗兰克尔认为，人在任何情况下都有选择的自由。即使在没有人格尊严，没有生命保障的时候，人仍然有精神自由的余地，有选择他对待生活的态度及行为方式的自由。而且这种选择的自由是不能被剥夺的。人是什么样子，人成为什么样子，这都是人选择的结果，而不是被情境所迫。

在他的回忆录中，弗兰克尔写道，在集中营里他时刻想念他的妻子，想象着与她在精神世界中对话。对妻子的爱让他有了活下去的勇气，使他心中获得精神安慰和喜悦。在集中营里，他曾强迫自己去想别的东西，去转移自己的注意力，例如，去思考集中营俘虏们的种种反应，思索其反应的内在心理原因，而不是思考集中营眼前的苦难。有时他甚至会突然产生自己在宽敞明亮而温暖的演讲厅里，报告集中营心理学的幻象。为了超越这种困境，他开始把所受的苦难当成一项有趣的心理学研究项目。在失去一切的时候，弗兰克尔内心的疑问与大多数俘虏们的疑问不同。难友们的疑问是：我们能在集中营内活下去吗？我们遭受的痛苦有意义吗？如果最后还是死亡，这一切的困难不都白白遭受了吗？而弗兰克尔的疑问则是：在这种情势下，生命是不是终极的虚无而无任何意义？若生命的痛苦和周围的死亡没有意义，那么，人的生命终究毫无意义。反之，它则是有意义的，痛苦和死亡是生命的一部分，同样也具有意义，只是没有被人发现而已。从这些思考中，弗兰克尔感悟到，在一切情况下，不管是和平的还是残暴的，例如，在集中营中，包括痛苦和死亡在内，都是有意义的。一个人若能接受痛苦，肩负起自己的十字架，即使处在最恶劣的环境中，照样有充分的机会去实现生命的意义，使生命保有尊贵、坚忍与无私的特质。弗兰克尔在集中营的经验和体验为他的理论做了证实。他认为正是这一理论使他在死亡集中营中得以幸存下来。

战争结束后，弗兰克尔从集中营中出来，回到维也纳（1945年），仍旧从医并担任维也纳大学医学院神经病和精神病学教授，并于1949年获得哲学博士学位。他重新投入他的研究工作，即研究关于意义意志对人的存在的重要性。根据他在集中营的生活，他把研究名称"存在分析"改为"意义治疗学"。在以后的工作和研究中，他孜孜不倦地研究他关于人性的观点，发展完善他的意义意志理论。他创立了意义治疗法这样一种心理治疗方法。他提出了自己对人性的观点及对生命意义与价值的看法，以此来解释现代人的迷失与困惑的原因。他的理论和治疗方法也被称为继弗洛伊德学派和阿德勒学派之后的维也纳第三心理治疗学派。

二、意义疗法三个理论

在意义疗法理论中，弗兰克尔认为，人的存在是由身体、心理和精神三个层次所构成的整体，其中精神层次是人存在的最高维度。精神层次的特征为意志自由、意义意志和生命的意义。① 意义治疗就以此作为理论基点展开其对心理疾病及其治疗的理论论述和实际操作。

（一）人有意义意志

弗兰克尔强烈反对把人描绘成由生理本能、童年的冲突或任何别的什么外部力量决定的。相反，他认为人的本性在于寻求其生存的意义。在弗兰克尔看来，生存意义就是一个人在生活中对某些事物或某些人所产生的影响和所起的作用，即一个人活着对其他事物所能发挥的效用。换句话说，就是生存的意义、活着的理由。这个意义是人生下来就有的，有多层次多种类的意义。因此，生存的意义存在于人与外部世界相互作用的关系之中。个体只有通过与外界世界的相互作用才能意识到自身能对外部世界发挥作用的可能性，所以个体要进行意义和行为方式的选择，并将这种选择付诸实践，在实践中发挥个体对外部世界的影响，才能有效地体会这些意义的影响。在实践中，个体对其他事物个体产生了作用，个体也便实现了自己的生存意义。一个人不是简单地为活着而活着，他必须在自己的实践活动中看到自身对某人某物（外部世界）产生影响或作用，才能体会到生存的意义并实现生存的意义。如果个体看不到这种作用，就无法体验到生存的意义，所以很多自杀者认为自己对社会对世界毫无价值。任何人都要找出自己活着的意义，即生存的理由，没有它，人就无法继续活下去，就会有自杀自残的行为。因此，追求生命意义的企图是一个人原初的动机和力量。在这个意义上说，人的本性是精神的、自由的、实践的。

基于上述的假设，弗兰克尔提出了意义意志这一最核心最基本的概念，它指的是一种持续的需要或动机，它推动人去探索理解生存的理想和价值或生存的目的。弗兰克尔认为，意义意志比快乐意志和权力意志更为深刻地根植于人们心中，它实际上是导致类似于"活下去的价值"的动力。弗兰克尔认为，即使是像集中营那种艰苦的岁月，仅仅是为了

---

① ［奥］维克多·弗兰克尔：《追寻生命的意义》，北京，新华出版社，2003。

单纯地活下去，这种意义意志也是不可缺少的。他用自己在集中营中的生活经验证明了这一点。没有了生活的意义，也就没有了活下去的理由。集中营死去的俘虏很多都是由于生命被践踏，没有了人的尊严，失去了生活的信心精神崩溃，失去了求生的意志。意义意志观点认为，除非人体会到他活着有一种意义，并且坚持这种意义，否则，没有什么东西能帮助人在最坏的情况下活下去。弗兰克尔引用尼采的话说："参透'为何'，才能迎接'任何'。"弗兰克尔以他自己的体验来做说明：当他被抓进奥斯维辛集中营时，他正准备出版的《医师与心灵》一书的稿件被没收，"当时似乎已没有什么东西能使我继续活下去，我失去了自己的儿子，又失去了灵魂的产儿。我发现自己正面临着一个疑问：我是否处于这样的情形之中：生命是终极的虚无而无任何意义？"弗兰克尔在集中营中努力去寻找答案。他最终确信，如果生命的意义只是依赖于某些偶发事件，如一时之快、金钱，那人生终究不值一活。

弗兰克尔认为这种追求意义的动力（意义意志），尽管受外界物质世界的影响，但不是由它引起的，也不是像弗洛伊德所说的本能欲望那样是由生物因素所决定，它似乎是一种精神的或心灵的。它不同于心理防卫机制。人能够为着理想与价值而生，也能为着理想与价值而死。人所追求的是心灵的或精神的满足，而不是生物本能欲望的满足。

（二）意义意志是自由的

人去追求并实现什么样的意义，过什么样的生活，对他人造成怎样的影响，这是个人自身选择的结果。弗兰克尔认为，人受制于一定的条件，可能是生物学的、心理学的，也可能是社会学的。在这种意义上说，他绝不是自由的。他并不能自由脱离某种东西，而是能自由地去做某种东西，也就是说，在所有那些条件面前自由地取一种立场。人虽不能改变环境条件，却可以选择自己对待外部世界和自身的态度和行为方式。从这个层次来讲，意义意志是自由的。在弗兰克尔看来，"一个'人'并非许多事物中的一件事物，'事物'是互相牵连决定的，而'人'最终是由自我决定的。他要成为什么——在天赋资质与环境的限制下——他就成为什么。"人成为什么，可以自己进行选择。同一个人有发挥两种作用的可能性，可以是好人也可以是坏人，可以做好事，也可以做坏事。也就是说人是一个善恶的混合体。选择追求积极的意义就是选择了善的方面，就可能在社会中发挥好的积极作用；选择追求生活中的消极意义，就是选择了恶的方面，就可能在社会中发挥坏的消极作用。去实现哪种意义，是人的自我选择，而不是情境所决定的。以集中营的情形来说，这种险恶的处境给人提供了获得精神价值的机会，这个机会个人可以把握，也可以放弃。在力图自保的残酷争斗中，人很可能忘却自己人性的尊严，很多人变得与禽兽一样。正如他在集中营中所见，同是有血有肉的人，一类人却用尽各种残酷的手段来凌虐别人。同是集中营的俘虏，却虐待其他营友；但也有身为警卫或监工的人，却能善待俘虏，还有极少数人甘愿为他人牺牲。可见，同样的环境却导致了不同的反应，一个人是善是恶不是天生的，也不是后天环境决定的，关键是由人本身的选择自由所决定的。由此，弗兰克尔把人分为正人君子和卑鄙小人两大类。这两类人处处都有，不分阶层，不分团体，这都是个体选择的结果。

（三）生活是有意义的，但需要个体自己去发现

弗兰克尔认为，生活的意义必须且只能靠自己发现。没有别的什么人或物能提供个体生活的意义和目的。意义不是被提供、强加或塞给你的，它只能靠自己去发现，一旦发现，就坚持下去，这就是个体的责任。弗兰克尔认为，人是唯一能负责任的动物，人既做了抉择，就应有对此负责的责任心。

同时，弗兰克尔强调，意义必须在外部世界中通过实践去寻找，必须在个体实践活动中通过"忘我"即超越自我才能实现。人在热衷于某事或热爱着某人之中实现着他的意义。他越是在他的使命中升华献身于他的伙伴，他就越是一个人，越是成为他自己，从而他本身也就在忘却自己，在其中超越自己。

依照意义意志，人渴望发现并实现意义。找寻、发现意义的过程，就是人自身体认到自己的存在的必要性和重要性（即找到活下去的理由），看到自己对外部世界产生影响发生作用的一个认识过程。在这一过程中同时伴随有紧张、痛苦或兴奋、快乐的体验。

三、发现意义的途径

弗兰克尔认为存在着三种主要的价值群：创造性价值、经验性价值和态度性价值，人们可以从这三种价值中发现生命的意义。

（一）创造性价值

创造性价值主要指，人应当从我们生活获得的东西中，从我们创造的东西中实现创造性价值，并进而发现生命的意义。弗兰克尔认为，要通过创造性价值来实现生命的意义，就必须在实践中从事各种工作，因为只有在工作和艺术创作中，我们才能够通过自己的创造性工作和艺术创作的灵感来发现生命的意义。而且由于工作是个人与社会发生联系的重要领域，工作的意义与价值总是与对社会的贡献相联系的，因此，人们在通过自己的创造性工作实现生命的价值和意义的同时，也为社会做出了应有的贡献。这种创作主要是对自身来说的，对社会来说也许它并不是创新，但对于自身来说如果是巨大的进步或具有艺术价值，那么就将具有意义。即使身患疾病也可以完成创作，这是由于当人潜心进行创造性的工作或艺术创作时，这种工作可以变成热情很高的活动，从而遮掩了无意义的生活，躯体疾病也在不知不觉中消失了，这一点与森田疗法的带着疾病去工作的思想有异曲同工之处。在阿尔波姆的著作《相约星期二》中，年逾七旬的社会心理学教授莫里在1994年罹患肌萎性侧索硬化，一年以后与世长辞。临终前，作为莫里早年的得意门生，米奇在老教授缠绵病榻的十四周里上了最后一门课，课程名称是人生，最后一堂是葬礼，米奇每周二都上门与他相伴，聆听教授最后的教诲，并在老师死后将老师的醒世箴言缀珠成链。在莫

里的教诲中，承受生活的唯一方式就是一直有工作要完成，这是发现生命意义的一条重要途径。但仅仅简单机械地工作是不够的，人必须把握工作背后的动机和意义，只有如此，人才能在对工作的价值和意义的感悟中实现生命的意义。

（二）经验性价值

实现生命意义的第二种途径是实现经验性价值，经验性价值主要是指人应能够经验和体会到他人所付出的爱。例如，现代心理学研究表明，社会性支持是有效调整癌症患者恐慌症状的重要变量，家庭和朋友的支持也可以增强患者应对疾病的信心和能力，而且很多患者也承认，与家人和朋友的良好关系是他们应付疾病时最有效而且最经常采用的措施。与经验性价值相关的另一个方面就是对大自然和艺术中的美的欣赏，要培养个体对美的理解，培养美的体验。比如，在很多医院中，医生经常让患者欣赏美丽的鲜花或观赏令人兴奋的日出，由此引起的经验性价值对缓解他们的消极心理体验具有重要的意义，而且患者还可能在对大自然的壮美景象的经验过程中体悟到另一种生命的乐观、价值和意义，这些都是任何其他经验性价值无法比拟的。弗兰克尔曾经花费很多篇幅描述过这种经验，他从这种经验中发现了任何其他治疗方式都无法比拟的价值。

（三）态度性价值

态度性的价值是实现生命意义的第三条途径。弗兰克尔认为，个体对命运的选择完全取决于人的精神状态和态度，即使在面对无法抗拒的命运力量时，人们仍然可以选择自己的态度和立场。当人们面对诸如疾病之类的危机时，最初的反应可能是对做某事可以缓解病情的评估。但是，如果境况不可改变或者要改变这种境况需要承受更为严酷的折磨，那么人们还可以通过改变其态度来对这种现实境况重新进行评估或对其进行控制。弗兰克尔认为，此时人所剩下的自由就是选择对待他病痛的看法的自由。对所有挫败和一般人认为的悲惨的命运所采取的态度，可以指向很多方面，包括很多维度。通过态度性价值，人们可以改变自己看待事物的视角。弗兰克尔认为，很多病症都是不健康的态度的直接结果，如很多心身疾病，胃病、冠心病等。医学研究也发现，改变对这些疾病的态度可以使症状得到一定的缓解。因此在面对各种症状时，意义治疗都强调态度的重要性。弗兰克尔的贡献在于他认为，"生命的意义可以在面对痛苦的态度中寻找"。在一般情况下，人可以在日常生活中通过创造性活动或亲身经历某种事情而发现生命的意义，但当这些都行不通时，人还可以通过态度性价值来发现生命的意义，了解自己生命的价值。可以说促使某些人死亡的最直接的原因并不是疾病本身，而是他对待疾病的态度。

四、培养大学生有意义的学习观

大学生是社会先进青年群体，是社会发展的中流砥柱，学习是他们的主要发展任务。根据弗兰克尔意义治疗的观点，学习是学生从世界中索取有价值的东西的过程。因此，在大学阶段，青年人实现生命意义的途径之一就是学习。大学生的学习状况如何，无疑会对他们的心理产生重大影响。北京师范大学的林崇德教授强调："学校的心理健康教育应紧紧围绕人际交往、学习、自我这三方面进行。"因此，学生学习活动的顺利进行，对学生的心理健康发展也具有重大意义。

随着经济的发展、科技的进步和社会对人才要求的不断提高，当前的大学生自身也逐渐认识到学习的重要性，大学生对待学习的主流思想还是很不错的。但不得不看到，大学生在学习方面也存在着一些问题，如有些人学习动机不明确，学习的功利意识过强，不注重学习的质量，有些学生甚至由于以前学习上的挫败感的影响而导致学习无动力、无兴趣，有些学生由于学习的压力焦虑、失眠，甚至为此选择放弃生命。因此，对大学生进行学习心理辅导是学校心理健康教育的重大任务之一。

学习辅导的目标主要是通过辅导使学生学会学习、乐于学习，其中更重要的是乐于学习。根据弗兰克尔的意义疗法，大学学习辅导的主要任务是培养大学生树立"有意义的学习观"，学会怎样进行"有意义的学习"，在遇到学习的困难或障碍时要有"超越自我"的立场，使学生在有意义的学习中寻找生命的意义。有人认为当今大学生存在三种学习价值观：一是改变个人地位的学习价值观，即为了改变自己的生活状态或者身份地位而学习；二是谋生手段的学习价值观，即为了找到一份好的工作以赡养父母并提高自己的生活质量而学习；三是挑战自我与未来的学习价值观，即要挑战自己的潜能的一种价值观。按照弗兰克尔的观点来说，这三种均属于无意义的人生观。弗兰克尔指出，在提倡人应负责任和必须实现生命的潜在意义时，应强调到现实世界中去发现生命的意义，如现实中的学习、生活、工作，而不是在人的仿佛自成一个封闭系统的内心世界中寻找，同学们要献身事业或爱某人，越是忘我，就越有人性，越能充分地实现自我。学习意义与价值总是与社会贡献有关的，而不是一种纯粹的学习。有人认为，学习目的是为了"开茅塞，除鄙见，倡新知，增学问，养性灵"。其中"养性灵"即"完善自我，挑战自我，超越自我"，这是一种适合未来社会要求的学习价值观，但是学习更要注重实践。拥有这种学习价值观的学生，敢于战胜自我，能克服困难，挑战极限，不再感到学习是一种负担，而将其视作一种需求，一种渴望和乐趣。他们能将学习的目标定位于未来的需要，促使自身知识的增长和能力的提高，成为真正社会所需之才。这种学习，才可称得上是"有意义的学习"。

▌测一测：自杀意念问卷

　　本问卷旨在了解被试对自杀的态度。以下每个题目后面都有 5 个选择，请仔细阅读，根据你的认识和态度来选择相应的答案。（1. 完全赞同 2. 赞同 3. 中立 4. 不赞同 5. 完全不赞同）

性别＿＿＿＿＿＿＿　年龄＿＿＿＿＿＿＿　年级＿＿＿＿＿＿＿

1. 自杀是一种疯狂的行为。　　　　　　　　　　1 2 3 4 5

2. 自杀死亡者应与自然死亡者享受同样的待遇。　1 2 3 4 5

3. 一般情况下，我不愿意和有过自杀行为的人深交。　1 2 3 4 5

4. 在整个自杀事件中，最痛苦的是自杀者的家属。　　　1 2 3 4 5

5. 对于身患绝症又极度痛苦的病人，可由医务人员在法律　1 2 3 4 5
   的支持下帮助病人结束生命（主动安乐死）。

6. 在处理自杀事件的过程中，应该对其家属表示同情和关　1 2 3 4 5
   心，并尽可能为他们提供帮助。

7. 自杀是对人生命尊严的践踏。　　　　　　　　　　　1 2 3 4 5

8. 不应为自杀死亡者开追悼会。　　　　　　　　　　　1 2 3 4 5

9. 如果我的朋友自杀未遂，我会比以前更关心他。　　　1 2 3 4 5

10. 如果我的邻居家里有人自杀，我会逐渐疏远和他们的关系。　1 2 3 4 5

11. 安乐死是对人生命尊严的践踏。　　　　　　　　　　1 2 3 4 5

12. 自杀是对家庭和社会一种不负责任的行为。　　　　　1 2 3 4 5

13. 人们不应该对自杀死亡者评头论足。　　　　　　　　1 2 3 4 5

14. 我对那些反复自杀者很反感，因为他们常常将自杀作为　1 2 3 4 5
    一种控制别人的手段。

15. 对于自杀，自杀者的家属在不同程度上都应负有一定的　1 2 3 4 5
    责任。

16. 假如我自己身患绝症又处于极度痛苦之中，我希望医务　1 2 3 4 5
    人员能帮助我结束自己的生命。

17. 个体为某种伟大的、超过人生命价值的目的而自杀是值得　1 2 3 4 5
    赞许的。

18. 一般情况下，我不愿去看望自杀未遂者，即使是亲人或　1 2 3 4 5
    好朋友也不例外。

19. 自杀只是一种生命现象，无所谓道德上的好与坏。　　1 2 3 4 5

20. 自杀未遂者不值得同情。　　　　　　　　　　　　　1 2 3 4 5

21. 对于身患绝症又极度痛苦的病人，可不再为其进行维持　1 2 3 4 5
    生命的治疗（被动安乐死）。

22. 自杀是对亲人、朋友的背叛。　　　　　　　　　　　1 2 3 4 5

23. 人有时为了尊严和荣誉而不得不自杀。　　　　　　　1 2 3 4 5

24. 在交友时，我不太介意对方是否有过自杀行为。　　　1 2 3 4 5

25. 对自杀未遂者应给予更多的关心与帮助。　　　　　　1 2 3 4 5

26. 当生命已无欢乐可言时，自杀是可以理解的。　　　　1 2 3 4 5

27. 假如我自己身患绝症又处于极度痛苦之中，我不愿再接　1 2 3 4 5
    受维持生命的治疗。

28. 一般情况下，我不会和家中有过自杀者的人结婚。　　1 2 3 4 5

29. 人应有选择自杀的权利。　　　　　　　　　　　　　1 2 3 4 5

问卷的结构、计分和解释

本问卷共29个条目，都是关于自杀态度的陈述，分为如下4个维度：

1. 对自杀行为性质的认识（F1）：共9项，即问卷的1、7、12、17、19、22、23、26、29项。

2. 对自杀者的态度（F2）：共10项，即问卷的2、3、8、9、13、14、18、20、24、25项。

3. 对自杀者家属的态度（F3），共5项，即问卷的4、6、10、15、28项。

4. 对安乐死的态度（F4），共5项，即问卷的5、11、16、21、27项。

对所有的问题，都要求受试者在完全赞同、赞同、中立、不赞同、完全不赞同中做出一个选择。在分析时，1、3、7、8、10、11、12、14、15、18、20、22、25为反向计分，其余条目均为正向计分。在此基础上，再计算每个维度的条目均分，分值为1～5分。

生活目的问卷

请在下面的每一个句子中，圈出最适合你的数字。请注意这里的数字是从感受的一个极端延伸到另一个极端。"中性"意味着两边的感受都没有。请尽量不要做"中性"的评定。

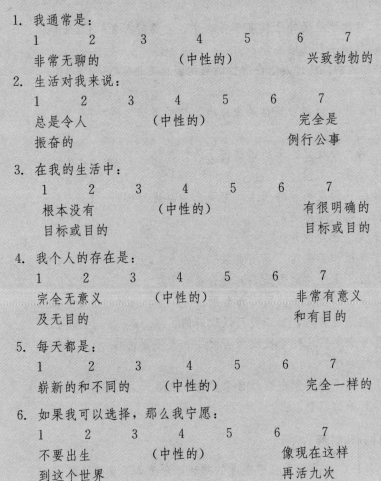

1. 我通常是：

    1   2   3   4   5   6   7

  非常无聊的   （中性的）   兴致勃勃的

2. 生活对我来说：

    1   2   3   4   5   6   7

  总是令人   （中性的）   完全是
  振奋的   例行公事

3. 在我的生活中：

    1   2   3   4   5   6   7

  根本没有   （中性的）   有很明确的
  目标或目的   目标或目的

4. 我个人的存在是：

    1   2   3   4   5   6   7

  完全无意义   （中性的）   非常有意义
  及无目的   和有目的

5. 每天都是：

    1   2   3   4   5   6   7

  崭新的和不同的   （中性的）   完全一样的

6. 如果我可以选择，那么我宁愿：

    1   2   3   4   5   6   7

  不要出生   （中性的）   像现在这样
  到这个世界   再活九次

7. 退休后我会：

1　　2　　3　　4　　5　　6　　7

做一些我一直想做的　　　　（中性的）　　　虚度余生
令人兴奋的事

8. 在达到生活目标的路途上我：

1　　2　　3　　4　　5　　6　　7

一筹莫展　　　　（中性的）　　　　正逐步
　　　　　　　　　　　　　　　　迈向成功

9. 我的生活是：

1　　2　　3　　4　　5　　6　　7

空虚的　　　　　（中性的）　　　充满令人
充满绝望的　　　　　　　　　　兴奋的事

10. 如果我今天死了，我会觉得我这一生过得：

1　　2　　3　　4　　5　　6　　7

非常有价值　　　　（中性的）　　　完全没有价值

11. 想到我的一生，我：

1　　2　　3　　4　　5　　6　　7

经常怀疑　　　　（中性的）　　　总能看到一个
我为什么活着　　　　　　　　　我活着的理由

12. 相对于我的生活而言，这个世界：

1　　2　　3　　4　　5　　6　　7

令我完全　　　　（中性的）　　　与我的生活配合得
混乱不解　　　　　　　　　　　天衣无缝

13. 我是一个：

1　　2　　3　　4　　5　　6　　7

完全没有　　　　（中性的）　　　非常有
责任感的人　　　　　　　　　　责任感的人

14. 关于人是否应有自决的自由，我的看法是：

1　　2　　3　　4　　5　　6　　7

人是完全可以　　　（中性的）　　　人是完全受到遗传
自由选择的　　　　　　　　　　　和环境制约的

15. 对于死亡，我：

1　　2　　3　　4　　5　　6　　7

已准备好了　　　　（中性的）　　　毫无准备而且
而且没有恐惧　　　　　　　　　　很恐惧

16. 对于自杀，我：

   1　　　2　　　3　　　4　　　5　　　6　　　7
   认真考虑过用它来　　　（中性的）　　　从未认真地
   解决问题　　　　　　　　　　　　　　　想过

17. 我认为自己在生活中寻求意义、目的和使命的能力：

   1　　　2　　　3　　　4　　　5　　　6　　　7
   非常强　　　　　　　（中性的）　　　根本没有

18. 我的生活：

   1　　　2　　　3　　　4　　　5　　　6　　　7
   操纵在我的手上，　　　（中性的）　　　不操纵在我的手上，
   是由我来控制的　　　　　　　　　　　是由外在因素所控制的

19. 我每天面对的工作是：

   1　　　2　　　3　　　4　　　5　　　6　　　7
   快乐及满足的　　　　（中性的）　　　痛苦及枯燥的
   来源　　　　　　　　　　　　　　　来源

20. 我发现自己：

   1　　　2　　　3　　　4　　　5　　　6　　　7
   还没有找到生活的　　（中性的）　　　已经找到了一个明确的
   使命和目的　　　　　　　　　　　　和令我满意的生活目标

补充知识　生命的价值

有一个生长在孤儿院中的男孩，常常悲观地问院长：像我这样没有人要的孩子，活着究竟有什么意思呢？院长总是笑而不答。

有一天，院长交给男孩一块石头，说："明天早上，你拿这块石头到市场去卖，但不是'真卖'，记住，无论别人出多少钱，都绝对不能卖。"

第二天，男孩蹲在市场角落，有很多人要向他买那块石头，而且价钱越出越高。回到院里，男孩兴奋地向院长报告，院长笑笑，要他明天拿到黄金市场去卖。在黄金市场，竟有人出比昨天高10倍的价钱买那块石头。

最后，院长叫男孩把石头拿到宝石市场上去展示，结果，石头的身价较昨天又涨了十倍，由于男孩怎么都不卖，竟被传扬为稀世珍宝。

男孩兴冲冲地捧着石头回到孤儿院，将这一切禀报院长。院长望着男孩，徐徐说道："生命的价值就像这块石头一样，在不同的环境下就会有不同的意义。一块不起眼的石头，由于你的珍惜、惜售而提升了它的价值，被说成稀世珍宝，你不就像这块石头一样吗？只要自己看重自己，自我珍惜，生命就有意义、有价值。"

关键词

存在危机　疏离感　无意义感　自杀　意义疗法

思考题

1. 你目前最大的存在危机是什么？

2. 你是否想过自杀来解决问题？后来怎么处理的？

3. 你身边的同学遇到问题时你一般如何帮助他？

4. 你的学习是有意义学习吗？如果不是，怎么做到有意义学习？

参考文献

［1］［奥］维克多·弗兰克尔. 追寻生命的意义. 北京：新华出版社，2003

［2］［奥］维克多·弗兰克尔. 活出生命的意义. 北京：华夏出版社，2010

［3］［美］罗洛·梅. 爱与意志. 北京：中国人民大学出版社，2010

［4］张大均主编. 大学生心理健康教育. 北京：科学出版社，2010

［5］樊富珉，王建中主编. 大学生心理健康教程. 武汉：武汉大学出版社，2006

［6］王根顺，王彬斐. 当代大学生自杀心理研究综述. 江苏高教，2006（6）

［7］曹新祥，徐伟强. 诠释学校教育应推进"生命教育". 东华理工学院学报（社会科学版），2004（2）

［8］［法］阿尔贝特·史泽怀. 敬畏生命——五十年来的基本论述. 上海：上海社会科学出版社，2003

［9］徐家庆. 走出生命误区——从大学生自杀现象谈生命价值观. 云南教育，2005（2）

［10］［美］罗伯特·凯根. 发展的自我. 杭州：浙江教育出版社，1999

［11］［美］A.J. 赫舍尔. 人是谁. 贵阳：贵州人民出版社，1988

［12］高清海. 人就是"人". 沈阳：辽宁人民出版社，2001

［13］［德］兰德曼. 哲学人类学. 上海：上海译文出版社，1988

［14］王北生，赵云红. 从焦虑视角探寻与解读生命教育. 中国教育学刊，2004（2）

［15］莫杰. 关注生命·回归生命本体—— 心理健康教育新视野. 中小学心理健康教育，2006（1）

［16］毕义星. 中小学生命教育论. 天津：天津教育出版社，2006

［17］文锦. 高教视野中的生命教育. 黑龙江高教研究，2006（2）

[18] 褚惠萍. 从大学生自杀现象看高校的生命教育. 江苏高教，2007（1）

[19] 庞秋月. 大学的生命教育与课程设计探索. 福建论坛（社科教育版），2008（4）

[20] 徐秉国. 英国的生命教育及启示. 教育科学，2006（4）

[21] 杨乃虹，王丽. 论学校生命教育的内涵及实施策略. 徐州师范大学学报，2007（4）

[22] 李忠红. 基于生命教育的德育实践模式初探. 学术交流，2008（8）

[23] 肖杏烟. 大学生生命教育研究——对广州地区大学生的调查. 中国青年政治学院学报，2007（5）

[24] 冯建军. 中小学生命教育课程及其设计. 北京教育（普教版），2007（7）

[25] 胡海建. 生命教育——课程改革的新视角. 广东教育（综合版），2008（11）

[26] 邓乾辉，吴成业. 生命教育课程实施的探析. 新课程研究·教师教育，2008（10）

[27] 黄荣. 试论开展大学生生命教育的内容和途径. 广东水利电力职业技术学院学报，2007（8）

[28] 王北生，赵云红. 从焦虑视角探寻与解读生命教育. 中国教育学刊，2004（2）

[29] 肖川. 生命教育的三个层次. 中国教师，2006（5）

[30] 张进辅，杨东. 青少年学生疏离感及其发展的研究. 心理科学，2003（3）

[31] 孔祥娜. 大学生自我认同感和疏离感的研究. 河西学院学报. 2005（3）

[32] ［美］埃里克·H·埃里克森. 同一性：青少年与危机. 杭州：浙江教育出版社，1998

[33] 杨东，吴晓蓉. 疏离感研究的进展及理论构建. 心理科学进展，2002（1）

[34] 杨东，吴晓蓉. 大学生疏离感的初步研究. 心理发展与教育，1998（3）

[35] 胡雨生，胡庆玉. 中学生"成人疏离感"现状及对策. 淮北煤炭师范学院学报（哲学社会科学版），2004（3）

[36] 饶燕婷，张红霞，李晓铭. 家庭环境与大学生抑郁和疏离感的关系. 心理发展与教育，2004（1）

[37] 马莹. 大学生获得生命意义感的方法与途径. 学校党建与思想教育，2010（2）

[38] 郭长伟. 从生命意义视角看当代大学生的生命教育——基于徐州地区大学生生命认知的调查分析. 徐州工程学院学报（社会科学版），2010（3）

[39] 罗法洋，阳倩倩. 生命意义视阈下的课堂生活化研究. 教学与管理（理论版），2010（15）

[40] 杨俐，罗晓娥. 在大学生中开展生命意义教育探究. 西安邮电学院学报，2009（3）

[41] ［日］高桥祥友. 走出自杀阴影. 北京：科学出版社，2005

图书在版编目（CIP）数据

大学生心理健康教育/黄艳苹、陈晶主编 . —北京：中国人民大学出版社，2011.9
（21世纪通识课系列教材）
ISBN 978-7-300-13934-0

Ⅰ.①大… Ⅱ.①陈…②黄… Ⅲ.①大学生-心理健康-健康教育-高等学校-教材 Ⅳ.① B844.2

中国版本图书馆 CIP 数据核字（2011）第 158814 号

21 世纪通识课系列教材
大学生心理健康教育
黄艳苹　陈　晶　主编
Daxuesheng Xinli Jiankang Jiaoyu

出版发行	中国人民大学出版社	
社　　址	北京中关村大街 31 号	邮政编码　100080
电　　话	010 - 62511242（总编室）	010 - 62511398（质管部）
	010 - 82501766（邮购部）	010 - 62514148（门市部）
	010 - 62515195（发行公司）	010 - 62515275（盗版举报）
网　　址	http://www.crup.com.cn	
	http://www.ttrnet.com(人大教研网)	
经　　销	新华书店	
印　　刷	北京宏伟双华印刷有限公司	
规　　格	185 mm×260 mm　16 开本	版　次　2011 年 9 月第 1 版
印　　张	15 插页 1	印　次　2011 年 9 月第 1 次印刷
字　　数	350 000	定　价　28.00 元

版权所有　侵权必究　　印装差错　负责调换